Einaudi. Stile Libero Big

Dello stesso autore nel catalogo Einaudi

La porta chiusa
La dea cieca
Nella tana dei lupi
La vendetta
Il ricatto
L'unico figlio
La ricetta dell'assassino
Quale verità
Quota 1222
La minaccia
La paura
La condanna
Il presagio
La pista
La tormenta

Anne Holt

Lo sparo

Le indagini di Selma Falck

Traduzione di Margherita Podestà Heir

Einaudi

Titolo originale *Mandela-effekten*

Published by agreement with Salomonnson Agency

www.einaudi.it

ISBN 978-88-06-25201-4

Lo sparo

a Jan Guillou, mio amico, grazie

Maggio 2010

Il concepimento

Anche se continuava a farfugliare e ridacchiare, era comunque carina. Nella maniera in cui lo erano le donne mature, solo raramente le piú giovani. Quell'aria un po' materna, che allo stesso tempo aveva un che di sfacciato. In effetti, era bella. Le labbra carnose che sembravano vere. I capelli biondo-rossicci che di sicuro non lo erano. Ubriaca fradicia. Quando lui l'aveva notata, stava vomitando dentro un cestino della spazzatura nel centro di Oslo, a Spikersuppa. Era rimasto per un po' a osservarla; poi la sconosciuta si era raddrizzata e, dopo averlo guardato, gli aveva fatto segno con la mano di avvicinarsi. Lui aveva obbedito. Un ratto con la bocca piena di kebab le era sfrecciato tra le gambe, ma era troppo sbronza per accorgersene. Gli aveva fatto pena. Lui provava spesso pena per la gente.

E anche per sé stesso.

Era andata a finire come voleva, era riuscito a farsi invitare a casa sua.

– Ma in realtà quanti anni hai? – le aveva chiesto per la terza volta.

– *Tic, tac. Tic, tac.*

Forse la tipa stava piangendo, anche se per la maggior parte del tempo non aveva fatto altro che ridere, persino quando lui aveva dovuto sorreggerla per impedirle di cadere nello spazio tra i binari e la carrozza della metro alla stazione del Teatro nazionale. Nonostante fosse cosí bevuta, la sua risata era contagiosa. Però non sembrava molto felice.

– *Tic*, *tac*.

Il suo appartamento era una favola. Non che a lui sarebbe mai venuto in mente di andare ad abitare in un quartiere periferico come Manglerud, e tantomeno in un condominio. L'alloggio non era neanche cosí grande, ma la donna aveva davvero buon gusto. Sembrava preso da una rivista d'arredamento. Colori piuttosto scuri. Un numero sufficiente di libri sugli scaffali e un televisore a schermo piatto un po' troppo discreto. Per non parlare delle varie composizioni di vasi vuoti e candele che, raggruppate su vassoi di legno per dare un'apparenza di casualità, erano sparpagliate in giro, ma senza essere troppe. Era un posto perfetto dove parcheggiarsi per la notte. Ultimamente per lui era diventato fondamentale trovarne uno. Conoscenti o perfetti sconosciuti: bastava che fosse abbastanza pulito, la gente normale, e lui era salvo fino al giorno dopo.

– Troppo vecchia, – si era lamentata. – L'orologio ticchetta.

Le aveva preparato un enorme thermos di caffè e le aveva fatto bere parecchia acqua. Sapeva come doveva sentirsi. Personalmente lui si ubriacava di rado, ma quando accadeva, la cosa migliore per farsi passare i fumi dell'alcol era il sonno. Sebbene il risveglio rimanesse comunque un inferno.

– Forse dovresti dormire, – le aveva proposto, alzandosi dal divano.

– No, – gli aveva risposto lei cercando di tirarlo a sé. – Sei cosí carino. Cosí gentile. Saresti un ottimo padre. Non potremmo fare un figlio insieme?

Era scoppiato a ridere.

– Quante volte te lo devo ripetere? Io sono gay. G-A-Y. Non mi interessano le donne… senza offesa.

Arretrando di un passo, le aveva mostrato il palmo delle mani.

– E non ho neanche voglia di avere figli. Ho ventun anni.

– Sarebbe semplicissimo, – aveva insistito la donna cercando di tirarsi su a sedere. – Ho tutto quello che serve, è il giorno giusto del mese e...

Le *r* dovevano essere rimaste in fondo al bicchiere, perché lei aveva farfugliato «selve» e «giolno». Quando aveva fatto per alzarsi, la mano le era scivolata sul bordo del divano ed era ricaduta all'indietro. Non era piú cosí bella. Secondo lui poteva avere quarant'anni.

– Trentotto, – aveva dichiarato la donna singhiozzando. – Ho trentotto anni e il tempo passa.

Uno sbuffo.

– Vieni che facciamo un bambino.

Poi aveva chiuso gli occhi. Ancora qualche minuto e si sarebbe addormentata. Il giovane aveva colto l'occasione per guardarsi di nuovo in giro. Accanto al modesto televisore c'era un iPad. Doveva essere stato comprato negli Stati Uniti, perché era passato soltanto un mese da quando la Apple aveva lanciato sul mercato il suo gingillo piú fico in assoluto. Costava un occhio della testa.

Bellissimo.

Ogni tanto gli capitava di rubare.

Mai molto. Per lo piú cibo e bevande. Qualche rara volta soldi, ma soltanto piccole somme e soltanto in caso di emergenza. Il tablet aveva una copertina di pelle rosso fiammante che lo tentava.

– Un bambino, – gli aveva ripetuto lei con una caparbietà nella voce che non si sarebbe aspettato.

Questa volta era riuscita ad alzarsi. Non sorrideva piú. Aveva scosso appena la testa e svuotato in un sorso la tazza mezza piena di caffè tiepido. Dopo averla appoggiata, si era stirata la schiena con le mani sopra la testa, come se si fosse appena svegliata. Lui aveva sperato che si sarebbe addormentata sul divano, perché cosí avrebbe potuto sdraiarsi sul letto invitante che si trovava di sicuro dietro la porta sulla parete piú lunga della stanza. Adesso invece sarebbe successo il contrario. Andava bene cosí, non poteva certo permettersi di essere esigente e il divano era perfetto.

Con passo sorprendentemente fermo, la donna si era diretta verso la cucina aperta, dove si era messa a rovistare in un cassetto. Poi in altri. Lui aveva continuato a tenere lo sguardo fisso sul tablet. La donna possedeva anche un iPhone, lo sapeva. Nella borsa appesa a un gancio in corridoio, insieme al portafoglio e a una gran quantità di trucchi. Sulla metro le si era rovesciata tra le gambe e lui aveva dovuto aiutarla a raccogliere tutto.

– Ecco, – aveva esclamato la donna sollevando sopra la testa una siringa enorme.

Adatta a un cavallo. O a un elefante. Il giovane aveva notato che non aveva neppure una punta vera e propria. Né alcun elemento metallico. Era smussata e strana, somigliava un po' a quelle giocattolo che si trovano nelle valigette da dottore contrassegnate da una croce rossa.

– C'è qualcosa da mangiare? – le aveva chiesto.

– Certo. Dopo. Prima questo.

Non era stupido. Alle medie era il piú bravo della classe. Intelligente e altezzoso, come dicevano gli insegnanti. Poi gli era morta la madre, e di conseguenza anche la carriera scolastica. La vita era andata avanti, in un certo senso. Si arrangiava, cercando di cavarsela al meglio. Viveva quasi sempre alla giornata. A volte come un principe. Perlopiú no. Non aveva una fissa dimora da quando suo padre aveva perso la pazienza e lo aveva buttato fuori di casa.

Ai tempi aveva diciassette anni.

Per quattro era campato di assistenza sociale e della benevolenza altrui. Comunque non era un ingenuo, e quando la donna gli aveva di nuovo sventagliato sotto il naso quella grossa siringa di plastica, aveva capito cosa aveva in mente.

– Sei sano? – gli aveva domandato lei.

– Sí, ma non ho nessuna intenzione di…

– Non hai l'Hiv, vero?

– Certo che no, – le aveva risposto irritato. – Ci sto attento.

– Malattie ereditarie?

Le era ritornata la *r*.

– No. E comunque non faremo un figlio con quel coso lí.

Gli si era parata davanti. L'alito le odorava di vomito, caffè e vino rosso. La lingua era bluastra. Gli occhi ancora di piú.

– Diecimila corone, – gli aveva detto con voce piatta.

– Cosa?

Lui era arretrato di un passo.

– Ti do diecimila corone. Tutto quello che devi fare è masturbarti in una tazza. In bagno. Poi me la consegni e ti prendi i soldi. Mi sembra che tu ne abbia bisogno.

Era dai tempi della cresima che non vedeva tutto quel denaro.

– Trenta, – le aveva detto veloce. – Ne voglio trentamila.

– No, – aveva replicato prima di raggiungere il mobiletto dove c'erano l'iPad e il televisore.

Da un cassetto aveva estratto un mazzetto di banconote marroncine, tenute insieme da quello che pareva un elastico per capelli.

– Diecimila, – aveva insistito. – Non so neanche come ti chiami, quindi non corri nessun rischio. Niente obblighi. Né assegni di mantenimento o compleanni in famiglia. Mi dài quello che voglio, in cambio ti prendi i soldi e…

Un singulto l'aveva interrotta, ed era stata costretta a spostare un piede per mantenere l'equilibrio.

– Non va bene un cazzo, – le aveva risposto lui piano. – Non puoi fare un figlio in questo modo. I bambini non devono...

Si era passato una mano tra i capelli di media lunghezza.

– Perché non vai in Danimarca o in qualche posto del genere? O parli con un amico? O ti trovi un uomo, sei...

La donna aveva sbandierato le banconote.

– Sei bello. Sei norvegese, sei biondo e giovane. Sei gentile. Mi hai aiutata a tornare a casa. Non so se sei anche abbastanza intelligente, ma lo sono io per tutti e due.

Avrebbe potuto colpirla, prendere i soldi e scappare. Adesso non era piú ubriaca come un paio d'ore prima, ma non sarebbe stato un problema avere la meglio su di lei. Oltretutto la donna non conosceva il suo nome.

– Diecimila corone per un lavoretto di qualche secondo, – aveva proseguito.

In questo aveva ragione. Non gli ci sarebbe voluto molto.

– Voglio anche l'iPad, – le aveva detto, indicandolo.

– No. Diecimila. Prendere o lasciare.

– Ma perché io? Non hai...

– Tu non sai niente di me. Io non so niente di te. Lasciamo che rimanga cosí. Adesso mi serve una risposta.

Le aveva risposto.

Dieci minuti piú tardi era da solo nel corridoio di quel piccolo appartamento con in tasca un bel gruzzolo. Dopo che lui le aveva portato tazza e siringa in camera da letto, la donna gli aveva chiesto di andarsene. Senza offrirgli da mangiare come aveva promesso. Non aveva piú importanza, adesso era in grado di comprarsi qualcosa da solo. La borsa era ancora appesa al gancio, accanto alla porta d'ingresso. L'aveva aperta con cautela per tirare fuori il portafoglio. A quanto pareva la donna aveva un debole per i contanti. Dietro la foto di un cane pastore c'era un mazzetto di banconote da duecento corone. La carta di credito era quasi incastrata nell'apposito scomparto di cuoio, ma il giovane era riuscito a sfilarla a sufficienza per leggere il nome della proprietaria.

Se la donna non aveva idea di chi fosse lui, a lui invece interessava sapere con chi avrebbe forse messo al mondo un figlio. D'altro canto, sarebbe stata una bella impresa rimanere incinta a quell'età dopo un tentativo piú o meno casuale di inseminazione artificiale e mezza sbronza. Dopo aver esitato per un attimo, aveva rimesso la carta al suo posto e infilato il portafoglio nella borsa senza toccare i contanti. Infine, si era precipitato alla ricerca di qualcosa da mangiare e un posto dove dormire. Una volta fuori dal condominio aveva deciso di far finta che tutta quella situazione assurda non fosse mai successa.

Eppure, stranamente, non avrebbe mai dimenticato quel nome.

Giovedí 5 settembre 2019

L'attentato

Quando il proiettile l'aveva colpita, Selma Falck era rimasta sorpresa, nient'altro.

Non aveva avvertito nessun dolore particolare. Solo un semplice sussulto alla spalla, in cima al braccio sinistro. D'istinto si era portata una mano alla ferita, mentre con stupore crescente aveva visto il sangue impregnarle sempre piú la giacca di velluto, tingendola di rosso scuro.

Era scoppiato il caos.

Tavolini ribaltati e gente che urlava. Tazze, bicchieri e sedie che schizzavano in tutte le direzioni. Gli ospiti che occupavano lo stretto spazio esterno della caffetteria si erano buttati sull'asfalto del marciapiede o si erano alzati per scappare. Una carrozzina parcheggiata all'estremità del gruppo di tavolini si era rovesciata, le grida laceranti della madre che sovrastavano tutto quel frastuono.

L'unica a rimanere seduta tranquilla era stata Selma Falck. Mentre il sangue le colava copioso giú per la mano destra, era stata presa dalle vertigini. In seguito, avrebbe insistito nel dichiarare che erano passati molti secondi, forse un paio di minuti, da quando aveva scoperto che Linda era morta.

Il proiettile aveva perforato la testa della sua vecchia amica, la conosceva dai tempi in cui giocavano insieme nella Nazionale norvegese di pallamano.

Uno schiocco deciso aveva squarciato l'aria autunnale.

Non due, di questo Selma era sicura. Era rimasta seduta, con la nausea che le impediva di alzarsi, sforzandosi di chiudere all'esterno la cacofonia di pianti, lamenti e messaggi.

Un solo colpo. Assolutamente non due. Linda era seduta alla sua sinistra. Vanja Vegge, la piú vecchia amica di Selma, al centro, di fronte a loro. Un cameriere stressato aveva appena appoggiato al volo un bicchiere d'acqua sul tavolino traballante. Era cosí in bilico che, quando l'uomo si era girato per allontanarsi tra quegli spazi stretti, aveva rischiato di cadere. Forse i riflessi di Linda Bruseth non erano piú buoni come quelli di trent'anni prima, ma all'ultimo istante aveva evitato l'incidente. La sua mano stringeva ancora il bicchiere. La testa era riversa in avanti. Pareva che si fosse addormentata in preda ai fumi dell'alcol. Invece sul tavolino non c'erano stati che dell'acqua, due Pepsi Max e un cappuccino.

Arma di piccolo calibro, aveva fatto in tempo a pensare Selma. Il proiettile aveva centrato Linda da dietro, sulla parte laterale del cranio. Poi, una volta penetrato nel cervello, aveva perforato un peso e una massa considerevoli per poi cambiare angolazione, proseguire la sua traiettoria aprendo un foro piú grande nella testa di Linda e andare a conficcarsi nel braccio di Selma. Davanti agli occhi le danzavano una serie di puntini neri e verdi, ma era riuscita a sollevare abbastanza il braccio ferito per constatare che non c'erano fori d'uscita.

– Lo stesso proiettile, – aveva mormorato. – Adesso è dentro di me.

– Dobbiamo andarcene, – urlava isterica Vanja Vegge da sotto il tavolo.

– Mi ha salvato la vita, – aveva commentato Selma.

– Cosa? Dobbiamo andarcene, Selma! Possono sparare ancora.

– Linda mi ha salvato la vita, – aveva ripetuto lei. – Senza saperlo, credo.

Poi si era alzata. Barcollava un po'. Stringendosi con forza la parte superiore del braccio, si era avviata con passo sorprendentemente fermo verso l'ambulanza, che quasi per miracolo stava già sopraggiungendo a sirene spiegate.

– Anine non deve saperlo, – farfugliava in continuazione. – Mia figlia non deve saperlo.

Come se fosse possibile evitarlo.

Sabato 7 settembre

L'interrogatorio

L'investigatrice privata Selma Falck e l'ispettore Fredrik Smedstuen si trovavano all'ospedale di Ullevål, dentro uno sgabuzzino insolitamente spazioso. In cambio, l'odore che vi regnava era tutt'altro che di pulito. Sulla parete priva di finestre spiccavano le macchie di umidità, mentre in un angolo era accatastato un mucchio di stracci per pavimenti che emanava un fetore acre.

– Ricoverati in una camera a quattro letti, – borbottò il poliziotto scuotendo la testa. – Nel Paese piú ricco del mondo. Pensa a come siamo conciati.

– Nessun problema, – rispose lei, secca. – Tanto mi dimetteranno tra poco. È solo una ferita. Però ci hanno permesso di usare questo sgabuzzino per la nostra piccola… conversazione.

Alzò lo sguardo e lo fece scorrere per la stanza. Una parete era coperta da scaffali di metallo smaltato, stracolmi di detergenti talmente tossici da poter uccidere l'intero reparto se fossero caduti in mani sbagliate. Lungo la parete opposta erano stati avvitati dei ganci di ferro che parevano forgiati a mano da un fabbro vecchia maniera, dato che nessuno aveva la stessa grandezza, e da cui pendevano, appesi a cordini, scope e moci. Erano cosí sporchi che Selma sperava che lo sgabuzzino fosse in disuso e rappresentasse soltanto uno dei tanti vani di un gigantesco complesso ospedaliero che per volere del governo norvegese presto sarebbe stato raso al suolo. O almeno la cui intera struttura sarebbe stata trasferita in un'altra parte di Oslo, nonostante le veementi proteste di uno schieramento quasi compatto di medici. Inizialmente Selma aveva pensato che avessero ragione, invece adesso aveva cambiato opinione. Le ventiquattro ore trascorse in una camera dal soffitto molto piú alto di quanto non fosse larga, con tre pazienti che si lamentavano in continuazione e un puzzo di urina proveniente dal bagno che condividevano, le avevano fatto sentire la mancanza del piú recente Rikshospitalet. L'anno prima vi aveva trascorso sei settimane di degenza e via via si era trovata addirittura bene.

Senza sapere perché, era seduta su una sedia a rotelle. L'infermiera aveva insistito. Le cosce voluminose di Smedstuen strabordavano dai lati di un'esile sedia d'acciaio, mentre lui continuava ad agitarsi. Sullo scaffale accanto a loro, tra una confezione di soda caustica e una tanica da quattro litri di cloruro d'ammonio puro, l'ispettore aveva appoggiato un iPhone per registrare la conversazione.

– Come dicevo, si tratta di un primo interrogatorio, del tutto informale. Questo è un caso ad altissima priorità. Dobbiamo essere ovunque. Una parlamentare uccisa in strada. Roba da svedesi! Ho dato per scontato che ti interessasse contribuire al massimo. Sai…

Selma non rispose. C'era qualcosa in lui che non le andava giú, anche se l'ispettore le mostrava tutto il suo rispetto e aveva esordito esprimendo la sua ammirazione per le peripezie che lei aveva affrontato. Per quel che la riguardava, quando in maniera del tutto inaspettata se lo era trovato davanti al letto, lo aveva accolto con la sua consueta gentilezza e disponibilità. Era avvenuto in automatico: ogni volta che incontrava qualcuno, a parte uno sparuto numero di persone, Selma si immergeva nel ruolo del suo secondo io. Amichevole e divertente, pur se con sobrietà. Dai toni morbidi, quasi flirtasse. Funzionava sempre. Ma non su quell'uomo. C'era in lui un che di riservato. Di chiuso. Era come se in realtà non gliene importasse nulla. Come se un caso come quello, un colpo letale sparato tra la gente in pieno giorno, in fondo lo annoiasse.

Magari si sentiva semplicemente a disagio. Era grosso, pesante e trasandato. Il giubbotto da pilota gli stava un po' troppo stretto. I capelli erano un po' troppo unti. L'alito sapeva di sigarette anche se cercava di nasconderlo mangiando in continuazione Fisherman's Friend. Con il braccio impacchettato nella plastica, Selma era riuscita a farsi una doccia prima del suo arrivo. Vanja le aveva portato dei vestiti puliti dopo essere passata dal suo appartamento, un paio di jeans Armani e un camicione blu notte della Acne. Con un sospiro il poliziotto si strinse nelle spalle e spostò di qualche millimetro il cellulare verso di lei.

– Un unico sparo, – constatò. – Di questo sei sicura al cento per cento.

– Sí.

– Dei testimoni ne hanno sentiti di piú. Alcuni dicono due, altri tre. Secondo altri ancora si potrebbe parlare di una pistola automatica da cui sarebbero stati sparati una serie di colpi.

– I testimoni mentono. Noi esseri umani siamo cronicamente inaffidabili. In testa ci creiamo delle immagini che non sono corrette. Hai mai sentito parlare di...

Lui la interruppe con un gesto impaziente del capo.

– Sí, certo. Ma cos'è che ti rende *cosí* sicura?

– Le mie orecchie. Ho sentito uno sparo. Soltanto uno. E le perizie tecniche lo dimostreranno. Un solo proiettile. Ha colpito Linda all'altezza della nuca, una volta raggiunto il cervello ha cambiato direzione, è uscito e mi ha centrato il braccio. Dove è rimasto.

Il poliziotto schioccò la lingua e si inumidí le labbra.

– I resti del proiettile sono stati mandati alla Scientifica per essere esaminati, – disse accennando con lo sguardo alla spalla di Selma. – Ce l'hanno consegnato subito dalla sala operatoria. È cosí deformato che saremmo già fortunati se riuscissimo a stabilire di che proiettile si tratta.

– Ma stiamo parlando di un calibro leggero ad alta velocità, giusto?

– Probabilmente. Il che presuppone un abile tiratore. Alla tua amica, un calibro pesante avrebbe fatto saltare la testa. Dove hai imparato queste cose? Su armi e calibri?

Selma non ritenne necessario rispondere. Era palese che quell'uomo si sentiva sempre piú a disagio. Si tirava il colletto della camicia, anche se era aperto, e si grattava la barba di tre giorni. Pareva non nutrire nessun interesse nei confronti del caso e di Selma Falck.

– Vedremo cosa riusciranno a scoprire i tecnici, – borbottò. – A essere sinceri, non sappiamo se nel mirino ci fossi tu o l'altra donna. A proposito, condoglianze per...

Si portò una mano al taschino della camicia, come per cercare un taccuino.

– Linda Bruseth, – lo aiutò Selma.

– Sí. Linda, giusto. Non sappiamo se l'obiettivo fossi tu o lei. O qualcun altro. Per esempio, questa Varda.

– Vanja. Vanja Vegge non ha un solo nemico al mondo. È una psicologa amata da tutti. L'unica cosa che ha di provocatorio sono i vestiti, svolazzanti e coloratissimi. Di sicuro non un movente sufficiente per ucciderla.

Smedstuen bofonchiò qualcosa sul fatto che nemmeno la polizia riteneva Vanja Vegge un possibile bersaglio del killer.

– Non è necessario che fosse qualcuno in particolare, – proseguí il poliziotto. – Può essersi trattato di un'azione terroristica. Un colpo sparato alla cieca, a scopo intimidatorio.

Selma scoppiò a ridere. Sentí tirare i punti dove sapeva che le avevano infilato un catetere. Poi, di colpo, tornò seria. Come le avevano detto di fare, trovò una posizione migliore per il braccio che teneva infilato nella fascia a tracolla, cercando di rilassare la mano.

– Un'azione terroristica, – ripeté. Se l'ispettore non era disposto a lasciarsi irretire dalla sua gentilezza, gli avrebbe servito invece una porzione di sana ironia. – Come no. Una tipica azione terroristica. Mettersi belli comodi per poi sparare un unico colpo verso una caffetteria con dei tavolini all'esterno. Occupati da una trentina di persone. Dove vengo centrata io, l'unica persona casualmente famosa del gruppo. Prima che il terrorista impacchettasse per bene le sue cose e si defilasse, in mezzo a tutto quel caos. Certo.

– Non solo tu. Linda...

– Bruseth, – completò Selma quando lui di nuovo esitò.

– Sí. Anche lei è stata colpita. Due piccioni con una fava, diciamo.

– A quanto pare perché si era chinata di colpo in avanti. Voleva salvare un bicchiere che stava per cadere.

– Questo lo abbiamo già sentito, – annuí Smedstuen apatico. – L'altra amica...

Ancora una volta si portò una mano sul petto.

– Vanja Vegge, – disse Selma.

– Esatto. Le ho parlato ieri. Riferisce le stesse cose che sostieni tu. Uno sparo e un movimento repentino di Linda. Piú o meno in contemporanea.

– Come dicevo...

– Eppure avrebbe potuto essere lei il bersaglio.

Questa volta Selma si limitò a sorridere.

– Linda era la deputata piú anonima tra tutti quelli presenti in Parlamento, – commentò.

– Sí, ma...

– Veniva dal cuore del Vestfold, buona e gentile come un agnellino e...

Selma stava per rivelare che la vecchia portiera di pallamano era un tantino sempliciotta, ma si trattenne.

– Sempre allegra e solare. Sempre accomodante e facile da coinvolgere. Se a qualcuno interessava davvero ucciderla, potrei elencarti su due piedi dieci modi migliori per farlo. Migliori che starsene nascosti a Grünerløkka e sparare verso un caffè, intendo dire.

– Varrebbe anche per te.

– Per me? Cosa?

– Che ci sono modi piú semplici per liquidarti di quello che hanno usato qui.

Selma si piegò in avanti sulla sedia a rotelle.

– L'anno scorso, piú o meno in questo periodo, vagavo nuda per l'altipiano di Hardanger, – disse a bassa voce. – Ho vagato per cinque giorni. Nella bufera di neve. Ferita. Senza niente di decente da mangiare e da bere per le prime tre notti. Non sono facile da liquidare.

Il poliziotto tese la mano verso il cellulare, ma cambiò idea.

– È troppo presto per dire con esattezza cosa sia successo, – sospirò. – Non appena ne sarai in grado, faremo una ricostruzione dell'accaduto.

– Quando vuoi. Se non mi dimettono oggi, ci penso io. Questa storia della sedia a rotelle è solo una cretinata. Sono perfettamente in grado di camminare.

Selma era stufa. Nonostante le dimensioni dello sgabuzzino, di colpo le parve piú stretto. Voleva andarsene. Le faceva male il braccio, ma non tanto da impedirle di prendere qualche analgesico piú potente e trascorrere un paio di giorni tranquillamente distesa sul divano di casa.

– Desideri la protezione della polizia?

– Cosa?

– A quanto sembra, sei convinta che la pallottola fosse per te. Noi non ne siamo altrettanto certi, ma se a tuo avviso qualcuno è disposto a spararti in strada, forse hai bisogno di...

– No, grazie.

Selma si mise a riflettere in silenzio. Ciò che aveva pensato subito dopo essere stata colpita era svanito mentre la portavano in ospedale per essere operata d'urgenza. Non le era tornato in mente neppure attraverso la nebbia dovuta alla morfina, ma adesso sí.

– Merda, – sussurrò.

– Cosa?

– Niente, – rispose scacciando la domanda con un gesto della mano.

Quanto era successo a Grünerløkka campeggiava da piú di ventiquattr'ore su tutti i giornali, eppure Anine, la figlia di Selma, non si era fatta sentire.

– Merda, – pronunciò di nuovo con le labbra, ma senza emettere alcun suono.

Il poliziotto prese un pacchetto di Fisherman's dalla tasca della giacca, tirò fuori una caramella e se la infilò in bocca con le dita tozze.

– Quindi non vuoi nessuna protezione. Va be'. Torneremo sull'argomento. Chi sapeva che avresti incontrato le tue amiche proprio in quel locale?

– Cosa?

– Mi hai sentito. Avevi detto a qualcuno che avresti incontrato le tue amiche proprio in quella caffetteria all'aperto e proprio in quel momento?

Selma scosse piano la testa.

– No. Non credo. Ovviamente, ce lo siamo detto a vicenda.

L'ispettore non abbozzò neppure un sorriso.

– Ne sei sicura?

– Credo. O...

Si mise a pensare.

– Ci eravamo messe d'accordo lunedí, – disse dopo qualche secondo. – Con un sms. Abito da sola e posso...

Di nuovo una pausa, prima di scuotere la testa.

– No. Non ho parlato con nessun altro del nostro appuntamento. A parte loro due.

– Lo hai scritto da qualche parte?

– No. Da nessun'altra parte se non negli sms.

– Sul cellulare hai qualche tipo di agenda?

– No. Capisco perché me lo chiedi, ma credo di poter giurare di non averlo detto a nessuno.

– Secondo te, le altre con chi avrebbero potuto parlarne?

– Come faccio a saperlo?

Il poliziotto succhiava rumorosamente la caramella.

– Chi poteva sapere del vostro incontro?

Selma si trattenne a forza dall'esprimere il proprio disappunto. L'uomo continuò imperterrito a schioccare la lingua, mentre l'odore intenso di menta piperita era quasi insopportabile in una stanza che già da prima puzzava di muffa e detersivi.

– Forse il marito di Linda. Ingolf. Non abita a Oslo, ma per quel che ne so io avevano un bel rapporto.

Di colpo, le venne in mente che avrebbe dovuto chiamarlo per fargli le condoglianze. Fino a quel momento non ci aveva pensato e per un attimo perse il filo del discorso.

– Okay, – commentò il poliziotto facendo un movimento circolare con la mano per farle segno di andare avanti.

– Di solito Linda tornava a casa nel Vestfold il fine settimana, – riprese Selma. – E tutti i giorni parlava con Ingolf al telefono. A quanto ne so. Magari lo sapeva anche qualcuno in Parlamento. Forse esiste un sistema per cui devono comunicare cosa fanno e dove sono. Nel caso di votazioni, intendo dire. Non ne ho idea. Devi controllare.

– Tuo marito, non è anche lui in Parlamento?

– Il mio ex marito. Sí. Ma non so che procedure abbiano. Come ti ho già detto, devi controllare.

– Lo farò. E Vanja?

– Lo puoi chiedere direttamente a lei.

– Certo, ma adesso lo sto chiedendo a te.

Selma sospirò.

– Vanja è sposata con Kristina. Vivono in simbiosi. Un paio d'anni fa hanno perso il loro unico figlio e da quel momento è quasi impossibile invitare una delle due senza che ci sia anche l'altra. In effetti ci sarebbe dovuta essere anche Kristina, ma aveva mal di gola. A proposito, mi fa male il braccio, quindi spero che tra poco avremo finito.

Solo adesso il poliziotto aveva cominciato a prendere appunti.

– Ah, – le disse con tono apatico. – Ah.

Poi d'un tratto alzò lo sguardo e la fissò dritta negli occhi.

– Hai nemici?

Selma strizzò gli occhi. Esitò.

– Credo che tu abbia ragione, – disse invece di rispondergli. – Il bersaglio era sicuramente Linda.

– Perché dici cosí? Tre minuti fa questa ipotesi ti divertiva e io…

– Era comunque una parlamentare. Una persona importante. E io e te siamo d'accordo sul fatto che chi ha sparato è un ottimo tiratore. Quindi non si è trattato di un colpo andato a vuoto.

– Avremo modo di ritornare su questo punto, – commentò il poliziotto, nervoso. – Ora fammi la cortesia di rispondere alla mia domanda.

– Quale?

– C'è qualcuno che ti vuole male? Hai nemici?

Selma cercò di assumere l'aria di chi si stava annoiando, anche se le risultava incredibilmente difficile. Piú di ogni altra cosa sentiva il bisogno di telefonare alla figlia Anine e spiegarle a chiare lettere che il bersaglio era Linda Bruseth e che lei era stata soltanto molto sfortunata. E che non sarebbe mai piú successa una cosa del genere.

– Due o tre anni fa avrei risposto di no, – dichiarò alla fine. – Diciamo che per un certo periodo di tempo il mio ex marito e i miei figli non hanno mostrato un grande entusiasmo per la sottoscritta, ma non hanno mai desiderato davvero il mio male. Suppongo. Per il resto ho solo amici. Nessun nemico. Credo. Attualmente?

Fece una smorfia. Il poliziotto la fissava. Da sotto le sopracciglia a cespuglio che si congiungevano sopra il naso formando una V scintillò un bagliore. Di colpo lo sguardo dell'ispettore si fece tagliente, come se fino a quel momento avesse cercato di ingannarla spacciandosi per una persona diversa da quella che era in realtà. Selma inclinò la testa di lato.

– Adesso affermerei con certezza di avere dei nemici, sí.

Smedstuen non batté ciglio. Selma si sentiva sempre piú a disagio. Era come se lui le nascondesse qualcosa. Come se avesse concordato in anticipo con la capo infermiera di servirsi di quel disgustoso sgabuzzino come sala interrogatori, e di averla costretta su un'inutile sedia a rotelle per fiaccarla ulteriormente.

– A parte un'enorme organizzazione paramilitare segreta, – esordí Selma, – dotata di mezzi e armi…

– Tormenta è stata smantellata l'anno scorso. Grazie a te.

– Smantellata?

Era difficile non riscoppiare a ridere.

– Credi davvero che sia possibile distruggere un apparato del genere?

– Sí, è scoppiato un vero e proprio putiferio, un elenco senza fine di processi penali, scandali politici, molti…

– Mi hai chiesto se ho nemici, – lo interruppe lei. – Sto cercando di risponderti. Tormenta era l'operazione. L'organizzazione in sé non aveva un nome. Non aveva un profilo. Impossibile da afferrare. In giro ci sono persone che desiderano vedermi sottoterra? Ne sono assolutamente convinta. Inoltre, ci sono un bel po' di persone nell'ambiente dello sci di fondo norvegese che avrebbero esultato se fossi schiattata sul serio…

Aveva cominciato a contare sulle dita che spuntavano dalla fascia immacolata appesa al collo.

– Comunque, non si sarebbero piazzati sul tetto di una casa con l'intenzione di spararti, – commentò Fredrik Smedstuen. – In tal caso avrebbe dovuto esserci un biathleta.

Per la prima volta il poliziotto sorrise. Aveva i denti grigiastri.

– Abbiamo anche un ladro di diamanti furibondo, – proseguí Selma imperturbabile, usando il dito medio sinistro. – Ma è in prigione. In inverno, quando finalmente ho potuto riprendere a muovermi dopo la famosa… gitarella in montagna dell'anno prima, ho smascherato un dipendente infedele della Telenor. È ancora a piede libero, ma in base agli ultimi rapporti è stato visto a Bali. Sicuramente non si farà vedere in Norvegia per un po'. Poi abbiamo…

– Non c'è bisogno che passi in rassegna tutti i tuoi casi. Ho afferrato il concetto.

– Oltre ai «miei» casi, ci sono quelli che ho rifiutato.

– Rifiutato? Ti riferisci…

– No. Non a uomini. Non in quel senso. Parlo di clienti. Mi arrivano cinque, sei richieste alla settimana. Minimo. Ne accetto una ogni due mesi. Alcune delle persone che se ne sono dovute andare a mani vuote potrebbero essersi arrabbiate parecchio.

Si strinse nella spalla sana, prima di aggiungere: – Cosa che posso anche capire.

– Adesso a che stai lavorando?

– Adesso? In questo preciso momento mi trovo in uno sgabuzzino con te, e mi chiedo se manca ancora tanto. Mi fa male il braccio e qui dentro puzza.

Con un sospiro, e anche con una certa fatica, il poliziotto si alzò.

– Vedi di rimanere a Oslo. A proposito, hai diritto a un avvocato.

Selma scosse la testa.

– No, grazie. Me la cavo da sola. Sono sicura che l'obiettivo di quell'uomo non ero io.

Si rese conto che le veniva molto piú facile mentire che dire la verità.

– O della donna, – aggiunse. – In effetti non conosciamo il sesso del killer.

– Chiamami quando ti senti abbastanza in forma per affrontare un vero interrogatorio. Alla centrale. E per una ricostruzione, come dicevo. Credo che succederà a breve.

Le aprí la porta. Furono accolti da un rumore indaffarato di passi, voci e qualche grido. Il sentore eterno dei pasti anni Sessanta riempiva il corridoio. Le dava la nausea da dopo l'operazione. Paragonato alla puzza acre degli stracci, l'odore delle polpette di carne industriali si era trasformato in un piacevole profumo.

Fredrik Smedstuen rimase fermo con la grossa mano stretta intorno alla maniglia della porta.

– Non hai risposto, – le disse.

– A cosa?

– Alla domanda su quali sono i casi di cui ti stai occupando ultimamente.

Selma esitò. Grande errore. Una bugia ben fatta arrivava spontanea ed era morbida come il velluto. Mai troppo dettagliata, ma neppure cosí concisa da invogliare a porre ulteriori domande. Arrivava da sé, senza ritardi, precisa e senza fatica.

– Nessuno, – esclamò, mitigando il tono brusco con un sorriso cosí ampio e sfavillante che avrebbe giurato di aver visto l'ispettore arrossire.

Smiley

La spalla e la parte superiore del braccio le facevano un male cane quando finalmente Selma Falck si trovò davanti al suo appartamento a Sagene. Appoggiati alla parete, tra la sua porta e quella del vicino, c'erano cinque mazzi di fiori confezionati con cura. Immaginò subito che fossero per lei: i media avevano diffuso su tutte le piattaforme a disposizione la notizia della sparatoria avvenuta a Grünerløkka. Inoltre, dopo soli ventidue minuti dall'accaduto, la Dgtv aveva cominciato a trasmettere in diretta dalla scena del crimine. Di per sé, era già un fatto clamoroso che una parlamentare fosse stata uccisa in quello che sembrava un vero e proprio attentato, ma le voci che l'obiettivo designato fosse Selma Falck rendevano tutto ancora piú piccante.

Come sempre, Selma era al centro dell'attenzione. Al momento delle sue dimissioni, in ospedale c'erano sedici mazzi di fiori, e quando in mattinata era arrivato l'ultimo le infermiere erano rimaste a corto di vasi.

Mentre con la mano destra frugava nella borsa in cerca delle chiavi, si accorse subito del formicolio alle dita. Sapeva benissimo che il leggero tremolio al braccio destro non aveva nulla a che vedere con le lesioni riportate al sinistro. Quanto avrebbe voluto che Lupus fosse ancora vivo. Il cane randagio e in parte inselvatichito che l'anno prima le aveva salvato la vita era morto un paio di settimane dopo il loro ritrovamento. Aveva girovagato da solo per sei mesi per l'altopiano e il calore, il cibo e le premure erano risultati eccessivi per quel vecchio animale.

Lupus si era preso cura di lei, adesso era lei a doversi prendere cura di sé stessa.

Dopo aver armeggiato un po' per infilare la chiave nella toppa, Selma la girò. La prima serratura, poi quella di sicurezza. Dischiuse appena la porta.

Qualcuno era entrato in casa. Di nuovo.

Esistevano tanti modi per controllare se un ospite indesiderato si fosse intrufolato all'interno. Il piú semplice era ovviamente un impianto d'allarme: lo aveva fatto installare non appena si era trasferita nel nuovo condominio a Sagene, quasi due anni prima. Non era il top, ma bastava e avanzava: non avrebbe avuto senso piazzare anche delle videocamere in un appartamento cosí piccolo. L'antifurto era nuovo e piuttosto buono. Eppure, tre settimane prima, Selma aveva avuto la sgradevole certezza che qualcuno fosse stato là. Da lei. Nel suo appartamento moderno e sicuro, dove le vie d'accesso erano soltanto due. Una era la porta d'ingresso, l'altra il balcone, l'unico esistente su tutta la facciata, liscissima, e che si trovava a piú di otto metri di altezza da terra. Nessuna delle due porte presentava segni di scasso. Era difficile immaginare che qualcuno si fosse arrampicato su un muro esterno in una zona densamente popolata senza attirare l'attenzione. Impossibile. L'intruso doveva essere entrato dalla porta principale. E questo significava che lui o lei aveva la chiave. In effetti, era possibile sgusciare all'interno del condominio aspettando il momento in cui un inquilino disattento non si fosse chiuso per bene la porta alle spalle, ma l'appartamento di Selma era un'altra cosa. La persona in questione doveva avere la chiave, disinserire l'allarme e poi rimetterlo.

A quanto ne sapeva, nessuno oltre a lei ne possedeva una copia e nessuno conosceva il codice dell'antifurto.

Per un certo periodo, che adesso pareva un'altra vita, prima che rischiasse di morire sull'altipiano di Hardanger, Selma aveva avuto una relazione con un uomo giovane. Troppo giovane per una donna di mezza età come lei. In un momento di leggerezza gli aveva dato le chiavi di casa, che le erano state restituite quando lei in maniera molto brutale si era decisa a mollarlo, non perché volesse, ma perché era necessario. Un giorno, lui gliele aveva fatte trovare sulla mensola dell'ingresso prima di sparire, e da quel momento non si erano piú rivisti. Selma non gli aveva mai dato il codice. Quando alla fine di ottobre era stata dimessa dall'ospedale, aveva cercato di ricontattarlo. Senza esito. Chissà se a spingerla a cercarlo era stato l'orgoglio ferito o un afflato di genuina pena d'amore che di colpo l'aveva assalita.

Quando tre settimane prima aveva avvertito l'inquietante sensazione che qualcuno si fosse intrufolato in casa sua, non aveva capito esattamente il motivo della propria reazione. In effetti, si trattava solo di una sensazione che l'aveva colta non appena era entrata nell'appartamento. Anche se tutto era come sempre. O almeno cosí sembrava, per quanto potesse vedere lei. Era paragonabile a una sorta di movimento paranormale, al vago sentore di una sostanza estranea. Non era un odore, non era un qualcosa di visibile, piuttosto una specie di presenza. Era quello che aveva pensato quando, con il cuore che le batteva piú forte, si era diretta in camera da letto.

Anche lí, nessun segno di effrazione. Con il passare del tempo aveva cancellato il pensiero. Nell'ultimo anno era cambiata, era diventata un po' piú ansiosa. Piú nervosa, anche se non lo dava mai a vedere. Aveva cominciato a rapportarsi con la morte. Sarebbe stato strano il contrario, dopo che l'autunno precedente era stata ritrovata in fin di vita da un gruppo di soccorritori.

O forse aveva soltanto a che fare con l'età.

Aveva liquidato l'intera questione dicendosi che era solo un brutto scherzo della fantasia, ma si era dovuta ricredere quando aveva deciso di andare a dormire. Il letto era sfatto. Uno dei piumoni era attorcigliato accanto al cuscino. Quando lo aveva sollevato, era comparso un pacchetto di gomme da masticare.

Un pacchetto di Kip.

Tre gomme piccole e rettangolari, una rossa, una verde e una gialla, avvolte nel cellophane.

Il cuscino era stato sprimacciato con cura dopo che lei si era alzata. Era perfettamente liscio e al suo posto, senza nessuna impronta. Il pacchetto era al centro del guanciale, in un piccolo incavo che qualcuno aveva ottenuto premendo con le dita. Da piccola, quelle gomme erano i dolciumi preferiti di Selma Falck.

Adorava le Kip. Il loro sapore, fruttato e troppo breve, e la loro consistenza valevano tutte le monetine che era in grado di racimolare in mancanza della paghetta fissa settimanale. Al primo morso, i pezzi erano croccanti e al tempo stesso quasi friabili, poi si mescolavano tramutandosi in un perfetto equilibrio di duro e molle. Dopo pochi minuti, il tutto era già diventato un ammasso faticoso da masticare e insipido, ma i primi secondi di una Kip le riportavano alla mente ricordi cosí belli che, alla sola vista del pacchetto, aveva avvertito un leggero crampo alla mascella.

Non le producevano da quarant'anni.

Da allora Selma non le aveva piú viste in circolazione.

Invece adesso, lí sul suo cuscino, ce n'era un pacchetto.

Dopo qualche secondo di confusione totale era stata assalita da un'ansia sconosciuta che l'aveva sconvolta a tal punto da toglierle persino il coraggio di prendere i chewing gum in mano. Come impietrita, li aveva fissati per parecchi minuti. Alla fine aveva agguantato il piumone e il cuscino sull'altro lato del letto ed era andata a sdraiarsi sul divano. Senza riuscire a chiudere occhio.

Solo due persone sulla faccia della terra sapevano che da bambina Selma Falck era disposta a tutto per un pacchetto di Kip: Vanja Vegge, la sua piú vecchia amica, e Herman, il suo fratellino.

Era ovvio che Vanja non si era introdotta furtivamente nell'appartamento senza lasciare tracce. Non aveva né la chiave né il codice. E Herman era morto da molti anni.

Dopo una notte insonne Selma aveva accantonato l'idea di telefonare alla polizia. Visti i suoi precedenti, avrebbero preso la cosa sul serio, per quanto il tipo di minaccia fosse alquanto strano. Riflettendoci sopra, era arrivata alla conclusione che non si trattava affatto di una minaccia, ma di un pacchetto di gomme da masticare da tempo fuori commercio. Forse si trattava solo di uno scherzo assurdo. In fondo non era successo nulla di grave, a parte lo spavento. Aveva trascorso mesi a fornire alla polizia tutte le spiegazioni che aveva sui vari casi scoppiati dopo la scoperta di Tormenta. Al momento non sentiva certo il bisogno impellente di tornare in Grønlandsleiret 44. Quando verso le cinque e mezza del mattino la luce del sole era penetrata dalla fessura tra le tende in soggiorno, la paura si era dissolta.

Però aveva cominciato a usare la fecola di patate. Prima di uscire e chiudere a chiave. Uno strato sottilissimo sul parquet di quercia chiaro, proprio davanti alla porta quando si entrava.

Lo faceva ormai da tre settimane. Nessun segno di nuovi

intrusi. Negli ultimi giorni aveva avuto altro a cui pensare e adesso i numerosi mazzi di fiori le avevano quasi fatto dimenticare la solita cautela. Per fortuna le era venuto in mente prima di aprire.

Qualcuno aveva calpestato la fecola. Selma fu costretta ad accovacciarsi per vedere l'impronta parziale di un piede. La punta della scarpa era appena visibile. Quando si abbassò gli occhiali sul naso per esaminare meglio la traccia, sussultò con tale violenza da cadere all'indietro. Un nodo improvviso le attanagliò la gola, costringendola a respirare a bocca aperta. Le girava la testa quando alla fine trovò il coraggio di sedersi sulle ginocchia e osservare di nuovo.

Aveva visto giusto.

La punta della scarpa aveva lasciato impresso nella fecola un disegno a zig-zag. Faceva già paura di per sé, ma la cosa peggiore era lo smiley accanto. Aveva un diametro di circa cinque centimetri ed era stato disegnato con un oggetto piú sottile di un dito.

Rimase senza fiato quando notò che l'emoticon le strizzava l'occhio con aria impertinente.

La commemorazione

Il gruppo parlamentare del Partito laburista aveva scelto di celebrare nel modo piú discreto possibile la cerimonia di commemorazione.

Linda Bruseth era un nome che al di fuori della sua regione d'origine la gente conosceva a malapena. La strada che l'aveva portata dalla contea del Vestfold in Parlamento era iniziata in sordina. In quanto madre di cinque maschi, era stata sempre rieletta come rappresentante d'istituto dei genitori. Per quindici anni. Quando anche il piú piccolo aveva salutato i suoi per trasferirsi dalla campagna in città, l'esistenza le era diventata insopportabilmente grigia. Per questo motivo aveva trovato qualcos'altro per riempire le giornate. Dopo aver capitanato con successo un'azione popolare contro l'esproprio di tre possedimenti in collina dove era prevista la costruzione di un parco eolico, Linda Bruseth era finita in lista con i laburisti alle elezioni comunali. Muovendosi negli ambiti sicuri del proprio ambiente locale aveva svolto un ottimo lavoro. Conosceva tutti e piaceva a tutti, sia ai compagni di partito sia agli avversari. Grande, grossa eppure atletica, come era sempre stata. «Una donna di valore», dicevano di lei: una persona capace di creare ponti, come sapeva fare chi apparteneva alla vecchia guardia.

Sempre sorridente e disposta ad aiutare gli altri.

Nell'autunno 2015, in occasione di un grande afflusso di rifugiati, Linda era intervenuta con decisione. In due settimane una vecchia casa di preghiera e una di riposo recentemente chiusa erano state convertite in un centro di accoglienza. Il villaggio aveva accolto con calore ed entusiasmo siriani e afgani, mentre allo stesso tempo erano stati creati venti preziosissimi posti di lavoro. Il tutto era stato realizzato in maniera cosí efficiente, inclusiva e riuscita che Linda Bruseth, il motore del progetto, era stata invitata lo stesso anno a partecipare come ospite a un popolarissimo programma della Nrk che si teneva ogni vigilia di Natale. Sorridente come sempre, Linda era apparsa sullo schermo tra due deliziosi bambini siriani, in un tripudio di canzoni di Natale, alberi addobbati e l'odore di puntine di maiale che cuocevano nel forno.

«Schietta e calorosa», aveva scritto la gente sui social.

«Finalmente una rappresentante del partito laburista dotata di empatia», avevano commentato altri.

«Una donna cosí mi farebbe votare di nuovo per quel partito», avevano osservato in tanti.

Linda Bruseth era una dei pochi politici esistenti per cui ciò che contava davvero erano i risultati. Per tutto il 2016 la sua popolarità aveva continuato a crescere anche al di là della sua zona d'origine e, all'inizio del 2017, era stata inserita nella lista del Partito laburista del Vestfold come candidata in Parlamento alle elezioni che si sarebbero tenute quello stesso anno.

Una volta eletta, era stata completamente dimenticata.

All'inizio l'avevano piazzata nella commissione Giustizia. Senza che ne sapesse nulla di giurisprudenza. Era abituata a ricorrere al sano buonsenso contadino e ad agire in maniera determinata in un ambiente a lei noto, non a relazionarsi ai metri di documenti prodotti dalla grande città. Si sentiva cosí inadatta al nuovo ruolo che aveva fatto in modo di essere trasferita alla commissione Agricoltura. Neanche lí si era trovata a suo agio. Per la prima volta aveva dovuto ammettere di essere dislessica. Per oltre cinquant'anni era riuscita a gestire in maniera egregia e segreta le sue difficoltà nel leggere e scrivere, ma adesso la situazione era diventata un tormento. A pochi mesi dall'inizio dei suoi quattro anni di mandato, tutti sapevano già che per lei sarebbe stato il primo e l'ultimo, cosí era stata parcheggiata nella commissione Famiglia e cultura.

Lí era andata un tantino meglio.

In quanto a infanzia e giovani, una madre di cinque figli sapeva il fatto suo. E anche in materia di sport. Ma la cultura non era il suo forte e aveva sempre problemi nel leggere.

Nella statistica dei parlamentari piú loquaci occupava l'ultimissimo posto.

E adesso era morta. Uccisa con un colpo d'arma da fuoco in un locale perché si era frapposta a un proiettile destinato alla molto piú celebre Selma Falck.

Per la breve cerimonia di commemorazione il partito aveva scelto il cosiddetto «atrio di passaggio», una sala al centro dell'edificio che, come diceva il nome, era un'area del Parlamento dove tutti andavano e venivano. A dire il vero, la sala veniva utilizzata anche per altri scopi, tra cui conversazioni formali e informali, ma era soprattutto il territorio di caccia battuto dalla stampa ogni volta che all'orizzonte si palesava qualche tempesta da cui i politici avrebbero preferito nascondersi.

Alcuni avevano proposto fievolmente di utilizzare la sala riunioni del gruppo parlamentare laburista. A loro dire, un luogo piú riguardoso, piú vicino e intimo. Avrebbe sottolineato con piú forza l'appartenenza di Linda Bruseth al partito. I commenti erano stati spazzati via senza ulteriori discussioni.

Si trattava solo di una cosa che andava fatta. La rappresentante piú anonima del partito avrebbe avuto la sua piccola cerimonia alla memoria, ma nei limiti dello stretto necessario e di quanto si poteva dire di una rappresentante cosí infruttuosa. In genere la stampa si mostrava molto piú gentile con i politici defunti che con quelli vivi, ma su Internet giravano già parole di scherno che si volevano risparmiare alla famiglia.

Lars Winther, il giornalista dell'«Aftenavisen», se ne stava sotto una delle grandi arcate laterali antistanti le porte d'accesso all'aula plenaria. Si era presentato da solo, senza fotografo. Un servizio completo di immagini gli avrebbe di sicuro fruttato qualcosa. Personalmente era inviperito perché gli era stato negato il permesso di recarsi da Selma Falck. Dopo che l'anno prima lei lo aveva omaggiato del piú grande scoop giornalistico di tutti i tempi, i due erano diventati ancora piú amici. A tal punto che la caporedattrice non gli permetteva di avere nessun contatto con lei a livello professionale.

Ora invece gli toccava sciropparsi il discorso che il capogruppo del partito stava snocciolando davanti a un uditorio alquanto sparuto. Il politico aveva scavato in profondità nel passato della parlamentare per trovare qualche spunto positivo adatto. Accanto a lui c'era un tavolino con sopra una candela accesa e un libro di condoglianze dove nessuno aveva scritto nulla. Quando finí, ci scarabocchiò sopra un ultimo saluto prima di lasciare il microfono al rappresentante piú anziano, che proveniva dalla stessa contea di Linda Bruseth. Quest'ultimo esordí con un discorso che almeno all'inizio parve molto piú caloroso del precedente. Anche lui conosceva la defunta politica da piú di vent'anni. Buona e gentile erano le parole che ripeteva ogni due frasi.

Lars Winther sentí qualcuno dargli un colpetto sulla schiena. Si girò irritato.

– Ciao, – gli borbottò un collega di un'agenzia di stampa, la Ntb. – Non è qui che succede il bello. Lo vedi da te. Ci si sarebbe aspettati una reazione piú veemente davanti all'uccisione di una parlamentare. Invece queste sono solo minuzie imbarazzanti. Quella che doveva morire era Selma Falck. Non Linda Bruseth.

L'oratore si interruppe di colpo e una leggera confusione serpeggiò tra i presenti. Lars fece un passo avanti e infilò la testa nella sala. Sul lato opposto stava arrivando con passo deciso la presidente del Parlamento, che a dire il vero avrebbe dovuto presenziare la cerimonia di commemorazione. Era seguita da quattro uomini e una donna che Lars non riconobbe. Dalla falcata, dagli sguardi e dal fatto che procedevano quasi con lo stesso ritmo, capí subito chi erano.

– Comunque la polizia ha i suoi dubbi, – mormorò in risposta al collega tanto sicuro di sé. – A quanto pare, per loro il caso non è cosí scontato. Stanno andando a perquisire l'ufficio di Linda Bruseth.

Il visitatore del cimitero

Era tardi e il buio si era posato su Oslo già da molte ore. Dalla coltre plumbea di nubi che copriva il cielo scendeva una pioggia leggera. La stradina era viscida per via delle foglie bagnate. Anche se le giornate erano ancora calde, la prima nottata di gelo era alle porte. L'uomo aveva raggiunto il cimitero da ovest e aveva superato la via principale attraverso un sottopasso. Il ginocchio sinistro gli faceva meno male del solito. Cercava di non zoppicare. Se avesse sovraccaricato la gamba destra, avrebbe sentito dolore anche lí.

Non si vedeva anima viva.

Si inoltrò lentamente fra le tombe. In alcuni punti la gente aveva messo dei ceri a pile che creavano un'atmosfera cupa e inquietante. Come sempre lui aveva in tasca un lumino, i fiammiferi e un pacchetto di sigarette. Si fermò per un attimo e, dopo averne tirata fuori una, si piazzò al riparo di una quercia, con le mani piegate intorno al cerino che aveva staccato.

Avrebbero dovuto smettere, tutti e due. Lui e Grethe. Negli anni Novanta, il numero di fumatori che conoscevano era diminuito sempre piú. Avevano continuato entrambi, sebbene nel 2002 a sua moglie fosse stato diagnosticato un cancro al polmone con tanto di metastasi. Ciononostante, Grethe non era riuscita a fare a meno delle sigarette e a quel punto nemmeno per lui aveva avuto senso rinunciare. In fondo, era via la maggior parte del tempo.

Da quando era morta l'anno dopo, lui fumava soltanto di nascosto e aveva anche smesso di bere. Non che l'alcol fosse mai stato un problema ma, nel momento in cui aveva sepolto sua moglie, aveva completamente perso il piacere di bersi un bicchiere o due, e il piú piccolo drink bastava a farlo precipitare in un'oscurità da cui riemergeva sempre piú faticosamente. Cosí aveva smesso, proprio come aveva tagliato i ponti con quasi tutto il resto, tranne il dolore in parte sopito che provava da che era vedovo.

E tranne il fumo, ma solo se non lo vedeva nessuno.

E il lavoro. Aveva continuato fino a cinquantacinque anni, quando gli si era presentata l'occasione d'oro per mollare. Da allora in poi aveva sempre avuto abbastanza da fare, essendo in possesso di un bagaglio di competenze molto richiesto. Era peggio nella sfera sociale. Dei due era stata Grethe a pensarci, era lei a occuparsi di ogni aspetto della casa, della famiglia e a mantenere i contatti con gli altri. Inclusi il figlio, il giardino, l'economia e tutto quello che apparteneva a una vita familiare.

L'esistenza aveva preso una piega un po' troppo brusca quando sua moglie si era ammalata e poi era morta. Lui era riuscito a non sprofondare per un soffio. Tuttora, anche se erano passati cosí tanti anni, non si sentiva mai davvero felice. Per lui la vita era color seppia, ma provava ancora un barlume di conforto quando aspirava la prima boccata di una Marlboro appena accesa. Inalò il fumo mentre riprendeva a camminare, e la brace della sigaretta splendette luminosa.

La lapide di marmo era piccola, bassa e scolpita grossolanamente. Era cosí che l'aveva voluta Grethe. Dentro una busta voluminosa, conservata nel comodino accanto al letto dove aveva esalato il suo ultimo respiro, c'erano le istruzioni. Il contenuto era sobrio e per lo piú di carattere pratico. Riguardava il rogito dell'appartamento e il mazzo supplementare di chiavi della casa di villeggiatura. I documenti dell'assicurazione, i gioielli di famiglia e l'accordo con il vicino per la divisione della strada di cui non si era fatto nulla. Eppure, lui aveva letto tra le righe anche sprazzi di un amore profondo, di armonia e di ventun anni di vita belli e solidi trascorsi insieme.

Grethe si trovava all'estremità laterale di un cimitero circondato dal traffico di veicoli pesanti e da piccoli edifici industriali. La pietra era leggermente rivolta verso sud-ovest e il fiordo, come se sentisse la nostalgia dell'Italia da cui proveniva.

Il suo nome era scritto su una placca di bronzo. Le lettere erano state incise a rilievo su una targa piú stretta, fissata a sua volta su una piú grande con delle viti. Non era una consuetudine norvegese: la prassi normale era far incidere il nome e le date di nascita e di morte sulla pietra stessa. Ma prima di morire, sua moglie aveva deciso anche questo. Forse lo aveva visto da qualche parte all'estero.

Si accovacciò, benché il dolore al ginocchio gli facesse vedere le stelle. Per lui trenta piegamenti quotidiani sulle ginocchia erano ancora una routine, senza che le sue condizioni fossero mai migliorate un granché. Il giorno in cui avrebbe saltato la ginnastica mattutina sarebbe stata la fine, perché non sarebbe mai piú riuscito a chinarsi in quella posizione. Gli era impensabile l'idea di lasciarsi andare cosí. Delle piccole cose che gli permettevano ancora di superare un giorno dopo l'altro, la soddisfazione di tenersi in forma era tra le piú importanti.

Fece scorrere le dita sulle lettere gelate. La placca di bronzo, che fino a poche settimane prima era di un verde cupo, quasi nero in alcuni punti, era stata ripulita da poco fino a diventare lucida e dorata. Sotto il nome di Grethe, era pronto lo spazio per aggiungerne un altro. C'era già, quando lo scalpellino aveva rimesso al suo posto la placca.

Quella zolla di terreno sotto il grande olmo sarebbe diventata una tomba per due.

Il nome sottostante non era stato ancora montato. L'addetto dell'agenzia funebre si era stupito quando il vedovo gli aveva detto di non affiggere l'ultima targhetta, ma in maniera servile e silenziosa aveva accettato l'imposizione e gliel'aveva consegnata corredata di nome, data di nascita e di morte. Adesso lui la teneva in casa, dove sarebbe rimasta avvolta nella carta velina dentro il cassetto del vecchio comodino di Grethe fino a quando tutto sarebbe finito. Sino a quando ogni particolare sarebbe stato completato e lui avrebbe potuto riprendere a respirare.

Adesso era l'unica cosa che desiderava nella vita: inspirare profondamente, riempire i polmoni e poi lasciar defluire l'aria poco alla volta. Un respiro dopo l'altro. Percepire l'ossigeno che veniva trasportato con il suo potere corroborante attraverso i vari muscoli del corpo, facendolo sentire vivo. Non sapeva che cosa sarebbe successo dopo. Non importava. Nel corso della sua esistenza aveva compiuto errori imperdonabili, sí, ma verso di lui e nei confronti della sua piccola comunità era stata commessa un'ingiustizia ancora piú profonda.

Quello che aveva perso era troppo.

Se a Grethe fosse stato concesso di vivere, il mondo sarebbe stato diverso.

Dopo aver borbottato qualche parola, si alzò lentamente. Acceso il lumino, l'appoggiò nell'erba avvizzita e bagnata. Forse disse una preghiera. Non ne era sicuro. Si rivolgeva piú a Grethe che a Dio. Adesso la sua mente era vuota.

Tirò fuori un'altra sigaretta e ripercorse con calma la strada da cui era arrivato.

Domenica 8 settembre

L'aiutante

– Come fa uno smiley a strizzare l'occhio? Si è mosso?

Einar Falsen si asciugò le mani sporche di giallo sulla gamba dei pantaloni prima di sedersi sul divano vecchissimo e malconcio. Un gatto in cerca di coccole gli scivolò subito in grembo e cominciò a leccare dalle dita del suo padrone l'unto lasciato dalle patatine al formaggio.

– Certo che no, – rispose Selma Falck con una certa irritazione mentre con un tonfo lasciava cadere sul tavolino del soggiorno una cartellina piena di documenti, poi si accomodò su una poltrona traballante. – Un occhio era disegnato cosí. Voglio dire, chiuso. Come se la faccina facesse l'occhiolino.

Glielo fece vedere con un gesto della mano mentre cercava di trovare una posizione piú comoda per l'altro braccio dolorante.

– Togliti quella parrucca orrenda, – le disse Einar. – Cos'è 'sta roba?

Selma si staccò la capigliatura posticcia e la infilò nella borsa. Grazie ai travestimenti a cui era ricorsa in tutti quegli anni per entrare e uscire dalle bische clandestine di Oslo, poteva contare su una considerevole scelta di parrucche, occhiali e copricapi. Anche adesso continuava ad avere un gran bisogno di non essere riconosciuta. Da tempo sapeva muoversi con andature diverse e ora, prima di uscire di casa, aveva costretto il braccio appena operato dentro una manica della giacca. Per sicurezza era passata dal garage, giú in cantina, invece di ricorrere al portone principale come al solito. Poi aveva percorso a piedi il tratto di quindici minuti scarsi che la separava dal piccolo appartamento di Einar Falsen. Per quanto sperasse con tutte le sue forze che il bersaglio dell'attentatore fosse stato Linda Bruseth, non poteva esserne sicura al cento per cento, ecco perché doveva prendere le dovute precauzioni.

– Questi, – disse appoggiando il palmo della mano sulla pila di carte davanti a lei, – sono tutti i casi di cui mi sono occupata da quando ho smesso di fare l'avvocata e ho cominciato la mia carriera di investigatrice privata.

Spinse i documenti di qualche centimetro verso di lui.

– E che me ne faccio? – le chiese Einar.

L'ex poliziotto fissava il malloppo con aria scettica.

– Devi esaminarli tutti con cura, – rispose Selma.

– Perché?

– Perché...

Si alzò irritata e, dopo aver accartocciato il sacchetto vuoto e puzzolente di patatine al formaggio, andò in cucina a buttarlo.

– Non hai afferrato nulla di quello che ti ho raccontato al telefono? – gli domandò ad alta voce.

– Dovresti essere contenta anche solo che ho risposto quando hai chiamato. Mi hai fatto fare un salto... Come ti ho già ripetuto non so quante volte, devi usare il telefonino esclusivamente in casi di emergenza.

– Questo *è* un caso di emergenza. Mi hanno sparato.

– Lascia che sia la polizia a occuparsene. Ne verranno a capo.

Selma tornò a sedersi. Posò lo sguardo sull'uomo che si trovava sul lato opposto del tavolino storto, a tre gambe. Era evidente che stava attraversando un buon periodo.

Non mangiava piú soltanto patatine al formaggio, anche se il consumo era ancora troppo elevato. Da quanto Selma poteva capire, Einar prendeva i medicinali antipsicotici che gli avevano prescritto. Dopo due decenni trascorsi da clochard, gli aveva fatto senz'altro bene trasferirsi in un luogo al chiuso. Persino in un appartamento come quello, umido e pieno di spifferi, cosa a cui lui aveva posto rimedio facendo andare al massimo tutti i termosifoni a ogni ora del giorno e della notte.

– Qui dentro sembra di stare in una sauna, – sospirò Selma, abbassando lo scollo del maglione.

– Una temperatura perfetta, – le sorrise Einar mentre si appoggiava il gatto sulla spalla. – Anche Micio la pensa cosí.

Nell'ultimo anno era decisamente migliorato. A tal punto da chiamarla quasi sempre Selma e non Mariska, come un'attrice americana a cui, a detta di tutti, somigliava tantissimo.

Per troppi anni Selma era stata costretta a farlo ricoverare d'urgenza con quaranta di febbre e i polmoni che gorgogliavano. Succedeva almeno una volta all'anno, soprattutto quando anche durante il giorno regnava il buio. Durante l'ultimo inverno se l'era cavata senza mai ammalarsi gravemente a livello somatico. Grazie a una condizione fisica migliore, si era stabilizzata anche quella psichica. Quando era in preda alle allucinazioni, Einar soffriva di tutto, dall'allergia letale a qualsiasi apparato elettronico alla convinzione che la Norvegia fosse sottomessa a un regime totalitario, segreto e in grado di controllare ogni cosa e chiunque. Governato dalla Cia, ovviamente. Il caso Tormenta non aveva di certo aiutato. Tuttora Einar Falsen era vittima di attacchi di panico e di deliri cospirativi. Però quei periodi erano diventati sempre piú rari e non duravano piú cosí a lungo come prima. Nelle ultime settimane si era comportato in maniera quasi del tutto normale. Teneva relativamente pulito l'appartamento e si lavava almeno un paio di volte alla settimana. Einar Falsen sembrava soddisfatto della propria esistenza, per la prima volta da un paio di decenni.

Per quanto riguardava invece Selma, la situazione era peggiore.

Era sfinita. Non le veniva piú cosí facile mantenere la solita facciata. L'esperienza dell'anno prima in cui si era trovata a un soffio dalla morte l'aveva segnata piú di quanto le piacesse ammettere. Da quando riusciva a ricordare, probabilmente fin da bambina, aveva dovuto trovare un equilibrio tra ciò che era davvero e ciò che appariva all'esterno. Aveva scelto di vivere cosí. Molta dell'irrequietudine che albergava sempre dentro di lei si trasformava in un'energia positiva che le permetteva di portare a termine quanto si era prefissa. Invece, l'inquietudine restante l'aveva resa dipendente dal gioco d'azzardo, cosa che soltanto fino a un paio d'anni prima stava per distruggerla.

Ma non del tutto: Selma Falck si rialzava sempre.

La fama che aveva acquisito dai tempi in cui era una delle migliori giocatrici di pallamano al mondo si era trasformata in forme sempre nuove di celebrità. Prima come avvocata di grido. Le capitava spesso di accettare o meno dei clienti sulla base del tipo di attenzione che il caso le avrebbe procurato. Essendo dotata di una capacità tutta sua di barcamenarsi, sapeva anche esprimere un'opinione accettabile ai piú le rare volte in cui le veniva chiesto di parlare di politica.

Selma non provocava nessuno.

Quasi non esisteva reality a cui non avesse partecipato, vincendone oltretutto parecchi. Anche i social sembravano creati per Selma Falck. Grazie ai selfie e agli *snapshot* si era murata dentro pareti fatte di successo e, cosa alquanto impressionante, senza diventare oggetto di troppa invidia. I suoi consigli in fatto d'allenamento venivano seguiti su YouTube da quasi trecentomila abbonati, un numero che era cresciuto ancora di piú dopo che nell'ultimo anno era stata cosí generosa da permettere al mondo di prendere parte al processo di riabilitazione di un corpo devastato e che aveva superato abbondantemente i cinquant'anni.

Era rarissimo che Selma Falck fosse del tutto sé stessa. Quel modo di vivere le calzava a pennello e non le costava grandi sforzi. Con gli altri, la bocca si atteggiava sempre in un sorriso. La sua memoria, che era strabiliante, le permetteva di affrontare la maggior parte delle persone ponendo loro domande mirate su vita, salute e nipoti.

Un anno prima avrebbe sfruttato senza esitazioni la situazione in cui si trovava adesso. Si sarebbe lasciata intervistare dal letto d'ospedale, qualora i medici glielo avessero permesso, cosí come aveva scelto di fare dodici mesi prima non appena era guarita abbastanza. I fotografi avrebbero avuto il permesso di scattare le loro foto, adesso come allora. Il profilo Instagram sarebbe stato rimpinguato con diligenza di immagini scattate all'ospedale, corredate da hashtag come *#colpitadauncecchino* e *#vitadadetective*.

Invece aveva rifiutato qualsiasi tentativo di contatto.

– C'è qualcosa che non va? – le chiese stupito Einar, lasciando cadere il gatto sul pavimento.

– Sí. Hanno cercato di uccidermi. E non ho idea di chi possa essere stato. Sai, questo influisce sull'umore.

– Come ti dicevo, dovresti lasciare alla polizia il compito di occuparsi di questa storia. E poi, magari il killer aveva preso di mira la tua amica. È lei che è morta.

Selma non rispose, ma si appoggiò lentamente allo schienale della poltrona, fino a quando si trovò seduta con le gambe tese in avanti come una bambina che faceva i capricci.

– Sí, certo. Quanto vorrei che fosse cosí. Quanto mi piacerebbe. Eppure, continuo a non crederci.

Dopo essersi raddrizzata, fece un cenno con la testa in direzione della cartellina.

– Per favore, passa tutto in rassegna. In cima ci sono i casi di cui mi sono effettivamente occupata. Dàgli solo un'occhiata veloce. Dal momento che li ho risolti tutti, i clienti mi amano. In fondo alla pila troverai una breve presentazione delle persone che mi hanno contattata negli ultimi due anni, ma che non ho voluto o potuto aiutare.

– Cosa devo cercare?

– Se c'è qualcuno che avrebbe piú motivo degli altri di avercela con me. Personalmente non riesco a individuare nessuno, ma forse esistono dei dettagli che mi sono sfuggiti. Ti senti in forma?

– In forma? Assolutamente sí! Era un'eternità che non mi sentivo cosí. Porto fuori Micio di notte per incontrare meno persone possibili. Il cinese del chiosco…

– È vietnamita.

– Fa lo stesso. Ora mi consegna le patatine al formaggio a domicilio. Tutti i martedí e venerdí. E i supermercati quassú…

Indicò mollemente verso la finestra, piú o meno nella direzione giusta.

– … sono aperti fino alle dieci e mezzo di sera. Appena prima della chiusura non c'è quasi mai nessuno. Oltretutto mi basta fare la spesa ogni quattordici giorni. Sto benissimo.

Selma esitò. Einar Falsen non poteva avere accesso a Internet in qualsiasi momento. L'anno prima gli aveva comprato un laptop e, mentendo sul fatto che non emetteva radiazioni di nessun tipo, gli aveva insegnato a usarlo. Era andata malissimo, perché in rete Einar aveva trovato conferma ai suoi deliri piú ossessivi e per poco non ne era rimasto distrutto per sempre.

Nei periodi positivi, invece, Selma poteva permettergli di usarlo. Era successo due volte e i risultati erano stati eccellenti. Già durante uno dei suoi primi incontri con il web, Einar aveva mostrato di possedere un grande talento in fatto di ricerche e confronti. Se era abbastanza disciplinato da non rimanere invischiato in siti che non tollerava, si divertiva a giocare ai videogiochi innocenti che Selma gli comprava.

– Ti darò il computer, – gli disse, estraendolo dalla borsa.

Einar si illuminò.

– Posso scaricare uno dei nuovi Hog?

– Hog?

– *Hidden objects games*. Giochi a oggetti nascosti. Davvero divertenti.

– Va bene. Ma solo uno.

Il laptop era ancora protetto da quella che Einar credeva fosse una copertina di plastica laccata a spray che serviva a eliminare i campi magnetici. Selma accese il computer.

– Fammi vedere, – esclamò eccitato lui, facendole segno di sedersi al suo fianco sul divano. – Il gioco voglio sceglierlo io.

Per sicurezza afferrò il casco da terra. Era vecchio, da hockey su ghiaccio; Selma lo aveva rivestito completamente con dei fogli di alluminio tenuti al loro posto da nastro adesivo argenteo. Dopo aver armeggiato con il cinturino del mento, Einar si mise piú comodo.

– Non giocare prima di aver lavorato per almeno tre ore, – lo ammoní Selma mentre apriva *Big Fish* e gli consentiva di scrollare attraverso le numerose offerte. – E puoi giocare soltanto un'ora.

– Due, – ribatté Einar. – E prima devi spiegarmi cosa bisogna trovare.

Selma si mise a scaricare il gioco che lui le aveva indicato.

– Voglio sapere il piú possibile di tutte queste persone, – gli rispose accennando alla pila di carte. – Questi documenti contengono già molte informazioni. Devi sistematizzarle e poi scoprire tutto: lavoro, seconde case, viaggi. Di solito la fonte migliore sono i social, ma...

– Adesso ho capito.

– Allora, io vado. Ti funziona la stampante? Hai abbastanza carta? E toner?

– Sí. Sí. Sí. Buon viaggio.

Non alzò neanche lo sguardo dallo schermo. La pila di documenti era rimasta intatta.

– Prima di andartene, devi dirmi una cosa, – le disse.

I suoni provenienti dal laptop svelarono che era già intento a giocare.

– Prima il lavoro, – commentò Selma severamente.

Einar alzò gli occhi.

– Dal momento che la polizia sta già svolgendo le proprie indagini su quanto è successo a Løkka partendo dal presupposto che avrebbero voluto far fuori te, perché non gli racconti dello stalker che, come per magia, entra nel tuo appartamento e ti lascia dei piccoli omaggi senza far scattare l'allarme e senza compiere effrazioni?

Articolò la parola come se si trattasse di un vocabolo norvegese.

– Si pronuncia *stolker*, lo corresse Selma. – Non *stalker*.

– Smettila. Rispondimi, piuttosto.

– Perché, – esordí lei, girandosi di nuovo piano piano verso di lui.

Si fece silenzio.

– Perché, cosa? – disse Einar.

– Perché ad Anine non piacerebbe che mi uccidessero in mezzo alla strada. Sono sempre convinta che l'obiettivo fossi io, ma spero davvero che la polizia rimanga incollata alla vita di Linda. In tal caso mi sarebbe piú facile far ragionare Anine e convincerla a lasciarmi Skjalg. A casa, almeno. Se invece venisse a sapere che mi perseguitano persino nel mio appartamento, puoi giurarci che non vedrei piú il bambino se non a storia conclusa. E ce ne vorrà di tempo.

– Skjalg, – ripeté Einar sfoggiando un sorriso sdentato. – Ma tu pensa, alla fine anche Selma Falck si è innamorata per davvero.

Selma uscí senza aggiungere altro. Adesso l'inquietudine benvenuta e vivificatrice che la spingeva ad andare sempre avanti, che la teneva costantemente in movimento, era diversa.

Quella che sentiva in realtà era paura.

L'incarico

Lars Winther era al lavoro, benché fosse il suo giorno libero. Nei fine settimana la casa, piena di figli, si trasformava in una zona di guerra. Anche la moglie era giornalista, anche lei era stanca, e come Lars avrebbe preferito riposarsi la domenica lavorando. Questa volta era stato lui a spuntarla, grazie a una strategica ritirata ancora prima che si fosse svegliato il piú piccolo.

Aveva passato le prime ore a dormire sul divano della sala riunioni piú grande, e quando spuntò da sotto la coperta si sentiva come rinato. Si stirò, si scolò una bottiglietta d'acqua e si rimise a posto i vestiti. Di lí a qualche ora, spinto dai sensi di colpa, sarebbe tornato a casa, ma nel frattempo aveva parecchie cose da sbrigare. La priorità assoluta era fare visita a Selma. Se non gli avevano affidato il compito di occuparsi della sparatoria avvenuta a Grünerløkka, nessuno poteva impedirgli di andare a trovare un'amica malata. I media avevano riferito che Selma Falck era stata dimessa e Lars supponeva che avesse ancora cosí male da rimanere a casa.

Nel momento in cui uscí dalla porta per entrare nell'open space della redazione, si sentí chiamare dalla caporedattrice.

– Merda, – sussurrò, ma si diresse comunque verso il suo ufficio sul lato opposto di quello stanzone enorme.

Era nuova. Quando il vecchio caporedattore se n'era

andato in pensione tre mesi prima, la maggior parte di loro aveva pensato che il suo posto sarebbe stato assegnato a uno dei giornalisti che già lavoravano per quella testata. Si erano sbagliati. Era stato affidato a una trentottenne dello «Stavanger Aftenblad». Era tra le piú giovani di tutta la redazione, ma nel giro di poco tempo aveva saputo crearsi un'autorità che Lars Winther trovava alquanto affascinante. Era perennemente in ufficio. Durante la settimana, nei week-end e quando c'erano le ferie. Il personale aveva cominciato a mormorare che non si fosse ancora procurata un alloggio dove vivere.

– Finalmente ti sei svegliato, – esordí facendogli segno di accomodarsi. – Hai disertato il tuo idillio familiare? È faticoso starsene a casa il sabato e la domenica?

Lars bofonchiò una conferma imprecisata.

La donna spinse verso di lui una voluminosa cartellina di plastica verde. Quando l'aprí, Lars vide una chiavetta Usb fissata all'interno con dello scotch. Calcolò che a occhio e croce ci fossero un centinaio di fogli.

– Di che si tratta? – chiese scettico.

– Non ne sono del tutto sicura.

– Cosa dovrei farci?

Richiusa la cartellina, gliela rimise sulla scrivania perfettamente in ordine.

– È un caso di cui si stava occupando Jonathan Herse, – gli disse lei.

– Jonathan?

Gli occhi di Lars si ridussero a due fessure. Il collega era morto tre settimane prima in un tragico incidente stradale a una rotatoria di Bislett. Il giovane giornalista stava pedalando a tutta velocità senza casco al momento dell'impatto. Da quanto era emerso, il taxista con cui era scontrato non aveva colpe. La disgrazia era avvenuta un sabato notte e i testimoni erano pochi, perlopiú cosí ubriachi che le dichiarazioni divergevano alquanto. Gli elementi rilevanti erano che Jonathan aveva un tasso alcolemico pari a 1,7 mentre il taxista era sobrio.

– Perché dovrei darci un'occhiata?

Lars Winther guardò la cartellina con un'espressione quasi di disgusto. Subentrare a casi già iniziati era ancora peggio che scrivere necrologi, cosa che a volte era stato costretto a fare quando in estate, ancora adolescente, lavorava come sostituto nella redazione locale. Il giornalismo era soprattutto una questione di metodo e lui aveva il suo. Come la maggior parte dei colleghi. Era sempre problematico trovare un filo conduttore nel lavoro già avviato da altri e di solito la conclusione era che bisognava ricominciare da capo.

– Di cosa si tratta? – domandò. – È una rottura…

Fu interrotto da un'addetta alle pulizie che entrò in quel momento. Indossava un chador scuro e doveva solo portare via la spazzatura.

– Servizi sociali, tutela dei minori, – rispose la caporedattrice senza curarsi della presenza della donna.

Lars si batté la fronte, gemendo in maniera ostentata. Dopo aver riappoggiato a terra il cestino della carta vuoto, l'addetta alle pulizie sparí con un sacchetto d'immondizia.

– Ma non ci penso proprio! Un caso di tutela dei minori è la cosa peggiore che si possa…

– Occupatene tu, – replicò decisa la caporedattrice, spingendo nuovamente la cartellina verso di lui. – Credo che qui dentro ci sia qualcosa.

– I servizi sociali! – gridò quasi Lars. – Un maledetto vespaio! Di solito chi ha a che fare con loro, se non è già pazzo di suo lo diventa. Stiamo parlando di complottisti, mezzi deficienti e troll della rete. Non se ne parla pro…

La caporedattrice alzò la mano destra in maniera cosí brusca che Lars si zittí.

– Ho impiegato parecchio tempo per inserirmi in questo... ambiente di lavoro, – commentò secca. – E ho capito che in realtà ambisci a essere trasferito nella redazione politica.

Lars la fissò senza annuire.

– E che quasi te lo aspettavi, – continuò, – dopo il successo che hai ottenuto con le rivelazioni su Tormenta. Il punto è...

Uní i polpastrelli in un triangolo e appoggiò i gomiti sulla scrivania. Il suo sguardo era piú azzurro che mai e i capelli biondi parevano autentici. Se non fosse stato per la bocca contratta, quasi senza labbra, sarebbe stata anche bella.

– Quel caso lo hai avuto gratis, – dichiarò. – Servito su un piatto d'argento da Selma Falck. Qui dentro...

Batté con un'unghia curata e smaltata di rosa sulla cartellina di plastica.

– Qui dentro, per quanto ne so, c'è soltanto l'inizio di qualcosa. Ma è un inizio interessante. Personalmente non l'ho guardata, ma Jonathan sembrava molto eccitato e un po'...

Sembrò quasi che cercasse la parola giusta.

– ... preoccupato.

– Per favore, – si lamentò Lars con un filo di voce. – I servizi sociali! Ti prego, risparmiami!

– No, – gli rispose lei con un sorriso.

Questa volta Lars non rimandò la cartellina al mittente.

– Jonathan era vago e parecchio misterioso, – riprese la caporedattrice. – Mi pento di non averlo torchiato quando mi aveva chiesto di potersi occupare soltanto di questo per tre settimane. Immagino che qui non si tratti di casi isolati, burocrati spaventosi e genitori in lacrime. Questo...

Si chinò nuovamente in avanti fissandolo negli occhi.

– Questo caso riguarda qualcosa di piú grande. Se non ho frainteso Jonathan.

Con un altro sospiro, Lars afferrò la cartellina senza aprirla. La caporedattrice gli indicò la porta con un leggero cenno della testa e lui si alzò.

– Se risolvi questo caso, la strada per passare alla politica sarà molto piú corta!

La sua voce parve quasi allegra mentre pronunciava quelle parole. Lars le aveva già voltato le spalle.

– Tutela dei minori, – sibilò a un volume quasi impercettibile prima di richiudere la porta con un po' troppa violenza.

Andò a mettersi la tuta. Aveva intenzione di fare jogging fino a Sagene, ma dal momento che Selma non aveva risposto né al telefono né ai tre sms che lui le aveva mandato a intervalli di pochi minuti, proseguí correndo fino a casa.

Servizi sociali. Un vespaio senza precedenti. Questo Lars Winther lo sapeva bene, cosí decise che se ne sarebbe fregato di ciò che la sua caporedattrice gli aveva imposto di fare.

Almeno per il momento.

Lo stalker

Turcopoker, il vecchio cliente nonché tuttofare di Selma, si presentò anche stavolta, come sempre quando lei lo chiamava.

Mentre tornava a casa dopo essere stata da Einar, Selma sentí la paura crescerle dentro a mano a mano che si avvicinava a Sagene e al piccolo appartamento che fino a quel momento era stato per lei un bunker inespugnabile. Con una camera da letto dove aveva trascorso notti migliori di quanto non le fosse mai capitato quando nella sua vita precedente abitava nella sontuosa villa a Ormøya con marito e figli. Con un soggiorno che a poco a poco aveva trasformato proprio come voleva. Pratico e accogliente, né piú né meno. Ma il suo posto preferito era il balcone, l'unico presente sulla facciata alta e liscia del condominio. Da lí poteva vedere pressoché indisturbata gran parte della città, dal momento che molto difficilmente qualcuno poteva scorgere lei.

L'appartamento era un luogo sacro.

O lo era stato.

Adesso osava appena metterci piede. Già qualche minuto dopo essere entrata in casa e aver camminato avanti e indietro per il soggiorno in preda all'ansia e con le pulsazioni alte, intercalando in quel continuo peregrinare qualche rapida e nervosa uscita sul balcone, si era resa conto che doveva fare qualcosa. L'ospite indesiderato o lavorava per l'istituto di vigilanza che aveva installato a suo tempo il sistema d'allarme o in qualche modo si era procurato la chiave e i codici. Forse era un hacker. Ce n'erano cosí tanti.

Troppi.

Turcopoker si era presentato tre quarti d'ora dopo che lei gli aveva telefonato. Gentile e affabile come sempre. Avvolto da una nuvoletta di costoso dopobarba aveva guardato ovunque. Selma gli aveva chiesto di smontare il vecchio sistema d'allarme, ma dopo averci riflettuto un po' con la testa inclinata, lui le aveva detto che sarebbe stata una cosa stupida. Dal momento che non erano state montate videocamere, poteva continuare a usarlo come prima. Accenderlo quando usciva, spegnerlo quando rientrava. O poteva anche fregarsene. Personalmente non era mai riuscito a convincere sua moglie a utilizzare quello che avevano in casa se non quando andavano via per un certo periodo di tempo.

– Normale.

L'attrezzatura di Turcopoker somigliava a quella di *Mission Impossible*.

Aveva nascosto degli elementi microscopici nelle cornici, tra i listelli delle tapparelle e sotto le modanature del soffitto. Era tutto wireless. Dopo aver lavorato per un'ora le aveva chiesto il numero di cellulare. Tre minuti e, grazie a una app e a quattro telecamere nascoste, Selma era in grado di vedere quasi ogni angolo dell'appartamento. Turcopoker le aveva consegnato il telefono con aria seria.

– Vuoi che possa controllare anch'io? Pensando alla tua sicurezza? Mi basta scaricare…

– No, grazie. Me la cavo da sola.

– Davvero vuoi cambiare la serratura? Se il tipo cercasse di entrare ancora, se ne accorgerebbe subito.

– O la tipa. Comunque, sí. Voglio una serratura nuova.

Anzi, due. Come adesso. In fondo cambiare la serratura non è cosí insolito. Lui o lei potrebbe credere che sia una casualità. Gli impedirebbe di entrare, ma non è detto che in questo modo capirebbe che so che è stato qui.

– Non ti ha lasciato lo smiley proprio per fartelo sapere?

– Sí. In effetti è il particolare piú spaventoso di tutta la faccenda. E allo stesso tempo non può essere sicuro che io lo abbia visto. Però...

Rabbrividí. Il corpo prese a tremarle a tal punto che Turcopoker le appoggiò una mano sulla spalla. Quella illesa. In maniera quasi impercettibile Selma si ritrasse.

– Non lo voglio qui dentro, – replicò decisa.

Turcopoker annuí. Non gli ci volle molto per eseguire quello che lei gli aveva chiesto. Il lavoro sembrava ben fatto, anche se adesso sulla porta si vedevano delle scalfitture.

– Maestro di tutto, esperto di niente.

Con un sorriso, Turcopoker ritirò gli attrezzi nella cassetta e stava per andarsene quando Selma gli chiese quanto gli doveva.

– Non mi devi nulla, – fu la risposta.

Come sempre.

– Grazie a te non mi sono fatto quattro anni di galera, Selma. Ti occupi della mia dichiarazione dei redditi. E poi vanno aggiunti tutti i soldi che hai perso ai miei tavoli da gioco. A proposito, non li visiti da un pezzo.

Ridendo, la salutò pugno contro pugno prima di andarsene.

Rimasta sola, Selma si sentí un po' piú tranquilla.

Ma non abbastanza. Esisteva soltanto una medicina capace di esorcizzare la tensione che avvertiva all'altezza dello sterno, quella puntura acida in cima allo stomaco che peggiorava sempre piú. Aprí il laptop ed effettuò il login per accedere a uno dei soliti domini.

Alla vista del logo del sito di poker online, le pulsazioni calarono. Il severo re di cuori la trafisse con un'occhiata, mentre la regina di picche guardava dolcemente un fante altezzoso con indosso una cotta di maglia. Le dita di Selma stavano per digitare il codice. Sospirò sollevata. L'irrequietudine stava per trasformarsi in eccitazione, e di lí a pochi secondi una benefica sensazione di benessere avrebbe rimosso ogni angoscia.

A metà della combinazione alfanumerica, però, si interruppe di colpo. La foto di Skjalg appena nato, ingrandita al limite del ridicolo e appesa sulla parete del soggiorno accanto alla porta della camera, funzionò a dovere. Selma richiuse il portatile e lo allontanò da sé.

Erano passati quattro mesi e mezzo dall'ultima volta che aveva giocato.

Quando Anine si era inaspettatamente presentata in ospedale dopo gli strapazzi subiti dalla madre sull'altipiano di Hardanger, Selma aveva scoperto che sarebbe diventata nonna. Il piccolo doveva essere stato concepito soltanto una settimana o due prima della morte del genero, avvenuta durante le stesse nozze.

Il piccolo Skjalg era nato ad aprile.

Era un dono del cielo. Gli occhi erano scuri, la bocca ampia e le labbra carnose. L'arco di cupido era cosí evidente da somigliare alla cicatrice rimasta dopo un intervento per eliminare il labbro leporino. Il personale del reparto di maternità era rimasto stupito dalla somiglianza esistente tra il bambino e la nonna. Anine, bionda e con gli occhi azzurri, era nel suo letto d'ospedale e, dopo la terza visita nell'arco di sole dodici ore, Selma si era resa conto che avrebbe dovuto lasciare la figlia in pace fino al momento in cui sarebbe tornata a casa. Comunque, prima di andare via, aveva permesso a due medici e a tre infermieri di scattare dei selfie con la nonna novella che teneva in braccio il nipotino.

Ovviamente Anine si era arrabbiata, ma d'altro canto non era una novità.

La cosa piú importante era che adesso sua figlia aveva bisogno di lei.

La vita da madre single era tutt'altro che un sogno. I nonni paterni del piccolo erano divorziati e il loro senso della famiglia era alquanto debole. Lo zio di Skjalg non aveva mai neppure visto il nipote. Anche se il bimbo era stato chiamato con il nome del padre defunto, i parenti rimasti avevano mostrato un interesse decisamente scarso nei confronti del bebè. Invece Selma era «come impazzita», avevano detto all'ospedale quando tutta in tiro si era presentata armata di un seggiolino per auto nuovo fiammante e una valigia piena di indumenti per neonati, pronta a portare a casa la famigliola dopo due giorni e mezzo trascorsi all'ospedale di Ullevål.

Anine aveva accettato il fervore e l'entusiasmo di Selma. A malapena, soltanto perché ne aveva bisogno e dopo aver posto una condizione molto chiara.

Niente piú giochi d'azzardo.

L'appartamento di Sagene, che era diventato un posto dove Skjalg si sentiva tranquillo e sicuro, non doveva correre il benché minimo rischio. In passato, Selma aveva perso al gioco possedimenti ben piú grandi, in tutti i sensi.

Selma aveva promesso. Aveva giurato e spergiurato che quel periodo della sua vita era finito. Stipulare un patto era facile, ma mantenerlo si era rivelato a volte una sofferenza insopportabile.

Però ce l'aveva fatta.

Il piccolo Skjalg era un miracolo. Selma si rispecchiava in lui, cosa che non aveva mai fatto con i propri figli. In quel visino vedeva sé stessa, e anche nei capelli, che continuavano a essere scuri a mano a mano che il bimbo cresceva. Oltretutto, gli erano spuntati i primi due dentini da latte quando aveva solo quattro mesi. E, cosa ancora piú strana, erano apparsi nell'arcata superiore, non in quella inferiore, proprio come era successo a Selma quando aveva la sua età, come aveva potuto constatare osservando le poche foto che la ritraevano. Una era stata scattata nella primavera del 1967 su una spiaggia probabilmente della California e mostrava una bambina molto seria. Mentre la sostenevano e aveva degli asciugamani avvolti intorno alla schiena e al sedere, la piccina guardava verso il sole cocente strizzando gli occhi: sotto il labbro superiore mostrava due chicchi di riso. I genitori l'avevano soprannominata Cipeciop fino a quando aveva avuto quattro anni: da quel momento in poi, sarebbe scomparso per sempre ogni genere di nomignoli.

Anine non l'avrebbe scoperta se avesse giocato poco. Soltanto un'ora. Poteva mettere un limite alle perdite. Spiccioli. Niente di serio. Avrebbe potuto connettere un timer al computer, un dispositivo che aveva installato in un periodo in cui ci dava dentro un po' troppo. Non che fosse servito a qualcosa, doveva ammetterlo, perché ovviamente esisteva un codice per eluderlo e proseguire.

D'altro canto, Anine era una specie di macchina della verità vivente e, ogni volta che si incontravano, chiedeva alla madre del gioco. La capacità di Selma di raccontare frottole, sviare il discorso e mentire direttamente quando le tornava comodo le aveva fatto fare molta strada. Ma, a differenza di tutti gli altri, Anine aveva smesso di farsi ingannare già a otto anni. Era piú o meno il momento in cui il rapporto tra di loro si era deteriorato, pensò Selma, allontanando ancora di piú il computer.

Doveva inventarsi qualcosa.

Lars aveva cercato di mettersi in contatto con lei. Piú volte. Avrebbero potuto vedersi, ma Selma non aveva molta voglia di parlare con lui.

Mentre stava per entrare in camera per la terza volta, l'occhio le cadde sui documenti, di cui Einar aveva una copia. Prese sconsolata la cartellina, raggiunse il divano e si lasciò cadere sui cuscini. Una fitta di dolore le attraversò la spalla. Non era niente di grave. Aveva cominciato a dimenticarsi della ferita, che le faceva male soltanto quando compiva qualche movimento sconsiderato.

In cima alla pila di carte, troneggiava un elenco di tutti i casi di cui si era effettivamente occupata. Dopo averli accantonati, cominciò a sfogliare con aria assente quelli che aveva respinto. Adesso era felice dell'abitudine che aveva di redigere sempre una breve nota per ogni richiesta che riceveva, per quanto priva di interesse potesse essere. Si appoggiò le carte sulle ginocchia e puntò la pianta dei piedi contro il tavolino.

Aveva l'impressione che le lettere dell'alfabeto si rifiutassero di lavorare in squadra. Le vedeva, ma non riusciva a concentrarsi al punto di trasformarle in parole. Tantomeno in frasi. La paura, quell'inquietudine controproducente e insolita che non demordeva, le fece battere piú forte il cuore. Era come se sentisse la pressione che saliva dentro di lei e le rimbombava sorda nel cranio. Le fischiavano le orecchie e cominciò a boccheggiare. Di colpo le ritornò in mente un flash dei giorni trascorsi in un rifugio di pietra mentre all'esterno infuriava una tempesta di neve. Nuda e avvolta da un puzzo di urina, escrementi e zuppa di pomodoro fredda. Strizzò gli occhi e si alzò.

I fogli caddero per terra.

Gli stalker, pensò sull'orlo di una crisi di panico.

La risposta doveva essere lí. Le persone che la tormentavano già. Che non la lasciavano in pace. Quelle che era riuscita a cancellare mentalmente, ma che nel corso dell'ultimo anno avevano ricominciato a martoriarle il cervello. Non tanto perché fossero diventate piú pressanti, ma perché lei non ce la faceva piú a tenerle lontane dalla propria testa.

Selma Falck non aveva piú la forza di essere sé stessa e quel pensiero a volte le era insopportabile.

Si precipitò in cucina, tirò fuori un sacchetto di carta a cui doveva ricorrere un po' troppo spesso e con il pollice e l'indice destri ne ridusse l'apertura a un buco grande quanto la sua bocca.

Dopo aver inspirato ed espirato tre volte, si sentí meglio. Le vertigini le erano passate e allontanò il sacchetto dalle labbra. Respirò mentre contava piano fino a cinque. Trattenne il fiato per quattro secondi. Buttò fuori l'aria per tre. Aprí gli occhi.

Adesso nessuno poteva entrare piú nel suo appartamento. Nessuno aveva le chiavi delle nuove serrature.

Se soltanto ci fosse stato Lupus.

Riempí un grande bicchiere d'acqua del rubinetto e bevve a sorsi lenti. Le pulsazioni calarono in maniera decisiva, però l'angoscia non scomparve del tutto. Di punto in bianco andò in bagno, chiuse la porta a chiave per la prima volta, si sedette nell'angolo della doccia e si raggomitolò con le ginocchia al petto.

Quando toccò il cellulare, lo schermo si illuminò.

La persona che cercava si chiamava Fredrikke Augustsson.

Selma sapeva bene che era difficile essere attivi sui social senza attirare persecutori come Fredrikke Augustsson. In quel caso, si trattava di una variante di stalker fissata sulla legge e sul diritto. Per dirla in altre parole, sulla giurisprudenza o su una concezione distorta della materia. Un'eternità prima, forse nel lontano 2014, Selma aveva difeso un famoso collega avvocato in un post che a lei era sembrato divertente. Vivace e accattivante al punto giusto, cosí come doveva essere su Twitter. Il collega si era limitato a sottolineare che Fredrikke Augustsson forniva consulenze giuridiche a pagamento senza essere un'avvocata, cosa che era illegale. Molto semplice. La dilettante in questione si era incattivita ancora di piú quando lui aveva informato le autorità competenti sulle attività della donna. L'ordine degli avvocati le aveva dato una strigliata come si deve e da quel momento tutto era degenerato.

Selma avrebbe dovuto pensarci due volte prima di intromettersi. Dopo qualche settimana di attacchi velenosi e furibondi scagliati contro di lei da quella donna, che guarda caso abitava in una villa gigantesca nel quartiere super esclusivo di Holmenkollen, Selma aveva concluso che Twitter non faceva al caso suo. E pensare che invece fino ad allora si era sempre divertita. Molti giuristi utilizzavano quella specie di microblog come piattaforma per le loro discussioni, inoltre lo scambio a livello professionale di link e riferimenti era esteso. Ciononostante, col tempo era diventato un impegno troppo gravoso, e l'accanimento sistematico e rabbioso di Fredrikke Augustsson l'aveva indotta a disattivare il suo account.

Selma però era una persona genuinamente curiosa.

Per non trovarsi esclusa dai pettegolezzi, dai commenti tecnici e da tutto quello che succedeva, aveva ricominciato ad accedere all'account a intervalli regolari. Specie di notte. Poteva essere piacevole e utile sapere chi aveva detto cosa a chi e perché. Purtroppo, Fredrikke Augustsson aveva continuato indisturbata con i suoi interventi, vacillando irosa ed eternamente offesa tra due gruppi in parte coincidenti: i giuristi e gli scettici piú o meno organizzati. Gli anticomplottisti. I cacciatori di fatti. Il problema era che loro le rispondevano a tono. Piú lei li attaccava, piú loro replicavano con durezza. A volte si spingevano ben oltre solo per il piacere di provocarla. Era come vedere una banda di ragazzini circondare un lemming che non aveva via di scampo.

In effetti, era anche divertente seguire la diatriba.

Fredrikke Augustsson era una giurista mancata che in rete non aveva lasciato altro se non un mucchio di account rabbiosi sui diversi social. Probabilmente si trovava quasi sempre nei paraggi di una tastiera. L'immagine del suo profilo diceva a Selma che quella donna era perfetta per il quartiere di ricconi a cui apparteneva, e ne incarnava tutti i pregiudizi. Bionda, snella e con abiti di taglio austriaco. Loden, lana e giacche a vento sottili. Una cinquantenne dell'alta società.

Non poteva rappresentare un pericolo, se non per sé stessa.

– Una pazza, – sussurrò Selma, a cui venne in mente Janna Underbar.

Non poteva essere il suo vero nome, «Janna la Prodigiosa», ma di fatto era la stalker piú pestilente di tutti. Già ai tempi in cui Internet muoveva i suoi primi passi, Janna Underbar aveva creato una pagina che apparentemente sembrava di Selma. La svedese era in possesso di foto che Selma non sapeva dove avesse scovato. Sul sito, che trasudava di un'ammirazione cieca verso di lei e che si chiamava selmafalck.com, era stata addirittura pubblicata qualche immagine che la ritraeva da bambina. Il tutto destava un certo disagio, ma allo stesso tempo era innocuo. Soltanto nel 2007, quando se l'era trovata seduta accanto su un volo Oslo-Stoccolma, Selma aveva cominciato a preoccuparsi un po'. Era impossibile capire come avesse fatto la stalker a procurarsi proprio quel posto. Non poteva essere un caso. Non erano ancora iniziate le manovre in vista del decollo che, sudata e tremando d'eccitazione, la donna aveva tirato fuori una pila di fotografie per fargliele autografare.

Janna Underbar si era semplicemente infatuata di lei a distanza, aveva pensato Selma all'inizio, ma dopo che la tipa aveva speso una piccola fortuna per spostarsi da Uddevalla, dove abitava, in diverse località della Norvegia per incontrarla, aveva deciso di chiedere l'intervento della polizia. Di solito Janna Underbar era sbronza, molesta e si infuriava ogni volta che Selma la respingeva, peraltro con sempre maggior brutalità.

Alla fine, Selma era riuscita a ottenere un ordine restrittivo nei suoi confronti in base al paragrafo 57 del Codice penale. Sei mesi piú tardi, Janna Underbar era stata uccisa dalla sua convivente lesbica dopo un litigio, mentre erano entrambe ubriache. Selma aveva provato un grande sollievo il giorno in cui la polizia svedese le aveva comunicato formalmente la morte della donna. Quando aveva scoperto che la pena inflitta alla responsabile del delitto era quella minima, sei anni di carcere, aveva capito che le attenuanti dovevano essere numerose. Non era certo difficile immaginare quali.

Non pensava piú a Janna Underbar da molti anni.

Era morta. Poteva essere dimenticata.

Era andata peggio con Creedmore.

Le aveva mandato lettere per quasi un anno. Quando nell'autunno 2018 Selma era tornata finalmente a casa dopo la lunga permanenza in ospedale, nella cassetta delle lettere c'erano già quattro sue buste. Lars Winther l'aveva svuotata durante la sua assenza, cercando di suddividere la corrispondenza importante da quanto invece si poteva buttare. Le lettere di Creedmore si trovavano nella prima fila. Le buste erano neutre e le si poteva comprare un po' dappertutto. Lo stesso valeva per la carta. L'uomo, Selma era sicura che fosse un uomo, aveva scritto le lettere a mano. Dopo averle lette velocemente – non erano lunghe – le aveva buttate nel cestino. Dal momento che continuavano ad arrivare, aveva cominciato a conservarle. Ora come ora non contenevano nulla di minaccioso, ma erano sgradevoli nella loro insistenza. Quando, indagando ulteriormente, aveva scoperto che la firma, Creedmore, era il nome di un tipo di munizioni, la cosa si era fatta decisamente allarmante. Un paio di volte Selma aveva preso in considerazione l'ipotesi di avvisare la polizia, dove aveva molti amici che avrebbe potuto interpellare *off the record*. Giusto per chiedere consiglio.

Era rimasta soltanto un'ipotesi.

In fondo quel tipo non pareva pericoloso.

Per via dei pannelli radianti a pavimento, adesso il sedere le scottava. Si alzò, ma dovette tenersi in qualche modo per non cadere in avanti con il braccio leso. La porta della doccia si schiantò sulle piastrelle andando in frantumi. Selma imprecò. Rimase a fissare il vetro polverizzato mentre si toglieva delle schegge dai capelli. Quando cercò di togliere quelle che aveva sulla spalla, si tagliò il palmo della mano.

Lo infilò sotto il rubinetto, lasciando scorrere l'acqua fredda.

Le pulsazioni erano salite a centoventi e fu assalita dalla nausea. Vomitò, ma l'unica cosa che sputò fu della bile acida che le bruciava in gola e sulla lingua. Il rosso dell'acqua si fece sempre piú chiaro fino a scomparire del tutto. Le tremava la mano. Con un certo timore controllò la frequenza cardiaca sull'orologio da allenamento.

Il cuore batteva centosessantasette volte al minuto.

C'era qualcosa di serio che non andava. Vacillando uscí dal bagno. Doveva andarsene da quell'appartamento. Da tutto quanto. Avrebbe potuto abitare da Einar. In un hotel. Nel bosco, se necessario, o a casa di Vanja e Kristina. Prima di raggiungere la porta d'ingresso, era arrivata a digitare quello che riteneva fosse il numero di Anine.

– Pronto soccorso medico, – rispose una voce all'altro capo. – Come posso aiutarla?

Lunedí 9 settembre

La riunione della commissione

– A oggi sono passati otto anni, un mese, due settimane e quattro giorni.

L'uomo alto, imponente e vestito di grigio si sedette a un'estremità del tavolo. Mentre aspettavano l'arrivo del presidente della commissione, l'atmosfera tra i sei esperti riuniti era quasi allegra.

– Da cosa? – domandò uno di loro sovrastando il chiacchiericcio degli altri.

– Dall'attentato terroristico del 22 luglio 2011.

Cadde subito il silenzio.

– Perché lo dici? – osò domandare una donna piú giovane.

– Perché ci avevano promesso una migliore capacità di intervento, – rispose tagliente Karstein Braaten, battendo la mano sul tavolo. – Contro il terrorismo. Contro le catastrofi naturali. Contro gli attacchi cibernetici. Contro le invasioni, le pandemie, il diavolo e quant'altro. Ogni maledetto politico di questo Paese ha passato settimane, mesi e anni a promettere un sistema di intervento migliore per la nazione e il popolo. E poi succede…

Afferrò il cellulare e prese a muovere velocemente le dita sullo schermo.

– Poi succede questo, – continuò mostrandolo agli altri.

– Lo scandalo del Nav?

– Sí. Lo scandalo del Nav.

Nessuno dei presenti sembrò aver capito cosa volesse dire. Uno dei piú grandi enti pubblici norvegesi, il Nav, aveva la responsabilità di organizzare e finanziare le iniziative relative al mercato del lavoro e a tutti i vari tipi di assistenza e previdenza sociale. Gestiva un terzo dell'intero bilancio dello Stato e rappresentava la spina dorsale per eccellenza di quel welfare di cui la maggior parte dei norvegesi era cosí orgogliosa. Di recente era emerso invece che da decenni l'ente era responsabile di molteplici errori giudiziari compiuti a danno di cittadini che erano stati accusati di aver usufruito illegalmente dell'assistenza sociale, per non parlare delle migliaia di persone che non avevano ricevuto i sussidi a cui in realtà avevano diritto. Lo scandalo era dovuto all'errata interpretazione delle regole che vigevano all'interno dello Spazio economico europeo, e la cosa andava avanti da anni. Forse decenni. A quanto pareva, non soltanto il Nav aveva chiuso a lungo gli occhi davanti ai segni ammonitori sull'applicazione scorretta delle normative, ma addirittura la sua interpretazione sbagliata veniva utilizzata dal Parlamento come dai pubblici ministeri e dall'apparato giudiziario. Il piú grande scandalo giuridico della storia moderna norvegese era un fatto.

– Non capisco dove vuoi andare a parare, – commentò la persona piú giovane presente nella stanza, un uomo che a malapena doveva aver superato i trent'anni, ma che era già in possesso di un PhD in macroeconomia della London School of Economics e di un master del Mit in statistica.

Dopo aver appoggiato il telefono, il presidente della commissione si coprí il volto con le mani per parecchi secondi. Non chiudeva quasi occhio da cinque notti e per un attimo era stato sopraffatto dalla nausea e dalle vertigini.

– Mia madre è morta sabato, – disse di punto in bianco, tenendosi al bordo del tavolo mentre si costringeva a sorridere.

Si levò un borbottio di condoglianze, ma lui non ringraziò.

– Non ce lo aspettavamo. Anche se aveva quasi novant'anni e non è che la sua morte ci sia piombata addosso proprio come una bomba. Forse è per questo che sono un po' piú... – lanciò un'occhiata al giovane spaccone plurilaureato, – aspro. Chiedo scusa.

Si chinò a raccogliere una pila di rapporti che tutti riconobbero immediatamente. Erano i piani di intervento nel caso di qualsiasi catastrofe possibile, immaginabile e anche inimmaginabile, o quasi. Dopo che si fu schiarito la voce coprendosi la bocca con il pugno, Karstein Braaten riprese a parlare in tono un po' piú pacato.

– In certe situazioni il governo ha il potere legale di intervenire sui diritti che tutelano il popolo norvegese. La libertà di movimento. L'economia. Le priorità all'interno del sistema sanitario. Sono interventi che possono coinvolgere le forze dell'ordine e la Protezione civile. Le azioni che consideriamo una parte scontata della nostra quotidianità, quasi protette in virtú dei nostri diritti umani, possono essere vietate nell'arco di una notte.

Si fece di nuovo silenzio. Alcuni abbassarono lo sguardo, altri, come la ragazza seduta in fondo al tavolo, fissavano il presidente con occhi sempre piú stretti. Karstein Braaten non sapeva se volesse esprimere comprensione o confusione. Lavorava da troppi anni alla sicurezza. Alla salvaguardia della gente. A fare in modo che il Paese fosse preparato ad affrontare ciò che le persone piú superficiali non credevano sarebbe mai successo. Quella ragazza, brava come ogni donna istruita e informata, non ne aveva comunque idea. Non l'avrebbe avuta ancora per molti anni, non prima di aver vissuto quanto lui dietro le porte chiuse degli uffici e tra documenti che mettevano in guardia contro un mondo e delle realtà che soltanto pochissimi erano disposti a vedere.

– E la gente si lascerà condurre ubbidiente, – continuò alla fine con un piccolo cenno del capo. – Tutte le previsioni indicano che in una situazione di crisi i norvegesi faranno quello che gli viene richiesto. Ci saranno urla e un po' di schiamazzi, ma in linea di massima facciamo quello che le nostre autorità ci chiedono. Perché?

Lasciò vagare lo sguardo intorno al tavolo, ma nessuno si sentí chiamato a rispondere.

– Fiducia? – osò finalmente suggerire uno di loro.

– Esatto. Fiducia. Viviamo in una società basata sulla fiducia. O almeno, cosí è stato finora. Ci fidiamo gli uni degli altri. In generale. Delle autorità e delle istituzioni. Abbiamo uno degli Stati meglio organizzati al mondo. Le cui fondamenta sono costituite dalla fiducia. Una fiducia che nemmeno quel venerdí terribile, intollerabile dell'estate 2011 ha scalfito. Questo popolo...

Guardò a lungo fuori dalla finestra.

– Questa nazione ha conservato la sua fiducia verso un apparato che si è dimostrato totalmente fallimentare quando le cose sono andate male. Soltanto alla vista di quel gommone difettoso, stracolmo di poliziotti che...

Prese il bicchiere d'acqua che qualcuno gli aveva riempito prima del suo arrivo. Lo svuotò, poi atteggiò le labbra a qualcosa che sperava somigliasse a un sorriso.

– Da allora ne è passato di tempo, – disse con voce ferma. – Credo che se l'attacco terroristico fosse successo oggi, avrebbero preteso la testa di piú persone. A posteriori, mentre ci aspettavamo piú libertà, piú democrazia, piú amore...

Si accorse che la voce si stava di nuovo incrinando e gonfiando di disprezzo mentre pronunciava le parole che dal 22 luglio in poi erano state ripetute come dei cliché.

– Di fatto, abbiamo assistito all'esatto contrario. Polarizzazione in aumento. Odio piú forte. Scambi verbali piú taglienti. Maggior disprezzo nei confronti dei politici. Razzismo piú palese.

– Non sarebbe il caso di cominciare con l'ordine del giorno? – suggerí la ragazza, armeggiando con i documenti che aveva davanti a sé sul tavolo. Evidentemente non era abituata e si sentiva a disagio di fronte allo sfogo emotivo del presidente della commissione.

Karstein Braaten non rispose. Guardò di nuovo il cellulare, passando con il pollice da un articolo all'altro.

– Alcune persone sono finite ingiustamente in carcere, – borbottò. – Sono state punite senza nessun motivo lecito. L'incubo stesso di uno stato di diritto! Gravi errori giudiziari causati da un gruppo di giuristi ignoranti che hanno preferito credere a quello che gli veniva raccontato. E cioè che era illegale andare all'estero e allo stesso tempo ricevere i sussidi a cui avevano diritto. Pena, una punizione severa. Per molti uscire dai confini norvegesi è stato sinonimo di perdere i mezzi di sostentamento. La maggior parte ha ubbidito e con questo è stata privata di alcuni diritti umani fondamentali. Come recarsi al capezzale della propria sorella in Germania. Come salvare il poco che si possiede in Svezia dai danni provocati dall'acqua. Nessuno ci ha visto nulla di irragionevole. Questo…

Batté il cellulare sul tavolo con tanta forza da crepare lo schermo. Rimase a fissarlo interdetto. Nessuno aprí bocca.

– Confucio, – disse alla fine, posando il telefono, – già cinquecento anni prima del nostro calendario, constatò che un potente ha bisogno di tre cose: armi, cibo e fiducia.

Si mise a contare sulla punta delle dita.

– La prima cosa a cui deve rinunciare se la situazione cominciasse a sfaldarsi, sono le armi. Poi il cibo. Perché la fiducia, il fatto che i tuoi sudditi si fidino di te, è l'unica cosa di cui non puoi fare assolutamente a meno.

– Ma adesso non è che viviamo in una monarchia assoluta.

Il giovane dotto si raddrizzò gli occhiali, poi proseguí: – Altrettanto importante della fiducia è una buona dose di sfiducia. È difficile definirci una democrazia se la gente non nutre un sano scetticismo.

Karstein Braaten annuí.

– Corretto. In un Paese come il nostro, esiste un equilibrio sottilissimo tra fiducia e sfiducia, tra assoggettamento e protesta, che ci permette di affrontare le crisi. Ci devono essere voci di dissenso. Cosí come si stanno sollevando adesso. È quello che ci rende una democrazia. Sono le voci contrarie, le critiche… la sfiducia, se vuoi, a renderci piú forti e a spingerci in avanti. Ma la fede nel sistema deve essere la base. Come tutto ciò influenzi questo equilibrio… – mosse le mani come se fossero i piatti di una bilancia mentre guardava di sottecchi il cellulare rotto, – lo sa solo Dio.

– Provvederanno di sicuro a fare ordine, – intervenne la donna piú vecchia presente nella stanza, sfoderando un grande sorriso. – Del resto, questo scandalo ha colpito gente che già in linea di principio è un po'…

Inclinò la testa da una parte all'altra in un gesto che era impossibile fraintendere, prima di concludere: – Cominciamo?

Si sentí un fruscio di fogli e un profondo sollievo. Soltanto Karstein Braaten rimase seduto immobile, poi si alzò e lasciò la riunione senza dire una parola.

Non era mai successa una cosa simile.

La psichiatra

Helle Viksfjord era specialista in psichiatria da sette mesi. Quella che sino ad allora era stata la sua maggiore forza, l'aver raggiunto un cosí alto livello di studi in cosí giovane età, adesso si era trasformata nel suo tallone d'Achille.

Aveva trentun anni, ma il corpo tondeggiante, il volto paffuto e i ricci biondi e indomabili la facevano sembrare ancora piú giovane. E a quanto pareva, meno seria. Di solito i pazienti la accoglievano con sorpresa o confusione. Poi con scetticismo, che non riuscivano mai del tutto a superare prima che la psichiatra li trasferisse a un altro segmento del sistema. Soltanto i bambini mostravano di possedere una mente aperta nei suoi confronti, ma nel nuovo lavoro non ne vedeva nessuno.

Selma Falck era la prima che pareva aver accettato serenamente la sua giovinezza. Quando era entrata nello studio, le aveva sorriso, porgendole la mano senza esitazioni. Le sue movenze erano graziose e atletiche al tempo stesso: lo sguardo tranquillo mentre osservava quella piccola stanza, il movimento morbido e fluido quando si era seduta accavallando le gambe.

Poi un altro sorriso. Lo sguardo era diretto. Interrogativo, quasi canzonatorio.

– Bene, – esordí Helle Viksfjord girandosi per un attimo verso lo schermo del computer, prima di rendersi conto che forse non era la cosa giusta da fare.

Rigirò la poltroncina.

– Come ti senti?

– In realtà, bene. Mi fa ancora male il braccio.

Selma Falck si toccò la spalla sinistra.

– Ma reggo il dolore, quindi va bene. Grazie per avermelo chiesto!

– Mi riferivo piuttosto a...

La psichiatra fece un rapido sorriso. Impossibile o quasi cercare rifugio nella cartella clinica digitale aperta sul monitor.

– Da quanto risulta, ieri hai avuto un attacco molto forte, – commentò con un sospiro. – E adesso sai che a livello fisico non ci sono problemi.

La donna seduta sull'altra poltroncina sfoderò un ampio sorriso.

– A dire il vero, sparso in tutto il corpo c'è mezzo chilo di titanio. Oltre a una ferita d'arma da fuoco relativamente fresca. Per cui mi sembra un po' un eufemismo affermare che a livello fisico non ci sono problemi.

Quelle parole potevano essere interpretate come un rimprovero, ma il sorriso e lo sguardo aperto smussarono la critica implicita.

– Ti hanno trovata incosciente.

– Si è trattato soltanto di un malore. Sono stanca, dopo notti e notti senza riuscire a dormire come si deve.

La paziente spinse in avanti di qualche centimetro la spalla ferita, a cui seguí una smorfia di dolore tanto fugace che Helle Viksfjord non era sicura di aver visto bene.

– Comunque, a noi non piace che una persona nelle tue condizioni fisiche e della tua età svenga di colpo. E ci piace ancor meno se prima di perdere conoscenza è cosí spaventata da chiamare il pronto intervento. Sei stata sottoposta a una visita accuratissima.

Non ce la fece piú a trattenersi e con una penna si mise a indicare sul monitor.

– Il cuore è in ordine, anche se mi hai raccontato dell'... episodio. Neppure gli esami del sangue mostrano nulla di preoccupante. Anzi. Il fegato funziona alla perfezione. La Tac alla testa non indica niente che non vada. Tutt'altro.

Appoggiata la penna, congiunse le mani nella speranza che quel gesto la facesse sembrare piú rilassata.

– Dal punto di vista fisico sei una delle pazienti piú sane che abbia mai avuto.

Si pentí subito. Il sorriso di Selma Falck esprimeva ciò che non aveva bisogno di parole: l'esperienza che Helle Viksfjord aveva con i pazienti non era sufficiente per impressionarne molti in positivo.

– Grazie! Cerco di tenermi in forma. Come sai.

La psichiatra tentò di arginare il rossore. Seguiva da tempo Selma Falck su Instagram e YouTube.

– Sí, certo, – rispose deglutendo. – Sicuramente hai controllato se è...

Di colpo si raddrizzò sulla poltroncina. Dal momento che era molto piú bassa dell'altra, fu costretta a sollevare un po' gli occhi per incrociare quelli di Selma, anche se la sua paziente era seduta.

– Però, – riprese, – tutto questo... – lanciò un secondo sguardo veloce allo schermo, – somiglia a un fortissimo attacco di panico. Tu che ne pensi?

Selma annuí. Adesso era seria, tra gli occhi le era apparsa una leggera ruga di preoccupazione.

– Mi sembra una diagnosi corretta. Non ho mai avuto un attacco del genere, ma basandomi su quello che ho letto e sentito, sono perfettamente d'accordo con te.

– Ah, sí? Quindi ritieni di aver avuto...

– No, affatto. Come dicevo, sono convinta che si sia trattato soltanto di un malore. Se per un attimo mi è salita una certa ansia, è perché pensavo che mi fosse venuto un infarto. È stata un'esperienza davvero paurosa, devo ammettere. So che un infarto può colpire anche la persona piú allenata.

Annuí e fece una breve pausa prima di continuare: – Ecco perché ho telefonato e chiesto aiuto. Non era la cosa giusta da fare?

– Sí, certo. Ma dopo il ricovero, mi hai detto che hai avvertito un brusco aumento dei battiti, problemi con...

Selma Falck lanciò un'occhiata all'orologio appeso sopra la porta.

– Un malore ha sempre una causa, – aggiunse veloce la dottoressa. – Ovviamente potrebbe essere qualcosa di innocuo, ma immagino che a entrambe interessi arrivare a fondo della questione, giusto?

– Certo. Sono molto grata a tutti per l'aiuto che mi è stato dato. Mi sento quasi in colpa. Trascorrere ventiquattr'ore in ospedale soltanto perché sono un po' stanca per via di una ferita d'arma da fuoco.

Il volto di Selma Falck era davvero affascinante. In realtà non era bella, forse neppure carina, ma era come se, quando parlava, usasse ogni muscolo del viso. Questo non solo rendeva piú colorite le sue parole, ma conferiva alle frasi maggior profondità. La sua voce era bassa e sempre gentile. Tuttavia, Helle Viksfjord continuava a sentirsi insicura. Un guizzo negli occhi, l'accenno di un sorriso ai lati della bocca: quell'espressione in perpetua trasformazione le suscitava il sospetto che Selma Falck fosse spesso tanto ironica quanto sincera. La descrizione di quel che era successo il giorno prima, come veniva riportata nella cartella clinica, sembrava fedele e veritiera. O almeno, la sua paziente doveva essere davvero spaventata quando ne aveva parlato con il cardiologo.

– Hai descritto una sensazione particolarmente intensa di angoscia?

Selma annuí di nuovo.

– Sí. Credevo di avere un infarto. Immagino che sia un'esperienza paurosa per la maggior parte delle persone.

– Adesso sappiamo che non era un infarto.

Di nuovo, Selma annuí.

– Sí. E ne sono felicissima.

– Hai mai avuto attacchi simili?

– Non era un attacco. Come ho già detto, ho avuto un malore. Causato dalla mancanza di sonno. È imbarazzante disturbare un sistema sanitario già sotto pressione per una sciocchezza del genere. Di sicuro anche tu hai cose molto piú importanti di cui occuparti. Io sto benissimo. Mi sono fatta prescrivere degli antidolorifici in piú e immagino che ora riuscirò a dormire meglio.

– Sarai sconvolta dopo l'episodio di venerdí, no?

– Giovedí. Mi hanno sparato giovedí.

– Sí. Chiedo scusa. Giovedí. Qualcuno ha cercato di attentare alla tua vita. Questo non ti spaventa minimamente? Specie dopo tutto quello che ti è capitato l'anno scorso? Ti è stato dato l'aiuto necessario per rielaborare ciò che hai vissuto?

Selma Falck si passò la mano tra i capelli lunghi fino alle spalle. Anche in quel momento alla psichiatra parve di vedere un sorrisetto, ma gli occhi erano molto seri quando i loro sguardi si incrociarono e, dopo una piccola pausa, lei rispose: – Sono molte domande in una volta sola. E sí, mi spaventa un po'. Ma non al punto di non poterci convivere.

All'improvviso Selma Falck prese il giubbotto che aveva appeso allo schienale della poltroncina su cui sedeva. Il cellulare si illuminò quando lo estrasse dalla tasca. La psichiatra non aveva sentito né il suono di una notifica né un ronzio.

– La polizia, – spiegò Selma con aria dispiaciuta. – Mi devono parlare. C'è altro o possiamo chiudere qui la questione?

Si era già alzata e stava per infilarsi con cautela il giubbotto.

– Be', non sono del tutto soddisfatta... – rispose la dottoressa.

Selma era pronta. Si aggiustò il giubbotto di jeans, che sul davanti era impreziosito da ricami colorati.

– Devo proprio andare, visto che mi ha cercata la polizia. Comunque, grazie per la tua premura. E se posso permettermi di dirlo...

Il suo sorriso illuminò tutta la stanza. I denti erano cosí candidi che dovevano essere stati sbiancati. Gli occhi si ridussero a due fessure, attorniati da una rete sottile di zampe di gallina.

– Hai dei capelli meravigliosi. Ho sempre desiderato i ricci.

Sollevò la borsa con il braccio sano e si diresse verso la porta. Giunta sulla soglia, si girò a metà.

– Un'altra cosa, – aggiunse con tono piú serio. – Sei insolitamente giovane per fare la psichiatra. Di sicuro non sarà facile. Che vogliamo o no, siamo pieni di pregiudizi. Una donna coi capelli grigi sulla sessantina, magari? Con gli occhiali?

Helle Viksfjord non sapeva cosa rispondere.

– Al momento sono la piú giovane di tutta la Norvegia, – pigolò in mancanza di qualcosa di meglio da dire, per poi pentirsene subito.

– Congratulazioni, – le disse Selma Falck con calore. – Non permettere a nessuno di servirsi dell'età contro di te. Mai. Grazie per questa bella conversazione.

Si lasciò dietro una scia di profumo piacevole e leggero. Helle Viksfjord rimase seduta ad annusare per molti minuti prima di riprendersi e scrivere una breve annotazione sulla cartella clinica digitale.

Molto breve.

La cartellina

Lars Winther non riusciva assolutamente a comprendere di cosa si stesse occupando Jonathan Herse.

Gli ci erano volute quattro ore per passare al setaccio tutte le carte lasciate dal collega defunto. Era trascorsa soltanto mezz'ora da quando aveva cercato la caporedattrice pregandola per l'ennesima volta di esonerarlo da quell'incarico. Era fuori discussione. A dire il vero, gli aveva comunicato lei con un sorriso, avrebbe potuto accondiscendere alla sua richiesta solo a condizione che le preparasse una nota in cui dimostrava di aver fatto ogni sforzo per capire il materiale.

Era ancora molto lontano dall'obiettivo. In linea di massima si trattava di tre tipi di documenti. Quasi la metà faceva riferimento a casi concreti. In totale sei, gli sembrò di poter concludere. Erano relazioni stilate dai servizi sociali, ordinanze stabilite dal cosiddetto Fylkesnemnda for barnevern og sosiale saker, spiegazioni fornite da insegnanti e personale degli asili, osservazioni tratte a casa delle famiglie coinvolte. Lars dovette ammettere di sapere a malapena come funzionava il Fylkesnemnda, ma dopo aver cercato su Google, aveva le idee piú chiare. Era un organo statale indipendente, dalla struttura simile a quella di un tribunale, che agiva basandosi sulla legislazione esistente in materia di difesa e tutela dell'infanzia e dell'adolescenza. Quando sussistevano le prove di gravi negligenze o abbandono dei figli da parte dei genitori, l'organo poteva decidere che i bambini venissero collocati in ambienti esterni a quello famigliare, come in apposite istituzioni o presso famiglie affidatarie. Stabiliva la frequenza delle visite e le loro modalità, e poteva anche imporre il ricorso a iniziative di aiuto, alleggerimento parentale e terapie. Tali decisioni potevano essere impugnate da tribunali veri e propri e in due dei casi citati c'erano le sentenze definitive. Né in uno né nell'altro le decisioni prese dal Fylkesnemnda erano state modificate.

Sei famiglie. Sei casi drammatici di genitori incompetenti a cui erano stati tolti i figli. A ragion veduta, secondo Lars. Due riguardavano l'abuso di sostanze stupefacenti da parte dei genitori, uno verteva su quella che per lui era la presenza di handicap psichici in tutte le parti coinvolte. Due erano forse piú tipici, pensò Lars: madri single che non ce la facevano. Non ne avevano le forze. Davano ai figli la Coca-Cola al mattino e il gelato con lo sciroppo di cioccolato a cena per riuscire ad avere un attimo di pace, non si presentavano mai alle riunioni dei genitori e non si facevano neppure sentire nonostante i numerosi solleciti che ricevevano da parte delle infermiere scolastiche. Mandavano i figli a scuola senza la merenda e non controllavano mai se fossero vestiti abbastanza quando fuori c'erano dieci gradi sotto zero e una bufera di neve. L'ultimo caso riguardava una sedicenne somala che era rimasta incinta mentre abitava presso la famiglia affidataria. La ragazza aveva già dei precedenti, da parecchio aveva smesso di frequentare la scuola e non era in grado di prendersi cura di sé. Tantomeno di un neonato, che era stato dato in adozione.

Lars provava una specie di simpatia per gli adulti, che, senza tanti giri di parole, non erano capaci di affrontare la vita. Il pensiero dei bambini era troppo sgradevole, visto che lui stesso ne aveva tre che gli davano già del filo da torcere. Essere genitori di figli piccoli a volte era davvero una fatica, ma non era mai successo né a lui né a sua moglie di mandarli a letto senza che prima si fossero lavati i denti. Uno dei bambini tra i casi raccolti da Jonathan a soli cinque anni aveva i denti da latte cosí marci che glieli avevano dovuti togliere tutti.

Triste e spiacevole, ma comunque non un argomento di cui occuparsi in qualità di giornalista. O almeno, non per Lars Winther.

Per la seconda volta accantonò tutti i documenti che riguardavano casi concreti.

La pila di carte rimaste si poteva suddividere piú o meno a metà. La prima conteneva articoli stampati da Internet, la maggior parte presi da media norvegesi seri: «Aftenavisen», Nrk, «Dg» e «Dagbladet». Un paio di giornali regionali. Alcuni articoli erano molto vecchi. Il piú datato risaliva al 1997 e doveva essere una copia fotostatica. Tutti avevano a che fare con i servizi sociali e il Fylkesnemnda, alcuni riguardavano casi specifici, altri i temi generali.

Il resto degli articoli e della documentazione era scritto in varie lingue. Pochi in inglese. Dipingevano il sistema norvegese di tutela dei minori come una vera e propria organizzazione terroristica. Certi erano probabilmente in polacco. Un paio forse proveniva da giornali ungheresi o cechi, Lars non era sicuro, mentre parecchi erano in russo. Era facile identificarli, sia per via di parole facilmente riconoscibili sia per i caratteri cirillici, anche se era impossibile decifrarne il contenuto.

Lars guardò scoraggiato le tre pile.

L'unica cosa che gli dicevano era che per alcuni la vita era peggiore che per altri. Per quanto i troll complottisti della rete girassero e rigirassero la frittata, era un dato di fatto che alcune persone non erano in grado di accudire i propri figli. Il sistema norvegese funzionava abbastanza bene, anche se c'erano stranieri che sostenevano le critiche feroci sollevate da certe voci in Norvegia secondo cui si poteva parlare di metodi degni della Gestapo.

Stupidaggini.

In quel materiale non esisteva nessun caso su cui indagare. O almeno, per quanto stesse vedendo lui. Provò un certo sollievo. Gli ci sarebbero voluti dieci minuti per riassumere ciò che aveva passato in rassegna. Poi avrebbe mollato la cartella sulla scrivania della caporedattrice e non si sarebbe piú avvicinato a nulla che riguardasse i minori, se non costretto.

Un foglio era caduto per terra. Spinse indietro la poltroncina per raccoglierlo. Era la stampa di un articolo del suo giornale. *Furibonda la procura generale dello Stato: accusa la Cedu di aver fatto trapelare informazioni segrete in un caso di tutela dei minori molto controverso*, diceva il titolo. Lars ricordava vagamente di aver visto quel pezzo non molto tempo prima. Senza averlo letto.

La Cedu. La Corte europea dei diritti dell'uomo. Lars sapeva che una serie di casi norvegesi che coinvolgevano minori attendeva di essere esaminata, situazione che il governo sembrava prendere per ora con la massima calma. Il caso in questione era stato dibattuto da tempo, ma si aspettava ancora il verdetto. Eppure, un professore di giurisprudenza dell'università di Oslo aveva twittato che il risultato sarebbe stato estremamente imbarazzante per la Norvegia. Era palese che aveva accesso a fonti che non avrebbe dovuto avere.

«4 settembre», vide Lars nell'angolo destro del foglio.

L'articolo risaliva a cinque giorni prima. Non poteva essere giusto. Scorse in fretta gli altri articoli presenti nella pila di carte. Il piú recente risaliva a luglio. Prese la cartellina in cui erano contenuti i documenti. La plastica verde agli angoli era logora. L'elastico che la teneva chiusa stava per staccarsi a una delle due estremità.

Jonathan era morto in un incidente il 17 agosto. Due settimane e mezzo prima del 4 settembre.

Fino ad allora aveva passato molto tempo su quel caso, o su quel non-caso, secondo Lars. Dopo la sua morte, qualcuno si era preso la briga di scovare un articolo, stamparlo e infilarlo nella cartellina, mettendolo nel posto piú logico.

Un articolo privo di interesse in cui si diceva che la procura generale era inviperita.

Strano.

Magari era stata la caporedattrice in persona.

No. Gli aveva detto di non aver guardato dentro la cartellina, ma di aver soltanto dato importanza a quello che Jonathan le aveva raccontato prima di morire all'improvviso.

Poteva trattarsi di una bugia, anche se al momento Lars non riusciva a immaginare alcun motivo che l'avrebbe spinta a propinargli una menzogna del genere. Era molto piú probabile che avesse costretto un altro giornalista a occuparsi della faccenda prima di affibbiarla a lui. Uno che aveva già fatto le stesse cose e magari era arrivato un po' piú lontano. Che aveva trovato un articolo che pareva interessante e lo aveva inserito nel faldone. Forse. C'erano tantissime spiegazioni possibili, eppure Lars non riusciva a liberarsi di quel piccolo germoglio di curiosità che il mistero aveva risvegliato in lui.

Quasi senza pensarci sopra, staccò la chiavetta fissata con dello scotch all'interno della copertina e la infilò in una porta Usb del computer. Qualcosa gli fece cambiare idea. La tolse, tirò fuori il suo MacBook da un cassetto e fece il login. Pochi secondi dopo era su Finder.

No name, comparve sullo schermo sotto l'elenco dei vari contenuti. Jonathan non si era neppure preoccupato di dare un nome alla chiavetta. Lars cercò di aprirla. Nessun problema, ma niente di piú. Sopra erano stati salvati due documenti, che si chiamavano rispettivamente *A.docx* e *arkiv.zip*. Che nomi strani. Lui non aveva mai salvato nulla senza utilizzare qualcosa che facesse riferimento al contenuto. Solo in quel modo era semplice ripescarli in seguito.

Inoltre, per essere aperti, i file anonimi richiedevano la password.

Era tempo sprecato cercare di indovinarla. Non ci provò neppure. Vide che la caporedattrice stava rientrando nel suo ufficio.

– Elizabeth! – gridò mentre si alzava.

Molti colleghi gli lanciarono un'occhiataccia. Spalancò le braccia a mo' di scusa. La caporedattrice, che lo aveva sentito, gli andò incontro a passi brevi e decisi.

– Sí? – gli disse avvicinandosi, palesemente irritata quanto gli altri.

– Questo caso di Jonathan, – rispose Lars accennando con la testa alla cartellina. – Gli hai dato un'occhiata?

– No, te l'ho detto. Il motivo per cui voglio che qualcuno lo studi è che Jonathan sembrava molto agitato quando era venuto da me due giorni prima di morire. Quasi stressato. Era stato criptico, cosa che naturalmente mi aveva dato parecchio fastidio. Se uno non ha fiducia nel proprio caporedattore, meglio trovarsi un altro posto di lavoro. Eppure, c'era qualcosa che...

Lars non l'aveva mai vista tentennare. Aveva un'espressione insicura, quasi preoccupata quando scoccò un rapido sguardo alla cartellina di plastica verde. Quindi si avvicinò di un paio di passi e abbassò la voce: – A essere sincera, era come se non volesse sbottonarsi perché aveva paura.

– Paura?

– No. Sí. No, in realtà no. Del resto... non lo conoscevo. Però ho avuto l'impressione che potesse trattarsi di qualcosa di... grosso.

Si ravviò i capelli biondi dietro le orecchie e sollevò il mento.

– Purtroppo non conosco ancora abbastanza nessuno di voi. Fine della questione. Hai dato uno sguardo piú approfondito alle carte?

– Sí. Lo ha fatto anche qualcun altro? Come dire, prima di me?

– In che senso?

Sembrava davvero stupita.

– Be', ecco. Non è che prima hai cercato di appioppare il caso a qualcun altro?

Adesso pareva stizzita. Lars non aveva idea se quella reazione fosse sincera.

– No, perché avrei dovuto farlo? – gli chiese. – Sono andata a prendere la cartellina sulla scrivania di Jonathan il giorno dopo la sua morte.

– Quindi il 18 agosto?

– Eh... Sí. Sí, sicuramente. Di mattina, mi ricordo. Era domenica e io ero qui per allestire tutto ciò che andava preparato dopo la sua tragica dipartita.

Per avere meno di quarant'anni, parlava all'antica.

– Dove la tenevi?

– Perché me lo domandi?

– Perché...

– In uno dei miei armadi in ufficio.

– Lo hai chiuso a chiave? Mi riferisco all'armadio.

Con irritazione palpabile, lei gli parlò in modo ancora piú lento e distinto del solito.

– No. Chiudo a chiave il mio ufficio quando vado via, ma non i miei armadi. Dove vuoi arrivare?

Lars sfoderò il suo sorriso piú brillante.

– Da nessuna parte, – disse prima di sedersi nella sua poltroncina. – Lascia stare. Entro domani ti faccio avere una sintesi. A mio avviso qui non c'è nulla, ma giudicherai tu.

La caporedattrice sembrò esitare ancora una volta, poi girò sui suoi sapienti tacchi e sparí.

Lars la seguí con lo sguardo fino a quando non fu entrata nel suo ufficio, poi staccò la chiavetta dal portatile e se la infilò in tasca.

Forse non avrebbe mollato il caso di Jonathan. O almeno, non su due piedi. Era ora di parlare con Selma Falck.

La centrale di polizia

Selma aveva impiegato mezz'ora per raggiungere l'ufficio dell'ispettore Fredrik Smedstuen al secondo piano da quando aveva messo piede nell'ingresso spartano e severo della centrale di polizia. La costruzione grigia e curva in Grønlandsleiret odorava come sempre di cera per pavimenti, burocrazia asfittica e sudore da stress proveniente dal gruppo impaziente di persone che, riunito nell'atrio, aspettava di rinnovare il passaporto. Già dai tempi in cui era appena diventata avvocata, Selma era abituata a sgusciare tra la gente che voleva salutarla, abbracciarla e scambiare due parole con lei. La gioia che tutti le mostravano nel vederla in quella sede, che adesso aveva cambiato nome e si chiamava stazione di polizia di Grønland, non era diminuita nell'ultimo anno.

– Sei in ritardo.

Fredrik Smedstuen era vestito come l'ultima volta. Probabilmente aveva lavato la camicia azzurra, o forse ne possedeva due uguali, comunque quella che indossava era spiegazzata. Le punte del colletto erano girate verso il mento ancora ispido.

– Chiedo scusa, – commentò Selma, sedendosi come se fosse a casa sua. – Sono tante le persone che qui dentro mi vogliono parlare.

In maniera ostentata raddrizzò il braccio che teneva appeso al collo grazie a una fascia che aveva tirato fuori dalla tasca e utilizzato non appena scesa dal taxi.

– Novità?

– Sí.

L'ispettore fece un cenno del capo verso lo schermo piatto appeso a una parete, poi prese un telecomando.

– Siamo stati fortunati con le telecamere presenti in zona, – disse. Premette un pulsante. – Ci sono tre sistemi di sorveglianza che coprono del tutto o in parte il caffè dove ti trovavi. E poi abbiamo anche alcuni video girati con i cellulari.

Lo schermo sfarfallò per un attimo prima di mostrare un'immagine fissa in bianco e nero. Era presa di traverso, dall'alto. Selma ne dedusse che la telecamera doveva essere piazzata sul versante orientale di Thorvald Meyers gate, dalla stessa parte del locale. A nord rispetto a dove erano sedute loro. Si vedevano quasi tutti i tavolini disposti sul marciapiede. Dal momento che lei e le due amiche occupavano i posti piú esterni, la schiena di Selma risultava tagliata nell'angolo destro della foto. Il poliziotto premette di nuovo.

L'immagine successiva, anche quella fissa, doveva essere stata ripresa da una telecamera piazzata sul lato opposto della strada. La prospettiva risultava un po' piú bassa. Si distingueva nitidamente la giacca di velluto rosso di Selma, quella che l'anno prima le era stata regalata dalla famosissima Jenny Skavlan. Alla sua sinistra era seduta Linda, a mezzo profilo, mentre il viso sorridente di Vanja era visibile sopra la spalla destra di Selma.

Nuovo fotogramma.

Questa volta l'inquadratura era presa da sud. La videocamera apparteneva alla Ruter, la società dei trasporti pubblici di Oslo, ed era stata posizionata in modo da poter sorvegliare gli enormi lavori di ristrutturazione dei binari del tram in atto in quella via. L'immagine copriva una superficie molto piú grande delle due precedenti, ciononostante Selma ci mise un attimo a riconoscersi, seduta ai margini del caffè, all'estrema sinistra.

– Si tratta di filmati o di fotografie?

– Di filmati, – rispose Smedstuen con impazienza. – Aspetta.

Appoggiato il telecomando, prese un pacchetto di Nicorette da una ciotola che teneva sulla scrivania. Si sentí il blister scricchiolare quando il poliziotto premette la plastica per far uscire due gomme da masticare, che si infilò in bocca.

– Queste riprese sono davvero interessanti, – commentò Smedstuen, masticando rumorosamente. – Per fortuna hanno tutte l'ora.

Accennò di nuovo verso lo schermo, dove anche Selma notò l'orologio digitale: era fermo sulle 16.15.32.

– Abbiamo montato un filmato, – riprese Smedstuen.

La guardò e, annuendo a mo' di intesa, le disse: – Avevi ragione. Si è trattato di *uno* sparo. Soltanto uno. Le videocamere di sorveglianza non registrano i suoni, ma queste immagini insieme a quelle ricavate dai cellulari ci permettono di essere abbastanza sicuri su questo punto. I video ripresi con i telefonini inoltre hanno il sonoro e due sono stati girati prima e durante l'episodio.

Premette ancora il pulsante del telecomando.

Apparve un neonato, radioso e tenero. Qualcuno stava zoomando il volto del piccolo nell'attimo in cui si sentiva il colpo. Nel caos che era seguito, l'unica cosa che si poteva dire con certezza era che la persona che teneva il bebè in braccio era riuscita a mettersi al riparo incolume all'interno del locale e che il proprietario del cellulare l'aveva seguita in fretta e furia.

Non c'erano altri spari.

– Posso vedere tutto il filmato? – chiese Selma. – Quello che avete montato voi?

– Sí. È per questo che ti ho chiesto di venire. Caffè?

Spinse una tazza verso di lei e sollevò un thermos.

– Dura tutta la sera? – gli domandò Selma.

– No. Tre minuti e mezzo.

– Allora per me niente caffè, grazie.

Fredrik Smedstuen lo versò per sé, e si portò la tazza alla bocca mentre cercava lo spezzone giusto. Selma girò ulteriormente la poltroncina e strinse gli occhi per fissare bene lo schermo.

Era come rivivere la scena. Ricordava tutto. Il cane legato al tavolino a fianco. Il cameriere stressato che all'inizio del video riusciva a rovesciare una Coca-Cola e a far quasi cadere per terra un bambino di quattro-cinque anni che girava tra i tavoli. Ricordava quello che stava raccontando Vanja e che aveva fatto ridere di gusto lei e Linda. Dopo forse quarantacinque secondi era arrivata finalmente l'acqua che Vanja aveva chiesto dieci minuti prima. Il suo cappuccino era già finito, senza che il cameriere avesse accennato a portar via la tazza.

Il bicchiere d'acqua era in bilico sul bordo del tavolino. Il cameriere, girato di spalle, si era innervosito perché la gente al tavolo vicino aveva preso un'altra sedia, rendendogli ancora piú difficile raggiungere la cucina. Con un movimento cosí brusco e rapido che in quella ricostruzione lacunosa dal punto di vista tecnico si traduceva unicamente in un'ombra, Linda si allungava ad afferrare il bicchiere. Anche se l'angolazione della ripresa non era ottimale, si vedeva in modo pressoché nitido che la sua testa si era frapposta tra quella di Selma e il proiettile, rispetto alla probabile traiettoria. Nell'attimo in cui la pallottola le centrava il cranio, l'immagine rimase fissa per tre secondi.

Linda stava sorridendo, in punto di morte. Era riuscita a raggiungere il bicchiere d'acqua. Un altro salvataggio, come tutti quelli che aveva effettuato piú di trent'anni prima quando giocava da portiere nella Nazionale norvegese. I capelli riccioluti che le contornavano il capo come una nuvoletta. Selma si accorse che a sua volta si stava ritraendo sulla sedia.

Non ricordava quel particolare.

– Puoi andare avanti di un'immagine? – borbottò senza staccare lo sguardo dallo schermo. – E di un'altra ancora?

Il poliziotto obbedí.

– Mi sto tirando indietro, – disse Selma, quasi a sé stessa. – Di scatto. Ho sentito lo sparo? Agisco di riflesso?

Smedstuen non rispose. Il filmato proseguí, senza che il resto fosse di particolare interesse. Caos, urla, grida e Selma che rimaneva seduta con la mano destra premuta sulla parte superiore del braccio sinistro. Il codazzo di video girati con cellulari diversi dopo lo sparo le disse ben poco.

Si fece silenzio. Smedstuen sorbí rumorosamente un po' di caffè. Si grattò la barba – doveva essere di circa tre giorni –, alzò gli occhi e guardò Selma con aria interrogativa.

– Un bel lavoro, – disse lei. E lo pensava davvero.

– Grazie. Ci aiuterà durante la ricostruzione. Il motivo per cui volevo che tu lo vedessi già adesso è perché non siamo ancora sicuri di chi fosse il vero bersaglio. Linda Bruseth o tu. O magari qualcun altro.

Almeno il poliziotto aveva imparato il nome completo di Linda, rispetto all'ultima volta.

– Come sai, – continuò, – per noi è importantissimo anche passare al setaccio le vostre vite. La tua e quella di Linda. Un movente che spiegasse il desiderio di uccidere una di voi renderebbe tutto piú semplice. Ecco perché...

Fu interrotto da qualcuno che bussava alla porta.

– Avanti, – abbaiò Smedstuen prima di svuotare in un sorso il resto del caffè.

L'uomo che aprí era slanciato e pareva anche molto prestante. Aveva la testa rasata, ma il millimetro di capelli ricresciuti, grigi e ispidi, indicava che non soffriva certo di calvizie. Selma si alzò per stringergli la mano tesa verso di lei.

– Birger Jarl Nilsen, – si presentò lo sconosciuto con voce tranquilla e pacata. – Piacere.

Parlava con la cantilena tipica della Norvegia nordoccidentale, anche se la cadenza era molto attutita dopo anni trascorsi lontano dalla sua zona d'origine. Selma avrebbe scommesso che veniva da quella di Sogn og Fjordane.

– Birger è il nostro esperto di balistica, – spiegò Smedstuen. – Istruttore tiratore scelto presso l'Accademia di polizia. Nonché specialista d'armi. O... uno di loro.

– Faccio quello che posso, – disse l'uomo con aria seria. – Ma se vuoi torno piú tardi. Non sapevo che fossi impegnato.

Selma stava per alzarsi quando venne interrotta dall'esperto: – Credo che l'obiettivo del killer fosse Linda. Se ti interessa. E credo che ti interessi.

Selma si risedette.

– Non siete dello stesso parere, – intervenne Smedstuen brusco. – Petter Kystvik la pensa diversamente.

– Certo, – rispose Nilsen. – Nessuno di noi può avere ancora la certezza. Non per criticare Petter, possiede quasi la mia stessa esperienza, ma...

Si chinò sulla scrivania di Smedstuen e, prese una penna e un foglio bianco, scrisse un'equazione che a Selma sembrava di aver già visto.

– Questa è l'equazione che serve a calcolare l'energia cinetica posseduta da un proiettile, – mormorò lei.

– Cioè la forza di penetrazione con cui un proiettile colpisce un bersaglio.

L'uomo alzò la testa e gli angoli della bocca si sollevarono formando qualcosa che somigliava a un sorriso di approvazione.

– Esatto. $E_k = \frac{1}{2} mv^2$, dove *m* sta per la massa del proiettile e *v* per la velocità. Si tratta di un'equazione utile a molti. Per esempio, ai cacciatori di selvaggina da pelo di grande taglia, perché per quanto riguarda alci, cervi e animali di quel genere esistono regole ben precise sul calcolo dell'energia cinetica minima che deve possedere il proiettile usato. Ma…

– Dove vuoi arrivare?

Fredrik Smedstuen si agitò sulla poltroncina, irritato. Birger Jarl Nilsen appoggiò carta e penna e si raddrizzò in tutta la sua statura. Un vago sentore di barba appena rasata si mescolò all'odore sempre piú acre delle sigarette da cui Smedstuen stava cercando di liberarsi. Senza riuscirci. Forse gli sarebbe stato utile lavare i vestiti. Dopo aver sputato nel cestino della carta un grumo considerevole di gomme per smettere di fumare, se ne infilò altre due in bocca.

– Volevo soltanto ribadire un semplice concetto, – rispose Nilsen con calma. – Cioè, che non ha nessuna importanza quale arma o calibro sono stati usati. O meglio…

Con uno sospiro, si passò una mano sul cranio.

– È ovvio che dovremmo cercare di avvicinarci il piú possibile. L'aspetto del proiettile prelevato dal tuo braccio… – il suo sguardo si fissò sulla parte superiore del braccio di Selma, – non ci è d'aiuto. Si è completamente deformato e durante il suo tragitto ha perso metà del peso. Possiamo ricavare qualche elemento utile partendo dall'analisi metallurgica e da altri tipi di esami, e meno male. Sia l'arma sia il tipo di munizioni saranno indicatori importanti ai fini delle indagini, ma per fornire una risposta alla domanda fondamentale, e cioè chi intendesse colpire davvero l'assassino, tutto questo è indifferente.

Selma ascoltava con grande attenzione. C'era qualcosa in quell'uomo che le ricordava l'ex generale di corpo d'armata dell'esercito norvegese, Robert Mood. Osservandolo con piú attenzione, l'uomo era snello, tanto da apparire magro, ma la schiena dritta come un fuso e il collo asciutto e muscoloso emanavano una forza che, cosí da vicino, quasi la confondeva.

– Perché? – gli chiese.

– Perché il killer non era molto lontano.

– Non abbiamo idea del punto da cui ha sparato, – esclamò Smedstuen. – La cosa migliore è che tu ti attenga a ciò che è di tua competenza e lasci che noi ci occupiamo di...

Si trattenne quando si rese conto che per le altre due persone presenti nella stanza era quasi inesistente.

– Come ci sei arrivato? – chiese Selma.

– Sono stato nella via in cui ti hanno ferita.

Dopo averle risposto, lanciò un'occhiata veloce all'orologio che portava al polso. Un Rolex Submariner blu e oro, notò Selma. Quel dettaglio la colpí subito: quell'uomo era un ex militare. Dal volto affilato, solcato da rughe profonde lungo la radice del naso e sulla fronte, capí che doveva avere almeno cinquantacinque anni. Probabilmente era piú vecchio. Inoltre, sulla parte inferiore del mento aveva una cicatrice che andava dalla guancia destra a quella sinistra e rendeva il viso ancora piú marcato. Un ex ufficiale, pensò Selma. Indossava un maglione blu scuro con sotto una camicia. Il colletto era bianchissimo e appena stirato. L'atteggiamento corporeo, lo sguardo sicuro di sé, il fatto che tenesse le mani intrecciate dietro la schiena dopo aver posato carta e penna: tutto indicava che venisse da un ambiente molto lontano rispetto a quello della centrale grigia e logora di Grønland, incastrata tra una prigione e la moschea piú bella di tutta la Norvegia.

A quell'uomo mancavano soltanto il berretto e l'uniforme.

– Il colpo è stato esploso da una distanza di cento metri al massimo. In tal caso la velocità del proiettile è rilevante. A prescindere dal tipo di munizioni usate, la pallottola è in grado di raggiungere il bersaglio cosí velocemente che ha un'importanza marginale stabilire se il tiratore avrebbe potuto prendere in considerazione il movimento brusco della tua amica. Allo stesso tempo, un'arma dotata di munizioni ad alta velocità di uscita indica che si tratta di un abile tiratore. Esperto. In altre parole, è un'arma molto piú difficile da gestire di una piú grande e rozza...

– Adesso vedi di darci un taglio, Birger!

Fredrik Smedstuen si alzò. Accanto a Birger Jarl Nilsen aveva l'aspetto di uno prelevato dalla strada a cui un giovane poliziotto intendesse affibbiare una multa sommaria.

– Per quanto riguarda questo caso, Selma Falck è la parte *offesa*, – disse stizzito. – Non è l'avvocato. E non fa neppure parte del gruppo responsabile delle indagini. Ti suggerisco di contattarmi piú tardi.

Per un attimo sembrò che Nilsen volesse aggiungere altro.

– Ho fatto caso al tuo nome, – gli sorrise Selma, anticipandolo. – Il cognome Nilsen è abbastanza comune, ma immagino che non siano molti qui in Norvegia a chiamarsi Birger Jarl. Magari posso telefonarti?

L'interpellato non sorrise mentre si dirigeva verso la porta, ma una volta arrivato sulla soglia si fermò e, sempre di spalle, disse calmo: – Mi trovi sull'elenco telefonico. Chi doveva morire era Linda Bruseth e posso spiegarti volentieri perché ne sono cosí sicuro. Se ti interessa, ovvio.

La chiavetta

– Ho bisogno d'aiuto!

Lo dissero all'unisono. Lars Winther scoppiò a ridere, poi abbracciò velocemente Selma prima di entrare quando lei gli spalancò la porta d'ingresso. Sotto il braccio aveva una voluminosa cartellina. La appoggiò sul comò dell'ingresso mentre si toglieva il giaccone e lasciava cadere a terra il casco della bici.

– Le scarpe, – gli disse Selma con tono di disapprovazione, indicandole con il dito. – Hai partecipato a una gara di cross country?

– Piove, – le rispose lui secco, poi però si sfilò le scarpe, prese la cartellina e andò in soggiorno.

Una volta arrivato davanti al tavolo da pranzo, spostò una sedia e si accomodò.

– Adoro questo appartamento, – borbottò. – Quando divorzierò, ne voglio uno cosí.

– Non hai né i soldi né la possibilità di divorziare, – commentò Selma prima di andare a prendere due Pepsi Max dal frigo. – E non credo neanche che tu ne abbia molta voglia.

Lui mormorò qualcosa di incomprensibile mentre apriva la cartellina.

– Comincio io?

Selma si sedette accanto a lui senza rispondere e aprí le Pepsi. Prima che Lars Winther avesse finito di presentare il contenuto della cartellina di Jonathan Herse, la sua bottiglia era quasi vuota, mentre il giornalista aveva toccato a malapena la sua.

– Non ci capisco niente, – esclamò Selma. – Solo che ci sono un mucchio di persone arrabbiate con i servizi sociali sia qui in Norvegia sia all'estero. Soprattutto nell'Europa dell'Est. C'è da dire che da quelle parti i figli li picchiano.

– Be', non è proprio cosí...

– Comunque hanno una visione completamente diversa dalla nostra per quanto riguarda la genitorialità. Dovresti liquidare questa faccenda il piú presto possibile con la tua caporedattrice e restituirle il malloppo. Qui non ci vedo nessun caso, solo tanta merda per te se ti azzardi a sollevare l'argomento.

Bevve l'ultimo sorso e, dopo aver avvitato il tappo, si girò verso la cucina aperta e spedí la bottiglia vuota nel lavello facendole compiere un elegante arco. Canestro.

– Stanne alla larga. A volte capita che venga da me gente del genere. O meglio, veniva prima, quando facevo l'avvocata. Si lamentano e piangono, convinti di essere vittime di soprusi mostruosi. Li ascolto impassibile e poi li spedisco direttamente alla porta dopo avergli rifilato un no chiaro e tondo. Il problema dei servizi sociali norvegesi non è che intervengono troppo spesso. Ma che lo fanno troppo poco. A proposito, cos'è?

Indicò la chiavetta che Lars aveva tirato fuori dalla tasca e appoggiato sul tavolo.

– Lo vedi da te, – rispose l'interpellato.

– Cosa contiene?

– Con esattezza non lo so. Era incollata alla cartellina. Dentro ci sono due documenti, che richiedono entrambi la password.

– Vuoi dire che è criptata? Mi riferisco alla chiavetta.

– Eh, sí e no... è possibile vedere cosa contiene, ma per leggere i documenti ci vuole la password.

– Okay, allora non è criptata, – concluse Selma andando a prendere il suo portatile. – Probabilmente riusciamo a risolvere il problema.

Lars rimase in silenzio mentre la guardava infilare la chiavetta. Selma digitò veloce dei comandi che attivarono un programma che lui non conosceva. Selma sorrise. Pochi secondi dopo apparve una clessidra al centro dello schermo.

– Può volerci un po' di tempo, – gli disse girandosi a metà verso di lui. – Adesso tocca a me.

– Che cosa è? – le domandò Lars indicando il computer.

– Un programma abbastanza semplice che serve ad aprire un codice abbastanza semplice.

– Come...

– Sono un'investigatrice privata, Lars. Conosco parecchia gente e parecchie cose che si trovano su entrambi i lati della legge. Questo... – guardò la clessidra, – è un programma che si può comprare su Internet. Se i documenti del tuo collega sono grandi, per esempio parliamo di programmi di calcolo piú complessi, o sono protetti in maniera piú avanzata di quanto non sembri, – spalancò le braccia, – allora dovremo trovare un'altra soluzione. Però prima di sapere qualcosa di piú al riguardo, forse anche tu potresti aiutare me.

– In cosa?

Selma rifletté per un attimo.

– Cosa ne sai tu degli stalker?

Lars Winther sembrò genuinamente confuso.

– Stalker? Ti riferisci a quelli che... perseguitano gli altri?

– Sí.

Il giornalista si appoggiò allo schienale con un'espressione di disappunto.

– Credevo che mi avresti chiesto qualcosa che ha a che fare con la sparatoria.

Con un cenno del capo indicò la spalla di Selma.

– Lo farò, ma prima rispondimi. Che ne sai degli stalker?

– Non capisco la domanda. Cosa so...

Prese la bottiglia di Pepsi Max.

– Ian McEwan ha scritto un bel romanzo sull'argomento, – le disse.

– Non leggo romanzi.

– Forse dovresti. Si intitola *L'amore fatale*. Se vuoi te lo presto. Parla di un uomo che sta facendo un picnic con la tipa e...

– Ti ripeto la domanda, – lo interruppe Selma. – Che ne sai degli stalker? Di quelli veri? Non dei romanzi.

– Be', può trattarsi di tante cose diverse. Per esempio, d'innamoramento a distanza. Di idolatrare qualcuno, magari quando l'oggetto di queste attenzioni è una celebrità. A proposito, nell'*Amore fatale* non è...

Selma sbuffò, Lars capí l'antifona.

– Oppure si tratta di odio, – si affrettò ad aggiungere. – Non è altrettanto comune? Che dire. Dipende un po' da cosa ci metti nel concetto di stalker. Sui social è un fenomeno piuttosto frequente avere gente che ti sta addosso e ti tormenta. Personalmente l'ho sperimentato piú volte: trovo commenti che non c'entrano nulla con l'argomento trattato. Che mi occupi della qualità del calcio norvegese amatoriale, del costo degli affitti per gli studenti o chieda consigli su dove andare a pescare nei boschi a nord di Oslo, capita che spunti lo stesso idiota che si mette a sproloquiare sulle politiche di immigrazione norvegesi o di qualcosa su cui si è fissato e che ho scritto tre anni fa. E uso volutamente il maschile, perché si tratta quasi sempre di uomini.

– Non senza eccezioni, – intervenne Selma pensando a Fredrikke Augustsson.

– Senza dubbio. Quando esagerano, li blocco e cosí devo accettare il fatto che gli amici della suddetta persona mi spammino fino a quando non mi levo dai piedi anche loro. Una fatica. Ma immagino che questo sia il prezzo da pagare per avere una società aperta.

Pronunciò l'ultima frase con una smorfia acida.

– Perché me lo chiedi?

Selma si alzò. Il disagio fisico, ormai sempre piú familiare, aveva cominciato a farsi sentire a livello del diaframma. Cercò di controllarlo stirandosi la schiena e respirando piano. Avvertí anche una fitta alla spalla ferita, che di solito non le dava quasi piú problemi. Fece vagare lo sguardo per il soggiorno. I quadri. Le foto. In un angolo una scultura in bronzo su piedistallo raffigurante un orango pensoso. L'aveva comprata vent'anni prima in Thailandia durante una vacanza con le ragazze della pallamano.

Nessun libro.

Neanche una libreria. Tutti i testi relativi ai suoi studi e alla sua precedente professione erano accatastati nel ripostiglio. Sul tavolino del soggiorno c'erano tre magnifiche edizioni illustrate che non aveva mai sfogliato.

– Qualcuno mi sta perseguitando, – disse piano.

– C'è sempre qualcuno che perseguita qualcun altro, – le rispose Lars con una certa impazienza. – È cosí e basta. Come ti dicevo, io continuo…

– Qualcuno si introduce qui dentro. Senza lasciare tracce di effrazione. Si limita a girare per la casa e conosce i miei segreti di quando ero bambina.

– Eh... cosa?

Un tempo Selma Falck credeva di non essere in grado di piangere. Da piú di trent'anni non le scendeva una lacrima, ed era convinta che per colpa di un brutale incidente sportivo, il dotto lacrimale avesse subito delle lesioni permanenti.

– Stai pia... stai piangendo, Selma?

– No.

Lei spalancò gli occhi, guardando di sfuggita il soffitto.

– A essere sincera, non ho piú voglia di abitare qui.

– Racconta, – le disse Lars battendo con il palmo della mano sulla sedia accanto a lui.

Selma accettò titubante l'invito, ma dopo aver allontanato un po' la sedia. La clessidra sullo schermo continuava a lavorare. Con gli occhi fissi su quella, si mise a parlare.

Gli disse tutto. Della sensazione di avere una presenza estranea nell'appartamento. Del pacchetto di gomme da masticare Kip sul cuscino. Della fecola di patate davanti alla porta d'ingresso e appena prima di quella del balcone, facendo finta di non cogliere il sorrisetto di Lars. Gli disse dell'emoji che strizzava l'occhio, di Turcopoker e del nuovo sistema di videosorveglianza, delle notti trascorse in preda a un panico cosí totale da valutare seriamente l'ipotesi di vendere l'appartamento.

Soltanto quando ebbe finito, Selma lo guardò.

Lars Winther non sorrideva piú. Per niente. L'espressione seria che raramente lei aveva visto su quel volto sbarazzino la impaurí ancora di piú.

– Non devi accettare questa situazione, – le disse tranquillo, e appoggiò la mano su quella di Selma.

Lei la ritrasse subito dal tavolo.

– Devi parlare con la polizia. Forse esiste un nesso tra questo e il colpo esploso a Løkka.

– Non credo. E la polizia non deve saper nulla di queste… effrazioni.

– Perché no?

– Perché Anine darebbe di matto. È già abbastanza grave che mi abbiano sparato. Devo poter vedere Skjalg. Devo potermi prendere cura di lui.

– Come ti capisco. I miei figli mi sderenano, ma non so cosa farei se dovessi perdere il contatto con loro. Comunque, dovresti contattare la polizia.

– Non se ne parla proprio, okay? Non ci vado.

Lars sussurrò in maniera quasi impercettibile.

– Allora cosa vuoi che ti dica?

– Non lo so. Qualsiasi cosa. Che adesso che ho cambiato le serrature non tornerà piú. Che mi sono immaginata tutto. Non lo so, Lars. Forse ho soltanto bisogno di… conforto.

Lars si portò la bottiglia alle labbra e bevve. A lungo. Alla fine, dopo averla appoggiata, avvitò il tappo e rimase seduto con le mani strette intorno all'etichetta.

– Hai fotografato l'impronta? – le chiese.

– Sí.

Selma prese il cellulare e gli mostrò una foto. Era stata scattata a meno di mezzo metro di distanza e mostrava l'impronta nitida di un piede.

– La punta di una scarpa, – borbottò Lars. – Ma perché è rivolta verso l'interno?

– Cosa intendi dire?

– La porta è qui, – disse indicando. – Se il tipo o la tipa o chi diavolo fosse entrato dalla porta principale, avremmo dovuto vedere il tacco. Qui invece sembra che la persona in questione stia uscendo dall'appartamento, non entrando.

Selma si avvicinò al telefono.

– Hai ragione, – disse piano. – A meno che non abbia visto la fecola appena aperta la porta e l'abbia superata con un passo piú lungo. Non ne avevo sparsa tanta. L'impronta l'ha lasciata dopo. Mentre usciva o...

Studiò l'immagine piú da vicino. Il cuore aveva cominciato a martellarle nel petto. Se non fosse stato che i cardiologi all'ospedale le avevano confermato due giorni prima che quell'organo funzionava alla perfezione, si sarebbe fatta prendere di nuovo dal panico. Quando riprese a parlare aveva un nodo in gola, come se arteria e carotide si fossero gonfiate a tal punto da comprimere la trachea.

– L'ha lasciata apposta, – proseguí con voce roca. – Ma certo. Perché avrebbe disegnato lo smiley se la sua intenzione non era quella che lo scoprissi?

– Mah, – disse Lars. – Capisco che l'emoji abbia lo scopo di spaventarti, ma l'impronta del piede sarebbe una traccia per la polizia. Un gesto davvero idiota se è stato fatto di proposito.

– A meno che, – esordí Selma.

Non aggiunse altro.

– A meno che, cosa? – le domandò Lars.

Selma si alzò. Rimase ferma per un attimo a fissare lo schermo, dove la clessidra digitale continuava a capovolgersi ogni dieci secondi quando la sabbia finiva di scorrere. Di colpo si girò e andò verso la portafinestra del balcone. Passò le dita sull'infisso senza dire niente.

– A meno che, cosa? – ripeté Lars.

– Lui mi conosce, – dichiarò Selma piano, aprendo la portafinestra.

Anche Lars si alzò e la raggiunse. Selma lanciò un'occhiata al minuscolo sensore attaccato su porta e intelaiatura e che l'avrebbe avvisata qualora la portafinestra fosse stata aperta ad allarme inserito.

– Ti conosce? Cosa intendi dire?

– Le sue visite sono una provocazione bella e buona. La maggior parte delle persone si sarebbero rivolte alla polizia nel momento in cui avessero scoperto che qualcuno si intrufolava nei loro appartamenti. Lui invece sa che io non voglio farlo.

– Ma chi... Chi cazzo lo sa, Selma? Non lo sapevo neppure io prima che tu me lo raccontassi qualche minuto fa. Chi altri...

Selma salí sugli avampiedi per osservare i punti di contatto dell'allarme. Erano interi, lisci e sembravano intatti. Con una certa fatica aprí tutta la portafinestra e uscí sul balcone. Lars la seguí. Selma guardò di sotto, nel cortile.

– Quanto c'è da qui a lí? – gli chiese. – Piú o meno.

Lars fece il calcolo a mente.

– Nove metri? Siamo al quinto piano. Se calcoli duecentottanta centimetri per ognuno inclusi i pavimenti piú qualcos'altro... Otto, nove.

– Ed è impossibile arrampicarsi fin quassú, – constatò Selma guardando la parete liscia di cemento.

– Un abile scalatore...

Lars si interruppe da solo e rovesciò la testa indietro.

– Chi abita sopra di te?

Selma si appoggiò con la schiena al parapetto e indicò verso l'alto.

– Ci sono due appartamenti ed entrambi hanno una finestra proprio sopra il mio balcone. In quello... – indicò a sinistra, – abita una giovane famiglia con un bambino piccolo. L'altro...

Esitò per un attimo.

– Credo sia in vendita. Fino a qualche settimana fa ci abitava un anziano. O...

Le venne in mente un annuncio appeso sulla bacheca accanto alle cassette della posta giú nell'ingresso.

– No, è stato venduto. Sempre a una piccola famiglia. Nei giorni in cui era possibile visitare l'immobile, c'erano code di persone. Adesso me lo ricordo. Sarà stato un sei settimane fa. Da quanto ho capito, sono fioccate le offerte.

– Li hai incontrati?

– No. Cerco sempre di tenermi a distanza di sicurezza dagli altri condomini. Meglio cosí. Ci salutiamo con un cenno del capo. Alcuni all'inizio sono piuttosto insistenti, ma poi la smettono.

– Se io volessi a tutti i costi entrare nel tuo appartamento, avrei fatto una di queste cose. O forzare la porta d'ingresso o calarmi da uno dei due appartamenti.

Indicò di nuovo le finestre che si trovavano sopra il balcone di Selma. Lars aveva ragione. Non sarebbe stato cosí pericoloso servirsi di quella via d'accesso. Eppure lei faceva fatica a immaginarsi l'hipster poco piú che ventenne, con le sue spalle strette e la sua carnagione anemica, compiere una manovra del genere. Per non parlare della moglie incinta.

Dal soggiorno giunse un debole *pling*. Lars e Selma si scambiarono un'occhiata prima di tornare con passo veloce al tavolo da pranzo. Sullo schermo del laptop la clessidra era scomparsa.

– Apriti sesamo!

Selma si sedette.

– Vediamo un po' cosa abbiamo qui, – borbottò mentre Lars avvicinava la sedia. – *A.docx* è aperto. Un documento Word del tutto normale.

Nessuno dei due disse altro. Lessero il contenuto piú o meno alla stessa velocità, oltretutto il testo era cosí corto che Selma non ebbe bisogno di scrollare.

– Cosa diavolo sarebbe? – esclamò Lars.

– Che ne so, – bofonchiò Selma.

Sembrava che il documento fosse una specie di presentazione. Secondo Selma, una sorta di registro, anche se non era in grado di dire con esattezza di cosa. L'elenco andava per punti con quelle che parevano indicazioni di tempo e di luogo. Oltre a una serie di numeri e lettere che le risultavano incomprensibili.

Fece scorrere il dito sotto la prima riga.

«1. 02.01.19 MIF HBP Cs. n. 1, doc 2+3, fa arkiv.zip 01.13.14».

– Potrebbero essere latitudini? – suggerí Lars.

– Mah. I primi numeri farebbero piuttosto pensare a una data. 2 gennaio di quest'anno. Ma MIF? Mother in Fear?

Lars non rispose. Aveva la bocca socchiusa e respirava veloce. Si protese ancora di piú verso lo schermo, come se la soluzione dei codici si trovasse tra i diversi segni, a patto di cercare con cura.

– Hai ragione sulle date, – sussurrò quasi. – Ogni riga, numerata con 1, 2, 3 eccetera, è seguita da qualcosa che rappresenta date successive. Per la maggior parte di gennaio e febbraio.

Fece scivolare il dito lungo lo schermo.

– Due sono a marzo. Poi fine. Invece MIF...

– Questa combinazione di lettere compare in tutte le righe, a eccezione di...

Selma prese una penna dal tavolo per usarla come bacchetta.

– Qui. La riga numero sette. L'8 marzo. MIF è stato sostituito con un punto di domanda. Cosa sarebbe allora HBP?

La penna scivolò silenziosa lungo le righe sottostanti.

– HBP appare in quasi tutte. A parte... qui... e qui. Dove invece c'è scritto AL.

– Iniziali?

Selma si strinse nelle spalle. La ferita aveva quasi smesso di farle male. Era liberatorio lambiccarsi il cervello su qualcosa di completamente diverso da come fosse possibile entrare e uscire indisturbati dal suo appartamento.

– Potrebbe essere, – annuí, raddrizzandosi gli occhiali. – MIF potrebbero anche essere le iniziali di una persona, ma...

Tamburellò con la penna sullo schermo.

– Partiamo dal presupposto che i primi numeri corrispondano a una data. Se andiamo avanti, la deduzione piú logica è che «doc» stia per documento. In altre parole, doc 2+3 deve significare due documenti precisi e numerati.

Lars grugní qualcosa che lei interpretò come un assenso.

– Si fa anche riferimento ad arkiv.zip, – riprese Selma. – In effetti, a ogni riga. Un file zip è un file compresso, giusto? Per far sí che i dati contenuti non occupino troppo spazio. Questo qui non potrebbe essere una specie di registro che indica quello che si trova nell'altro documento?

– Sí...

Lars strascicò la parola. Adesso aveva il naso a quindici centimetri dallo schermo.

– Ma che senso avrebbe?

Selma non rispose.

– Non potremmo usare quel tuo programma di hacking per aprire l'altro, cosí noi...

– Cs. n., – lo interruppe Selma, a voce alta e quasi trionfante. – Cs. n., Caso numero! Ecco cosa significa. Caso numero 1.

Disegnò un cerchio invisibile intorno ai segni.

Lars raddrizzò la schiena e si passò le mani tra i capelli alla Tintin.

– Caso numero 1, – ripeté. – Non può trattarsi di documenti ufficiali.

– Perché no?

– Hai mai ricevuto documenti rilasciati da enti pubblici con scritto caso numero 1? E 2, 3, 4 e 5? L'ultima volta che ho avuto a che fare con lo Stato, il numero della mia pratica era diecimila e qualcosa.

Fece scorrere il dito sullo schermo. In effetti i casi venivano riportati con lo stesso numero di ciascuna riga. Selma si inumidí le labbra, le fece schioccare. Morse la penna, ma poi l'appoggiò decisa e si alzò.

– Facciamo un passo indietro, – disse. – Jonathan Herse lavorava a qualcosa in cui c'entravano i servizi sociali che si occupano della tutela dei minori, giusto?

Sconsolato Lars alzò gli occhi dallo schermo, annuendo a malapena.

– Partendo dai documenti contenuti nella cartellina, mi riferisco a quelli fisici che hai lí, è difficile vedere qualcosa che abbia un approccio giornalistico. Sei d'accordo?

Di nuovo un cenno veloce del capo.

– Dal momento che la chiavetta è stata conservata insieme alle altre carte, c'è motivo di credere che il suo contenuto riguardi lo stesso argomento.

Lars la fissava impassibile.

– I documenti cartacei sono in un certo senso la materia grezza, – continuò Selma. – Non contengono alcun segreto. La pila consiste per lo piú di articoli giornalistici.

– E i fascicoli dei casi, – commentò Lars. – Non è cosí semplice procurarseli.

– Sí, invece. Per esempio, potrebbe averli avuti dagli stessi assistiti. Oppure dai loro avvocati. Fregatene. Quello che voglio dire è che lui non si è preso la briga di nascondere questo materiale in maniera digitale. Ma...

Si premette le tempie con la punta delle dita.

– Mi è venuta in mente una cosa. MIF, MIF.

Una vespa autunnale era entrata nell'appartamento attraverso la porta aperta del balcone. Ondeggiava pigra nella stanza. Selma non se ne era neppure accorta.

– Ministero dell'Infanzia e della famiglia! MIF! Tutto questo riguarda i servizi sociali!

Lars la guardò. Aprí la bocca, ma non riuscí a trovare le parole. Selma prese di nuovo la penna e indicò la prima riga.

«1. 02.01.19 MIF HBP Cs. n. 1, doc 2+3, fa arkiv.zip 01.13.14».

– L'uno indica semplicemente che si tratta della prima riga e anche del primo caso. 02.01.19 è la data di qualcosa. MIF è il ministero dell'Infanzia e della famiglia. HBP, Dio solo sa cosa vuol dire. Cs. n. è il numero del caso a cui viene fatto riferimento. Doc 2+3 sta semplicemente per documento 2+3, e...

Si avvicinò ulteriormente.

– C'è scritto fa?

– Sí.

– Non ho idea di cosa significhi, ma si riferisce a qualcosa che si trova nel documento zip, e quest'ultimo numero...

– 01.13.14. Non può essere una data. Non ci sono tredici mesi.

– Forse è scritto all'inglese. Quindi 13 gennaio 2014.

– Perché all'inizio della riga la data dovrebbe essere scritta alla norvegese, – cominciò Lars, – se poi alla fine ce n'è una seconda che segue un modello straniero?

Selma non aveva nessuna risposta da dargli.

La vespa si era fatta un giro in cucina. Adesso era tornata e vagava intontita, al punto che andò a sbattere contro il monitor. Nell'attimo in cui atterrò sulla tastiera, Lars cercò di allontanarla. Selma sedeva immobile.

– Tutti i ministeri producono documenti che rientrano nella cosiddetta legge sull'accesso civico, – commentò alla fine. – Ogni cittadino ha il diritto di consultarli. Ovviamente esistono anche molti casi dove i documenti non sono di pubblico dominio. Dal momento che Jonathan Herse si è preso la briga di nasconderlo cosí bene, ne deduco che il contenuto del documento zip non sia qualcosa di cui sia possibile richiedere una copia.

– Intendi dire documenti segreti?

– Piú o meno. Forse non li si può definire segreti, ma sono esclusi dal pubblico accesso. E se hanno a che fare con i servizi sociali e la tutela dei minori, cosa che saremmo spinti a concludere per logica, potrebbe trattarsi di qualcosa di alquanto...

– Usa il tuo programma di hacking con arkiv.zip! Se...

– È troppo semplice. Mi riferisco al programma.

– Non ce ne sono altri? Voglio dire, piú avanzati?

– Sicuramente, ma forse sono illegali. Devo indagare un po'. Chiedere a qualcuno.

– Merda. Questo documento ci dice ben poco se non riusciamo a incrociarlo con l'altro.

– *Shhh.*

A Selma era di nuovo venuto in mente qualcosa.

La vespa si era piazzata sul tasto W. Lars la fissò per un attimo prima di centrarla con il pollice e l'indice, con tanta brutalità da farla cadere morta stecchita sul pavimento.

– Zip è un modo per comprimere i file. Non ha senso farlo nel caso di normali documenti scritti. A meno che non siano tantissimi, perché per il resto occupano poco spazio.

– I film occupano spazio, – suggerí Lars. – E i grandi programmi di calcolo.

– Mm, – disse Selma con aria assente mentre faceva scorrere di nuovo la penna sulla prima riga del documento. – Le probabilità che il tuo caro collega abbia salvato dei programmi di calcolo tra questi documenti sui servizi sociali mi sembrano davvero poche. Invece file audio...

Batté concitata la penna sullo schermo.

– Fa! Potrebbe significare file audio! Registrazioni sonore, no? A questo punto l'ultimo numero indicherebbe il tempo! Che nel caso in questione significherebbe un'ora, 13 minuti e 14 secondi della registrazione?

– Un file audio? Perché mai a Jonathan sarebbero dovute interessare le registrazioni sonore del ministero dell'Infanzia e della famiglia? Cosa conterrebbero? E... come ha fatto a procurarsele?

– Questo ancora non lo sappiamo, – rispose Selma. Chiuse il documento, poi tolse la chiavetta e la consegnò a Lars.

Lui la tenne davanti a sé con aria incerta.

– Come facciamo ad aprirlo?

– Non so neanche questo. Ma conosco la gente giusta. Mi raccomando, non perderla. Se davvero Jonathan Herse era in possesso di registrazioni del ministero che a suo dire erano cosí importanti da spingerlo a prendersi tutta questa briga...

Con la mano Selma indicò il laptop e la cartellina di plastica. D'un tratto si bloccò. Si sedette di colpo e riaprí il portatile. Qualche secondo dopo era sul sito del ministero.

Lars non disse nulla mentre Selma consultava le pagine dedicate alla sezione che si occupava dei minori.

– Tombola, – disse lei piano. – Guarda qui!

Lars scorse la pagina in questione senza notare nulla di particolare.

– Cosa devo cercare?

– Il direttore generale. Guarda come si chiama!

– Horatio Bull-Pedersen, – lesse stupito Lars. – Che strano nome. L'ho già sentito, per esempio in *CSI: Miami*, Horatio Caine, ma un norvegese?

– Horatio Bull-Pedersen, – disse Selma, ed ebbe un singulto improvviso. – HBP. Le iniziali contenute nel documento. Continui a non capire? H-B-P! Saranno registrazioni che lo riguardano?

– Cosí tante? – esclamò Lars altrettanto sbalordito. – Non ci capisco niente. Perché...

Selma riprese a cercare sul sito senza stare ad ascoltarlo. Con suo grande disappunto comparivano solo i vari direttori generali, che oltre a essere citati con il loro nome avevano anche la foto. Proseguí veloce nelle sue ricerche.

– Tombola, – sussurrò di nuovo. – Consulente speciale Alvhilde Leonardsen. È alle dirette dipendenze di Horatio Bull-Pedersen. La nostra AL dei codici.

Inserí il nome direttamente su Google e poi cercò sotto «Immagini».

– Non c'è molta scelta, – disse, piú che altro a sé stessa.

Cliccò su una foto della consulente scattata in occasione dell'edizione 2018 della Holmenkollstafetten. Una donna minuta e graziosa che posava insieme ai colleghi festanti dopo aver partecipato alla tradizionale staffetta di sci di fondo. Si erano classificati al dodicesimo posto nella categoria *Seconda squadra mista maggioranza donne*, battendo quella della procura generale per diciassette secondi. Nella foto si vedevano soltanto quattro sciatori, Alvhilde Leonardsen e tre uomini sudati: evidentemente le altre compagne di gara dovevano essere già andate a casa.

– Quindi si tratta di una tipa parecchio in gamba, – commentò Lars. – Buono a sapersi.

– Dobbiamo aprire quel file, – disse Selma senza dare peso alle sue parole acide e sconsolate. – Tenendo conto che Jonathan era molto inquieto e che ha nascosto i file con molta cura, questo potrebbe essere...

Si interruppe. Lars gonfiò le guance mentre formava una sfera con le mani.

– Aspetterei un po' prima di fare salti di gioia, – esclamò Selma secca. – Tu speri che ci sia qualcosa di succoso, e ti capisco, ma...

Lo guardò con un sorriso prima di proseguire: – C'è un limite alla portata degli scandali che è possibile montare in un ministero del genere.

– *Buuum*, – disse Lars, schiudendo le mani nell'imitazione di una bomba che esplodeva al rallentatore.

Martedí 10 settembre

Gli album

Quel giorno non sarebbe andato al cimitero.

L'impazienza lo stava divorando. Non riusciva a trovar pace da nessuna parte. Neppure negli antiquati album fotografici che Grethe aveva l'abitudine di preparare con tanta cura sin dai tempi in cui si erano conosciuti. Le foto, inserite seguendo una cronologia scrupolosa, erano corredate di piccoli commenti e date. Qua e là Grethe era stata ancora piú solerte, come nel caso delle immagini scattate puntualmente a ogni vigilia di Natale, dove lungo i bordi aveva disegnato – era bravissima – palline, angioletti e folletti; nel 1987 aveva addirittura riprodotto una pentola piena di costine di agnello affumicate, cosí fedele all'originale che sembrava di sentirne il profumo.

In tutto gli album erano tredici, ma l'ultimo non era completo. Si interrompeva di colpo dopo quattro foto prive di testo. Una era di Grethe. Gliel'aveva fatta lui. Ricordava molto bene in quale occasione: quando sua moglie sarebbe stata sottoposta alla prima seduta di chemioterapia. C'era il sole e soffiava una brezza estiva. Lei, appoggiata alla loro macchina, un Maggiolino di dieci anni, con gli occhiali da sole sulla testa e i capelli rossicci scompigliati, lo guardava strizzando gli occhi. Il sorriso era falso e affettato. Quattro settimane dopo aveva dovuto cominciare a usare la parrucca.

Non gli piaceva quella foto.

Il suo album preferito era il terzo.

Il figlio era venuto al mondo la notte di San Giovanni del 1989. Solo in ospedale aveva consumato quattro rullini. Le foto erano cosí tante che Grethe non le aveva fatte sviluppare tutte. Invece, aveva creato una tasca supplementare all'inizio dell'album dove conservava i negativi. Erano ancora lí. Ogni volta che lo apriva, doveva fare attenzione che non cadessero fuori.

Appena nato, il bambino era già bellissimo.

Di sicuro tutti i genitori pensavano la stessa cosa dei propri figli, ma in quel caso era diverso. Lo avevano detto le infermiere. Persino un medico, passato a controllare che tutto andasse bene dopo il parto semplice e veloce, aveva battuto le mani di fronte a un neonato tanto perfetto. Il piccolo aveva i capelli biondo-rossicci e gli occhi scuri, di colore indefinito, che si erano schiusi già al momento della nascita. Piangeva poco e gli angoli della bocca puntavano decisi verso l'alto. Quando lo guardavano, tutti ridevano incantati, tubando entusiasti davanti a quello sguardo serio e a quel sorriso minuscolo e rosso che non spariva neppure quando il piccino piangeva perché aveva fame.

Lui e Grethe non erano mai stati cosí felici. Quanto avevano desiderato quel bambino. In seguito, la famiglia non si sarebbe allargata e sarebbero arrivati tempi duri, ma gli anni trascorsi intorno alla nascita del figlio erano stati i migliori della sua vita.

A quel pensiero provava ancora una specie di conforto, perché, pur nella sua breve esistenza, il figlio aveva avuto almeno la possibilità di sentirsi circondato da tutto il loro amore. Era quella l'essenza e lo scopo della vita, anche se per troppo poco tempo. Aveva chiesto spesso al figlio di raccontargli quella storia, che ogni volta si imbeveva sempre piú di calore e affetto, mentre tanti dettagli meravigliosi riempivano il ricordo di un fine settimana fiabesco e indimenticabile, quando anche il figlio aveva vissuto ciò su cui si basa in realtà l'esistenza.

Amare ed essere amati.

Creare una nuova vita.

Richiuse l'album con un leggero tonfo. C'erano cose piú importanti di cui occuparsi. Aveva pianificato tutto a lungo, in ogni minimo dettaglio. Un uomo della sua esperienza e professionalità sapeva bene che nulla andava lasciato al caso. Poteva succedere di tutto. Gli scenari erano innumerevoli. Nessuno doveva accontentarsi di avere un piano B, bisognava ricorrere a tutto l'alfabeto. E non solo.

Lui era un uomo scrupoloso.

In fondo era questo che gli aveva permesso di sopravvivere.

Contro ogni previsione.

Mercoledí 11 settembre

La ricostruzione

Selma Falck era di cattivo umore.

Dopo la sparatoria a Grünerløkka, Anine non si era fatta sentire. Selma si era sforzata di aspettare il piú possibile, ma la sera prima non aveva resistito e aveva chiamato la figlia.

Che era acida e scontrosa.

Che non voleva che lei andasse a trovarla.

Che aveva aggiunto che nell'immediato futuro non aveva bisogno di baby-sitter. E forse anche in seguito. Aveva interrotto bruscamente la conversazione con un «È proprio da te mamma farti sparare».

Almeno Anine l'aveva chiamata mamma e non con il nome di battesimo, come faceva di solito quando era particolarmente scorbutica. Selma aveva dormito male. Per diversi motivi. La parte superiore del braccio aveva ricominciato a farsi sentire, costringendola a usare la fascia anche quando nessuno la vedeva. A letto le faceva male girarsi, e quella stessa notte aveva cominciato a chiedersi se la ferita non si fosse infettata. Non poteva neppure farsi una doccia perché nell'angolo del bagno c'erano ancora frammenti di vetro. Piú tardi in giornata sarebbe finalmente venuto un idraulico per montare una porta nuova.

Il vero motivo che le aveva impedito di dormire era il bisogno quasi indecente di giocare.

Era riuscita a trattenersi.

Aveva davvero la luna storta.

– Manca tanto?

Selma impacchettò la domanda in un bel sorriso. La poliziotta allargò appena le braccia. Un gesto che probabilmente voleva essere sia di scusa sia l'ammissione che non sapeva quanto tempo sarebbe durata la ricostruzione.

Quando Selma era arrivata, la strada era già stata bloccata. Visto che da tempo erano in corso grandi lavori di ristrutturazione del marciapiede e dei binari del tram, la polizia aveva il suo bel da fare per impedire alla gente di superare gli sbarramenti piazzati sessanta metri piú in su della via e a quaranta metri a sud del ristorante. Le due donne scelte per rappresentare rispettivamente Vanja e Linda nella ricostruzione dell'omicidio di quest'ultima si erano preparate evidentemente con molta cura. Oltre al filmato che Selma aveva già visto nell'ufficio di Fredrik Smedstuen, era stata creata anche una versione digitale, di cui al momento lei aveva solo sentito parlare. Le due poliziotte dovevano averla vista molte volte, perché senza dire una parola si muovevano come se quel giovedí fossero state presenti e ricordassero a menadito la scena secondo per secondo. Selma invece aveva ricevuto direttive da un uomo che non aveva mai visto prima, un tipo giovane e serio che parlava con una cadenza dialettale quasi incomprensibile.

Per il momento il tutto aveva richiesto due ore.

Ogni dettaglio era stato filmato, fotografato e documentato.

Il cecchino era steso sul tetto di Thorvald Meyers gate 49. L'edificio giallo, eretto nella seconda metà dell'Ottocento come deposito di autobus, filobus e tram dell'allora Società trasporti pubblici di Kristiania, era molto piú basso delle costruzioni limitrofe. Già tre giorni prima la polizia aveva considerato quel tetto quasi piatto come il probabile nascondiglio del killer. Adesso ne sembravano del tutto certi. Selma immaginò che i tecnici avessero già passato il posto al setaccio. Quello che non capiva era il motivo per cui non le dicevano di andarsene. L'aria era pungente. L'autunno aveva cominciato a farsi sentire e il vento fresco che soffiava da sud sollevava mulinelli di foglie, carte dei ghiaccioli estivi e ricordi canini.

Con la coda dell'occhio Selma vide una sagoma che riconobbe subito. Imponente, senza essere particolarmente alto. Impettito come un soldato, anche se in realtà era appoggiato al muro a braccia conserte. Indossava un paio di jeans scuri e, sotto il giubbotto di nappa marrone, una camicia a fiorellini piccoli. In testa aveva un berretto vecchio stile di tweed. Le sorrise quando scoprí che si era accorta di lui.

Birger Jarl Nilsen aveva un nome azzeccatissimo. C'era in lui un che di signorile, quasi nobile, unito a una sicurezza di sé cosí grande da non aver bisogno di ostentazioni. Stava venendo verso di lei con la mano sollevata appena, a mo' di saluto.

– Noioso? – le chiese, accomodandosi sulla sedia che la facsimile di Linda aveva lasciato.

Selma interpretò quel gesto come un'indicazione che la ricostruzione era conclusa.

– Indovina, – gli rispose. – Anche se ovviamente era necessario. Vabbe', meno male che abbiamo finito.

Fredrik Smedstuen spuntò con passo pesante tra i tavolini.

– Puoi andare, – disse a Selma prima di girarsi verso Birger Jarl Nilsen. – Cosa ci fai qui?

– Volevo soltanto vedere come andavano le cose. Immagino che adesso siamo sicuri che si tratti di quel tetto.

Fece un cenno con la testa in direzione del numero 49, dove da dietro le vetrine i commessi della panetteria Godt

Brød guardavano alternativamente la strada e l'orologio. Erano due ore che nessun cliente poteva mettere piede nel negozio.

– Ne parleremo alla riunione del pomeriggio, – replicò Fredrik Smedstuen, poi si rivolse di nuovo a Selma: – Grazie. Come dicevo, puoi andare. Hai bisogno di un passaggio?

O quell'uomo aveva una collezione intera di camicie identiche o era un sudicione. Anche i pantaloni erano gli stessi della settimana prima, Selma aveva già notato una macchia di unto accanto al ginocchio sinistro. Quando si chinò sopra di lei per prendere il bicchiere d'acqua utilizzato durante la ricostruzione, Selma avvertí il solito odore di fumo, gomme da masticare e Fisherman's Friend. Ma stranamente Smedstuen non puzzava di sudore.

– No, grazie, – gli rispose, un po' a disagio al pensiero di un contatto piú ravvicinato. – Devo solo andare fino in fondo alla strada.

Dopo aver grugnito qualcosa, Smedstuen si allontanò.

– Vai di là? – le domandò inutilmente Birger Jarl Nilsen. – Possiamo fare un pezzo di strada insieme. Io vado a Torshov. Cosí non devi piú telefonarmi, come avevi promesso l'ultima volta che ci siamo visti.

Il suo sorriso era quasi canzonatorio. Selma non sapeva come valutare l'offerta. Era diretta a casa di Einar Falsen, a piedi ci volevano soltanto sei, sette minuti, e aveva bisogno di una piccola pausa di stacco tutta per sé.

– Con piacere, – esclamò, cominciando ad avviarsi verso nord, dove tre poliziotti in uniforme stavano smontando gli sbarramenti.

L'uomo la seguí. Rimasero in silenzio fino a quando si trovarono in Helgesens gate all'altezza dell'*Espresso House*. Selma preferiva non percorrere Thorvald Meyers gate, perennemente in fermento e dove c'erano dei lavori in corso.

– Da quel che vedo, si direbbe che Fredrik non sia proprio di tuo gradimento!

Mentre camminavano lungo il marciapiede, Birger Jarl Nilsen continuava a mantenere la stessa piacevole distanza: un metro e mezzo da lei e un po' piú indietro. Gli erano bastati pochi passi per adeguarsi alla falcata spedita di Selma, la quale solo in quel momento si accorse che in realtà non era molto piú alto di lei.

– Mah, – rispose Birger Jarl Nilsen strascicando la parola. – Non saprei. Un po' troppo trasandato per avere un lavoro che presuppone un certo contatto con il pubblico. Ed è pure scontroso. Acido di natura, a quanto sembra. Invece, in realtà è un pezzo di pane. E un ottimo poliziotto. È solo che ha appena divorziato ed è depresso. Oltretutto è d'accordo con me, anche se non lo vuole ammettere.

– Su cosa?

– Che il bersaglio dell'attentato era Linda Bruseth.

Selma si accorse di respirare a fatica. Rallentò l'andatura. Con sua grande irritazione le pareva di sentire l'odore di Fredrik Smedstuen e tirò su un paio di volte con il naso per liberarsene. Stranamente il braccio era migliorato. Lo sfilò dalla fascia che teneva al collo e ripiegò la striscia di stoffa per infilarsela in tasca.

– Come fai a esserne cosí sicuro? – gli domandò.

– I motivi sono tanti. Innanzitutto, il killer ha scelto un modo inutilmente complicato per uccidere qualcuno. Il che la dice lunga.

Selma si fermò di botto.

– Okay?

– Rifletti, – le disse.

Non appena Selma si fermò, lui arretrò, in maniera quasi impercettibile. Adesso si trovavano uno di fronte all'altra a una distanza di due metri.

– Era… spettacolare? – provò lei.

– Sí.

– L'assassino *voleva* che lo fosse. Che… attirasse l'attenzione.

– Appunto.

– Ma perché farebbe pensare piú a Linda che a me?

Selma riprese lentamente a camminare.

– Analizziamo i fatti in nostro possesso, – le rispose lui. – Il tiratore è bravo. Si è servito di un'arma e di un calibro da esperti. A quanto ho capito, sul tetto non ha lasciato tracce, anche se tutto ci fa pensare che abbia sparato da lí. Nessuno di noi avrebbe nutrito alcun dubbio su chi fosse il vero obiettivo, se Linda Bruseth non si fosse mossa all'improvviso per impedire al bicchiere di cadere. Se voi foste rimaste ferme, il colpo sarebbe stato un vero e proprio centro. *Pam*, in mezzo alla tempia di Linda. Nessun dubbio.

– Ma lei non era ferma, – obiettò Selma. – È scattata velocissima in avanti! E si è ritrovata fra me e la pallottola.

– No. In realtà no.

Birger Jarl si guardò intorno. Parve osservare il marciapiede, soprattutto. Non doveva aver trovato quello che cercava, perché si portò una mano alla tasca interna del giubbotto e tirò fuori un pennarello. Dopo aver lanciato un'occhiata a destra e a sinistra, tolse il cappuccio e si avvicinò al muro tra due finestre sporche dell'edificio all'angolo di Bjerkelundgata. Tracciò veloce un grande schizzo della posizione occupata dalle tre donne prima che Linda salvasse il bicchiere e partisse il colpo. Non era bravissimo, ma aveva un occhio molto sottile per la prospettiva. Partendo da quella ricostruzione grafica, Selma aveva proprio la stessa angolazione che doveva aver avuto l'omicida. Birger Jarl arretrò di un passo.

– Vedi?

Selma non era sicura di aver capito cosa intendesse dire. Osservò a lungo lo schizzo. Due giovani li superarono sfrecciando sul rispettivo monopattino elettrico senza curarsi dell'attempato graffitaro. Spingendo un passeggino con dentro due bambini, una donna con l'ḥijāb si spostò il piú possibile sul bordo del marciapiede.

– Se puntava alla mia testa, aveva la visuale libera, – commentò Selma battendo le palpebre. – Perché questa sarebbe stata la sua angolazione dal tetto, giusto?

Lui annuí.

– E se il bersaglio eri tu, il movimento improvviso di Linda non avrebbe avuto nessuna importanza. Stiamo parlando di un tiratore eccellente con un obiettivo preciso. Linda Bruseth. Ha registrato il movimento e questo gli ha reso la cosa un po' piú difficile, ecco perché il suo centro non è stato perfetto. Il proiettile ha colpito un punto verso la nuca, ha subito una deviazione all'interno del cranio e poi è fuoriuscito finendo nel tuo braccio.

Selma non sapeva se sentirsi sollevata o delusa, viste le circostanze. Il che la sorprese. Dopo tutta l'inquietudine che l'aveva afflitta negli ultimi tempi, sapere che in realtà nessuno l'aveva nel mirino avrebbe dovuto liberarla di un grande fardello. Eppure, avvertiva anche qualcos'altro.

– Sarà, ma continuo a non capire, – disse riprendendo a camminare.

Birger Jarl passò alcune volte la punta del pennarello sopra il disegno; infine, dopo aver messo il cappuccio, se lo rimise in tasca.

– Perché ha scelto questo metodo per uccidere una parlamentare anonima come Linda Bruseth? – chiese Selma. – Tu stesso hai detto che l'omicida desiderava richiamare l'attenzione. Ma in un quartiere movimentato come Grünerløkka, un giovedí pomeriggio… accidenti che sbattimento! I media avrebbero comunque dato grande risonanza a un caso in cui una rappresentante del Parlamento era rimasta vittima di un attentato, a prescindere da dove fosse avvenuto. Però Linda non era di certo paragonabile a Olof Palme o Anna Lindh!

– Quando sono stati assassinati, entrambi facevano parte del governo svedese, non del Parlamento. Comunque, a mio avviso in questo omicidio è contenuto un messaggio.

Selma si fermò di nuovo e l'esperto d'armi continuò: – Ma prima dobbiamo fare due passi indietro.

Come se le sue parole fossero da intendersi alla lettera, si allontanò da Selma.

– Una persona desidera uccidere Linda. Uccidere qualcuno non è difficile se hai deciso di farlo. Anche se si tratta di una parlamentare. La sicurezza intorno ai membri dello Stortinget non è maggiore di quella riservata al sindaco di un paesino qualsiasi. Se l'attentatore la vuole morta, può investirla, appiccare un incendio a casa sua, aggredirla una sera in una traversa al buio...

– Ho capito, – lo interruppe con impazienza Selma.

– Insomma, le possibilità sono numerose. Il pericolo insito in tali attacchi è che possano essere interpretati come pure coincidenze. Un tentativo di stupro. Un piromane allo sbaraglio. Un conducente in stato di ebbrezza. Ti è chiaro dove voglio arrivare?

Selma cominciava ad afferrare il concetto. Quel poliziotto era davvero bravo.

– L'assassino vuole che la premeditazione sia evidente, – disse adagio, con la pelle che le si accapponava. – Non ci devono essere dubbi sul fatto che Linda sia stata ammazzata deliberatamente.

– Esatto. In tal caso la questione è se sia stata uccisa in quanto Linda Bruseth o come parlamentare. Nel senso, se sia stata liquidata perché simbolo di qualcosa.

– Fredrik Smedstuen lo sa tutto questo? Hai parlato con lui di questa tua... teoria?

– Naturalmente.

– Non si direbbe.

– È che lui non è disposto come me a condividere informazioni con altri, – commentò Birger Jarl rimettendosi in cammino.

Dopo aver attraversato Seilduksgata, tagliarono attraverso il parco di Birkelunden senza dire una parola. Il tram curvò ondeggiando all'altezza del semaforo tra Toftes gate e Schleppegrells gate. Si sentirono lo stridio del metallo e un automobilista che suonava furioso il clacson.

– Forse hai ragione, – concesse alla fine Selma quando arrivarono al negozio freak Scorpius. – Non si può certo dire che Smedstuen sia un chiacchierone. In effetti, rispetto a te, sembra il prototipo dell'ambiente in cui lavora.

– Ma io non lavoro in polizia, – le rispose Birger Jarl, sorpreso che lei avesse potuto pensare una cosa del genere.

Raggiunto l'edificio dove abitava Einar Falsen, Selma si era fermata.

– No? – disse, altrettanto stupita.

– Lavoro *per* la polizia, non *nella* polizia. È qui che devi entrare?

Studiò la palazzina sporca e fatiscente, scandagliandola con lo sguardo dal tetto alle grondaie staccate fino alle fondamenta, dalle pareti coperte di scritte e graffiti ai mucchi di escrementi canini che vi giacevano alla base.

– Sí, – rispose Selma. – È qui. Allora di cosa ti occupi?

– Sono un esperto d'armi. E di balistica. Ti è sfuggito quando ci siamo incontrati nell'ufficio di Fredrik?

– No. Intendevo dire se sei un free lance?

– Ho una piccola società privata e insegno part-time all'Accademia di polizia. Un tempo ero...

Selma lo interruppe alzando la mano.

– Fammi indovinare. Soldato. Ufficiale, per la precisione.

L'uomo scoppiò a ridere. La sua risata era molto profonda, eppure conteneva una morbidezza che le piacque. Continuava a mantenere nei confronti di Selma una strana distanza fisica, come se fosse abituato a frequentare un ambiente dove le donne non dovevano assolutamente fraintendere le sue intenzioni.

In un certo senso, tutto questo era piacevole.

– Maggiore, – le confermò.

Si scostò per permettere a Selma di suonare il campanello e farsi aprire il cancello di ferro, poi si chinò un poco in avanti in un gesto quasi comico di confidenza, rimanendo sempre a un metro e mezzo da lei.

– Per un periodo ho lavorato come ufficiale nei servizi segreti, – le sussurrò con un tono di voce comunque alto. – Cosí ho seguito con grande interesse le tue imprese dello scorso autunno. Ben fatto.

Si raddrizzò. Sembrò quasi che battesse i tacchi in una specie di saluto militare prima di girarsi e proseguire verso Torshov.

Il file zip

Lars Winther non osò neanche provarci.

Dopo aver trascorso due ore navigando su Internet nella speranza di trovare un modo per craccare il codice di un file zip, adesso era allo stesso punto di quando era arrivato al lavoro. All'inizio uno degli informatici del giornale lo aveva aiutato a scaricare un programma che si chiamava 7Zip. Come sempre Lars si era dovuto sorbire vari commenti condiscendenti sulla sua idiozia in materia di computer, strumento da cui dipendeva in tutto e per tutto. Il tipo magrissimo e pallido della sezione informatica gli aveva spiegato qualcosa. Lui non ci aveva capito un accidente. Il tipo aveva blaterato che, per creare un file zip, serviva quel programma. Lars aveva replicato che a lui interessava aprirne uno, non crearlo o salvarlo. Il borbottio che era seguito al suo commento era stato incomprensibile. Acido come un limone, l'informatico si era dileguato senza neanche salutare e Lars lo aveva lasciato andare in silenzio.

Per quanto girasse e rigirasse la questione, quella che gli serviva era la password. Le rare volte in cui decideva di utilizzarne una per proteggere i suoi documenti, sapeva di avere a disposizione un numero infinito di possibilità per riaprirli. Meno male. Anche se ricorreva sempre alle solite otto imparate a memoria e piú o meno sicure, si dimenticava subito quale avesse usato, dove e quando.

Con il file di Jonathan Herse era peggio.

Lars temeva che potesse essere stato inserito un blocco che impediva per sempre l'accesso ai documenti dopo un certo numero di tentativi. Tre, per esempio, come con la carta di credito. Sempre che fosse possibile.

Ne sapeva troppo poco di informatica.

Nell'ultimo quarto d'ora non aveva fatto che tamburellare sulla scrivania con una penna o infilarsela in bocca. Adesso l'aveva addentata con troppa forza. Mentre sentiva il sapore schifoso dell'inchiostro diffondersi sul palato, si specchiò nello schermo dov'era piú scuro, cercando di sfregare via il blu dalle labbra.

– Merda, – esclamò irritato. Staccò la chiavetta dal computer e se la rimise in tasca.

Ovviamente c'erano persone in grado di aprire quel file. Quando lavorava a «DG», si serviva sempre di Agnes dai capelli blu. Era una vera e propria maga della tecnologia, la migliore di tutto il giornale, e lo aveva sempre aiutato. Ma dopo essere passato all'«Aftenavisen», quando l'aveva contattata lei era stata molto fredda.

La polizia aveva sicuramente le competenze necessarie, ma non poteva nemmeno rivolgersi a loro: non offrivano di certo i propri servigi a giornalisti frustrati. Conosceva anche qualche hacker per via di alcuni casi di cui si era occupato, ma non si fidava di nessuno. Esistevano sí programmi che promettevano mari e monti, ma aveva paura di scaricare qualche *malware*.

C'era solo un modo per procurarsi la password.

Il tossico

Come sempre Selma Falck abbassò la manica della giacca per aprire la porta del cortile posteriore di Einar senza toccarla. Con l'aiuto di Selma e di Turcopoker, il vecchio poliziotto aveva parzialmente migliorato le condizioni del suo appartamento, ma per il resto la palazzina era del tutto fatiscente. Il motivo per cui era anche cosí sudicia consisteva nei suoi abitanti. Di sicuro, a parte le strutture competenti, non c'era in tutta Oslo una concentrazione piú alta di tossicodipendenti e persone affette da problemi psichici riunita nello stesso luogo e nessuno di loro possedeva le energie necessarie per litigare con il proprietario dell'immobile.

Einar aveva lasciato socchiusa la porta. Come al solito, il gatto si era piazzato davanti alla fessura con quel suo muso brutto e piatto. Prima di entrare, Selma lo spinse con cautela all'interno con la punta della scarpa.

Si sentiva odore di detersivo.

In quantità enormi. Guardò il pavimento, era ancora bagnato. Visto che si era già scottata una volta, preferí tenere le scarpe.

– Accidenti, che lavorone, – commentò guardandosi intorno.

Tutte le pile di giornali che Einar andava a rubare in giro all'alba nei periodi in cui non aveva accesso a Internet erano scomparse. Il divano tutto bucherellato era stato nascosto sotto una serie di coperte di pile a buon mercato. Selma rimase colpita quando si accomodò su quella meraviglia azzurra. Il tavolino traballante era stato tirato a lucido. Dalla cucina giungeva un odore intenso di ammoniaca che si mescolava a quello del detersivo usato per lavare i pavimenti. Dal momento che l'appartamento aveva problemi di umido e di muffa, le tornò in mente il ripostiglio dell'ospedale di Ullevål qualche giorno prima.

– Ho lavato dappertutto, – dichiarò Einar uscendo dalla cucina con due tazze di tè. – Delle vere e proprie pulizie di Natale.

– A settembre?

– Settembre è prima di Natale, – commentò lui soddisfatto, chiedendole di andare a sedersi sulla poltrona. – Il divano nuovo è per me e Micio. Ho fatto tutto quello che mi hai chiesto. Siediti e ti faccio vedere.

– Ogni tanto potresti anche cambiare l'assegnazione dei posti, – osservò Selma, ubbidendo suo malgrado.

La pelliccia del gatto si rizzò in tutte le direzioni quando Selma balzò su dal divano.

– Oggi per cena ci sono le braciole di maiale, – disse Einar. – Due per me e una per Micio. Ma nella confezione ce n'erano cinque. Vuoi mangiare con noi? Ho anche i crauti. Quelli della Nora. La variante con il cumino.

– No, grazie. Sono contenta che ti sei messo a mangiare come si deve.

Einar sorrise mentre lasciava che il gatto gli si accoccolasse sulle gambe. Accarezzò l'animale con movimenti lunghi. Aveva le mani secche e screpolate, ma non c'erano tracce di patatine al formaggio.

– Accipicchia, quanta gente vorrebbe il tuo aiuto, – constatò. – Anche se bisogna dire con una certa vergogna che non ne assisti tanti.

– Non ne ho bisogno. Guadagno già abbastanza con i pochi casi che accetto. Dall'inizio dell'anno credo siano sei, sette.

– Cinque. Nel 2019 ti sei occupata di cinque casi.

– Allora sono solo cinque. Li ho risolti tutti e ci ho guadagnato poco meno di tre milioni di corone. Togliendo le tue spese e le mie, parliamo di un introito pari a due milioni e mezzo. E l'anno non è ancora finito.

– Pazzesco, – disse Einar, scuotendo la testa.

– È meno di quanto incassavo da avvocata.

– Nessuno dovrebbe guadagnare cosí tanti soldi.

– Ho preso nota del tuo punto di vista, – replicò Selma irritata. – Ma quello che ti avevo chiesto di controllare non erano i casi risolti. Quei clienti sono soddisfattissimi.

Dopo aver appoggiato con cautela il gatto sul pavimento, Einar sparí in camera. Tornò con la cartellina che Selma gli aveva dato. Si risedette, se l'appoggiò sulle ginocchia e l'aprí.

– Accidenti, – esclamò Selma. – Niente male!

In cima c'erano i documenti che riguardavano i casi conclusi, ognuno rigorosamente infilato nella rispettiva cartellina di plastica rossa. Einar le aveva chiuse per bene con un pezzetto di nastro adesivo trasparente e nell'insieme formavano un blocco compatto che lui appoggiò sul tavolino. Apparve il resto delle carte. Quando Selma gli aveva consegnato il materiale, i casi rifiutati non erano altro che una pila disorganizzata di fogli. Alcuni stampati dal computer, ma c'era anche una bella quantità di appunti scritti a mano. Fino a dove era stato possibile, Selma aveva cercato di usare un foglio per ogni caso, ma alcune delle richieste, specie quelle che consistevano soltanto di una semplice telefonata, erano state scarabocchiate su un documento già esistente. Ora regnava un ordine perfetto.

– Hai riscritto tutto da capo a piedi? – gli domandò Selma chinandosi per vedere piú da vicino.

L'interpellato le fece segno con le mani di allontanarsi.

– Sí. Un casino, Selma. La tua calligrafia lascia molto a desiderare, ma ho fatto del mio meglio. Adesso a ogni foglio corrisponde un caso, tutti battuti alla mia macchina per scrivere.

Accennò al portatile, che adesso era appoggiato all'estremità del tavolino. Evidentemente aveva strigliato anche il computer. Il color argento del rivestimento di plastica che doveva fungere da protezione contro le radiazioni aveva cominciato a scrostarsi. Selma pregò dentro di sé che Einar non scoprisse che la vernice che aveva usato serviva solo a coprire un motivo blu e tumultuoso preso da *Star Wars*.

– A dire il vero, non andrebbe lavato, – gli disse.

– Oh, sí invece. Adesso vedrai.

Con la mano batté accanto a sé e Selma si alzò e ubbidí con una certa riluttanza. Strinse gli occhi, preparandosi mentalmente ad affrontare la scarica elettrica che sarebbe partita nel momento in cui si fosse seduta in tutto quell'azzurro sintetico.

– Au! – esclamò prima di allungarsi a prendere la tazza di tè dalla parte opposta del tavolino.

– Non sporcare, – le disse Einar. – Guarda qui. I casi sulle persone scomparse sono contrassegnati in rosso.

Sfiorò con le dita un Post-it segnapagina rosso traslucido. In tutto ce n'erano tre.

– I casi finanziari sono contrassegnati in blu, quelli di infedeltà in giallo... A proposito, non ne hai seguito neanche uno!

Selma sospirò.

– No. E non succederà mai. A meno che non sgancino un miliardo.

– Il resto l'ho marcato in nero. C'è un po' di tutto, da cani spariti a litigi tra condomini con successive minacce di omicidio. Per non parlare di una tizia convinta di essere sorvegliata illegalmente dall'Associazione norvegese scout.

– Era pazza come un cavallo, – borbottò Selma. Indicò un segnapagina rosa incollato accanto a uno nero. – Cos'è?

– Ci sono tre etichette rosa. Le ho messe sui casi che a mio avviso potrebbero guastare il sangue. Intendo dire, in cui sono coinvolte persone che potrebbero avercela a morte con te. Non era quello che volevi? Che trovassi qualcuno che aspirava a farti da stalker?

– *Stooolker.* Comunque, sí.

– Questa qua, – proseguí Einar porgendole un foglio. – Se quella dell'Associazione scout era fuori di testa, anche questa non scherza.

Ridacchiava come un adolescente, con la mano davanti alla bocca.

– E io dovrei sapere di cosa parlo, – aggiunse scoppiando in una risata squillante.

Con un sospiro Selma prese il foglio.

– Fredrikke Augustsson. La regina della tastiera. In effetti mi ero dimenticata che mi avesse addirittura telefonato. Oddio…

Prese la tazza e bevve un sorso di tè.

– Insisteva che doveva vedermi. Dopo che non aveva fatto altro che aggredire chiunque su tutte le piattaforme immaginabili, di colpo voleva aiuto. Deve essere stato…

Selma inclinò pensosa il capo, la tazza fra le mani.

– Piú di un anno fa? È stato prima che finissi sull'altipiano di Hardanger, no?

– Sí. È stato la primavera scorsa. Voleva che tu dimostrassi che l'avvocato Jan Herman Lie era in combutta con Facebook e Twitter allo scopo di manipolare la sua possibilità di esprimersi.

Selma scosse sconsolata la testa.

– Jan Herman è uno dei migliori avvocati norvegesi sulla libertà d'espressione. Una persona competente e corretta. È da cinque, sei anni che quella tipa ce l'ha con lui. E anche con me, perché una volta l'ho difeso. Sono stata una stupida. Dio solo sa il motivo per cui aveva chiesto proprio il mio aiuto. Una donna instabile.

Appoggiò la tazza e roteò l'indice sulla tempia.

– La consolazione è che le sue parole cadono nel vuoto, per quanto lei insista. In pratica è già tanto se ottiene un solo like.

– Hai appena descritto una *stoolker*, – disse Einar. – Potrebbe essere lei? A intrufolarsi nel tuo appartamento?

– No. Faccio fatica a crederci. È... è...

Selma cercò di immaginarsi la donna in loden che sgusciava nell'appartamento a Sagene dopo aver manomesso il sistema d'allarme per lasciarle sul cuscino un pacchetto di gomme da masticare di quarant'anni prima.

– No, – ripeté.

– Perché no?

– Perché non corrisponde al suo carattere. È come una vespa in autunno. Irritante, ma innocua.

– Non la conosci.

– Conosco il tipo.

– Ma...

– Non è lei. Che cos'hai lí?

Einar riprese il documento che riguardava Fredrikke Augustsson per porgergliene uno nuovo.

– Di questo qui non sai neppure il nome, – le disse.

Selma non rispose, ma lesse due volte il breve appunto che riguardava il cliente rifiutato.

– Questo me lo ricordo bene, – commentò adagio. – Il motivo per cui non ha un nome è perché l'avevo incontrato all'aperto.

– Eh?

– Mi si era avvicinato all'altezza di Myren, – rispose senza alzare lo sguardo dal foglio. – Stavo tornando a casa dopo una bella corsetta. Mi ero appena fermata per fare degli esercizi di stretching quando aveva cominciato a parlarmi.

– Non si era presentato?

– Sí. Mi aveva dato la mano, salutandomi cortesemente. Era estate?

– Sí, il 26 giugno.

– Esatto. Per quanto mi sforzassi, una volta a casa non riuscivo a ricordare il suo nome, ma avevo scritto una breve nota su di lui perché si era arrabbiato tantissimo. Cosí, per sicurezza. Come hai visto… – aggrottò le sopracciglia, lanciando un'occhiata alla pila di documenti davanti a loro, – c'è di tutto un po' tra le persone che mi contattano. E questo qui era davvero furioso.

– È quello che c'è scritto, – disse Einar indicando il testo.

– Oppure…

Il gatto soffiò per rimarcare che voleva il suo posto sul divano. Ormai si era dimenticato da un pezzo che in realtà era il gatto di Selma, ai tempi in cui si chiamava Darius e abitava in una villa a Ormøya. Selma si alzò ubbidiente e ritornò a occupare la poltrona sul lato opposto del tavolino. L'animale si distese sulla schiena con le zampe anteriori tese sopra la testa e prese a fare le fusa quando Einar lo accarezzò sulla pancia.

– A dire il vero, non era tanto arrabbiato, – precisò Selma pensosa, allungandosi di nuovo a prendere la tazza di tè. – Piú che altro… disperato. Parlava a voce alta senza mai fermarsi. Agitando le braccia. Figurati che una signora mi si era avvicinata per chiedermi se fosse tutto a posto. Davvero un gesto premuroso, ma…

Chiuse gli occhi, cercando di rivedere la scena davanti a sé.

– In effetti credo che fosse sul punto di piangere. È un'esperienza un po' paurosa quando degli uomini che non conosci ti si avvicinano, parlano forte, mulinano le braccia e alla fine scoppiano in lacrime.

– Ma cosa voleva? Qui c'è scritto solo che desiderava fare causa a un ministero. A proposito, è possibile?

– Sí. O meglio, puoi fare causa allo Stato *tramite* un ministero. Gli avevo detto che non facevo piú l'avvocata e quindi non potevo aiutarlo.

– Quale ministero? E perché aveva insistito?

Selma si sforzò di ricordare. Come se potesse servire, si premette due dita su ogni tempia.

– Parlava di funzionari corrotti. Che nessuno voleva ascoltarlo. Si trattava di...

Rimase in silenzio. A lungo.

– Qui hai scritto che ti aveva minacciato, – disse Einar, palesemente stufo di aspettare. – Che... – si chinò sopra il tavolo e si avvicinò il foglio, – «te ne pentirai», hai annotato. Questo tipo sembra essere lo *stoolker* per eccellenza. Basandosi su queste carte.

Selma continuò a non rispondere: stava cercando di ricreare l'odore dolciastro del fiume Aker che scorreva placido davanti all'ex area industriale del Myrens verksted. Quello dell'erba appena tagliata e dell'estate. Ricordava che una caviglia le doleva un po': aveva appoggiato male il piede al ponte di Aamodt bru, il cosiddetto Hundremeterbrua, quando un cane senza guinzaglio aveva cercato di morderla. L'uomo era giovane, forse sui trent'anni. Era alto e slanciato, c'era qualcosa di particolare nel suo abbigliamento.

Adesso Einar stava perdendo per davvero la pazienza.

– Hai...

– *Shh*, *shh*!

Quando l'uomo l'aveva fermata, le venne in mente, lei era già pronta a raccontargli una storia scontata, e cioè che stava correndo e quindi non aveva soldi con sé.

– Credevo fosse un tossico, – disse di colpo. – Forse per via dei vestiti. Dei denti. Non saprei.

– Forse lo era?

– Sí. No. Non ne ho la piú pallida idea.

– Okay. Allora possiamo dare un'occhiata al terzo e ultimo candidato…

Einar atteggiò la voce come se stesse facendo la parodia di un moderatore durante una riunione.

– … che è…

Selma prese il cellulare dalla borsa appoggiata a terra. Un pensiero l'aveva colta. Era cosí strano che per una volta non poteva tener conto delle fobie del suo amico.

– No! – gridò Einar. – Non qui! Portalo via!

Selma non gli diede ascolto. Mentre cercava velocissima qualcosa su Internet, gli disse: – Si trattava del ministero dell'Infanzia e della famiglia. Adesso me lo ricordo. Si sentiva completamente ignorato in un caso di tutela dei minori, e secondo lui…

– Porta via quel telefono da qui!

Einar si era alzato e gemeva in un angolo del soggiorno coprendosi la testa con le mani.

– Due secondi. Solo un attimo.

– No, – le urlò lui, sul punto di piangere.

Selma alzò lo sguardo.

– Scusa. Devo andare.

Fece finta di spegnere il cellulare e, afferrati la borsa e il giubbotto di jeans, si diresse verso la porta.

– Passo domani, – gli disse da sopra la spalla e uscí.

La porta si richiuse dietro di lei. Rimase ferma nel cortile posteriore della palazzina piú brutta di Oslo. Faceva freddo e si abbottonò parte del giubbotto. Un movimento all'altezza dei bidoni della spazzatura la costrinse a staccare di colpo gli occhi dal cellulare. Il ratto che si aggirava tra due cassonetti era grande quanto un porcellino d'India e l'annusava con insolenza. Noncurante, Selma guardò di nuovo lo schermo.

– Tutela dei minori e servizi sociali, – disse piano.

La strana cartella del defunto giornalista Jonathan Herse riguardava proprio questo. Non poteva avere alcun nesso con l'ospite indesiderato che tormentava Selma intrufolandosi nel suo appartamento. Eppure, Einar lo aveva identificato come il candidato ideale tra quelli contenuti nel suo archivio: un uomo che voleva fare causa allo Stato per via di un sopruso compiuto dai servizi sociali.

No, non il candidato ideale: il meno improbabile. E poteva anche non esserci nessuna relazione tra i due casi.

Ma adesso, dopo aver riletto lo stesso testo tre volte, Selma sapeva che Linda Bruseth, la sua vecchia amica di pallamano uccisa con un colpo d'arma da fuoco meno di una settimana prima, aveva lasciato una sola traccia di sé nella sua carica di parlamentare.

Durante la sessione primaverile, Linda Bruseth era stata relatrice in un'unica occasione, quando aveva presentato di propria iniziativa una proposta di legge in cui chiedeva di ampliare le possibilità dei servizi sociali di intervenire in caso di situazioni di degrado e incuria parentale a danno dei minori.

Servizi sociali e tutela dei minorenni. Ancora una volta.

Le preoccupazioni

Lavorare la notte gli procurava una strana forma di soddisfazione. Il silenzio lasciava spazio alle riflessioni e alla concentrazione, cose piú difficili da trovare tra una riunione e l'altra e scadenze impellenti. Capitava che almeno un paio di volte alla settimana scegliesse di arrivare in ufficio soltanto verso le dieci del mattino. Quattordici ore dopo aveva sbrigato una mole di incombenze paragonabile a quella di una settimana ordinaria di lavoro.

Karstein Braaten avvertiva già il peso dell'età, anche se mancava ancora un paio di mesi al suo sessantesimo compleanno. Si sentiva sazio delle esperienze e dei pensieri che, nel corso di un'intera vita dedicata alla sua professione, aveva fatto del suo meglio per digerire. Benché negli ultimi anni ne avesse avuto motivo, il suo compito non era spaventare. Tutt'altro. Perfino il suo titolo era stato burocratizzato in modo tale che nessuno fosse in grado di capire cosa facesse in realtà.

Era capo dipartimento presso il Direttorato per la protezione civile e le politiche di pronto intervento.

Come responsabile della divisione Analisi e trattamento dati, Karstein Braaten si occupava del coordinamento e dell'implementazione dei piani di pronto intervento della Norvegia civile. Da quando nel 2003 era stato creato il Direttorato, sedeva in un ufficio anonimo a Tønsberg circondato dalle sue scartoffie e da preoccupazioni crescenti.

Arrivava dall'Istituto di ricerca della Difesa, dove aveva iniziato il giorno in cui era caduto il muro di Berlino. Era il suo trentesimo compleanno e ricordava ogni dettaglio.

Quel giorno storico, il tempo era grigio e nell'aria gelida di novembre c'erano quattro gradi. Se chiudeva gli occhi, era ancora in grado di avvertire il calore che aveva provato nel momento in cui era entrato per la prima volta nell'istituto a Kjeller, alle porte di Oslo. Sentiva la gioia che cresceva nel corso di una giornata in cui nessuno poteva permettersi di tornare a casa. Vedeva davanti a sé le persone che si erano riunite entusiaste davanti agli schermi dei televisori, si era fatta notte, la Germania «democratica» non esisteva piú e tutto il mondo pareva piú luminoso.

Quella notte era morta la dottrina Brežnev. L'Unione Sovietica non avrebbe piú avuto il controllo totale sui Paesi satelliti che appartenevano al blocco orientale. Era il momento di glasnost e perestrojka, il mondo sarebbe diventato un posto migliore e Karstein Braaten aveva provato una grande felicità pensando alle generazioni future.

Adesso, quasi trent'anni dopo, sapeva purtroppo molte piú cose.

La gente non capiva niente.

I norvegesi davano tutto per scontato.

Dopo aver spinto la tazza di caffè verso un punto piú interno della scrivania, si alzò, andò alla finestra e si mise a guardare il Byfjorden, la parte piú interna del fiordo di Tønsberg. Il vento che aveva soffiato nel pomeriggio era calato e si stava facendo sera. Le luci della città sulla sponda opposta creavano riflessi nervosi sull'acqua, dove una piccola imbarcazione stava uscendo lentamente dal porticciolo, diretta verso sud.

Si pentiva di essersi accollato l'incarico di dirigere la commissione. Richieste sempre nuove, che arrivavano sia dal Parlamento sia dagli organi di collaborazione internazionali, imponevano l'aggiornamento e il coordinamento dei piani di pronto intervento piú o meno frammentari a cui si atteneva la Norvegia. Il panorama delle possibili minacce si sviluppava in modo molto piú veloce di quanto si rendessero conto i politici. La commissione che lui aveva accettato di dirigere avrebbe dovuto elaborare una strategia atta a incorporare in un unico piano nazionale piú grande le sette aspettative base della Nato sulla gestione di funzioni critiche della società. Il loro compito era porre le fondamenta che avrebbero garantito una difesa sicura ed efficace della vita e della salute, in modo da incrociare l'aspetto civile e quello militare. O, per dirla in modo raffinato, una difesa totale, cosa che sarebbe anche esistita se sia i politici sia la gente in generale avessero preso sul serio i reali pericoli.

Cosa che non facevano.

Karstein Braaten sospirò. Rimase in ascolto del silenzio. Era mezzanotte passata e a parte le guardie responsabili della sicurezza, probabilmente lui era l'unica persona presente in tutto l'edificio. Ritornò alla scrivania e, presa la tazza mezza vuota, andò a un piccolo lavandino in un angolo della stanza. Svuotò la tazza, la sciacquò con cura sotto un getto piú caldo di quanto avrebbero sopportato in realtà le sue mani e poi si preoccupò di lasciare il lavandino perfettamente pulito come prima. Da un thermos che teneva sulla scrivania ben ordinata si versò dell'altro caffè. Il vapore formò una pellicola umida sulla sua faccia mentre con cautela sorseggiava la bevanda bollente.

Dopo una vita di lavoro lunga e anonima al servizio della sicurezza della Norvegia era aperto all'eventualità che potesse succedere quasi di tutto. Guerre. Catastrofi naturali: era quasi impossibile pensare a come sarebbero state le infrastrutture norvegesi di lí a dieci anni se fossero continuati i cambiamenti climatici. Le strade e gli edifici erano stati costruiti tenendo conto del tempo che c'era prima, con tanto d'inverno, primavera, estate e autunno. E non per sopportare inverni miti e cambi di stagione piovosissimi che scatenavano inondazioni, slavine e disastri.

Era mentalmente preparato a tutto. Lo scenario che piú lo terrorizzava riguardava la diffusione di qualche malattia grave.

La questione non era se sarebbe arrivata o meno una nuova forma di peste. L'incertezza era legata al quando. Tutte le domeniche si recava da solo alla funzione religiosa nella chiesa di Slagen, e pregava intensamente affinché non succedesse mentre lui era ancora in vita. Non aveva figli e la moglie lo aveva lasciato molti anni prima. L'unica cosa a cui teneva davvero era il popolo norvegese. Se i norvegesi avessero saputo di lui, forse lo avrebbero ricambiato allo stesso modo.

L'atteggiamento imperante nei confronti delle malattie contagiose era paragonabile a uno scherzo.

Sulla scrivania davanti a lui c'era un dossier dell'Organizzazione mondiale della sanità. Solo qualche giorno prima una commissione aveva consegnato il rapporto intitolato *A World at Risk*. I lavori erano stati diretti dall'ex prima ministra norvegese e medico Gro Harlem Brundtland.

Gli ammonimenti su epidemie e pandemie gli urlavano addosso dalla copertina lucida di quel documento.

Di natura Karstein Braaten era un uomo portato alla preoccupazione. Le rivelazioni degli ultimi giorni che trascinavano nello scandalo il Nav e tutti i chiari indizi che indicavano come fossero stati commessi dei veri e propri errori giudiziari nei confronti di un numero notevole di persone che ricevevano sussidi lo avevano trascinato in uno stato d'animo molto simile alla depressione. Era fatto cosí. Lui era di umili origini. Suo padre era stato un operaio in una fabbrica fino a quando si era rotto la schiena in un incidente sul lavoro all'età di quarantatre anni. Per tutta la vita sua madre aveva fatto la donna delle pulizie in una scuola elementare. Fino alla morte aveva protestato contro il titolo di «addetta alle pulizie». Lei era una *donna* delle pulizie, fine della questione, e la famiglia di tre figli aveva vissuto un'esistenza basata su stipendi da fame e se l'era cavata solo grazie al sussidio d'invalidità. Sua madre impiegava le forze che le rimanevano dopo le pesanti giornate di lavoro a impedire al marito di vergognarsi della vecchiaia troppo precoce.

La previdenza sociale era un diritto.

Il welfare era un fiore all'occhiello della Norvegia.

Proprio come la fiducia. Il confidare gli uni negli altri. La convinzione che chi era alla guida del Paese volesse il nostro bene. Che sapesse quale fosse questo bene e ci trattasse in maniera giusta ed equa. Perfino durante la Seconda guerra mondiale, in un'epoca e condizioni totalmente diverse, la gente aveva serrato i ranghi all'arrivo dei nazisti. Alcuni avevano visto la possibilità di guadagni veloci, altri avevano scelto di collaborare con il nemico, ma la maggior parte si era unita formando una catena caparbia e ostinata di resistenza.

Oggi, invece, Karstein Braaten non sapeva come sarebbero andate le cose.

Non era in grado di affermare se la fiducia della popolazione sarebbe stata sufficientemente forte da sopportare carichi straordinari. Poteva sperare, cosí come facevano i ricercatori, i sociologi e i politologi che continuavano a scrivere del modello norvegese.

Benessere sociale e progresso, fiducia e crescita. Quelle parole suonavano meravigliose.

Ora che lo Stato aveva imposto ad almeno duemilaquattrocento cittadini sentenze ingiuste, in alcuni casi punendoli addirittura con il carcere, in netto contrasto con la legge e il diritto, non si poteva piú parlare né di welfare riuscito né di un terreno su cui far crescere la fiducia.

Gli si erano addormentate le gambe. Con una smorfia le tolse dal tavolo. Si infilò le scarpe e si alzò. Il cappotto pendeva da un gancio vicino alla porta e, quando se lo mise, sentí dolore all'articolazione delle spalle.

– Tempo di merda, – borbottò tra sé e sé e lanciò un'ultima occhiata fuori dalla finestra mentre premeva l'interruttore per spegnere la luce del lampadario.

Adesso il fiordo era perfettamente immobile. Non si vedevano né barche né uccelli marini. Sulla sponda opposta di quella valle stretta le luci della città continuavano a brillare sulla superficie dell'acqua, ma il traffico si era acquietato per la notte.

In tutta la sua vita lavorativa si era occupato di ordine. Pianificando il peggio e pregando per il meglio. La sua mente era organizzata come il suo ufficio e ogni documento che ne usciva. Eppure, non riusciva a smettere di pensare a quello che uno dei membri della commissione, la direttrice d'ospedale, aveva detto alla riunione di lunedí.

«Del resto questo scandalo ha colpito gente che già in linea di principio è un po'...»

Era impossibile fraintendere il movimento della testa seguito a quelle parole. Per lei quegli errori giudiziari erano accettabili dal momento che le vittime erano dei parassiti: quelli che erano andati all'estero anche se credevano che la legge non glielo permettesse. Quelli che vivevano delle sue tasse senza muovere un dito.

«Questi soggetti deprecabili».

Lo scandalo del Nav aveva scatenato il putiferio tra gli

intellettuali. Tra i fautori dei saldi principî. Durante i dibattiti televisivi fior fiore di professori di giurisprudenza schiumavano di rabbia, commentatori seri e acclamati brandivano le loro sciabole chiedendo la testa di ministri e funzionari. Ma non la maggior parte della gente.

In fondo la cosa avrebbe dovuto tranquillizzarlo, pensò quando chiuse a chiave la porta dell'ufficio e si allontanò lungo il corridoio buio. La gente non voleva marciare per le strade. Non c'erano state raccolte di firme. Nessun ministro era stato costretto a dimettersi, e dopo qualche settimana di fermento tutto si sarebbe assopito grazie all'arrivo di nuovi casi, di un altro ciclo di notizie. La fiducia nei confronti dello Stato sarebbe stata a malapena scalfita.

Tutto questo avrebbe dovuto stemperare parzialmente il nervosismo di Karstein Braaten. Invece vedeva davanti a sé l'immagine di suo padre prima che morisse, smagrito e invalido per gli ultimi ventidue anni della sua vita. Prima dell'incidente era stato un gran lavoratore. Dopo, non aveva piú incrociato lo sguardo di nessuno.

La Norvegia non doveva essere cosí, né allora né adesso. Quando uscí attraverso le pesanti porte di vetro, dopo aver salutato con un cenno del capo la guardia che sedeva alla reception, disse come sempre una preghiera silenziosa.

Giovedí 12 settembre

Il ritrovamento

Come le sere anche le mattine stavano diventando sempre piú buie. All'anziana donna piaceva, come le piaceva fare la passeggiata mattutina con Bella prima che uscissero tutti gli altri. Durante la stagione in cui era chiaro, c'era molta piú gente in quella parte di boschi a nord del quartiere di Korsvoll. Quell'area la si poteva quasi definire un parco, e pullulava sempre di giovani, cani e amanti delle camminate e dello jogging.

A loro, però, l'oscurità e l'alba non piacevano come a lei.

Aveva quasi ottant'anni, ma era fisicamente in forma. O almeno cercava di apparire cosí. Le passeggiate con Bella la mantenevano allenata e tre volte al giorno partiva dalla via, nota in zona con il nome di Grinda, e seguiva un percorso circolare, spingendosi a volte fino al laghetto di Sognsvann.

Anche Bella stava invecchiando. A Natale avrebbe compiuto dodici anni, ammesso che fosse ancora in vita. All'ultima visita, il veterinario aveva elogiato le sue condizioni di salute, assicurando che tutto era a posto e che il cane avrebbe potuto vivere ancora un anno o due. Sebbene la vista e l'udito fossero peggiorati e neppure l'olfatto fosse piú come un tempo, il piccolo barboncino nero stava bene e aveva un buon cuore. In tutti i sensi, aveva aggiunto la proprietaria: Bella era il cane piú buono del mondo.

Quando la donna e l'animale erano a poco piú di duecento metri dall'abitato, l'anziana non riuscí piú a trattenersi. Dal momento in cui sbucavano dal bosco, le mancavano ancora sette minuti di cammino per raggiungere la piccola casa rossa che il marito aveva costruito con le sue mani alla fine degli anni Sessanta. Aveva fatto la pipí prima di mettersi in marcia, come sempre. Eppure, la tazza in piú di caffè adesso stava facendo il suo effetto. Se non avesse trovato il modo di svuotarsi in quel momento, se la sarebbe fatta nei pantaloni.

Invecchiare significava anche quello. Il corpo non era piú coriaceo come un tempo. Per esperienza sapeva che le ginocchia non le permettevano piú di accovacciarsi, per questo si allontanò dall'ampio sentiero che aveva appena imboccato. Lentamente e a fatica si diresse verso un albero sradicato di cui era a conoscenza e che si trovava solo a quaranta, cinquanta metri di distanza. In fondo non era la prima volta che le succedeva, quindi sapeva come comportarsi. Avrebbe appoggiato il sedere sul tronco, a mo' di latrina provvisoria, con i pantaloni abbassati alle caviglie, e tutto sarebbe andato alla perfezione.

Piú volte fu sul punto di cadere. L'equilibrio non era piú come un tempo, dovette ammettere a sé stessa, e fu costretta a servirsi dei rami e dei cespugli mentre procedeva sul terreno sconnesso. Bella le stava alle calcagna, non gironzolava piú davanti a lei come quando era piú giovane.

Da un albero pendeva un bambino.

La donna si fermò. Batté piú volte le palpebre. Non disse niente. Bella se ne stava dietro di lei, stanca e affamata, immersa nel proprio mondo sordo.

La Vecchietta, come la chiamava suo marito da quando aveva quarant'anni, non era nata ieri. Non proseguí. La sagoma pendeva da una corda fissata a una betulla alta e dritta. Era una bambina, di questo la donna era certa, con un paio di scarpe da ginnastica rosse e i jeans. I capelli erano biondi, con delle strisce che di sicuro non erano frutto della natura. La bambina aveva anche il seno, cosa strana in un corpo cosí piccolo, per cui l'anziana non resistette alla tentazione di fare un paio di passi in avanti.

Non era una bambina. Era una nana. O, come bisognava dire adesso, «ipometrica». Non capiva come mai tante parole usate per generazioni ora non fossero piú valide. «Negro», «mongoloide» e «nano» erano vocaboli efficaci e descrittivi che continuava a utilizzare in silenzio. Non contenevano per lei nulla di malvagio. Ma i tempi cambiavano ed era cosí.

Che sciocchezza.

Un'ipometrica pendeva da un ramo.

Non una qualunque, vide quando la leggera brezza mattutina che soffiava nel bosco fece girare di poco il cadavere. Quella che penzolava tra gli alberi tinti di giallo autunnale era Kajsa Breien. La giudice della Corte suprema, quarantanove anni, era l'unico membro della Piú Alta e Onorevole Magistratura di Norvegia che quasi tutti i norvegesi avrebbero saputo riconoscere immediatamente.

Era alta centoquarantatre centimetri, aveva letto da qualche parte.

Kajsa Breien era una dei migliori giuristi del Paese. Sposata con il decano della facoltà di Giurisprudenza, aveva cinque figli, tutti adottati. In estate le piaceva andare in barca a vela e fare trekking in montagna. In inverno, tre volte alla settimana, faceva il bagno nell'acqua ghiacciata del fiordo dal molo privato della sua casa d'infanzia nell'esclusivo quartiere di Bygdøy. In un paio di interviste aveva dichiarato che la mantenevano in buona salute e le avrebbero assicurato una lunga vita.

L'acqua ghiacciata non l'aveva aiutata per niente, pensò l'anziana.

Bella sembrava impietrita. Pareva che si fosse addormentata in piedi. La donna abbassò la cerniera della tasca del giaccone che usava sapientemente per quelle passeggiate. Ne estrasse un cellulare della Doro. Uno di quelli da bacucchi, come le aveva detto ridendo il nipote quando glielʼaveva regalato lʼanno prima per Natale. Era rosso e semplice, con i numeri scritti in grande. La donna si sfilò i guanti sportivi e compose lʼ1-1-2 prima di portarsi il telefono allʼorecchio.

– Il mio nome è Anna Knutsen, – disse allʼoperatore, che aveva risposto al primo squillo. – Ho trovato una nana morta.

La pallamano

A Selma Falck ci vollero un paio di secondi prima di capire dov'era.

Il letto le era estraneo. Un guizzo di paura la svegliò di colpo, poi si rese conto di trovarsi in un albergo. Di tutti i posti possibili aveva scelto il quartiere di Storo. Fino a pochi anni prima la zona era paragonabile a un ammasso casuale di costruzioni brutte e tutt'altro che allettanti erette intorno a un centro commerciale. Adesso la stessa zona era diventata un vero e proprio agglomerato abitativo, sempre brutto e tutt'altro che allettante, ma progettato con cura intorno allo stesso centro commerciale, con uno degli innumerevoli alberghi della catena Thon piazzato nel mezzo.

In realtà Selma stava rientrando da una cena con degli amici, pianificata da tempo. La serata era stata abbastanza piacevole e una buona scusa per non rimanere a casa da sola. Stava arrivando alle palazzine di Sagene quando le gambe avevano cominciato a rallentare da sole. All'altezza di Arendalsgata, a una decina di metri dal suo appartamento, aveva svoltato a est, senza quasi rendersene conto. Aveva proseguito verso il fiume Aker, seguendolo in direzione nord per circa un chilometro. Non era ancora cosí tardi da non poter passare da uno dei tanti H&M per comprarsi gli articoli da toeletta e un paio di mutandine pulite.

Il sonno era stato inquieto e alle cinque e mezzo non aveva piú senso insistere. Era troppo presto per la colazione, ma non le importava. Allo spuntare dell'alba, Selma voleva andare a casa. Si era rimessa gli stessi vestiti, una cosa insolita per lei, e aveva anche rinunciato alla doccia. Avrebbe potuto farla a casa, ora che l'avevano aggiustata. Le mutandine nuove e dozzinali erano finite dritte nel cestino dei rifiuti. La camera era prepagata e la responsabile della reception si era limitata ad alzare intontita gli occhi da un iPad e farle un debole cenno del capo quando Selma aveva posato la chiave elettronica sul bancone prima di lasciare l'albergo.

Adesso erano le sei e mezzo e si trovava davanti alla porta del suo appartamento. I segni lasciati da Turcopoker quando, con un lavoro a dir poco amatoriale, le aveva cambiato le serrature erano cosí brutti che decise di fare qualcosa prima di ricevere una lettera di lamentele da parte dei condomini. Si sforzò di concentrarsi il piú possibile su quelle scalfitture per reprimere la paura di entrare in casa.

Ci riuscí solo in parte.

Le pulsazioni erano un po' piú rapide. Il respiro un po' piú affannoso.

Aperte entrambe le serrature, varcò la soglia.

Era tutto a posto. L'odore che sentiva era tiepido e noto. Alla luce del mattino che penetrava grigia dalle finestre vide la polvere che danzava. Doveva pulire. In cucina c'era una tazza mezza piena di tè. Sul tavolo del soggiorno il laptop occupava lo stesso posto in cui l'aveva lasciato. Persino un cuscino del divano che, come ricordava, era caduto per terra il giorno prima, giaceva sul tappeto grigio del salotto.

Lentamente l'angoscia mollò la presa. Dopo aver inspirato ed espirato con cura un paio di volte, si avviò decisa in camera da letto. Anche lí era tutto a posto. Il bagno era intatto. O almeno, cosí pareva. Sul lavandino non c'erano oggettini a sorpresa né smiley disegnati sullo specchio.

Tornata in soggiorno, ebbe la sensazione che ci fosse puzza di chiuso. Per meglio dire, di sporco. Sempre con la stessa determinazione simulata raggiunse il balcone per aprire la portafinestra.

Di colpo sentí nel naso lo stesso lezzo terribile che riempiva il rifugio in pietra sull'altipiano di Hardanger. Quelle allucinazioni non solo l'assalivano puntualmente, ma le provocavano una forte nausea. Un paio di mesi prima, una sera, cercando su Google aveva letto che le allucinazioni di carattere olfattivo avevano una causa fisica e non psichica, a differenza di altri disturbi connessi alla percezione della realtà. Comunque, per lei era impensabile rivolgersi a un medico. Né tantomeno desiderava essere sottoposta a visite ed esami, perché avrebbero condotto soltanto a domande simili a quelle che le aveva posto la dottoressa Viksfjord. Probabile che quegli attacchi sgradevoli sarebbero scomparsi con il tempo.

Quando aprí la porta, fu investita dall'aria mattutina. Fece un paio di passi sul balcone. Si percepiva un odore dolce di pioggia e asfalto bagnato e si costrinse a respirare con il naso.

La nausea allentò la morsa. Selma strinse il parapetto con entrambe le mani. Il metallo era piacevolmente freddo sui palmi. Due autobus cercavano di farsi strada tra le macchine parcheggiate male in Arendalsgata. Da qualche parte si sentivano le risa di un bambino. I padroni di cani portavano a spasso i loro animali. Il mondo era come doveva essere.

La mancanza del piccolo Skjalg era diventata fisica. Una specie di dolore che andava e veniva. Selma desiderava con tutta sé stessa vederlo, stringerlo, sentire il profumo di latte, di crema antiarrossamenti, di pappe inacidite tra le pieghe della pelle sul suo collo. Rivide gli occhi leggermente obliqui, che diventavano sempre piú castani con il passare delle settimane. Voleva accarezzargli le manine e avvertirne la forza quando le stringeva le dita o le strappava gli occhiali.

Piú di ogni altra cosa, voleva farlo ridere.

Bisognava rabbonire Anine.

Quando l'ispettore Fredrik Smedstuen le aveva chiesto nel ripostiglio dell'ospedale quali fossero i casi di cui si stava occupando, gli aveva mentito. Nessuno, era stata la risposta che gli aveva dato, cosa che corrispondeva a verità fino a pochi minuti prima. Al momento non aveva tra le mani nulla di speciale. Aveva detto di no a tutti gli incarichi, cosí come faceva a volte in modo da non avere impegni ed essere sempre pronta a occuparsi del nipote.

Durante il colloquio con il poliziotto si era resa conto che invece *un* caso ce l'aveva. Non retribuito e di grande interesse personale: doveva convincere Anine che il colpo sparato a Grünerløkka non era destinato a lei.

La figlia non avrebbe mai saputo nulla dello stalker se Selma non avesse sporto denuncia. Soltanto Einar e Lars ne erano a conoscenza, e in piú occasioni avevano dimostrato di essere capaci di tenere la bocca chiusa. Inoltre, non conoscevano Anine.

Selma doveva dare per scontato che quella storia si fosse conclusa nel momento in cui Turcopoker aveva potenziato il sistema d'allarme e cambiato le serrature. Aveva tutte le ragioni per sentirsi al sicuro come prima.

Ce l'avrebbe fatta. Doveva.

Rabbrividí appena mentre si staccava dal parapetto. Le dita si erano irrigidite. Le piegò e le distese piano piano, poi si girò per andare a mettere in pratica la sua decisione: pulire a fondo l'appartamento.

Lo sguardo le cadde su qualcosa che si trovava in un angolo del balcone.

Un pallone da pallamano.

Vecchio e logoro. I pezzi pentagonali di cuoio erano piú evidenti di quelli di un pallone moderno. Anche le scanalature erano piú profonde e le cuciture erano state fatte a mano. L'uso decennale di resina aveva cancellato il marchio di fabbrica, però Selma sapeva che un tempo su quella palla c'era il disegno di un bombo stilizzato, il logo della ditta tedesca Hummel.

Rimase immobile. Non era possibile. Le pieghe del cervello si rifiutavano di accettare le informazioni fornite dagli occhi. Alla fine, trovò la forza di avvicinarsi al pallone. Invece di raccoglierlo, lo toccò con la punta dei sandali, rigirandolo.

«SF», si leggeva appena tra la resina e lo sporco. Le sue iniziali scritte a pennarello. Lo sapeva perché le ricalcava una volta al mese, da quando aveva quella palla. Gliel'aveva regalata Vanja per il suo decimo compleanno. Un regalo troppo grande, troppo bello, e in tutta la sua breve vita Selma non si era mai sentita cosí felice. L'aveva usata ogni giorno per tre anni, finché non era diventata cosí floscia da risultare inutilizzabile. L'aveva conservata in fondo al guardaroba: voleva tenerla per tutta la vita. Un giorno era sparita.

Sua madre le aveva detto di averla buttata nella spazzatura. Era antigienico tenerla insieme ai vestiti, le aveva spiegato, fine della discussione.

Selma era corsa ai bidoni dei rifiuti, li aveva rivoltati piangendo e addirittura imprecando. Aveva tredici anni e l'unica cosa che voleva in quel momento era trovare il pallone da pallamano migliore e piú importante del mondo. Che aveva ricevuto dall'amica migliore e piú importante del mondo.

Non l'aveva piú ritrovato.

Non prima di adesso, esattamente quarant'anni dopo.

Il detective

Al momento, la vita per Einar Falsen era una festa. L'ultima volta che Selma era stata da lui, era cosí immersa nei propri pensieri da dimenticarsi di portare via il laptop.

Quel pomeriggio stesso lui aveva concluso il gioco che lei gli aveva comprato, ma non aveva osato scaricarne altri. Selma gli aveva parlato di *malware*. Se c'era qualcosa che Einar non desiderava affatto era che il computer venisse invaso da codici e diavolerie sconosciuti. Che oltretutto potevano essere pericolosi anche per lui. Nessuno sapeva cosa avevano in mente la gente e le organizzazioni che si trovavano all'esterno. Molto probabilmente i loro scopi erano malvagi. Da tempo Einar aveva coperto l'occhio della videocamera piazzata sopra lo schermo con un pezzetto di nastro adesivo. Bisognava fare quello che si poteva per proteggersi.

Per un po' aveva navigato in rete a casaccio. Aveva letto i soliti giornali a cui Selma lo aveva abbonato. Il mondo là fuori era folle, ma era importante tenersi al corrente. Il vecchio proverbio «occhio non vede, cuore non duole» era una menzogna bella e buona. A essere pericolosissimo era proprio ciò di cui non si sapeva nulla. La strada da seguire era la conoscenza. Durante i primi mesi e anni dopo il crollo, quando viveva ancora nei vari istituti di salute mentale, Einar aveva fatto affidamento sui libri. Leggeva giorno e notte. Appena aveva scoperto che la vecchia biblioteca dell'ospedale possedeva l'intera *Encyclopædia Britannica*, aveva cominciato dalla lettera A. Quando aveva finito di leggere tutti i tomi, era ancora ricoverato all'ospedale psichiatrico di Blakstad ed era stato allora che aveva capito: Internet era un complotto. Lo si poteva leggere tra le righe studiando le due ultime colonne pubblicate sulla terza pagina ogni quattro tomi. Guardando con attenzione, gli era stato anche svelato che le radiazioni elettromagnetiche provenienti dagli aggeggi di cui tutti si circondavano erano uno strumento in mano alle forze del male.

D'altro canto, in quanto a sapere, Internet era anche un vero e proprio vaso della vedova di Sarepta!

Doveva ammetterlo anche lui. E ora vi aveva accesso giorno e notte. Micio era soddisfatto e in forma, l'appartamento era bello caldo e nell'armadietto della cucina c'erano sei sacchetti di patatine al formaggio. Nel freezer conservava Filetti di platessa ripieni di Capitan Findus in abbondanza. Aveva l'acqua che usciva dal rubinetto, si ricordava di prendere le medicine e per di piú, sul letto, c'era una pila di abiti puliti.

– Non potremmo stare meglio di cosí, – disse a Micio, che lo ricambiò soddisfatto facendo le fusa.

Sarebbe stato divertente fare una sorpresa a Selma. Negli ultimi tempi sembrava stressata. Era cambiata dopo gli strapazzi subiti sull'altipiano. Era diventata un po' piú riservata. Spesso si distraeva e immergeva nei propri pensieri, mentre in viso le compariva un po' troppo di frequente un'espressione nuova ed estranea, piuttosto angosciata. Il che a Einar non piaceva per niente.

Sicuramente aveva a che fare con quello *stoolker*. Che uomo di merda. Ogni essere umano aveva diritto al rispetto per la sua sfera privata, in materia Einar Falsen sapeva tutto. Proprio come lui, anche Selma voleva tenere le sue cose per sé. Intrufolarsi la notte come un mascalzone in quel modo...

– Cazzo, – borbottò grattando il gatto dietro l'orecchio. – Cazzo, Micio.

Selma non era riuscita a ricordare un granché del giovane che quell'estate l'aveva fermata mentre faceva jogging. Ma era qualcosa.

– Uno, due, tre, quattro.

Einar puntò le dita verso l'alto mentre contava.

– Sappiamo quattro cose di quel tipo, – disse a Micio, poi, dopo essersi appoggiato il portatile sulle gambe, si infilò il casco e fissò per bene la cinghia. – Vediamo se quattro elementi sono sufficienti a un poliziotto vecchio ma bravo per iniziare a sbrogliare la matassa.

La scena del crimine

Dopo il divorzio l'ispettore Fredrik Smedstuen si era dovuto accontentare di affittare un appartamento nel seminterrato a Korsvoll. Per via del regime di separazione dei beni, la moglie era la proprietaria della casa d'infanzia a Langmyrgrenda, una conseguenza voluta dal buonsenso meschino dei suoceri quando quindici anni prima i poliziotti neosposi l'avevano rilevata per pochi spiccioli. Fredrik aveva perso il conto del numero di ore che aveva investito per rinnovarla e ristrutturarla. I suoi amici gli avevano consigliato di pretendere un risarcimento, ma lui non ne aveva voglia. Ubbidiente aveva riempito una valigia di vestiti, un'altra di attrezzi da lavoro, un portatile e qualche libro prima di trasferire sé stesso, baracca e burattini in un seminterrato buio in Øvre Skjoldvei, dove da nove settimane viveva dormendo in un letto che aveva un odore strano e con i mobili del soggiorno che risalivano ai primi anni Ottanta.

Per rimanere nelle vicinanze dei figli, come aveva preteso la moglie.

Lei era caposezione alla Kripos, l'unità della polizia che si occupava su base nazionale della lotta alla criminalità organizzata e dei reati piú gravi. A differenza dell'ex marito, se la cavava benissimo.

Ovviamente gli era toccata anche l'auto peggiore.

Perlomeno, quel giorno la vecchia Kia si era messa in

moto al primo tentativo. Era presto, non erano neanche le sette di mattina quando era uscito in retromarcia dal parcheggio che aveva ottenuto promettendo che in cambio avrebbe spalato la neve in inverno. Nel momento in cui stava sbucando dal cancello con la parte posteriore della macchina, era stato costretto a inchiodare per via di una volante della polizia che procedeva a gran velocità verso ovest, senza sirene ma con i lampeggianti accesi. Attese qualche secondo prima di sgusciare di nuovo tra i pali stretti del cancello, quando dovette bloccarsi per la seconda volta. Un'altra macchina della polizia, un Suv piú grande con scritto in nero sulla fiancata «Responsabile operativo».

In lontananza Fredrik sentí anche le sirene.

Da quando era un bambino di cinque anni, aveva sempre corso dietro le volanti. Quell'impulso non era mai cessato, neppure dopo vent'anni di servizio. Girò la macchina nella direzione opposta a quella prevista.

Non dovette guidare a lungo. Dopo un centinaio di metri capí dalle luci blu intermittenti che i due mezzi si erano fermati. Proseguí e parcheggiò lungo il canale di scolo, non molto distante dal piccolo parcheggio all'altezza di Grinda.

Tre uomini in uniforme erano intenti a sbarrare l'area con il nastro. Uno di loro lo riconobbe e non protestò quando Fredrik Smedstuen sollevò il nastro per infilarcisi sotto. Qualche mattiniero a passeggio si era fermato per vedere il motivo di tutto quel trambusto. Un paio di persone che stavano facendo jogging sbucarono imprecando dalla boscaglia che si trovava cinquanta metri piú a est rispetto al sentiero, evidentemente erano state costrette a deviare da quello che si snodava piú all'interno.

Una donna anziana con un barboncino dal pelo striato di grigio parlava ad alta voce e gesticolava a un'altra donna, un'agente in uniforme. Fredrik le aggirò e superò mentre altre due volanti parcheggiavano davanti agli sbarramenti. Proseguí all'interno lungo il sentiero fino a quando capí che doveva girare a sinistra. Dietro gli alberi e i cespugli stava succedendo qualcosa. Attraversò il terreno sconnesso con calma, e si fermò in tempo.

Una donna molto piccola penzolava da un albero. Il responsabile operativo, l'ispettore Roy Pettersen, doveva aver preceduto Fredrik di qualche secondo. Aveva ancora il fiatone mentre parlava a voce bassa con altri due poliziotti a cinque metri dal corpo.

Non c'erano dubbi che fosse un cadavere. Se ci fosse stata anche la minima possibilità che la donna fosse ancora viva, avrebbero reciso immediatamente la corda da cui pendeva. Invece un fotografo si muoveva con circospezione, intento a svolgere il proprio lavoro. Come chiunque altro, a parte il responsabile operativo, indossava gli appositi indumenti di carta.

Fredrik conosceva tutti i colleghi.

Il piú giovane si accorse di lui e gli disse qualcosa che Fredrik non riuscí a sentire. Il responsabile operativo si girò di colpo e annuí non appena lo riconobbe.

– Che velocità, – esclamò.

– Non è un caso di mia competenza, – gli rispose Fredrik con voce piú bassa possibile, sperando che nessun altro sentisse.

Un breve cenno di risposta e Roy Pettersen gli si avvicinò.

– Cazzo, ma è una nana, – borbottò quest'ultimo nell'attimo in cui si trovò a due metri di distanza, prima di fermarsi.

– Ipometrica, – disse Fredrik.

– Sí, sí, va bene. E neanche una qualunque. È la giudice della Corte suprema…

Si interruppe per urlare un ordine al fotografo.

– Kajsa Breien, – completò Fredrik Smedstuen piano. Per fortuna l'ispettore Pettersen dovette dedicarsi a quattro poliziotti che spuntarono dal bosco, cosí Fredrik ebbe modo di rimanere da solo, e indisturbato. Osservò il corpo che oscillava. Con attenzione.

La donna era davvero piccola. Di sicuro in vita aveva dovuto affrontare un certo numero di sfide. Anche lui e sua moglie si erano preoccupati molto quando, appena nato, il loro figlio piú giovane era stato sottoposto a degli esami. Aveva le braccia leggermente piú corte del normale, secondo il pediatra, e il ponte nasale era piuttosto piatto sotto la fronte bombata. La moglie aveva pianto in continuazione. Fredrik aveva letto tutto ciò che poteva su quello che credeva fosse un caso di nanismo. In attesa di una diagnosi definitiva, sua moglie stava sempre peggio, invece lui era sempre meno angosciato a mano a mano che imparava di piú sull'argomento.

Alla fine era risultato, semplicemente, che il bambino assomigliava al nonno materno, che era basso di statura.

Nonostante gli arti corti, Kajsa Breien pareva ben proporzionata. Secondo Fredrik, aveva un volto normalissimo e nelle foto che la ritraevano faceva sempre bella figura. Ben curata, lo sguardo vigile e tagliente. I denti bianchissimi, un filo troppo grandi rispetto al viso. I capelli sempre perfetti.

Si era levato un soffio di vento.

Fredrik si allontanò di qualche metro per evitare che a qualcuno potesse venire in mente che lui lí non c'entrava nulla. Riprese a studiare quello che vedeva davanti a sé. Lo memorizzò, come faceva sempre quando era tra i primi ad arrivare sulla scena di un crimine. I fotografi svolgevano un lavoro di grande utilità, decisivo per qualsiasi indagine, ma Fredrik Smedstuen sapeva che nulla poteva sostituire la prima impressione. In nessun campo della vita.

Sapeva anche che una persona molto bassa doveva affrontare due sfide in particolare. La prima erano i pregiudizi altrui. Kajsa Breien li aveva svergognati, polverizzandoli tutti: sotto questo punto di vista il mondo si muoveva in avanti, per fortuna. Non aveva mai mollato, conseguendo la piú alta carica della sua professione. Era invece piú difficile operare sui problemi di carattere fisico, benché la scienza medica avesse a disposizione una serie maggiore di strumenti rispetto a qualche decennio prima. Dal momento che la natura le aveva giocato un brutto scherzo già all'atto del concepimento rendendola nana, in cambio l'aveva benedetta elargendole un'ottima salute. Questo le aveva evitato di soffrire dei problemi piú comuni che colpivano lo scheletro, permettendole di allenarsi molto e di mantenersi abbastanza snella.

– Ma col cavolo che ci è salita da sola, su quell'albero, – disse Fredrik Smedstuen.

Meno male che non poteva sentirlo nessuno.

La betulla da cui pendeva la donna era alta e dritta. I rami piú bassi spuntavano dal tronco soltanto a un paio di metri d'altezza dal suolo. Se si fosse arrampicata sull'albero per impiccarsi senza l'aiuto di nessuno, avrebbe dovuto utilizzare una scala doppia o una a pioli. O qualcosa che le permettesse di stare in piedi mentre fissava la corda e si infilava il cappio al collo, prima di spingere via il sostegno in questione nel momento in cui aveva deciso di morire. Non si vedevano scale. Né sedie alte. Soltanto cespugli, rovi e conifere sparse, troppo lontane dalla betulla per essere utili.

In altre parole, doveva essersi arrampicata come una scimmia per poi saltare giú dal ramo con il cappio al collo.

Fredrik Smedstuen non aveva mai sentito parlare di una procedura tale per impiccarsi.

Non si trattava di suicidio.

Presto l'avrebbero capito tutti. Andavano svolte delle ricerche e sarebbero state avviate le indagini, eppure Fredrik era sicuro che la conclusione sarebbe stata chiara: Kajsa Breien era vittima di un crimine.

Cosí scontato, pensò. Cosí palese che quello doveva essere lo scopo: non essere considerato un suicidio. L'assassino non voleva questo. C'era un che di ostentato in quel cadavere che oscillava da una corda spessa e blu. Era un messaggio e, a quanto pareva, Fredrik Smedstuen era stato il primo a coglierlo. Sfilò il cellulare dalla tasca del giubbotto di pelle.

– Quella tua teoria, – disse a bassa voce quando Birger Jarl Nilsen rispose con un essenziale «Ciao, Fredrik» all'altro capo. – Quella secondo cui l'assassino non voleva lasciare nessun dubbio che Linda Bruseth fosse vittima di un attentato a Grünerløkka...

– Be'?

– Comincio a crederci.

L'altro non rispose. Per il momento i fotografi avevano ultimato il loro lavoro e sembrava che fosse venuto il momento di tirare giú la giudice dall'albero.

– Magari sto prendendo un granchio, – disse Fredrik, quasi in un sussurro, – ma pare che, qui nel bosco dove sono ora, ci troviamo di fronte a una replica. Abbiamo qualcosa che sembrerebbe un suicidio, ma solo di primo acchito. Invece si tratta di omicidio. Senza dubbio.

– Devo ammettere di non seguirti del tutto, cosa...

– Ci vediamo nel mio ufficio, – lo interruppe Fredrik. – Mezz'ora e sono lí.

I vicini

Selma Falck sapeva che doveva riprendersi. Era arrabbiata, impaurita e scossa. Sarebbe stato piú intelligente da parte sua aspettare di essere tornata in sé prima di recarsi dai vicini al quarto piano. Ma non aveva saputo resistere. Doveva scoprire come aveva fatto un vecchio pallone da pallamano, sparito quando lei aveva tredici anni, a riapparire sul suo balcone quarant'anni dopo. Per riuscirci doveva parlare con i vicini prima che andassero al lavoro.

Adesso era davanti alla porta dell'appartamento che aveva la finestra a sinistra del balcone, guardando da sotto. Dall'interno giunsero un suono di passi e delle voci, ma nessuno venne ad aprire. Con il dito, Selma premette di nuovo il campanello. Dopo qualche secondo sentí una voce maschile che chiedeva chi fosse, probabilmente al citofono. Selma bussò.

– Salve, – le disse l'uomo che aveva aperto subito la porta. – È...

– Selma Falck, – lo interruppe lei con un sorriso porgendogli la mano.

L'uomo teneva sul braccio destro una bambina che poteva avere un anno e mezzo. Le restituí il saluto con la mano sinistra, torcendola per stringere quella di Selma.

– Chiedo scusa, – le disse con un sorriso. – Qui la mattina siamo sempre di fretta, ma forse vuoi...

Guardò di lato, verso il corridoio e, immaginò lei, verso l'orologio appeso alla parete.

– Merda, – aggiunse lui tra i denti. – Siamo molto in ritardo, non potresti tornare...

– Salve, – esclamò Selma con tono particolarmente affabile, rivolgendosi a una donna che era apparsa alle spalle dell'uomo. – Ci terrei molto a scambiare due parole con uno di voi. Comunque, se non è possibile...

– Entra pure, – le disse la donna. – Stein-Ove è di corsa, lui deve andare a lavorare e Vilja all'asilo. Ma io...

L'uomo si era scostato. Il pancione della donna era cosí pronunciato che il parto pareva in ritardo di un paio di settimane.

– Gemelli, – le disse battendosi la mano sopra l'ombelico, come se fosse abituata alle occhiate di compassione che sapeva sarebbero arrivate. – Con conseguente disfunzione della sinfisi pubica. Un male cane. Sono in malattia. Entra pure.

Si presentò come Johanna e Selma la seguí in soggiorno. Dall'ingresso arrivavano i capricci di una bambina piccola che non voleva mettersi scarpe e giacca, né tantomeno andare all'asilo. Ignorando tutto quel baccano, Johanna si sedette con circospezione sul divano con una smorfia di dolore tale che Selma valutò l'ipotesi di andarsene.

– Siediti, – le disse Johanna ansimando. – È cosí bello ricevere visite. Arrivo da un piccolo villaggio dell'Hedmark e non sono molto abituata a tutta questa distanza che vige nella grande città. A volte ti ho vista, una vera star, e ho pensato che sarebbe stato carino invitarti a prendere un caffè. Come si fa a volte tra vicini. Ma Stein-Ove...

Indicò con la testa l'ingresso, dove pareva che il papà stesse vincendo la battaglia.

– Lui è di qui. Letteralmente parlando. È cresciuto

nell'edificio che c'era qua, prima che lo demolissero per costruire questa palazzina. Sostiene che gli altri vanno lasciati in pace. A proposito, caffè?

Selma non aveva cuore di causare nuovi dolori alla donna costringendola ad alzarsi.

– No, grazie. Ho appena fatto colazione –. Al pensiero del cibo, avvertí un brontolio all'altezza del diaframma. – Non voglio disturbarti a lungo, ho solo...

– Non mi disturbi affatto! Conciata in questo stato mi annoio da morire.

Batté piú volte la mano sul pancione con un'espressione contrariata sul viso, come se al suo interno ci fosse un nemico.

– Qui in città non ho molti amici e ogni distrazione da Stein-Ove e Vilja è benvenuta. Insomma, sono le due persone migliori al mondo, ma sai...

Johanna prese a parlare senza sosta del piú e del meno, mentre Selma l'ascoltava appena. Invece fece in modo di guardarsi intorno il piú discretamente possibile. L'ingresso era piú piccolo del suo. O l'atrio, come lo aveva chiamato in maniera pretenziosa l'agente immobiliare. In compenso, il soggiorno era un po' piú grande. La cucina era nascosta da una mezza parete, non solo da un'isola come a casa di Selma. Da dove era seduta, poteva guardare all'esterno dalle tre finestre rivolte a sud.

– Che bello questo appartamento, – commentò quando finalmente Johanna si interruppe per prendere fiato.

Si alzò e si diresse noncurante verso le finestre.

– E avete anche un panorama piú bello del mio!

– Sí, in effetti è stata una delle cose di cui ci siamo innamorati subito. E della posizione, ovviamente, sia io sia Stein-Ove siamo a un tiro di schioppo dal lavoro. Lui lavora da Lilleborg, proprio di fronte al centro commerciale di Sandaker, sai dov'è, no? Come ti ho già detto, al momento io sono a casa...

Selma, che continuava a non ascoltarla, si era spostata verso la finestra piú a sinistra. Secondo i suoi calcoli doveva trovarsi proprio sopra il suo balcone.

– Però ci manca uno spazio esterno.

A giudicare dal respiro affannoso Selma capí che si stava alzando.

Si chinò verso il vetro e guardò di sotto.

Ecco il cortile posteriore. Con la rastrelliera per le bici e la sabbiera per i bambini con tanto di coperchio per proteggerla dagli escrementi dei gatti. E l'altalena, che si era rotta parecchie settimane prima.

Era la finestra sbagliata.

Mentre Johanna camminava a fatica, Selma si rese conto che ci doveva essere una stanza sul lato opposto della parete del soggiorno. Probabilmente una camera da letto, con la porta che dava sul corridoio.

– Sí, – disse a Johanna con un sorriso. – Sono fortunata ad avere il mio balcone. Sei metri quadri non sono un granché, ma d'estate è una meraviglia. Rivolto a sudovest e soleggiato.

Johanna annuí. Era arrivata fino alla finestra, dove si era appoggiata al piccolo davanzale interno.

– Non si può avere tutto, come dice mio padre. E poi sarebbe stato un po' pericoloso pensando a Vilja. È ovunque. Si arrampica dappertutto come una scimmietta, la nostra Vilja. Guarda qui...

Indicò un aggeggio vicino ai ganci della finestra.

– Un dispositivo di sicurezza che abbiamo messo a tutte le finestre. Sapevi che Eric Clapton ha perso il figlio perché è precipitato dalla finestra di un grattacielo? Non Eric Clapton, ma il figlio. Aveva soltanto quattro anni o giú di lí.

Rabbrividí visibilmente.

– Eric Clapton era un cantante molto noto, una volta, – aggiunse a mo' di spiegazione. – Americano.

Selma trattenne un sorriso.

– È ancora piuttosto famoso, – commentò.

E molto britannico, pensò.

Secondo Selma, Johanna doveva avere poco piú di venticinque anni e non era ancora nata quando Clapton aveva scritto *Tears in Heaven*. Probabilmente non l'aveva mai sentita, però era vero che aveva paura delle altezze. Esitava infatti ad avvicinarsi alla finestra.

– Avere una bella vista costa. Io avrei preferito abitare al pianterreno. D'altro lato è piú facile che ci entrino i ladri. Da quanto sento, qui a Oslo ce ne sono tanti. Il peso della scelta.

Rise senza troppa partecipazione. Il pancione era cosí grande che dovette chinarsi all'indietro per mantenere l'equilibrio.

– Ero convinta che aveste una finestra proprio sopra il mio balcone, – disse Selma. – Ma a quanto pare mi sono sbagliata.

– No! Lí c'è la cameretta di Vilja.

Indicò la parete piú lunga.

– Le abbiamo dato la camera da letto piú grande. Perché cosí non rischierebbe una caduta troppo brutta se dovesse riuscire ad aprire la finestra. Solo giú fino a te. Sono terrorizzata al pensiero di queste cadute.

Rise di nuovo, questa volta una risata stridula.

– Anche se si tratta sempre di un bel pezzo, ecco perché abbiamo inchiodato la finestra. Capita di continuo, che i bambini cadano di sotto. Non capisco come faccia la gente a superare un trauma del genere. Pensa soltanto ai sensi di colpa! E a…

– Avete inchiodato la finestra? Come fate a cambiare l'aria?

– Questi dispositivi di sicurezza ci permettono di tenere le finestre socchiuse, quindi non è…

– Non intendevo qui, ma nella cameretta di Vilja. Come fate?

Johanna chiuse la bocca, praticamente per la prima volta dall'arrivo di Selma. A parte il pancione, era una donna abbastanza minuta e adesso guardava l'ospite a sorpresa con aria scettica.

– Perché me lo chiedi? Pensi che non ci preoccupiamo che ci sia aria fresca per…

Selma alzò le mani, arretrando di mezzo passo.

– No, certo, certo! È solo che…

Di nuovo dovette concedersi quella piccola pausa indesiderata e irritante prima di riuscire a imbastire una bugia. Diede un colpetto di tosse e proseguí: – Volevo chiedere al consiglio dei condomini il permesso di cambiare la portafinestra del balcone. È troppo stretta e poco pratica. Difficile far entrare e uscire i mobili. D'inverno li metto in cantina e adesso mi tocca smontarli. Con l'occasione…

Era fuori allenamento e aggiunse un altro sorriso tranquillizzante.

– Forse sarà necessario mettere una piccola impalcatura sul balcone. È per questo che sono venuta ad avvisarvi. Mi chiedevo se potevo dare un'occhiata, giusto per…

Johanna sfoderò un sorriso che andava da un orecchio all'altro.

– Un'impalcatura per cambiare una porta! Di un balcone!

Adesso rideva di gusto.

– Certo che è proprio facile infinocchiare voi cittadini. Lasciate troppa libertà agli artigiani. Ecco perché poi i conti sono belli salati. Non serve nessuna impalcatura.

Si era rimessa ad arrancare verso il corridoio, una mano sui reni. Con l'altra fece segno a Selma.

La cameretta di Vilja era stata bombardata di rosa. Persino il soffitto e il pavimento erano di un rosso pallido. Su indicazione di Johanna, Selma attraversò la stanza scavalcando mattoncini da costruzione adatti all'età e Barbie, senza capire come a qualcuno potesse venire in mente di farci giocare una bambina di un anno e mezzo. Una volta raggiunta la finestra, ebbe modo di constatare che Johanna diceva la verità. La finestra era stata bloccata con dei chiodi. In modo amatoriale ma efficace, impedendo cosí che venisse aperta. In modo illegale, suppose Selma. Appoggiò la fronte sul vetro.

Ecco il suo balcone. Da lí non si vedeva il pallone, era nello stesso angolo dove l'aveva trovato.

– Qui c'è il sistema di aerazione, – disse Johanna indicando la griglia di ventilazione subito sotto il soffitto. – Immagino che sia del tutto inutile cambiare l'aria, e se non fosse sufficiente ci basta aprire la porta che dà sul corridoio.

– Sí, certo. Una mossa astuta.

Selma appoggiò la mano sul davanzale, dove un chiodo enorme era stato spinto a forza nel legno fino a penetrare dentro il muro.

– Meglio prevenire che curare! – esclamò Johanna.

– Sono d'accordo. Comunque, adesso sapete che forse ci saranno dei lavori. Ovviamente se mi daranno il permesso. Non è sicuro. Forse dovrei riflettere meglio sulla questione. Avere a che fare con l'assemblea condominiale non è…

Atteggiò il viso a un'espressione sconsolata.

– Lo so, – commentò Johanna con tono eloquente. – Grazie per avermelo detto, cosí sono al corrente se dovesse succedere qualcosa. Sicura di non volere un caffè?

– Sí. Devo proprio andare. Sai…

Riattraversò la stanza superando i vari giocattoli.

– ... qualcosa di quelli che hanno comprato l'appartamento qui accanto?

Il pollice di Selma indicò sopra la spalla.

– Mah... avevo bussato subito dopo che si erano trasferiti. Pensavo...

Selma le passò davanti per arrivare in corridoio.

– Fa lo stesso, – continuò Johanna. – Sono una coppia. Piú vecchia di noi, ma con un bambino dell'età di Vilja. Ho fatto giusto in tempo a scambiare due parole con l'uomo.

Selma aveva raggiunto la porta d'ingresso.

– Che bello, – commentò entusiasta. – Un compagno di giochi nel vicinato!

– Sarebbe stato bello. La moglie è una diplomatica. Sono stati mandati in missione in America. O forse era in Australia. Sono stati qui soltanto un paio di volte prima di partire. Credo per verniciare il soggiorno. E portare un po' di casse. Persone squisite, di sicuro, ma come dicevo...

Sul volto le apparve un'altra smorfia.

– Sarebbe meglio che ti coricassi un po', – le disse Selma. – Ora vado. Che tu sappia, c'è qualcuno che dà un'occhiata all'appartamento per loro?

– No, – gemette Johanna. – Non credo. Io almeno non ho visto nessuno e non si è mai sentito nessun rumore. In effetti, nessun segno di vita. Non hanno neanche messo il nome sulla cassetta delle lettere al pianterreno. Soltanto uno di quei bigliettini con scritto che non vogliono pubblicità. Sicuramente non desiderano che la riempiano di ogni genere di roba. Oddio... Hai proprio ragione. Devo sdraiarmi.

Selma aprí la porta da sé. Quando si girò, Johanna aveva cominciato il suo doloroso peregrinare per la stanza.

– A proposito, sai come si chiamano?

– Heimdal, – gemette Johanna. – Perlomeno lui. Torstein Heimdal. Il bambino si chiama Lukas. O Luka. Leonard? Qualcosa del genere.

Selma ripeté tre volte dentro di sé il nome dell'uomo, poi lasciò l'appartamento. La porta si richiuse alle sue spalle.

– Torstein Heimdal, – disse, questa volta a voce alta, mentre si era già dimenticata il nome del figlio.

L'ipotesi

Un temporale pazzesco si era abbattuto su Oslo. L'ispettore Fredrik Smedstuen era bagnato come un pulcino quando entrò quasi correndo nella centrale a Grønland, dopo aver lasciato l'auto in un parcheggio al coperto in Platous gate. Quel posto gli costava tremila corone al mese. La Kia del 2008, che tossiva in continuazione, era diventata il suo terzo capitolo di spesa piú consistente, dopo gli assegni famigliari per i figli e l'affitto da strozzini per quella schifezza di scantinato a Korsvoll.

Birger Jarl Nilsen, che lo stava già aspettando nel suo ufficio, era seduto a gambe accavallate, immerso nella lettura di un giornale cartaceo che doveva essersi portato dietro.

– Come diavolo hai fatto a entrare? – bofonchiò l'ispettore mentre si toglieva il giubbotto di pelle.

– Era aperto. E allora? Sono qui da due minuti. Ti ho portato un caffè.

Indicò un bicchiere di carta sulla scrivania.

– Americano. Nero. Tre zollette di zucchero.

Fredrik Smedstuen si sfilò anche la camicia azzurra e la buttò in un angolo. Quando si infilò dietro la schiena dell'ospite, non si curò di ritrarre la ciccia che gli ballava sopra la cintura un po' troppo stretta dei pantaloni. Dall'armadio nell'angolo tirò fuori una camicia identica e pulita.

– Avrei dovuto tenere qui anche un bel po' di pantaloni, – sbottò stizzito. – Come hai fatto a non bagnarti neanche un capello? Da quanta ne viene giú, sembra che si siano aperte le cateratte!

Con un cenno del capo indicò fuori dalla finestra, poi finí di abbottonarsi la camicia e andò a sedersi al suo posto.

– Ombrello e galosce.

– Galosce, – borbottò Fredrik. – Ma quanti anni hai?

Tolse il coperchio dal bicchiere di carta. Ne fuoriuscí una nuvoletta di vapore, segno che il caffè era ancora bollente, eppure ne ingollò un bel sorso.

– Le previsioni dicevano che ci sarebbe stato un temporale, – rispose Birger Jarl. – Meglio seguirle, sai.

Dopo essersi tolto le scarpe, Fredrik fece la stessa cosa con le calze. Tenendone una in mano, commentò: – Ancora un po' d'acqua e si poteva nuotare.

Appallottolò le calze e lanciò anche quelle nell'angolo. L'odore che impregnava il piccolo ufficio, già saturo di umidità, caldo e aroma di caffè, si arricchí di un leggero puzzo di piedi.

– Sei stato tu a chiedermi di venire, – osservò Birger Jarl.

Fredrik si raddrizzò il colletto, poi si chinò in avanti con i gomiti appoggiati sulla scrivania e le mani intrecciate intorno al bicchiere di carta.

– Sí. Questa tua teoria…

Esitò e Birger Jarl prese l'occasione al balzo: – Se con «teoria» intendi dire che Linda Bruseth era il bersaglio dell'attentato a Grünerløkka, allora non si tratta di una teoria, ma di un fatto assodato. Ho esposto le mie ricerche, analisi e conclusioni in questa nota.

Tirò fuori il telefonino e si mise a digitare.

– Ecco, te l'ho mandata.

Il computer emise un *pling*, ma l'ispettore non fece alcun cenno di voler aprire la posta.

– Mi riferivo alla cosa che hai detto l'altra volta, – commentò invece.

– Quale cosa?

Birger Jarl sorrise, o almeno cosí parve. Sapeva essere davvero irritante. Vestito in maniera impeccabile. Snello e dallo sguardo acuto, con una pettinatura che sapeva di sfottò nei confronti di quelli come Fredrik Smedstuen. Per lui era sempre piú difficile acconciare decentemente i pochi capelli che gli erano rimasti. Ormai era cosí stempiato che l'attaccatura gli partiva dalla sommità della testa. Per nascondere lo scempio, l'isoletta di ciuffi residui sopra la fronte veniva pettinata all'indietro in una specie di ventaglio, ma gli ci voleva cosí tanto gel che sembrava sempre trasandato. Birger Jarl, invece, doveva avere la chioma folta di un ragazzo. Si rasava quasi del tutto il capo, ma l'attaccatura che metteva in mostra avrebbe fatto felice anche un diciassettenne.

Inoltre, aveva un buon profumo.

– Sai a cosa mi riferisco, – disse Fredrik acido. – Alla scelta di un attentato...

Con gli occhi fissi in quelli dell'altro, agitò la mano destra come per incitarlo. Inutile. Con le sopracciglia aggrottate, quasi che non capisse la domanda, Birger Jarl incrociò le braccia sul petto.

– A quel che ha scelto, – balbettò Fredrik prima di ricominciare da capo: – Mi riferisco al fatto che l'assassino ha scelto di agire cosí allo scoperto...

– Non è vero. Si è tenuto ben nascosto. A quanto mi risulta, non avete trovato nessuna traccia tecnica.

– Che esagerazione.

– Ah, sí? Avete scoperto qualcosa?

– Vedremo. Non ti ho chiesto di venire qui per parlare di tracce tecniche.

Fredrik aprí il cassetto della scrivania e tirò fuori un pacchetto di Nicorette. La plastica del blister scrocchiò quando lo premette per estrarre due caramelle, che si infilò subito in bocca. Nel momento in cui stava per ritirarle, cambiò idea e ne prese un'altra.

– La tua teoria parte dal presupposto che, A... – sollevò il pollice, – Linda Bruseth fosse l'obiettivo. Eppure, B... – fu la volta dell'indice, – se il punto era ucciderla, esistevano molti modi assai piú semplici per farlo. Quindi, C... – dalla mano tozza stretta a pugno si alzò il terzo dito, – dev'esserci un messaggio. Il killer intende *rilasciare una dichiarazione*, diciamo.

Birger Jarl scosse la testa da un lato all'altro con una smorfia quasi invisibile.

– Mah. È piú o meno quello che penso. Tranne che A non è una teoria, come ti ho già spiegato. Questo è poco, ma sicuro.

– Non c'è niente di sicuro. Lo sapresti se lavorassi in polizia. Per davvero.

L'altro non rispose.

– Quale sarebbe questa dichiarazione? – domandò Fredrik.

– Non ne ho idea. L'hai detto anche tu: non lavoro qui.

– Pensi che si tratti di lei *in quanto tale*? Cioè come persona privata?

– Mi è impossibile saperlo, ma se sei d'accordo con me su questa teoria che in parte hai appena esposto, trovo piú probabile che sia stata uccisa in quanto parlamentare.

– Nel paio d'anni in cui è stata in Parlamento, ha aperto bocca a malapena. Io non avevo mai sentito parlare di lei prima della sua morte. Tu?

– Sí.

Fredrik si pentí di averglielo chiesto. L'uomo seduto dal lato opposto del tavolo era un sapientone. Anche se indiscutibilmente affascinante ed erudito. Intelligente. Inaccessibile. Nel suo settore era considerato come uno dei maggiori esperti a livello nazionale, però nessuno lo aveva mai visto al poligono di tiro se non quando faceva l'istruttore. Adesso stava spazzolando via dalla gamba del pantalone un invisibile granello di polvere; di nuovo, l'impressione era che sorridesse.

Di cosa, impossibile a dirsi.

Fredrik non era mai riuscito a capire del tutto Birger Jarl. Era un tipo chiuso, ma in generale gentile. Mentre chi lavorava alla centrale sapeva quasi tutto dei colleghi, o perché c'era un rapporto di amicizia o perché quel posto di lavoro era una vera e propria macchina ambulante di voci e pettegolezzi, Birger Jarl Nilsen rimaneva un mistero in entrambi i casi. Andava e veniva a seconda del bisogno, per periodi brevi e saltuari. L'anno prima Fredrik, curiosissimo, pur di avere informazioni su di lui aveva dato un'occhiata di nascosto al suo profilo. Nell'ufficio della vice capo vicario della polizia c'era un archivio cartaceo. La sua superiore era della vecchia scuola e si rifiutava di rinunciare a un archivio che con il suo semplicissimo sistema di chiusura strideva con qualsiasi legge sulla tutela della privacy. Una mattina in cui come sempre era in anticipo a una riunione, Fredrik aveva letto in segreto il curriculum di Nilsen perché la vice capo si era dimenticata di chiudere a chiave l'archivio.

Birger Jarl Nilsen aveva cominciato la carriera militare nell'Unifil, la Forza di interposizione in Libano delle Nazioni Unite, alla fine degli anni Settanta. Da lí era stato nei parà e aveva alle spalle numerose missioni all'estero, dai Balcani all'Afghanistan. All'inizio era salito abbastanza in fretta di grado, ma poi si era fermato a quello di maggiore. Nei suoi ultimi anni alla Difesa non era molto chiaro di che cosa si fosse occupato. Fatto che probabilmente significava i servizi segreti. Tre anni prima gli era stato assegnato un incarico part-time come responsabile dell'istruzione di tiratori scelti all'Accademia di polizia. Responsabilità del genere gli consentivano di affiancare la polizia su richiesta quando le sue competenze erano rilevanti, ma non lo rendevano comunque un poliziotto agli occhi di Fredrik.

Tutt'altro. Birger Jarl Nilsen era e rimaneva un soldato.

Il fascicolo non diceva nulla sul suo stato civile, ma a giudicare dall'anello sottile che portava all'anulare destro, com'era consuetudine in Norvegia, era sposato. E da un pezzo: l'oro era opaco e consumato.

C'era in lui qualcosa di imponente. Qualcosa di invidiabile. Sia nel suo modo di comportarsi sia in quello di esprimersi. Non parlava mai a vanvera. I suoi ragionamenti erano sempre pacati e logici. Alle donne piaceva, come aveva potuto notare Fredrik, che capiva anche perché. Allo stesso tempo in lui c'era un che di vagamente minaccioso.

Stava di fatto che sapeva essere molto irritante, con quella sua apparenza immacolata.

– Quindi stai dicendo che l'attentato era una specie di... *messaggio*?

Birger Jarl annuí.

– Esatto. E se qualcuno sapesse di che si tratta, la soluzione sarebbe giusto dietro l'angolo.

Si raddrizzò sulla poltroncina e prese il suo caffè. Fredrik non lo aveva mai visto seccato, ma adesso notò che guardava l'orologio con una ruga stizzita alla radice del naso.

– Ne abbiamo già parlato, – continuò Birger Jarl. – Al telefono hai accennato a un caso simile. Di un suicidio che forse è un omicidio. Non è per questo che mi ha chiesto di venire? Di che si tratta?

– Esattamente di quello che hai detto. Un suicidio che però non lo è, e in modo cosí evidente che potevano anche appendere un cartello al collo della donna con scritto di telefonare subito a un investigatore della Omicidi.

– La donna?

– Sí. E non una qualunque. Una giudice della Corte suprema. La piú famosa di tutte.

– La presidentessa?

– Non c'è nessuno che sappia chi sia, – replicò Fredrik nervoso. – Ovvio che non sto parlando di lei. Parlo di Kajsa Breien, che all'apparenza si è impiccata stanotte. Nel bosco, a circa duecento metri dall'abitato di Korsvoll. A Grenda, se conosci la zona.

In quel momento l'interesse di Nilsen si risvegliò sul serio. Con una mano stretta intorno al mento, si passò l'indice sulla guancia perfettamente rasata.

– Come fai a essere cosí sicuro che non si tratti di suicidio?

– Kajsa Breien era alta meno di un metro e mezzo e disabile. Tenendo conto del suo handicap, era in forma, ma non tanto da poter raggiungere il ramo di un albero a due, tre metri d'altezza da terra senza qualcosa sotto i piedi.

Aprí il cassetto dove teneva le Nicorette e tirò fuori un foglio e una penna. Tracciò veloce uno schizzo della scena del crimine, spiegando in maniera logica e a bassa voce che cosa stava disegnando. La betulla. I cespugli, la boscaglia e le conifere circostanti, ma nessun albero cosí vicino da permettere in alcun modo a Kajsa Breien di servirsene. E nessuna traccia di ciò che poteva essere stato utilizzato come scala.

Gli ci vollero cinque minuti scarsi per descrivere tutti i dettagli che aveva notato. Una volta finito, spinse il foglio dall'altra parte della scrivania.

– Capisci? – domandò.

Birger Jarl annuí. Girò il foglio verso di sé e studiò il disegno.

– E questo a soli duecento metri dall'abitato?

– Sí. Forse quaranta dal sentiero. Che in realtà in quel punto è un po' piú ampio e attraversa il bosco.

– Strano.

– Ehm… sí. È quello che ti sto dicendo.

– Voglio dire che mi stupisce la scelta del luogo dove suicidarsi. Non abitava a Bygdøy? Nella casa della sua infanzia?

– Sí. Se ricordo bene quello che ho letto in qualche intervista. Con il marito e un mucchio di figli.

Birger Jarl sorseggiò appena il caffè.

– Il suicidio è un fenomeno affascinante.

– Personalmente preferirei definirlo qualcosa di terribile e tragico.

– Sí, anche. Ma ciò che non capiamo mai fino in fondo è sempre affascinante. Che la gente decida di togliersi la vita può arrivare come un fulmine a ciel sereno o essere invece qualcosa al cui pensiero le persone piú care hanno sempre cercato di opporsi con tutte le loro forze. Può avvenire in modo esplosivo e acuto oppure essere il risultato di un piano progettato con cura. Andare all'altro capo della città, come in questo caso, dopo essersi procurati una corda, rientrerebbe nella seconda variante.

Fredrik si stava pentendo dell'incontro con Nilsen. Non aveva nessuna intenzione di discutere con Birger Jarl dei motivi per cui la gente decideva di togliersi la vita.

– Non si è suicidata! – esclamò irritato.

– No. Perché in tal caso non avrebbe agito cosí.

Fredrik stava per dire qualcosa, ma cambiò idea.

– La maggior parte delle persone che si tolgono la vita dopo aver pianificato tutto con cura sono rispettose e piene di riguardi, – proseguí Birger Jarl. – Se scelgono di farlo a casa, prima appendono un biglietto sulla porta. Con il messaggio di non entrare e di chiamare la polizia. Altri scelgono di andare lontano. Nella casa di villeggiatura, in mare, in un bosco…

– Qui è avvenuto nei boschi, – lo interruppe Fredrik, sventolando il disegno.

– Sí, ma in una zona trafficata. Dove fino a quando c'è luce, ci sono i bambini. Quelli che abitano al limitare del bosco di solito usano i primi cento metri come se fosse un parco. Un parco giochi. E poi quel posto pullula di persone che amano passeggiare e fare jogging.

– E allora?

– Rischiava di essere trovata da un bambino e non credo proprio che una donna come Kajsa Breien avrebbe voluto che succedesse. Lei stessa aveva cinque figli. Senza dimenticare che avrebbe rischiato la cosa piú scontata: che qualcuno la vedesse e cercasse di impedirle di compiere quel gesto.

– In altre parole, sei… – Fredrik lo guardò dubbioso, – d'accordo con me?

– Sí. E a partire esclusivamente dai pochi fatti che mi hai dato. Da questo punto di vista, è un caso che ha alcuni tratti in comune con il colpo sparato a Grünerløkka.

Fredrik senti aumentare le pulsazioni. Si tirò il colletto, poi ingurgitò il resto del caffè.

– Due donne famose, – disse Birger Jarl.

– Linda Bruseth era ben poco conosciuta.

– Sí, ma era in Parlamento. Un'altra caratteristica comune è che entrambi gli omicidi, ammesso che quest'ultimo lo sia…

Accennò al disegno.

– … sono, come dire, *spettacolari*. Ostentati. Quasi…

Mentre cercava il vocabolo piú appropriato, Fredrik lo precedette: – Aggressivi.

– Sí. C'è un che di aggressivo, ma allo stesso tempo di molto preciso in tutte e due le situazioni. Ripeto: a prescindere dal fatto che stiamo parlando di...

– Sí, sí, sí, – lo interruppe Fredrik con veemenza. – Non è che c'è bisogno di dire ogni volta che hai delle riserve. Qui dentro ci siamo soltanto io e te. A proposito, vedi di tenere la bocca chiusa. La giudice uccisa non è neppure di mia competenza.

Per il momento, pensò. A patto di riuscire a convincere il capo che forse i due casi erano connessi, in quel modo glieli avrebbero affidati entrambi. Uno scambio di opinioni con Birger Jarl Nilsen, che non lavorava neppure in polizia, non era sufficiente per persuadere qualcuno a lasciargli unire i due casi in uno solo. Ci voleva pazienza.

– Devo scoprire se hanno qualcosa in comune.

– Sono due donne.

Fredrik sospirò in maniera plateale.

– Come la metà della popolazione! Una era una pulce, l'altra un donnone. Una veniva da una delle zone piú blasonate di Oslo, l'altra da una fattoria nel cuore del Vestfold. Una era una vera e propria star, l'altra non la conosceva praticamente nessuno. Una era cosí brava nel suo lavoro da essere il nome piú gettonato per diventare la nuova presidentessa della Corte suprema la prossima estate, a fine mandato di quello attuale. L'altra, da quanto ho appurato, era una pessima parlamentare. Nessuno sapeva neanche chi fosse.

Con espressione acida alzò per un attimo lo sguardo dalle proprie cuticole, che fino a quel momento aveva studiato con attenzione.

– Be', a parte te. Del resto, tu sai sempre tutto.

L'altro non rispose. Si stava infilando le galosce sopra le scarpe nere, che di sicuro costavano quanto un mese di parcheggio in Platous gate.

– Direi che abbiamo finito. Grazie per essere venuto.

Quando Birger Jarl si alzò e si infilò la giacca prima di prendere l'ombrello e girarsi, sempre in silenzio, Fredrik aggiunse: – Parlo sul serio. Grazie. È bello discutere con te. E non dimenticarti il giornale.

Birger Jarl si degnò di voltarsi verso di lui.

– Lo scandalo che ha travolto il Nav è davvero terribile, – commentò Fredrik indicando con la testa il titolone piazzato in prima pagina sul «Dagbladet». – Sono felice di non aver contribuito a mandare la gente in prigione senza motivo. L'incubo peggiore di un poliziotto.

– La gente subisce abusi piú grandi da parte dell'amministrazione pubblica, molto piú grandi che passare qualche mese in carcere, – disse Birger Jarl. – Bisogna essere dei politici. Fuori c'è cosí tanta ingiustizia. Butta pure via il giornale e chiamami, se ti serve qualcosa.

– Quanto ti devo per il caffè? Te lo posso pagare online! – gridò Fredrik quando ormai era troppo tardi. Sentí il cigolio della gomma sul pavimento farsi sempre piú debole, fino a quando sia Birger Jarl Nilsen sia le sue galosce scomparvero del tutto.

La catastrofe

Selma Falck aveva ancora il fiatone dopo aver corso andata e ritorno fino alla stazione di servizio della Circle K in Alexander Kiellands plass. Non sentiva piú cosí male al braccio sinistro mentre faceva jogging. Soltanto una leggera pressione, intorno e dentro la ferita, che si stava rimarginando bene. Il vecchio pallone da pallamano era rimasto duro per qualche minuto dopo che lo aveva gonfiato giú alla pompa di benzina, ma una volta tornata a casa era floscio come prima. In effetti non c'era da aspettarsi altro.

Erano trascorsi quarant'anni da quando la camera d'aria aveva cominciato a perdere.

Selma si trovava nel cortile posteriore. Qualcuno aveva dimenticato di mettere il coperchio sulla sabbiera e la punizione era arrivata subito: due escrementi di gatto si stavano decomponendo per via del terribile acquazzone che si era abbattuto in mattinata. Per un attimo Selma prese in considerazione l'idea di occuparsene, ma poi pensò che nel condominio c'erano abbastanza genitori di bambini piccoli che potevano accollarsi quell'incombenza schifosa. Rimase invece ferma a un paio di metri di distanza dalla rastrelliera per le bici a guardare verso il proprio balcone.

Visto da sotto era perfettamente d'accordo con le voci critiche che si erano levate dagli altri condomini e che non erano ancora cessate, quasi sei anni dopo la costruzione dell'edificio e uno e mezzo dopo il trasferimento di Selma. Non a caso, quando era venuta ad abitarci era stata una delle prime cose che si era sentita dire: quel balcone non avrebbe mai dovuto essere costruito. Dei venti appartamenti con le pareti rivolte verso il cortile, l'unico ad avere uno spazio esterno era il suo. Sembrava una verruca. Un'escrescenza piazzata là in cima, una protuberanza che deturpava proprio nel mezzo la facciata per il resto grigia e liscia. Nessuno riusciva a capire cosa avesse avuto in mente l'architetto.

Comunque, il balcone era di Selma, ed era una benedizione.

Secondo Lars da terra c'erano otto, nove metri. Da lí sotto sembravano di piú. Forse dieci, ma doveva essere possibile.

Magari con un pallone da pallamano bello duro. Se si era nel bel mezzo di una carriera piena di successi. E se si riusciva a trovare la distanza giusta dalla parete e non c'erano impedimenti vari dovuti a una ferita d'arma da fuoco. Selma Falck era una donna di mezza età che adesso giocava a pallamano per divertimento una volta o due alla settimana. Il palazzo vicino non le permetteva di allontanarsi a sufficienza dal muro per sfruttare al massimo la potenza del lancio.

Oltretutto era impossibile gonfiare bene la palla.

Ciononostante, doveva provarci. Si piazzò rasente il cancello dell'altro edificio e, dopo aver calcolato altezza e distanza, si passò il pallone da una mano all'altra per sentirlo tra le dita. Lo sollevò fino al viso e avvertí l'odore di palestre sudate e di resina. Di infanzia e vecchiaia. Tenendolo nella mano destra, spostò il piede indietro con il ginocchio leggermente piegato. Per un attimo chiuse gli occhi, cercando di ricordare com'era. Al momento del contropiede. Quando si era impossessata della palla. L'ala era già scattata in avanti, lo sapeva a occhi chiusi, poteva lanciargliela senza pensarci sopra perché sapeva che nel momento in cui la palla si fosse staccata dalle sue dita, laggiú la sua compagna di squadra sarebbe stata pronta. Un passaggio deciso e precisissimo.

Adesso era piú difficile. Molto piú difficile.

Aprí gli occhi e tirò.

La palla aveva la traiettoria giusta. Se avesse avuto un po' piú di forza, sarebbe atterrata sul balcone di Selma. Invece rallentò descrivendo un'ellisse che raggiunse il punto massimo al terzo piano prima di scendere, riaccelerare e sbattere contro la parete al primo piano con un lieve tonfo.

– Cosa stai combinando?

Lars Winther si era fermato sulla stradina che partiva dall'ampio portone aperto. Era su una bicicletta ridicolmente sottile con il manubrio a corna di bue, e appoggiata su un fianco aveva una borsa a tracolla.

– Mi sto solo divertendo un po'.

Con calma Selma andò a raccogliere la palla.

– Volevi centrare il tuo balcone? Però, sei ottimista!

Lars osservò il pallone con aria scettica.

– Sembra che abbia cent'anni.

– Quasi. Perché sei qui?

– Sono ventiquattr'ore che cerco di mettermi in contatto con te!

– Scusa. Ho visto. Ho avuto troppe cose da fare.

– Ti devo parlare. Sei venuta a capo del...

Si guardò intorno da tutte le parti.

– Lo sai a cosa mi riferisco. Il file zip? Hai trovato qualcuno che ci possa aiutare?

Selma non rispose, invece ritornò nello stesso punto da cui aveva tirato. Misurò di nuovo la parete con gli occhi.

Fissò lo sguardo sul balcone. Valutò la distanza e la curva potenziale della palla.

La conclusione veniva da sé.

Con una palla piú piccola, piú pesante e piú dura ci sarebbe riuscita. Probabilmente, nel corso della sua carriera, anche con una nuova e solida. Con quella che aveva a disposizione era molto piú complicato.

La guardò. Tenendola tra le dita tese di entrambe le mani la fece ruotare piano piano. Le sue iniziali erano scritte con molta cura, «SF», si ricordava ancora di quando si esercitava sulla carta oleata. Quando si era sentita finalmente soddisfatta del risultato, aveva tagliato la carta con il taglierino di suo padre per usarla come stencil. Non era stato possibile, ma alla fine era riuscita a disegnare il proprio marchio a mano libera.

– Come facevi a sapere che ero qui in cortile? – domandò.

– Ho suonato il campanello e una donna che stava uscendo deve averti vista, perché mi ha detto che eri qua.

Selma annuí. Probabilmente qualche condomino sapeva dove si trovava. Magari avevano sbirciato curiosi quel tentativo fallito di record con un pallone vecchio e sformato. Nessuno poteva fare una cosa del genere senza farsi notare.

La palla doveva essere stata buttata da sopra.

Non dall'appartamento di Stein-Ove e Johanna, ovvio.

– Torstein Heimdal, – mormorò.

– Cos'hai detto?

– Niente.

Selma afferrò la palla con la mano destra e andò incontro a Lars. Senza dire una parola, proseguí verso il portone. Alle sue spalle, sentí il giornalista legare in fretta e furia la bici alla rastrelliera, e non era ancora arrivata al portone che lui l'aveva raggiunta. Con il sellino sottobraccio.

Entrarono sempre in silenzio, poi salirono le scale, due

gradini alla volta. Selma aprí entrambe le serrature, provando un certo sollievo per il fatto di non essere sola.

– Sapevi che è morta Kajsa Breien? – disse di colpo Lars.

– Cosa?

Selma si girò verso di lui attonita mentre la porta si richiudeva alle loro spalle.

– L'ho appena sentito alla radio, – spiegò Lars, battendo con l'indice su uno degli auricolari. – Nessun dettaglio su come sia morta. Ma gira voce che si sia suicidata.

– Kajsa Breien? La giudice? Suicidata?

Selma scoppiò in una risata che anche a lei suonò estranea.

– È la cosa piú stupida che abbia sentito da un bel pezzo in qua.

– La conoscevi?

– Avevamo studiato insieme. O per la precisione, in contemporanea. In parte. Era piú giovane di me, ma in cambio si era laureata in un baleno. La persona piú intelligente che abbia mai incontrato. Abbiamo collaborato, qualche volta. In un paio di cosiddette...

Si tolse il giubbotto della tuta e, facendo leva prima su un piede poi sull'altro, le scarpe da ginnastica.

– «Iniziative per la salute dei disabili». Una donna davvero piacevole. E come dicevo: intelligentissima. Coraggiosa. Piena di vitalità. Durante gli studi aveva conosciuto un tipo con cui si è poi sposata, di statura media, e stavano insieme da allora.

– Quindi non la conoscevi a fondo, giusto?

– La conoscevo abbastanza bene, – rispose Selma con un certo fastidio. – Piú che abbastanza. Tanto che mi stupisce molto sapere che si è suicidata. Quando sarebbe successo?

– Stamattina o giú di lí. D'intesa con la Corte suprema, la famiglia ha rilasciato un breve comunicato stampa per informare del decesso. Mi ha appena chiamato un collega per dirmi che il nostro numero di telefono sta per collassare, con tutte le soffiate che ci arrivano per rivelarci che è stata trovata stamattina in un bosco, impiccata a un albero. Dalle parti di Kjelsås. O Korsvoll. Insomma, in quella zona là.

Selma, che era a metà strada per andare a farsi una doccia, si fermò di colpo. Rimase immobile cosí a lungo che Lars si sedette al tavolo esclamando: – Il suicidio può abbattersi come uno shock anche sulle persone che ci sono piú vicine. Non si puoi mai sapere, Selma.

Lei non gli rispose. Qualcosa l'aveva colpita. Qualcosa che non era in grado di concretizzare. Un pensiero volatile, un ragionamento che non si lasciava afferrare del tutto. Registrò con lo sguardo che Lars aveva tirato fuori la cartellina di Jonathan Herse dalla borsa a tracolla e aveva appoggiato la chiavetta Usb davanti a sé. Si accorse di essere seccata. Non avrebbe dovuto permettergli di salire. Non voleva aiutarlo. L'unico argomento su cui riusciva a concentrarsi e per cui aveva le forze necessarie era trovare la persona che la stava tormentando. Fare in modo che quella situazione si chiudesse una volta per sempre. Voleva ritrovare la propria calma mentale e le energie sufficienti per convincere Anine che era tutto come prima. Desiderava soltanto una cosa: passare del tempo con suo nipote.

– Devo farmi una doccia, – borbottò. – Mi ci vuole un po' con questa fasciatura. Dammi dieci minuti.

Quando tornò, Lars era al telefono. Selma si stava asciugando i capelli in un enorme telo di spugna. Quando, dopo averlo arrotolato in un turbante, appoggiò la coda di quel mucchio di stoffa sopra la spalla sana, si accorse che il giornalista aveva una brutta cera. La mano che stringeva il cellulare gli tremava visibilmente. Selma si sedette sull'altro lato del tavolo, in perfetto silenzio.

Alla fine Lars chiuse la comunicazione.

– Che c'è? – gli domandò Selma. – Sembri malato, Lars.

– Hanno portato Leon all'ospedale. È stato investito mezz'ora fa.

Selma avvertí una botta di adrenalina scorrerle in tutto il corpo, la stessa paura improvvisa contro cui aveva dovuto combattere tante volte per sopravvivere sull'altipiano.

– Ma... può morire? – esclamò, pentendosi subito delle proprie parole.

Leon era il figlio maggiore di Lars, frequentava la seconda elementare e aveva compiuto sette anni la settimana prima. Aveva la stessa pettinatura alla Tintin di suo padre, gli occhi azzurro ghiaccio, e come suo papà era un campione ad andare in bicicletta.

– Era in bici, – sussurrò Lars. – Ed è finito sotto un autoarticolato. Rischia di morire, Selma. Mio figlio rischia di morire.

Selma sapeva che avrebbe dovuto alzarsi. Sedersi accanto a lui. Magari prendergli la mano, erano abbastanza amici per poterlo fare, chiedergli se poteva aiutarlo. Portarlo all'ospedale o prestargli la nuova Volvo. Fare qualcosa. Invece rimase seduta, immersa nella propria paura. Vergognandosene. Non stava pensando a Leon. E neppure a Lars, benché avesse l'aria di poter stramazzare giú dalla sedia da un momento all'altro.

Selma pensava soltanto a Skjalg. A cosa avrebbe fatto se fosse stato lui a rimanere gravemente ferito. Lei, che non aveva mai bruciato neppure una caloria per preoccuparsi dei propri figli quando erano piccoli, tantomeno quando erano cresciuti, adesso vedeva davanti a sé tutto quello che poteva capitare a un bimbo piccolo. Dietro le palpebre scorse un film pieno zeppo di catastrofi. La sindrome della morte infantile improvvisa. Lesioni dovute a una caduta. Malattie. Rapimenti. Col fiato corto, stava per dire qualcosa quando Lars si alzò di scatto, afferrò la borsa e si mise a correre.

– Posso accompagnarti all'ospedale! – gli gridò dietro lei, ma era troppo tardi.

Lui aveva già lasciato l'appartamento e si trovava a metà scala.

Frustrazione

Fredrik aveva buttato via troppo tempo a fissare la parete. Di natura era un uomo che spesso si sentiva a disagio. A volte gli capitava persino di abbacchiarsi, ma stavolta era proprio depresso.

Gli ci era voluta un'ora e mezzo per uscire dallo stupido vicolo cieco in cui aveva rischiato pericolosamente di finire. Era impossibile vedere un legame tra gli omicidi di Linda Bruseth e Kajsa Breien. Che Birger Jarl Nilsen fantasticasse in quella direzione erano problemi suoi. Lui non lavorava in polizia. Personalmente Fredrik era un investigatore esperto e avrebbe dovuto mostrare piú buon senso, invece di abbandonarsi a impressioni vaghe e speculazioni folli. Di sicuro era stata la frustrazione a giocargli un brutto scherzo.

L'ispettore Smedstuen era un poliziotto di quelli grigi, cosa di cui era ben consapevole. Faceva ciò che doveva fare, né piú né meno, e seguiva il regolamento alla lettera. Non perché lo trovasse giusto, ma perché cosí era tutto piú semplice. La centrale di Oslo, un edificio grande e ricurvo nella zona est della città, era piena di storie di agenti finiti nei guai per essersi concessi delle libertà. Quell'autunno uno di loro avrebbe dovuto affrontare un nuovo processo: gli pendeva sulla testa la minaccia di essere condannato al massimo della pena per corruzione e contrabbando di hashish. Prima che Fredrik entrasse nella polizia di Oslo, per i corridoi della centrale scorrazzava un duo tanto mitico quanto affiatato. Lei si chiamava Hanne Wilhemsen ed era riuscita a farsi sparare in servizio. A quanto pareva, era stata colpa sua. Dio solo sapeva che fine avesse fatto dopo essere finita su una sedia a rotelle. Il suo partner si chiamava Billy T. – solo questo, Fredrik non lo aveva mai sentito nominare con il cognome –, qualche anno prima aveva toccato il fondo e alla fine si era tolto la vita, povero diavolo.

La polizia non aveva piú spazio per i cowboy, e meno male.

Le regole erano fatte per semplificarsi l'esistenza e per salvaguardare le forze dell'ordine e il pubblico. Nel lavoro di un poliziotto non esistevano scorciatoie. I casi andavano costruiti mattone su mattone e non era mai venuto fuori nulla di buono da teorie campate in aria. Fredrik Smedstuen non si chiedeva mai quale fosse il movente di un criminale se non dopo aver svolto un accurato lavoro di ricerca. Aveva una predilezione per gli indizi tecnici. Mentivano raramente. Impronte digitali, Dna, armi. Medicina legale. Post su Facebook e foto. Tracce elettroniche. Fatti concreti e indiscutibili. Bastava essere meticolosi con tutti quegli elementi e loro avrebbero condotto qualsiasi investigatore nella giusta direzione. La percentuale dei casi da lui risolti rientrava nella media, ma ci poteva stare, per lui non era un problema. La parte tattica delle indagini non era mai stata il suo forte. O almeno quella che riguardava l'interrogatorio dei testimoni. Di fatto Fredrik Smedstuen non era molto bravo con la gente, cosa che negli ultimi tre anni la sua ex moglie gli aveva ricordato puntualmente ogni giorno prima della loro effettiva separazione.

Accese il computer. Fatto il login, trovò la documentazione sul caso Linda Bruseth. La foto che la ritraeva era presa dal suo profilo Facebook, a figura intera, scattata in un campo. Volto rotondo, guance rosse, un ampio sorriso e tra le grosse gambe un agnellino allattato con il biberon.

Facebook aveva risolto anche il primo problema su cui si era concentrato in assoluto: scoprire chi sapeva che le tre vecchie amiche si sarebbero incontrate a Grünerløkka giovedí 5 settembre alle 15.00.

A quanto pareva, tutto il mondo poteva ottenere quell'informazione. O quasi tutto, ammesso che fosse interessato. Due giorni prima dell'incontro, la donna aveva pubblicato un post sulla sua bacheca scrivendo ora e luogo. Il suo account era pubblico, come lo erano quasi sempre quelli dei politici. A dire il vero Linda Bruseth aveva soltanto 769 amici e poco piú di duecento follower, ma chiunque poteva andare a curiosare.

Se ne aveva voglia. Linda Bruseth scriveva in modo cosí noioso dei suoi viaggi in veste di membro di qualche commissione e di processi politici che Fredrik aveva perso qualunque desiderio di leggere tutto. Doveva anche essere dislessica e aver disattivato il correttore automatico, perché i suoi testi erano infarciti di errori d'ortografia. Ciononostante, pubblicava un'infinità di post: festeggiamenti per i cinquant'anni, animali appena nati, nipotini che sbavavano, campi coltivati pronti per il raccolto e primi piani del piatto di polpette fatte in casa dalla madre. E anche un buon numero di post che riguardavano Selma Falck.

Linda Bruseth era molto orgogliosa di essere amica di quella famosa investigatrice privata. Una vera amica, non solo nell'accezione che andava di moda e che non implicava altro se non il fatto di essersi incontrate un paio di volte. Nell'autunno 2018 aveva pubblicato quasi quotidianamente link che riguardavano i numerosi casi legati allo scandalo scoperto da Selma Falck. Piú o meno nello stesso periodo Linda aveva postato una sequenza di quattro foto risalenti alla fine degli anni Ottanta, e in tutte si vedevano lei e Selma insieme. Tre erano state scattate su un campo di pallamano, una a quella che doveva essere stata una festa pazzesca. Linda, che postava lo stesso materiale sia su Facebook che su Instagram, amava gli hashtag.

#selmaforpresident #oldbuddies #beitempi

Però, la cosa piú strana era che avesse annunciato l'incontro che doveva ancora avvenire. Sui social la maggior parte degli eventi tra amici conteneva immagini che immortalavano l'avvenimento mentre era in corso. Persone sorridenti sedute al tavolo di un ristorante. In cima a una montagna. Sugli sci e in tutti quei posti che potevano rafforzare l'impressione di essere coronati dal successo e pieni di amici. Evidentemente per Linda non era abbastanza. Doveva annunciarlo in anticipo, forse in un impeto di gioia pura.

Fredrik si sorprese a provare per lei una certa compassione.

Lui aveva un account praticamente morto su ognuna delle quattro piattaforme piú grandi. Non aveva bisogno dei social, fatta eccezione per una manciata di gruppi utili. La maggior parte erano collegati al lavoro, come l'associazione tiratori e il club d'auto d'epoca della polizia. «Farfalle in Norvegia» e «Il mondo dei lepidotteri» erano gli unici gruppi che seguiva con passione genuina. Aveva cominciato a far collezione di farfalle da bambino. A dire il vero, la collezione era rimasta dai suoi anziani genitori, dal momento che la sua ex moglie non voleva avere la casa invasa da insetti morti, testuali parole, ma lui ne andava fiero.

Gli amici, invece, li incontrava per davvero. Si beveva la classica birra del venerdí insieme a cinque, sei compagni di studi dei tempi dell'Accademia di polizia. Veniva invitato a cena. Non era quasi mai un problema telefonare a qualcuno prima del fine settimana per organizzare qualcosa, anche dopo il divorzio. C'erano pure delle donne.

Fredrik Smedstuen aveva amici.

Nella realtà, ma non era qualcosa che sentiva il bisogno di mostrare né di cui vantarsi. Dopo aver trascorso un paio d'ore del sabato a seguire la vita di Linda Bruseth su Internet, gli era parso di avere davanti una donna che provava sempre nostalgia della propria casa. Che non avrebbe mai dovuto trasferirsi in una grande città né tantomeno lasciarsi eleggere in Parlamento. La sua vita era nel villaggio, nell'ambiente che conosceva e amava e dove un aspetto piú florido veniva considerato un segno di forza fisica e di salute.

Fredrik non aveva ancora avuto modo di parlare con Ingolf Bruseth, il marito di Linda. Il loro figlio maggiore si era recato a Oslo a due ore soltanto dall'omicidio e aveva chiesto gentilmente di lasciare in pace il padre il piú a lungo possibile. Fredrik aveva preannunciato che a breve sarebbe stato necessario interrogarlo, ma che fino a quando i figli rimanevano a disposizione della polizia, non era un problema aspettare qualche giorno.

Quei giorni erano già trascorsi. I tre figli piú grandi avevano rilasciato le loro dichiarazioni, senza che la polizia si fosse avvicinata di un centimetro al motivo per cui qualcuno avrebbe voluto uccidere quella donna di campagna, cosí amabile e di buon cuore.

Fredrik non nutriva neppure grandi speranze sulla possibilità che il vedovo desse un aiuto importante per la soluzione del caso. Le informazioni raccolte su di lui, per lo piú da Facebook e da un paio di articoli pubblicati sul giornale locale, dipingevano l'immagine di un contadino sedentario e taciturno, con un raggio d'azione nella vita pari a circa dieci chilometri. Per lui Sandefjord era già una metropoli. I due si erano sposati giovani, quando Linda giocava ancora come portiere nella Nazionale di pallamano, ma Ingolf non era mai andato all'estero nemmeno per vedere una partita.

Era difficile allontanarsi dagli animali.

Fredrik scorse alcuni interrogatori. Tre non li aveva ancora letti, ma nessuno aggiungeva nulla di nuovo agli elementi in suo possesso.

I rilevamenti compiuti sulla scena del crimine erano ancora piú scoraggianti. La ricostruzione poteva ritenersi riuscita, nel senso che adesso era chiaro cosa fosse accaduto. Sul tetto, dove con grandissima probabilità si era disteso l'assassino, non era stato rinvenuto nulla di importante. Rimaneva ancora incerto il modo in cui l'uomo era salito fin lassú. Le possibilità erano numerose. Gli edifici si ergevano molto vicini l'uno all'altro e alcuni si estendevano perfino nei cortili interni. Molto semplicemente l'assassino poteva essere entrato nel cortile dal portone che dava sulla strada e poi aver utilizzato una delle tre scale che si trovavano all'occorrenza appoggiate al muro. Poteva anche aver scavalcato i vari tetti partendo da qualsiasi punto dell'isolato. La cosa strana era che nessuno lo aveva visto. O almeno, al momento non avevano ancora trovato anima viva in grado di segnalare movimenti strani, né sui tetti né attraverso la miriade di cortili che si aprivano dietro le palazzine. Fredrik aveva affidato a due poliziotti freschi di nomina l'incarico di raccogliere tutte le videoregistrazioni di sorveglianza nel raggio di nove isolati. Li aveva costretti a fare gli straordinari, cosa che in realtà non gli era permessa. Gli agenti avevano già passato al setaccio centinaia di ore, senza trovare nulla di interessante.

Era come se quell'uomo fosse un fantasma.

Fredrik aprí il cassetto della scrivania per prendere le

sigarette. Aveva bisogno di una pausa. Dopo aver visto sul pacchetto il monito che lo minacciava di una morte rapida e crudele, esitò. Richiuse il cassetto senza neanche prendere una delle gomme da masticare.

– Perché diavolo hanno dovuto ucciderti? – mugugnò rivolto alla foto di Linda sullo schermo.

Era quella la strada da percorrere: forse avrebbe dovuto trasgredire uno dei pochi principî che aveva. Visto che quelli della Scientifica non avevano ricavato un ragno dal buco, magari era il caso di pensare in maniera un po' piú moderna. Cercare un movente basandosi unicamente sul reato perpetrato non faceva per lui. Del resto non si era mai trovato in quella situazione. Una settimana precisa dopo l'omicidio le indagini non avevano una pista da seguire. Gli interrogatori erano stati tanti, cosí come i rapporti e le indagini tecniche, ma non c'era niente che gli rivelasse qualcosa di utile.

– Perché sei dovuta morire? – richiese, questa volta a voce piú alta.

Scoprendo la ragione per cui Linda era stata uccisa, avrebbe trovato l'assassino, a prescindere da quanto era stato bravo a nascondere sé stesso e le proprie tracce.

Bravo.

Aveva deciso che era un uomo, invece non doveva farlo. Era importante mantenere la mente aperta, anche se gli sembrava quasi impossibile immaginarsi una donna con le caratteristiche fisiche necessarie per compiere un omicidio del genere. Un'abile tiratrice. Un corpo atletico.

Un cervello acuto, capace di pianificare ogni dettaglio in maniera accurata.

– Sei proprio un maledetto maschilista, – borbottò aprendo il cassetto.

Con gli occhi socchiusi per evitare di leggere la propaganda del terrore impressa sul pacchetto, tirò fuori una sigaretta. Un attimo prima aveva pensato di uscire a fumare, invece adesso si piazzò davanti alla finestra.

Era ovvio che una donna poteva essere allo stesso tempo atletica, intelligente e brava a sparare. Aprí la finestra. Accendere la sigaretta rappresentava un eclatante dispregio delle regole, ma adesso non aveva la forza di comportarsi diversamente. Dopo aver inalato tre massicce boccate di fumo, la testa gli si schiarí un po'.

Selma Falck era una di quelle donne. Lei sarebbe stata capace di compiere un attentato simile. Tralasciando il particolare che era seduta di fronte al bersaglio, in un caffè all'aperto.

E che era stata colpita al braccio.

Senza accorgersene piú di tanto. Durante la ricostruzione non sembrava che le facesse male. Anche se aveva una fascia intorno al collo, piú volte l'aveva vista tirare fuori il braccio e usarlo.

Era una dura. Una vera tosta, come aveva dimostrato l'anno prima. Ed era anche intelligente.

E pure bella, in effetti. L'età non contava quando ci si manteneva bene come lei.

A una nuova boccata, Fredrik fece uscire il fumo adagio prima dal naso, poi dalla finestra. Lo pervase una sensazione piacevole e calda di pace. Ora perfino gli abiti gli parevano asciutti. Forse era il caso di posticipare ancora il tentativo di smettere di fumare. Per esempio, fino a Capodanno. Altri tre mesi fumando saltuariamente qualche sigaretta non potevano costituire una differenza cosí grande per la sua salute, tenendo conto che aveva cominciato a sedici anni.

Selma Falck conosceva Linda Bruseth. Erano amiche. Se c'era qualcuno in grado di aiutarlo a trovare un motivo plausibile per l'omicidio, quello era lei. Forse proprio lei. Forse soltanto lei, ora che ci rifletteva sopra. In un certo senso era una collega. Prima i detective privati non gli erano mai piaciuti. In realtà li disprezzava, in particolare quando non avevano trascorsi in polizia. Indagare era tanto un'istruzione quanto uno stile di vita, non un ruolo che vecchi giornalisti o, nella fattispecie, avvocati potevano assumere come se niente fosse.

Eppure, Selma Falck era qualcosa di unico. Doveva ammetterlo. Dopo essersi disconnesso dal computer, prese il cellulare e trovò subito il suo numero.

Chiederle di vedersi per un caffè non poteva nuocere né a lui né al caso.

Emilie

Armeggiando con il cellulare, Selma continuava a rileggere senza sosta lo scambio di sms.

«Anine, ci sarebbe la possibilità di vedere Skjalg uno di questi giorni? Magari di portarlo fuori con il passeggino? Ci penso io a lui. Per quanto tempo lo decidi tu. Un abbraccio, mamma».

Quell'«abbraccio» era stato un po' troppo. Siccome dopo un'ora non aveva ricevuto risposta, ne aveva inviato un altro.

«Ciao! Hai ricevuto il mio messaggio? Ho tantissima voglia di vedere mio nipote. Fatti sentire».

Si era espressa in maniera idiota, se ne rendeva conto adesso. Sembrava che dietro quelle parole si celasse un velato rimprovero. Anche quel messaggio non aveva avuto riscontro, quindi ci aveva riprovato:

«Ciao, Anine. Mi rendo conto che hai molto da fare e che per qualche motivo sei arrabbiata con me. Se vuoi ne possiamo parlare, ma ti prego, mi fai vedere Skjalg? Posso venire da te e fargli fare solo un giretto con il passeggino nel vicinato. Saluti, mamma».

Cinque secondi dopo aveva sentito il cellulare fare *pling*.

«Ti rendi conto che non posso permetterti di portare fuori mio figlio fino a quando c'è qualcuno che ti spara per strada? Ti prego, vedi di darci un taglio, Selma».

E cosí aveva fatto. In una famiglia normale sarebbe stata invitata a vedere il nipote a casa della madre, per quanto spaventosa sembrasse la situazione al momento. Purtroppo, il concetto di normalità non era applicabile al tipo di rapporto esistente tra Selma Falck e i suoi figli, cosí aveva gettato la spugna. Quella era una battaglia che non poteva vincere.

Selma conosceva i propri punti di forza e le proprie debolezze. Da sempre. Già all'età di cinque, sei anni aveva capito di non potersi mostrare del tutto per quella che era. Quando i suoi genitori avevano deciso di ritornare in Norvegia dagli Stati Uniti con due figli e un lucroso brevetto in valigia, la vita era completamente cambiata. Un'esistenza tesa tra il periodo hippie e la Silicon Valley, dove in pratica i bambini si autogestivano, si era trasformata in una vita borghese e agiata in una delle zone esclusive della parte occidentale di Oslo. La piccola Selma non poteva piú passeggiare a piedi nudi ignara se quel giorno ci sarebbe stato tempo o denaro per un pasto come si deve. Sua madre, che a dire il vero era la mente dietro il redditizio brevetto paterno destinato all'industria delle protesi, aveva smesso di lavorare. Fino ad allora aveva mostrato un interesse mediocre per i propri figli. Una volta rientrati in patria, i due andavano invece plasmati fino ad acquisire una forma che secondo lei si confacesse agli abitanti di una grande villa nel quartiere di Smestad negli anni Settanta. Quando era emerso che il brevetto sarebbe stato utile anche all'industria petrolifera, il regime si era fatto ancora piú severo.

Selma aveva imparato tutto a tempo di record. Se assecondava sua madre, veniva lasciata in pace. Riceveva pure i complimenti, qualche rara volta. Se tentava di ritornare a essere quella che era stata nei suoi primi quattro anni di vita, si scatenava l'inferno. Dal momento che in realtà lei si piaceva cosí com'era, aveva sviluppato l'arte di essere due persone. La cocca della mamma era strigliata a dovere, ubbidiente e brava a scuola, mentre la vera Selma era un maschiaccio ingegnoso, già carica di adrenalina fin da piccola.

I suoi genitori non avevano mai capito chi fosse. Suo fratello Herman invece sí, ma lui non c'era piú. L'adolescenza li aveva spinti in due direzioni diverse. Herman era diventato cupo e ombroso. Selma una maestra nell'arte del travestimento. Lei si era lasciata travolgere dallo sport e dall'ossessione di essere la migliore in tutto. Lui leggeva. Negli ultimi anni di vita Herman trascorreva le sue giornate in un ufficio polveroso e nascosto dell'università di Oslo. Non era mai riuscito a portare a termine la tesi di dottorato, che riguardava uno scrittore del Settecento di cui Selma non ricordava neppure il nome.

A mano a mano che cresceva, dissimulare era diventato sempre piú facile. La madre le aveva insegnato a compiacere gli altri. Questo le aveva procurato amici e popolarità. E lei aveva imparato a prendersi cura della vera Selma, il che implicava tra le altre cose non legarsi mai sul serio a nessuno. A nessuno tranne al fratello. Una persona libera era quella capace di voltare le spalle a tutto senza perdere niente di sé stessa. Quella strategia si era rivelata quasi perfetta. Soltanto in due occasioni Selma era stata costretta a rompere con qualcosa o qualcuno. La morte di suo fratello era stata per lei una catastrofe. Si era chiusa in casa per due giorni e, quando ne era uscita, non aveva piú parlato di lui. Quando, meno di due anni prima, aveva dovuto sopportare la brusca rottura sia con il lavoro sia con la vita familiare, ci era riuscita senza patemi perché considerava ciò che era accaduto una benedizione, la svolta che avrebbe comportato per lei qualcosa di meglio.

Selma Falck si riteneva vaccinata contro il dolore e la noia esistenziale.

Adesso, seduta a quello che fungeva da tavolo da pranzo e da lavoro, avvertiva uno sconforto crescente.

Avrebbe dovuto sentirsi cosí pensando a Lars. Avrebbe dovuto andare all'ospedale per capire come rendersi utile. Con ogni probabilità non c'era nulla che avrebbe potuto fare in quel momento, ma Lars e la moglie avevano due bambini piú piccoli. Selma avrebbe potuto offrirsi di andare a prenderli a scuola. Magari di portargli da mangiare. Avrebbe potuto presentarsi con un thermos di caffè: esisteva un elenco infinito di cose che si potevano fare per aiutare qualcuno in una situazione di crisi. Piccola o grande.

Rimase seduta.

La notizia della morte di Kajsa Breien l'aveva stupita. Faceva fatica a capire. Quella donna aveva cinque figli e un marito, inoltre era uno stimato membro dell'organo giuridico piú alto del Paese. Non aveva ancora superato i cinquant'anni. Era una tragedia, a prescindere dal fatto che si fosse suicidata o meno. Selma avrebbe dovuto provare dispiacere. Sentire qualcosa. Per un attimo, mentre Lars era lí e lei non si era ancora fatta la doccia, aveva avvertito un barlume di interesse. C'era in quella disgrazia qualcosa di strano, una sfumatura da cui erano nate vaghe associazioni che non riusciva a concretizzare. Poi aveva accantonato tutto. Kajsa Breien non era affar suo. Lasciò scorrere lo sguardo tra la foto di Skjalg appesa alla parete e la cartellina che nella fretta Lars si era dimenticato di prendere. C'era anche la chiavetta Usb. A Selma non interessava nessuno dei due oggetti e li allontanò da sé.

In quel momento aveva soltanto un obiettivo: vedere il nipotino.

Doveva concentrarsi su quello.

Bisognava smascherare lo stalker, rendere l'appartamento sicuro e rabbonire in qualche modo Anine.

La polizia non aveva ancora dichiarato ufficialmente che il bersaglio dell'attentato era Linda Bruseth. La turbava che facessero tanto i misteriosi e le venne in mente che avrebbe potuto chiamare Smedstuen. L'ispettore doveva rendersi conto del disagio che le causava la convinzione generale che avessero tentato di ucciderla. Avrebbe potuto mostrargli le trentasette richieste che le erano arrivate dalla stampa, oltre ai dieci sms e alle sei chiamate soltanto da parte di «DG». Non aveva risposto a nessuno, cosa che comunque non stemperava la pressione a cui si sentiva sottoposta.

Decise che avrebbe preteso una spiegazione.

Anine si sarebbe calmata se la conferma fosse arrivata dalla polizia. Per fortuna la figlia non sapeva nulla dell'ospite indesiderato che le lasciava ricordi d'infanzia.

L'unico ostacolo che le avrebbe impedito di giungere a un rapido accordo di pace con la figlia era che Anine poteva ritenersi una specie di macchina della verità vivente. Per essere una che durante l'infanzia aveva trascorso meno tempo con la propria madre della maggior parte degli altri bambini, Anine possedeva una capacità incredibile di decifrare Selma. Avrebbe percepito la sua inquietudine e, ancora peggio, avrebbe creduto che si fosse rimessa a giocare.

Forse era proprio quello che avrebbe dovuto fare.

Una sola notte davanti al computer avrebbe compiuto miracoli. Quel dolore fisico soffuso e costante che avvertiva ai muscoli e alle articolazioni, l'insonnia, i disturbi della concentrazione che andavano e venivano: tutto sarebbe migliorato moltissimo se solo avesse trascorso qualche ora al tavolo virtuale del poker. Tanto Anine non poteva vederla. Sarebbe passata una settimana prima del loro incontro. Minimo. Se Selma avesse giocato soltanto quella notte, magari proprio in quel momento, probabilmente sarebbe trascorso abbastanza tempo per riuscire a ingannare persino Anine.

Le mani le tremavano un po' quando prese il portatile e lo aprí. Le dita digitarono i soliti codici. La vista del mazzo di carte animato apparso sulla pagina iniziale del sito americano ebbe su di lei lo stesso effetto fisico che aveva sempre: una scarica benedetta di aspettative che le schiarivano la mente e neutralizzavano l'inquietudine. Stava per connettersi quando suonò il cellulare. Sussultò con violenza, come se la figlia si fosse precipitata di colpo da lei e avesse scoperto cosa stava facendo. Selma richiuse decisa il coperchio del Mac e prese il telefono.

«Fredrik Smedstuen», diceva il display.

Attese un paio di secondi, accettò la chiamata e si portò il cellulare all'orecchio.

– Pronto, – esordí con un tono di voce piú neutro possibile.

– Salve. Sono Fredrik Smedstuen.

– Sí, ho visto.

– Mi chiedevo se...

Lui aveva il respiro pesante. Selma realizzò che stava fumando.

– Potremmo vederci davanti a un caffè?

– Caffè?

– Sí.

– Perché?

– Ci sono un paio di cose che vorrei discutere con te.

– Riguardano il caso?

– Eh... sí.

– Ci sono novità?

– Ci sono sempre novità.

Lo sentí inspirare con forza, poi percepí un leggero sibilo.

Ecco l'occasione. Esattamente ciò che le serviva.

– Quand'è che avete intenzione di dichiarare che io ero soltanto una semplice spettatrice? – gli chiese. – Pensano tutti che l'obiettivo fossi io. È... sgradevole.

– Sei abbastanza addentro al lavoro di polizia da sapere che non dobbiamo svelare le nostre carte nella fase iniziale delle indagini.

– È già passata una settimana.

– A essere sincero, siamo... un po' bloccati. Speravo che tu mi potessi aiutare. Conoscevi Linda Bruseth da quando eravate giovani. Abbiamo interrogato Vanja Vegge, purtroppo non abbiamo ricavato quasi nulla.

– Almeno hai imparato i nomi.

– Cosa?

– Niente.

– Allora che ne dici? Ci vediamo? A breve?

Selma non rispose. Dal tono di voce del poliziotto traspariva qualcosa di nuovo. Una certa vulnerabilità, e quasi una sorta di invocazione. Fissò la superficie piatta del laptop.

Fredrik Smedstuen l'aveva salvata dal commettere uno sbaglio colossale.

– Quando? Oggi?

– Purtroppo oggi non posso, devo... Domani? A che ora sarebbe meglio?

Selma si prese del tempo prima di rispondere, come se dovesse controllare l'agenda.

– Avrei un buco verso mezzogiorno. Potremmo pranzare insieme.

– Bene. Magnifico. Che ne dici di un posto dalle tue parti, cosí per te è piú semplice? Il *Sagene Lunsjbar*?

Era a cento metri da lei. Dopo aver confermato, Selma riagganciò.

Salvata dal suono del gong, pensò lanciando un'occhiata di sbieco al MacBook. Mancavano ancora poco meno di ventiquattro ore al suo incontro con Smedstuen. Doveva trovare qualcosa da fare. Ovviamente poteva andare a correre, o ad allenarsi in palestra. Sapeva che le sarebbe servito per attutire un po' la tensione, ma l'effetto era perlopiú momentaneo.

Forse Leon era morto.

Di sicuro Lars stava malissimo. Proprio in quell'istante. Selma si alzò di scatto, con tale impeto da ribaltare la sedia. Doveva andare all'ospedale di Ullevål, pensò di nuovo, quando lo sguardo le cadde sulla chiavetta.

Se Leon fosse morto, il suo contenuto non avrebbe piú avuto alcuna importanza per Lars.

Se il bambino fosse sopravvissuto senza riportare lesioni gravi, l'accesso a quei file sarebbe stato per lui importantissimo. Selma prese la chiavetta rossa e, mentre la teneva sul palmo della mano, rifletté sui vari modi per craccare il codice. Le idee che le vennero erano o troppo vaghe o assolutamente illegali.

Giunse alla conclusione che a volte la soluzione piú semplice era spesso la migliore.

Lars le aveva accennato al fatto che Jonathan aveva una compagna. Anche se Selma non aveva mai rivelato le sue password a nessuno, sapeva che spesso le coppie conoscevano quelle del partner. Dopo una rapida ricerca su Google con il telefonino, le bastarono pochi secondi per trovare l'annuncio funebre di Jonathan Herse.

♥

Il nostro amato figlio,
il mio piú grande amico e compagno,
il nostro fratello maggiore e zio piú buono e gentile,

Jonathan Henry Herse
nato il 27.03.89
ci è stato brutalmente strappato il 17 agosto 2019.

Tobben e Berit
Emilie
Kasper e Julia
Liam
Gli amici e il resto della famiglia

I funerali avrebbero avuto luogo cinque giorni dopo e tutti erano i benvenuti a prender parte alla cerimonia commemorativa a Grønland, nei locali dell'istituto di ricerca Fafo.

Si chiamava Emilie. Come circa tremila altre donne che avevano piú o meno la sua età. Non erano sposati, quindi di cognome non faceva di sicuro Herse. Selma si mise a cercare a casaccio. Jonathan ed Emilie. Emilie ama Jonathan. Jonathan Herse ed Emilie.

Tombola.

Il primo giorno d'estate dell'anno prima.

Jonathan Herse ed Emilie Karina Sundet seduti sugli scogli a Huk con indosso vestiti leggeri mentre sorridevano con un barbecue usa e getta tra di loro.

La foto e l'articolo pubblicati allora sul «Dagbladet» dicevano che per la prima volta dall'inizio dell'anno quel giorno c'erano venti gradi. Selma non aveva bisogno di sapere altro: la ragazza aveva due nomi. Sarebbe stato facile trovarla, fece appena in tempo a pensare prima che le Pagine Gialle glielo confermassero.

Probabilmente a quell'ora Emilie Sundet era al lavoro. La ricerca successiva le indicò che era impiegata all'Ufficio programmazione e attuazione urbanistica del Comune di Oslo. Era una delle sezioni piú indaffarate, ma Selma immaginava che un centralino smistasse le chiamate in entrata inoltrandole ai vari numeri di telefono fissi.

Anche se non capiva perché, nel mondo degli affari era diventato sempre piú normale avere un telefono integrato tutto-in-uno, ma valeva comunque la pena di fare un tentativo.

Esitò.

Quel caso non la riguardava.

Aveva già abbastanza a cui pensare di suo. D'altro canto, era qualcosa di concreto che poteva fare per Lars. E per sé stessa: riflettendoci meglio, l'idea di starsene seduta tranquilla le era insopportabile.

Emilie Karina Sundet rispose al primo squillo. Era cosí raffreddata che disse uno sconsolato «*Ebilie*?» Selma fece come sempre: sfoderò un sorriso cosí ampio che lo si poteva percepire anche all'altro capo del telefono.

– Salve! Mi chiamo Selma Falck. Disturbo?

– Ehm... no.

In effetti disse «*do*». Selma sperò che fosse a letto, ben impacchettata sotto le coperte.

– Oggi sono a casa dal lavoro, – continuò la voce acuta di Emilie. – Sono raffreddatissima, come avrai sentito. A proposito, tu sei... *quella* Selma Falck?

Lei fece una risatina.

– Sí. Sono Selma Falck. Non mi risulta che esistano altre persone che si chiamano cosí.

– Cosa desideri da me?

Selma strinse la chiavetta tra le dita. Era gelida.

– Si tratta di Jonathan, – rispose calma. – Di un caso di cui si stava occupando prima di morire.

– Cosa?

Si sentí gracchiare al cellulare, Emilie tossí con violenza.

– Un caso, – ripeté Selma, – che non ha concluso e per cui ha lasciato una chiavetta di cui vorrei parlarti.

Altri colpi di tosse, seguiti da un fragoroso starnuto. Quando Emilie fu in grado di riprendere a parlare, Selma non capí se stesse piangendo.

– Non so se posso aiutarti. A volte parlavamo di quello che faceva al lavoro, ma nell'ultimo periodo prima dell'incidente, Jonathan era... un po' assente. Credevo che... Non saprei.

– Si stava occupando di qualcosa che parrebbe alquanto complesso, – disse Selma. – E la cosa migliore sarebbe se potessi passare da te.

– Adesso? Oggi?

– Mah. Per me andrebbe anche bene, se pensi di poter reggere una visita nelle tue condizioni. Hai bisogno di qualcosa? Posso farti la spesa. Si tratta solo di una scappata.

– Be'...

Emilie Sundet strascicò un po' la risposta.

– Dammi il tempo di farmi una doccia.

– Certo. Diciamo fra tre quarti d'ora? Bergensgata 4, giusto?

– Sí. Proprio sopra *Mat & Mer*. E... mi porteresti un latte d'avena macchiato?

– Ci penso io.

La conversazione si chiuse. Bergensgata era a cinque minuti da casa sua, quindi Selma aveva tutto il tempo che voleva. Troppo. Infilò rapidamente il laptop in una custodia, tirò fuori la sua grande borsa di cuoio e guardò dalla finestra. Il tempo era ancora stabile. Si mise la chiavetta in tasca, ma lasciò sul tavolo la cartellina con tutti i ritagli insignificanti sui servizi sociali. Nell'ingresso indossò la giacca che le aveva regalato Jenny Skavlan e per sicurezza infilò nella borsa anche un ombrello pieghevole. Il braccio le dava sempre meno fastidio, per cui tolse la fasciatura di sostegno dalla tasca e la lasciò a casa. In tre quarti d'ora sarebbe riuscita a mangiare un boccone, poi sarebbe andata da Emilie Sundet.

Ancora una volta la sfiorò il pensiero di Lars e del piccolo Leon.

Sperava che il bambino non fosse morto, perché in caso contrario il suo sforzo sarebbe stato inutile.

Piccolo

Ci andava raramente di giorno.

Il cimitero era grande e silenzioso. Persino il rumore di traffico intenso che proveniva dalla via principale risultava attutito dagli alberi e dalla mestizia, come se quell'enorme camposanto fosse circondato da un sistema invisibile di isolamento acustico. Le lapidi erano disposte in file regolari, secondo un ordine preciso: al cimitero di Østre gravlund non esistevano anomalie, e la cosa gli piaceva. Il cristianesimo era una religione che sapeva il fatto suo. Lui si era sempre attenuto all'idea che esistesse una qualche specie di Dio, anche se di rado si era schierato dalla sua parte. La sua visione esistenziale era paragonabile al resto della sua vita, semplice e lineare. Qualcosa era giusto, qualcosa era sbagliato, ma lui conservava il diritto di decidere da sé cosa fosse cosa.

Grethe era sepolta lí ormai da molti anni. A volte la fantasia lo accompagnava durante le sue visite alla moglie. Era capace di immaginarsi lei che lo aspettava viva, con la sua chioma effervescente di capelli rossi e il cestino del picnic sull'erba. Avrebbero trascorso insieme un altro giorno rubato e il pensiero poteva essere cosí inebriante che i suoi passi diventavano piú leggeri e veloci. Dopo si arrabbiava sempre. Con sé stesso, per essersi lasciato irretire da quella fuga dalla realtà, e con Grethe, che forse si sarebbe potuta salvare se fosse andata prima dal medico.

Non fumava quasi mai alla luce del giorno.

Adesso non si era neppure portato dietro le sigarette. Invece aveva infilato nella tasca della giacca una bottiglia mignon di spumante, un Henkell Trocken Piccolo, che aveva conservato dopo un viaggio in aereo. Gli sembrava di ricordare che il formato della bottiglia avesse lo stesso nome del vino. Piccolo.

Aveva con sé un seggiolino pieghevole.

Nei pressi della tomba non si vedeva nessuno. Il violento acquazzone del mattino aveva ammorbidito il terreno. Dovevano aver rasato l'erba il giorno prima, forse l'ultima volta per quella stagione. Sarebbe stato meglio lasciare il manto piú lungo prima che arrivasse il gelo notturno. Aprí lo sgabellino. Per via della superficie zuppa d'acqua, traballava un po' ed era minuscolo, ma se lui stava a gambe divaricate e curvo in avanti riusciva a rimanere seduto.

Sorrise alla lapide.

– Adesso siamo in cammino, Grethe. Tra non molto avremo raggiunto la meta.

Quando la stappò, la bottiglia emise un debole *pop*. Aspettò che finisse di schiumare, poi se la portò alla bocca e bevve.

– Un sorsetto, – disse. – Giusto un goccio per la sete. Non come avevano fatto i due piccioncini la prima sera che avevano trascorso insieme.

Il pensiero lo fece di nuovo sorridere, questa volta con piú forza. Sollevò lo spumante per un rapido brindisi e ingollò un altro sorso.

– Era cosí romantico. Erano cosí innamorati. Si erano goduti un *bed-in*, come quello di John e Yoko. Ma non per la pace. Per l'amore. Non avrei mai creduto che nostro… che nostro figlio, incorreggibile, strano, cocciuto, buono e bello, potesse…

La voce gli cedette. Posò la bottiglia per terra, che si rovesciò. Il liquido si sparse sul terreno formando un cerchio di bollicine prima di essere assorbito.

– Era amore, Grethe. Avresti dovuto sentirlo raccontare. Mi spiace cosí tanto che tu non lo abbia mai saputo. Che nostro figlio, nostro...

Si passò la manica della giacca sugli occhi. Afferrò la bottiglia e la sollevò in alto. Vide in controluce che c'era ancora un goccio di vino. Se la riportò alle labbra e bevve.

– Spero che tu mi possa perdonare per gli sbagli che ho fatto da quando non ci sei piú, – sussurrò, appoggiando la mano sulla pietra ruvida. – Almeno quando tutto questo sarà concluso. Quando avrò finito e il sistema si sarà smascherato da solo. È importante.

Grethe era silenziosa.

– È importante, – ripeté lui a bassa voce. – Tocca alle istituzioni stesse smascherare il proprio marciume. Non alla stampa. Non a persone esterne. Sarà il sistema stesso a scoprire lentamente con i propri occhi ciò che racconterò. E in questo c'è una forma di bellezza, Grethe. E di riscatto.

Lei non rispondeva. Non lo faceva mai. Non lí e neanche quando la notte lui cercava di evocarla nel letto accanto a sé. Non durante la colazione a tavola, che lui continuava ad apparecchiare per due, né durante le passeggiate domenicali che adesso era costretto a fare da solo dove una volta, tanto tempo prima, erano in tre.

Se soltanto lei avesse cominciato a rispondergli.

La zoologa

Emilie Karina Sundet abitava in una palazzina di mattoni che secondo Selma poteva essere stata costruita negli anni Cinquanta. L'ultima mezz'ora l'aveva passata al *Mat & Mer* al pianterreno dell'edificio, dove aveva mangiato una noiosissima insalata mentre leggeva i giornali sul cellulare. Lo scandalo Nav riempiva di nuovo tutti i media, Selma non ne poteva già piú. Se fosse stata ancora un'avvocata, forse il suo atteggiamento sarebbe stato diverso. Un paio dei piú famosi difensori avevano già proclamato che avrebbero rovesciato ogni singola pietra pur di ottenere giustizia per le persone che erano state colpite. Invece evitavano quasi sempre di menzionare che molti di loro avevano contribuito alla creazione di tutti quegli errori giudiziari dando per scontato che l'interpretazione del regolamento vigente all'interno dei Paesi dello Spazio economico europeo fosse corretta, quando invece non lo era.

Selma salí le scale fino al secondo piano.

Emilie Sundet l'aspettava sulla soglia. Indossava una tuta da ginnastica gialla troppo grande per lei. Sul petto era impressa a caratteri grandi e neri la sigla della squadra del Lillestrøm, Lsk. Selma intuí subito che quella tuta veniva dal guardaroba di Jonathan.

La donna sembrava davvero molto raffreddata.

Era pallida e aveva intorno alle ali del naso delle mezzelune rosso fuoco. Gli occhi le lacrimavano ed erano arrossati. Starnutí con violenza proprio quando Selma raggiunse il pianerottolo giusto, costringendola a bloccarsi.

– Scusa, – le disse Emilie tendendo una mano in avanti, prima di ritrarla di scatto e nasconderla dietro la schiena. – Non voglio contagiarti! Oltretutto ti hanno appena sparato.

– Ho il sistema immunitario di un elefante, – le sorrise Selma, entrando mentre la donna arretrava. – Nessun pericolo.

– In effetti si mangiano gli escrementi a vicenda, – commentò Emilie, precedendola in un piccolo soggiorno.

– Cosa?

– Gli elefanti. Tra l'altro, per rafforzare le difese immunitarie.

– Ah, sí? Interessante.

Selma si guardò intorno. La stanza doveva essere di circa venti metri quadri. Ed era stracolma. Accanto alla finestra c'era un divano di velluto color verde bottiglia, pieno di cuscini colorati. Il tavolino aveva visto tempi migliori. Era degli anni Sessanta, con le gambe di traverso e un ripiano, sotto la superficie opaca e rovinata, dove appoggiare riviste e giornali. Dovevano già esserci dieci chili di carta. «Scientific American», notò Selma, e una pila di esemplari del «National Geographic». Per terra, vicino a una poltrona gialla, c'era una pila ancora piú alta di una rivista di cui Selma non aveva mai sentito parlare, «Fauna». I braccioli della poltrona erano cosí logori che l'imbottitura spuntava fuori da piú parti. C'erano oggetti ovunque. Statuine di animali ed edifici. Scatole di puzzle e mucchi di libri. Su una mensola, accanto a quella che doveva essere la porta della cucina, c'era una collezione di sassi. Le pareti erano quasi del tutto ricoperte da quadri in stile eclettico e apparentemente privi di significato, se non quello di nascondere la vetusta tappezzeria di paglia prodotta a Biri.

L'appartamento sembrava quello di un professore eccentrico, scapolo e di mezza età.

– A quanto pare, Jonathan aveva molti interessi, – commentò Selma partecipe, non sapendo esattamente dove sedersi.

– Accomodati qui, – le disse Emilie, indicando la poltrona. – Io mi metto sul divano, il piú possibile lontano da te. E no. A Jonathan interessava soltanto il suo lavoro. E il calcio. Non molto altro. Io invece...

Cercò di trattenere uno starnuto, senza riuscirci.

– Scusa, – disse, con gli occhi che le piangevano. – Sono una zoologa.

– Zoologa? Ma non lavori all'Ufficio di urbanistica del Comune?

– Sí. Se vuoi trovare un'occupazione che non c'entri niente con i tuoi studi, diventa zoologo. Per noi in Norvegia il mercato del lavoro è piccolo. Mentre cerco, devo guadagnarmi da vivere in qualche altro modo.

Selma si sedette.

– Cosa vuoi? – le domandò Emilie. – In realtà?

Le iridi erano di un azzurro cosí chiaro da fondersi quasi con il bianco della cornea. La mattina doveva impiegare parecchio tempo per truccarsi, visto che ciglia e sopracciglia erano praticamente bianche anche loro. I capelli erano sottili, biondo grano. Selma la osservò mentre era indaffarata con un nuovo giro di fazzolettini.

Forse doveva dirle le cose come stavano senza mezzi termini.

– Innanzitutto volevo farti le condoglianze per la morte di Jonathan, – esordí prima di schiarirsi la voce. – Davvero. Deve essere un momento molto difficile per te.

– Sí. Eccome, ma è peggio per la sua famiglia che per me. Se non fosse stato perché i prezzi degli alloggi qui in città sono folli, forse quest'estate saremmo andati a vivere ognuno per conto suo. Da allora ha passato la maggior parte del tempo con il suo miglior amico, non con me.

– Non voglio disturbarti piú del necessario, – disse Selma, sperando di non dover approfondire la conoscenza di quella giovane donna. – Quindi te lo chiedo chiaro e tondo…

Sollevò appena il sedere per tirare fuori la chiavetta dalla tasca.

– Questo è quanto è rimasto di Jonathan sul posto di lavoro.

– Una chiavetta Usb.

– Sí. Contiene alcuni file che potrebbero rivelarsi interessanti per un suo collega, dal punto di vista giornalistico.

– Perché non è il suo collega a contattarmi?

– Perché in questo preciso istante è impegnato. Gli sto facendo un favore.

– Okay. Credevo che tu fossi una detective. In cosa posso aiutarti? A proposito, dal vivo assomigli molto di piú a quell'attrice americana che in foto. E parecchio.

Dopo che in un'intervista televisiva mandata in onda sulla Nrk prima di Natale Selma aveva parlato della propria somiglianza fisica con Mariska Hargitay, la protagonista della serie *Law & Order - Unità vittime speciali*, la gente aveva quasi smesso di fare commenti al riguardo. Una benedizione. Selma avvertiva un'irritazione crescente.

– Okay. Ciò di cui ho bisogno è la password.

– Mica la so! Non parlavamo di queste cose.

– Ne sei sicura? Ti spiace se provo alcune combinazioni?

– Ma certo, figurati.

Mentre Selma tirava fuori il portatile, Emilie prese un tubetto di Mentholatum dal tavolino, svitò il tappo e si spremette sulla mano una quantità notevole di quella pomata trasparente e puzzolente, che si passò con cura sulla pelle sotto e intorno al naso.

– Qual è la tua data di nascita? – le domandò Selma con il tono piú gentile di cui fu capace.

– A che ti serve?

– A provare qualche codice.

– 23 aprile.

– Di che anno?

– 1995.

Selma ci pensò su un attimo prima di tentare con la soluzione piú scontata.

«Emilie230495».

Password errata.

«Emilie23041995».

Password errata.

Selma aveva molta piú esperienza di Lars in fatto di computer e quindi non aveva altrettanta paura che il file si bloccasse o si cancellasse dopo tre password sbagliate. Per questo ritentò con altre combinazioni usando il nome della compagna, forse non cosí amata, di Jonathan e la sua data di nascita.

– Ci sei riuscita? – le chiese Emilie mentre sorseggiava il latte di avena macchiato che Selma le aveva appoggiato sul tavolino.

– Mah. No. Jonathan aveva un cane? Un gatto? Qualche animale domestico?

– Oddio, no! Aveva paura degli animali. Terrore puro. Interesse zero per gli animali. Era una delle cose su cui litigavamo sempre. Io volevo un cane. O un terrario, soprattutto. Adesso sono libera di poterlo fare. Non appena avrò i soldi, mi comprerò un drago barbuto. Anzi, una coppia. Cosí avremo dei piccoli. Cioè, cosí avranno dei piccoli.

Che la loro relazione non fosse stata un grandissimo successo ora appariva piú chiaro anche a Selma.

Non avrebbe mai dovuto cercare quella donna.

– Non ne esco, – dichiarò. Cominciò a mettere via il portatile. – Ma valeva la pena fare un tentativo. Grazie per la tua disponibilità.

Nel momento in cui si alzò, le caddero gli occhi su una raccolta di fotografie disposte su una mensola. Una in particolare catturò la sua attenzione. Si avvicinò di qualche passo. Intorno a un angolo della cornice c'era un nastrino di velluto nero, di quelli da lutto.

– Una foto grottesca, – commentò Emilie dal divano. – La tengo lí piú che altro perché fa scena. Per il momento, almeno. I genitori di Jonathan ne hanno data una a tutti quelli che lo conoscevano. O meglio, a quelli che gli erano... vicini. Secondo me una bella fotografia di quando era vivo sarebbe stata un ricordo migliore. L'uomo in primo piano sulla destra è quello di cui ti ho parlato.

– Chi?

– Allan. Allan Strømme. Il miglior amico di Jonathan dai tempi dell'asilo.

La foto era stata scattata nel momento in cui la bara con i resti di Jonathan veniva portata fuori dalla cappella. Sotto l'aspetto visivo era ben fatta. Era stata scattata un po' dal basso, in modo da far risaltare i volti di chi portava la cassa. Erano tutti uomini.

Emilie si era alzata. Per fortuna non si era avvicinata a Selma, ma era rimasta a un paio di metri di distanza.

A lei non importava. Era concentrata sull'uomo davanti, a destra. Era sicura di averlo già visto. Da qualche parte, di recente, ma non le veniva in mente dove.

– Allan Strømme, – ripeté piano. – E dove lavora?

Domanda inutile, perché in quel momento si ricordò dove

l'aveva visto. Sulla foto di un giornale. Sull'«Aftenavisen», pensò sicura, quando lei e Lars avevano cercato informazioni sulla consulente speciale Alvhilde Leonardsen del ministero dell'Infanzia e della famiglia. La donna esultante era circondata da tre uomini sudati che avevano fatto parte della squadra classificatasi al dodicesimo posto alla Holmenkollstafetten nella categoria *Seconda squadra mista maggioranza donne*. Avevano battuto quella della procura generale di diciassette secondi e ne erano palesemente orgogliosi. Allan Strømme era a un'estremità del gruppo e teneva in mano una bottiglia di Gatorade.

– Allan? – disse Emilie. – Allan è giurista e sociologo. Lavora al ministero dell'Infanzia e della famiglia. Lui e Jonathan erano culo e camicia. A partire da quest'estate, come ti dicevo, erano quasi sempre insieme.

Starnutí ancora una volta prima di aggiungere: – Quasi come se condividessero un segreto.

Venerdí 13 settembre

Pranzo

Era un giorno fortunato. A dispetto della data.

Leon Winther era sopravvissuto al drammatico incidente con un autoarticolato. Per un pelo, da quanto aveva capito Selma quando Lars l'aveva chiamata alle cinque e mezzo di mattina. Finalmente stava per concludere una notte di sonno degna di quel nome e Lars avrebbe potuto aspettare ancora un po' prima di telefonarle ma, come si sa, è sempre difficile tenere per sé le belle notizie. Piangendo, le aveva raccontato piú dettagli di quanti Selma fosse interessata a conoscere delle ore terribili che aveva passato. Visto che tanto l'aveva svegliata, lei aveva collegato gli auricolari al cellulare e si era alzata mentre parlavano.

Per la precisione, mentre lui parlava. Senza sosta. Di un bacino rotto e di un'operazione durata sette ore. Di uno sventato arresto cardiaco e della moglie che alla fine era svenuta. Dei medici fantastici e dei litri di caffè che aveva ingurgitato. Alla fine, Selma fece finta che fosse caduta la linea e, per impedirgli di richiamarla, gli mandò un sms: «Caro Lars, che notizie meravigliose! Adesso pensa alla tua famiglia, ci sentiamo dopo. Statemi bene, Selma».

Leon era vivo, quindi la visita a Emilie Sundet non era stata inutile.

Tra non molto Lars sarebbe tornato quello di prima. Per un attimo lei aveva provato l'impulso di interromperlo per raccontargli del colpo di fortuna che aveva avuto in Bergensgata il giorno prima, ma probabilmente sarebbe stato un gesto esagerato: lui aveva ben altro a cui pensare.

Quando fece il suo ingresso al *Sagene Lunsjbar* a mezzogiorno meno cinque, Selma si era quasi pentita di aver accettato l'invito di Fredrik Smedstuen. Aveva trascorso la mattinata ad appurare se in effetti Allan Strømme lavorasse ancora al ministero dell'Infanzia e della famiglia e che abitasse nel quartiere di Mortensrud. Il primo pensiero di Selma era stato quello di chiamarlo, ma aveva capito subito che sarebbe stata una sciocchezza. A rigor di logica doveva essere lui la fonte di notizie che Jonathan aveva al ministero. Forse erano sempre sue le registrazioni audio memorizzate sulla chiavetta di Jonathan. In tal caso si sarebbe aperta la possibilità di accedere ai file zip senza dover decriptare la password.

D'altro canto, non era scontato che Strømme intendesse collaborare. Era necessario elaborare un piano d'azione. Selma doveva farlo da sola, ma come prima cosa bisognava affrontare quel pranzo.

Quasi non lo riconobbe.

Anche l'ispettore era arrivato in anticipo e ora sedeva a un tavolo accanto alla finestra. Il ristorante era quasi vuoto. Si era tagliato i capelli. Completamente. La testa era rasata, soltanto una vaga ombra tradiva che le ciocche originarie rimaste erano già scarse. Si era regolato anche le sopracciglia che, da un'unica massa spessa e cespugliosa, si erano trasformate in due tratti decisi che gli conferivano un'aria da aquila. La camicia, quella che fino a quel momento era sempre stata azzurra e stropicciata, aveva lasciato il posto a una bianca e stirata di fresco, che si abbinava bene ai pantaloni chino di cui Selma vide uno sprazzo sotto il tavolo. Quando si accomodò, notò che il poliziotto profumava di bagnoschiuma e non emanava odore né di fumo né di Fisherman's Friend.

– Stai benissimo! – esclamò. – I capelli rasati a zero ti donano proprio.

– Grazie, – borbottò Smedstuen, richiamando con la mano l'attenzione della cameriera. – Come va il braccio?

– Ah, questa, – disse Selma toccandosi disinvolta la ferita, a cui aveva cambiato la fasciatura quella mattina stessa. – Non mi dà quasi piú fastidio. Si è rimarginata bene. Tra non molto dovrò farmi togliere i punti.

Smedstuen spinse il menu verso di lei.

– Offro io. Prendi quello che vuoi. E una birra, se ti va, anche se è un po' presto.

– Non bevo, – rispose Selma.

– No. Giusto. In effetti lo sapevo.

– Prendo un'insalata di pollo, grazie. E una Pepsi Max con ghiaccio. Di cosa mi volevi parlare?

– Vai dritta al punto, eh?

– È meglio per tutti e due.

La cameriera, una donna esile con alcune ciocche di capelli tinte di rosa, si avvicinò. Fredrik ordinò da bere e da mangiare.

– Be', – le disse una volta che furono rimasti soli. – Si tratta di Linda Bruseth.

Selma non si prese neppure la briga di annuire.

– Siamo arrivati alla conclusione che l'assassino aveva nel mirino proprio lei. Letteralmente parlando.

Abbozzò un sorriso impacciato, ma tornò subito serio.

– Che rimanga tra noi, ma è anche tutto quello che crediamo di sapere.

– Nessuna pista?

– Siamo ancora in una fase iniziale delle indagini.

Selma si sporse leggermente in avanti.

– Questa frase fatta significa soltanto una cosa, – commentò a bassa voce. – Che non avete in mano niente. Dovreste trovare qualcosa di nuovo da dire quando non sapete che pesci pigliare.

– Questo è sicuro. Ma...

Smedstuen si contorceva sulla sedia. Era come se non si trovasse del tutto a proprio agio in quell'abbigliamento nuovo. E neppure con la pettinatura, dato che continuava a passarsi la mano sul cranio rasato.

– A essere sincero, – riprese alla fine, – facciamo fatica a trovare un movente. Linda Bruseth era una donna pia e ingenua che arrivava dalla campagna.

– Pia non direi, – commentò Selma. – Ma capisco cosa vuoi dire. In effetti non avrebbe fatto male a una mosca.

– Anche se pensi che siano frasi fatte, le indagini sono solo all'inizio. Abbiamo passato al setaccio tutta la sua vita. Finanze, dissapori, nemici... – esitò per un attimo, – e politica. Abbiamo soltanto cominciato. Ma al momento...

Spalancò le braccia.

– ... sembra che sia tutto in perfetto ordine, – fu Selma a completare la frase per lui.

– Sí. Almeno per quanto riguarda la sfera privata. E-mail, sms, account sui social, log delle conversazioni... stiamo analizzando tutto. A quanto pare, la sua vita matrimoniale era molto soddisfacente. I figli sono bravi ragazzi che si sono sempre comportati bene. Oltretutto il primogenito ha dichiarato di voler subentrare nella gestione della fattoria che posseggono da generazioni. Proprio come i genitori hanno sempre desiderato. Linda e Ingolf vivevano secondo le proprie possibilità, non c'è nulla da dire sulla loro situazione economica. Anzi, hanno messo da parte un po' di soldi. Non si tratta di un capitale, ma abbastanza da ristrutturare la casa in cui si sarebbero trasferiti quando il figlio avrebbe preso le redini della fattoria, e in tasca gli sarebbe rimasto ancora un certo gruzzolo. Nel paesino in cui era nata e cresciuta non era soltanto popolare, ma oserei dire che fosse…

Schioccò le labbra, come assaporando la parola.

– Amata. Apprezzata. Molto stimata.

– Non altrettanto in Parlamento.

– Mah. Non credo ci fosse qualcuno che la detestava proprio. Non in base a quanto abbiamo appurato. L'opinione piú frequente era che non avrebbe dovuto starci, in Parlamento. Lo Stortinget era troppo grande per lei. Ho parlato personalmente con due suoi colleghi del Vestfold ed entrambi mi hanno confermato che non l'avrebbero ricandidata.

La cameriera era tornata con la Pepsi Max e l'acqua. Selma e Fredrik attesero in silenzio che riempisse i bicchieri e si allontanasse.

– Non lo voleva neanche lei, – disse Selma a bassa voce. – In effetti ne avevamo parlato quel giovedí. Appena prima che morisse. Era pentitissima di essersi lasciata sedurre dalla tentazione di avere un mandato sicuro.

Fredrik annuí.

– Anch'io ho questa impressione. La cosa piú strana è che… Come sai, qui in Norvegia i politici sono vittima di mobbing e di ogni genere di schifezze. Sui social, via e-mail, per sms, ovunque.

– Ma non Linda.

– Sí, invece.

Selma si sentí per un attimo confusa.

– No… ne abbiamo parlato un paio di volte e ha sempre detto che non c'era nessuno che le dava fastidio.

– Invece sí. Non molto, e i messaggi che ha ricevuto non sono tra i peggiori che mi sia capitato di vedere. Comunque.

– E riguardavano cosa?

– Era stata la relatrice di una cosiddetta «proposta Documento 8».

Smedstuen prese il bicchiere e, dopo aver bevuto metà del contenuto, continuò: – A essere sincero, non so neppure con esattezza cosa sia una proposta Documento 8, ma...

– In realtà si chiama «proposta parlamentare», – disse Selma. – Può riguardare il bilancio, questioni giuridiche e altre cose, ma viene avanzata da uno o piú parlamentari. Non dal governo come al solito. Però, proprio come nel caso di progetti di legge importanti, viene spedita all'apposita commissione, che in seguito riferisce le sue conclusioni in Parlamento. È come... Fregatene.

Selma sentiva già che aveva fatto bene ad accettare quell'invito a pranzo. Che Linda fosse stata la portavoce di una proposta in cui si chiedeva di ampliare il potere d'intervento dei servizi sociali in casi urgenti incentrati sull'affido di minori, lo aveva già scoperto lunedí. Era stata proprio quell'informazione a farle intravedere l'esistenza di un filo sottilissimo che collegava il lavoro giornalistico incompiuto svolto da Jonathan Herse e la sua amica morta. Prima era stata troppo sbrigativa e aveva liquidato quella storia pensando che si trattasse solo di una casualità, ma adesso si sentiva meno sicura.

– Questi sono i messaggi che le erano arrivati, – disse Fredrik.

Per qualche secondo digitò sul cellulare, poi lo passò a Selma. Lei vide un documento Word che riportava sette sms.

«Non te lo perdoniamo perché sai cosa stai facendo», diceva il primo.

Niente di cosí terribile, pensò Selma continuando a leggere.

«Verrà a prenderti Satana in persona. Sappiamo dove abiti».

Triviale e comico, pensò.

«La proposta implica l'ulteriore irrigidimento di una politica che è già in contrasto con i diritti umani e la convenzione sui diritti dell'infanzia. Fai attenzione».

– Non la si può considerare una minaccia.

Selma tenne il cellulare in modo che l'ispettore potesse vedere a cosa si riferiva, poi scrollò velocemente gli ultimi quattro messaggi.

– Ho visto di peggio, – aggiunse restituendogli il telefono. – Molto peggio.

Lui annuí.

– Anch'io. Credimi. Ma...

Smedstuen premette il pollice e l'indice sulle palpebre e se le sfregò con forza. Sembrava che cercasse disperatamente di svegliarsi. Quando smise, aveva gli occhi rossi.

– Sai che è morta la giudice della Corte suprema Kajsa Breien?

– Be'... sí! Notizia di ieri, Fredrik.

– Si sarebbe tolta la vita.

– Non ci credo.

I loro sguardi si incrociarono.

– Neanche tu?

In quel momento apparve la donna con le ciocche rosa. Dopo aver appoggiato l'insalata davanti a Selma e l'hamburger con la salsa al roquefort davanti a Smedstuen, augurò loro buon appetito e se ne andò.

Continuarono a guardarsi negli occhi.

– No, – disse Selma alla fine. – Non ci credo.

– Neanch'io. Non appena ce lo assegneranno, lo tratteremo come un caso di omicidio. È cosí palese che ci sarebbe quasi da ridere. Se la cosa non fosse tanto seria.

Nessuno dei due toccò il cibo, né prese le posate.

– La conoscevi? – le domandò Fredrik. – La giudice Breien?

Selma si strinse nelle spalle. Si portò la mano alla ferita, ma la staccò quasi subito.

– Se partiamo dall'accezione moderna del concetto di «conoscere qualcuno», sí. Assolutamente sí. E per quanto i suicidi improvvisi e inaspettati non siano un fenomeno sconosciuto, quando ho... appreso la notizia, l'ho accolta con grande scetticismo.

– Non l'ho mai incontrata di persona, – disse Fredrik. – Però in cambio ho visto la scena del crimine.

Abbassò gli occhi sull'hamburger e, dopo aver afferrato coltello e forchetta, tagliò un boccone a mo' di prova. Insieme alla carne, riuscí a infilzare soltanto un pezzetto di pane. Selma, che aveva appoggiato i gomiti ai lati del piatto, teneva il mento su una mano chiusa a pugno.

– Posso chiederti perché hai tirato in ballo il nome di Kajsa Breien?

Smedstuen tagliò un pezzo piú grande e se lo infilò in bocca. Masticò a lungo, ripeté l'operazione e alla fine, appoggiate le posate, si pulí le labbra con il tovagliolo.

– Certo che puoi chiedere. La risposta è un po' piú... Si portò la mano destra all'altezza del viso e la fece oscillare velocemente da un lato all'altro con il palmo rivolto verso il basso.

– Non so bene cosa dire. Non capisco perché, ma ho una sensazione che mi perseguita.

– Mi sembra una risposta un po' vaga.

– Sí.

Selma sapeva benissimo qual era il problema. Quando lo aveva incontrato nel ripostiglio dell'ospedale di Ullevål quella che, incredibile ma vero, era soltanto una settimana prima, l'ispettore Fredrik Smedstuen era un perfetto sconosciuto. Però lei conosceva il tipo. Aveva già avuto modo di imbattersi in persone come lui durante la sua carriera di avvocata.

Fredrik era un poliziotto passivo.

Voleva andare sul sicuro. Sempre. Non faceva mai nulla di sbagliato, e altrettanto raramente qualcosa di spettacolare. Intendeva arrivare alla pensione con calma e senza correre rischi: un corpulento cavallo da lavoro che non contravveniva mai alle proprie abitudini, che in cambio conosceva a memoria.

Non c'era nulla di male in quel genere di poliziotti. Anzi. Le esperienze che Selma aveva avuto con loro erano migliori di quelle condivise con la categoria di quei poliziotti acuti e zelanti che puntavano alla carriera. Di norma questi ultimi erano piú giovani di Fredrik e vedevano davanti a sé un futuro cosí luminoso da non avere né il tempo né la voglia di occuparsi di casi noiosi.

Moltissimi invece lo erano.

Eppure, bisognava affrontarli e risolverli.

Ogni tanto dietro personaggi come Fredrik Smedstuen si nascondeva una miniera d'oro. La tenacia, la pazienza e la volontà di usare il tempo necessario potevano costituire un patrimonio di esperienze davvero unico. L'ispettore non era pigro, e si vedeva. Anche se aveva utilizzato molte energie per soffocarla, in lui era sempre viva una certa curiosità. Quando lo aveva incontrato in ospedale, Selma aveva provato per lui una repulsione immediata. Adesso non era piú cosí sicura. Nello sguardo di quell'uomo era apparso qualcosa di nuovo, un che di tagliente, rapido e indagatore. Aveva preso il coraggio di invitarla fuori a pranzo, ma non era ancora sicuro di potersi fidare di lei. Seduto dal lato opposto del tavolo, con una posata in mano e le altre sul tavolo, Selma colse in lui anche un nervosismo che non era solo di carattere professionale.

Fredrik doveva aver scoperto un po' in ritardo che era imbarazzante ordinare un hamburger gigantesco quando Selma aveva preso soltanto un'insalata. Adesso non sapeva come finirlo, conscio di essere in sovrappeso. Dopo averne mangiato un altro pezzo, Smedstuen inforcò una patatina.

– Parla, – gli disse Selma con voce tranquilla. – Rimane tra noi. Cos'è che... senti? Mi riferisco a questo caso.

– Questi casi, – la corresse lui quando ebbe finito di masticare. – Hai presente Birger Jarl Nilsen?

– Certo. L'ho incontrato due volte.

Gli sorrise aggiungendo: – Oltretutto c'eri anche tu in entrambe le occasioni.

Il poliziotto scostò il piatto.

– Secondo lui c'è qualcosa di strano nell'assassinio di Linda Bruseth, – disse piegando il tovagliolo. – Qualcosa di ostentato, come se l'omicidio...

Si inumidí le labbra. Il cucuzzolo della testa era ancora piú lucido, stava sudando.

– Contenesse un messaggio, – concluse Selma.

Smedstuen alzò lo sguardo e la fissò stupito. Aveva gli occhi ravvicinati e giallastri, ricordavano una sfumatura torpida di castano chiaro.

– Ho parlato con Birger Jarl, – gli disse lei. – Subito dopo la ricostruzione. Conosco la sua teoria.

– Ci credi?

– Tu?

– Mah. Se non fosse per Kajsa Breien, l'avrei liquidata subito come una sciocchezza campata in aria. Da come la vedo io, la teoria di Birger Jarl potrebbe riguardare anche lei.

Selma si sentí avvampare di colpo. Non aveva ancora toccato cibo. Si raddrizzò sulla sedia, poggiò i palmi sul tavolo.

Si rese conto che era proprio quello che l'aveva colpita. Il giorno prima, quando Lars non aveva ancora ricevuto il terribile messaggio su Leon e lei stava andando a farsi una doccia. Un angelo aveva attraversato la stanza, ma lei non era riuscita a cogliere quello che cercava di dirle.

– Tutto bene? – sentí che le diceva la voce di Smedstuen. Pareva cosí lontana.

– Sí, – gli rispose costringendosi a sorridere. – Anch'io ho avuto una sensazione analoga. Senza riuscire a darle un nome. Se la morte di Kajsa Breien è davvero imputabile a un crimine, nell'*allestirla* come se fosse stato un suicidio, l'assassino ha...

Si irrigidí per un attimo prima di allontanare ancora di piú l'insalata intatta e prendere il cellulare. Nel momento in cui stava per googlare qualcosa, Fredrik allungò la mano e l'appoggiò sulla sua. Selma lo guardò sorpresa, quasi scioccata.

– Non hai bisogno di cercare su Internet, – le disse piano.

Stranamente la pelle dell'ispettore era calda e asciutta. Le lasciò la mano, come se si fosse scottato, poi si chinò verso di lei dicendo: – Nell'ultimo anno la Grande Camera della Corte europea dei diritti dell'uomo ha pronunciato tre sentenze contro la Norvegia, – disse Fredrik con voce cosí bassa da sembrare un sussurro. – È un fatto gravissimo, anche se nel nostro Paese non è finito sotto i riflettori. Adesso c'è una coda molto lunga di casi analoghi che sono in attesa di essere presi in considerazione e, da quanto ho capito, lo Stato ne perderà la maggior parte. La Norvegia, Selma! La nazione che si è autoproclamata il faro d'Europa quando si parla dei diritti dell'infanzia sta per sputtanarsi a livello internazionale! Indovina chi era il giudice della Corte suprema responsabile della prima stesura della sentenza dei due casi piú controversi?

Non era necessario.

– Merda, – esclamò Selma. – Era proprio quello che stavo cercando in rete. Se Kajsa Breien fosse stata giudice in qualche caso importante che riguardava la tutela dei minori.

– L'avevo capito.

– C'entra... con i servizi sociali?

Adesso toccò a Smedstuen sorridere, anche se non aveva un'aria particolarmente felice.

– Esatto. Forse. C'è da dire che... la gente a cui vengono tolti i figli e che decide di imbarcarsi in crociate contro il sistema, è completamente...

Con l'indice si batté piú volte la tempia mentre guardava verso l'alto.

– Intendi dire che potrebbero...

– Non intendo dire niente. Non al momento. Però sembra che ci sia un nesso. Forse. Potrebbe esserci. Non so. Tuttavia...

– *Shhh*.

– Cosa?

– *Shhh*, – ripeté Selma con voce tagliente chiudendo gli occhi. – Aspetta un attimo.

Dei puntini verdi le ballavano davanti agli occhi. Cercò di rilassarsi, di fare in modo che i pensieri andassero da soli al loro posto. Non doveva sforzarsi. Non doveva usare la logica. Arricciò le labbra e inspirò a fondo dal naso.

– I tre poteri dello Stato, – se ne uscí alla fine rialzando le palpebre.

– Cosa vuoi dire?

– Linda era la relatrice di una proposta che intendeva concedere poteri maggiori ai servizi di assistenza all'infanzia. Era a favore della modifica, ma la commissione aveva espresso parere negativo. La proposta non è mai stata approvata. In altre parole, Linda non poteva essere considerata responsabile dell'operato dei servizi sociali. Può essere stata piú un... simbolo.

– Di cosa?

Senza che nessuno dei due se ne fosse accorto, era comparsa la cameriera.

– Non andava bene? – chiese sgomenta guardando i loro piatti.

– Andava benissimo, – borbottò Fredrik senza guardarla. – Lascia pure tutto qui.

La donna si allontanò con aria leggermente risentita. L'ispettore ripeté: – Un simbolo di cosa?

– Del Parlamento. Il primo potere dello Stato.

Cadde il silenzio. Selma prese il bicchiere di Pepsi Max e se lo portò alla bocca. Aveva la gola secca, ma il braccio era come privo di forze. Dovette appoggiare il bicchiere.

Fredrik si prese la testa tra le mani.

– Il potere giudiziario, a cui apparteneva Kajsa Breien, è il...

– Il terzo, – lo interruppe Selma. – Il sistema giudiziario rappresenta il terzo potere dello Stato. Se Kajsa è stata uccisa per lo stesso motivo di Linda, significa che non è morta perché era la giudice che aveva emesso alcune sentenze che poi sono state respinte a Strasburgo. Anche lei potrebbe essere un simbolo. Del terzo potere dello Stato.

Dopo una breve pausa Selma aggiunse: – Come sai, il governo rappresenta il secondo.

– Questo significa... significa...

Fredrik non riuscí a completare la frase, ma Selma annuí.

– Sí, – gli disse. – Se adesso siamo arrivati a qualcosa di consistente, significa che attualmente potrebbe essere rischioso far parte del governo. Pensando al valore simbolico che sembrerebbe cosí fondamentale per l'assassino, direi che il pericolo maggiore lo corre il ministro dell'Infanzia e della Famiglia.

Fredrik era impallidito. Continuava a tenersi la testa tra le mani e sulla camicia gli erano comparse delle macchie scure in corrispondenza delle ascelle. Aveva le labbra umide e la voce gli tremò un po' quando esclamò abbassando le mani: – Che cazzo facciamo, Selma? Che cazzo facciamo se è vero?

– Niente. Assolutamente niente. Si tratta soltanto di ipotesi. Elucubrazioni mentali. Stiamo tirando a indovinare, Fredrik, non sappiamo nulla. Temo che non possiamo fare niente.

Lei invece sapeva con esattezza cosa avrebbe fatto, ma c'era un limite a quello che intendeva condividere con un poliziotto.

Soprattutto uno che conosceva a malapena.

Inoltre, Selma aveva fretta.

L'intervista

– Come sarebbe che «l'hai già fatto»?

Selma era andata a casa di Einar Falsen in Toftes gate con passo cosí veloce da essersi presentata sudata fradicia. Adesso era seduta in poltrona con in mano un bicchiere d'acqua piú o meno pulito. Non era molto fredda. Einar non aveva mai la pazienza di aspettare che scorresse a sufficienza nelle tubature probabilmente arrugginite dello stabile. Le bastò un sorso per appoggiare il bicchiere.

– L'ultima volta che sei stata qui ti sei dimenticata di portar via il computer, – le sorrise Einar gongolante. – Allora ho pensato di rendermi utile e cosí è stato. Ho pensato che magari avevi bisogno di una mano per braccare il tuo *stooolker.*

Con il portatile sulle gambe, protetto sia dal foglio di alluminio sia dalla cover di *Star Wars* laccata di grigio, Einar sembrava un gatto davanti a una ciotola di panna. Caso strano, non si era infilato il casco. Selma ne dedusse che fosse troppo preso per ricordarsi del suo terrore per le radiazioni.

– Ma cos'hai… Come…

Selma scosse la testa. Quando era arrivata cinque minuti prima, gli aveva chiesto di provare a rintracciare il giovane che quell'estate si era messo in contatto con lei. Era il 26 giugno, Selma stava facendo jogging e l'uomo era sconvolto. Aveva l'aspetto di un drogato, si era dimenticata il nome e le poche cose che ricordava del caso in questione non lasciavano molte speranze sulla possibilità di scovarlo.

– Davvero hai scoperto chi è?

– Mah…

Einar la tirava per le lunghe. Il suo sorriso non era piú radioso come prima.

– Non ho il nome, ma ho… Vieni qui.

Come sempre batté la mano sul divano per invitarla a sedersi accanto a lui. Come sempre Selma cercò di spingere via il gatto, ma l'animale, che non ne voleva sapere, rimase disteso tra i due facendo le fusa.

– Ho letto sul giornale che esistono in rete gruppi che sono contro i servizi sociali, – esordí Einar Falsen stranamente tranquillo. – Pensano tutti che il sistema norvegese per la tutela dei minori sia un abominio. Che sia composto da un branco di persone che hanno un unico scopo nella vita: distruggere quella altrui. Che rubano i figli a persone come si deve. Si servono di espressioni come «mercificazione dei servizi sociali» e «trafficking».

– Sí, – borbottò Selma. – Esistono gruppi del genere.

– Ho tenuto conto di quello che mi avevi detto di quell'uomo. Non era molto, ma era pur sempre qualcosa.

Non aveva ancora aperto il laptop, né agitava le mani con la stessa enfasi che usava di solito quando parlava. Era come se si sforzasse di essere la persona che era stata troppo tempo prima: un poliziotto amato e rispettato.

– Le informazioni in mio possesso erano che fosse giovane. Ho immaginato sotto i trenta. Desiderava fare causa al ministero e sosteneva di essere stato vittima di funzionari corrotti…

– Non è quello che sostengono tutti quanti?

– Aspetta. Mi hai anche detto che secondo te era un drogato che voleva dei soldi. In altre parole, sapevo quattro cose di quel tizio.

Selma annuí mentre fissava impaziente il computer.

– Allora mi sono detto, – riprese Einar sempre piú eccitato, – che se aveva avuto le palle di bloccarti in piena mattina ed era cosí sconvolto, forse lo era perché aveva provato di tutto? Per esempio a contattare uno dei gruppi che ti citavo prima. Queste persone si incontrano in rete. Di solito creano gruppi chiusi su Facebook, ma molte hanno un proprio sito. Sono anche riuscito a farmi ammettere in alcuni di questi gruppi chiusi su Facebook.

Sfoderò un altro sorriso. Selma era riuscita a portarlo dal dentista in primavera. Non era stata una bazzecola. Alla fine, era dovuta ricorrere all'aiuto di uno specialista in odontofobia a Sandefjord. Ciò che terrorizzava Einar non era il dolore, ma le apparecchiature. Dopo due ore di terapia introduttiva, avevano optato per un'anestesia totale. Tre visite e cinquantamila corone (sborsate da Selma) dopo, Einar era di nuovo in grado di sorridere.

– Trovarli su Internet, – continuò lui, – è semplice. Basta googlare «servizi sociali» e aggiungere qualche parola negativa, tipo «soprusi» e «ladri di bambini» e appaiono subito. Ho trovato almeno venti siti. Uno piú folle dell'altro. All'apparenza.

– Non solo all'apparenza.

– Se si legge quello che c'è scritto con una certa benevolenza, come è giusto che sia, il quadro non è soltanto bianco o nero.

Finalmente aprí il portatile che teneva in grembo.

– Mi sono concentrato su tre di questi gruppi, – disse chinandosi a prendere il casco sul pavimento. – I piú grandi e professionali.

Si fissò per bene il cinturino sotto il mento.

– Adesso vedi. Il sito che si chiama *servizisocialiminori.no* sembra il piú serio. Sembra un po' un giornale online. Pubblica link che rimandano a casi estrapolati dai media tradizionali, ma è nello spazio dedicato ai commenti che la cosa prende tutta un'altra piega. Non si tratta neanche del consueto spazio per i commenti, piuttosto di un invito a scrivere articoli propri. Ci trovi un mucchio di roba strana. Molta rabbia. Un numero spropositato di errori d'ortografia. C'era una donna, di Stavanger, credo...

Scoppiò a ridere, e per un attimo parve sul punto di richiudere il computer.

– Non divagare, – gli disse Selma decisa, costringendolo a tenere aperto lo schermo.

– No. No. Io il filo del discorso non lo perdo mai. Mai.

Si strinse ancora di piú il casco sulla testa.

– Mi sono concentrato su un lasso di tempo che va da un po' prima a subito dopo il 26 giugno.

– E? – lo spronò Selma quando lui non continuò.

– Non ho trovato niente di interessante.

Con un profondo sospiro lei deglutí. Gli posò piano la mano sulla sua.

– Potremmo saltare tutti i siti dove non hai trovato niente? E concentrarci subito su quello che hai scoperto?

– Buona idea. Buona idea.

Usando entrambi gli indici Einar prese a digitare sulla tastiera. Sul monitor apparve una pagina intitolata *Furtodibambini.no*. Anche quella pareva affidabile. In alto c'era il link a un articolo scritto da un famoso giurista specializzato in diritti umani. Subito sotto c'era un'intervista all'assessore per le politiche di tutela dell'infanzia del Comune di Oslo.

– Adesso vedrai, – le disse Einar. Gli era tornata la carica nella voce.

Picchiò con tale violenza sui tasti da far vibrare il computer.

– Questo!

Batté le dita sullo schermo con altrettanto impeto. Per un attimo Selma ebbe paura che si rompesse.

– Cos'è? – gli domandò.

– Un'intervista con un uomo giovane, la cui identità è coperta da anonimato, che ricorda molto il tipo che hai descritto. È stata pubblicata il 21 giugno, quindi cinque giorni prima che lo sconosciuto ti fermasse mentre correvi. Credo di aver letto un centinaio di casi del genere. Questo è l'unico con tutte e quattro le caratteristiche che contraddistinguono il personaggio in questione.

Lei prese il computer e se lo mise sulle gambe. Da non credere. Era andata da Einar per coinvolgerlo in un progetto che era quasi condannato a priori al fallimento: trovare l'uomo senza nome che l'aveva contattata un giorno d'estate di circa tre mesi prima e a cui lei non aveva piú pensato per parecchio tempo.

Adesso Selma aveva l'impressione di imbattersi nei servizi sociali continuamente e ovunque. A dire il vero si stava occupando di tre casi. Il primo riguardava Lars e l'eredità lasciata da Jonathan Herse, di cui nessuno di loro due capiva molto. Il secondo era quello in cui l'aveva trascinata Fredrik Smedstuen: il movente misterioso che aveva spinto qualcuno a uccidere una persona di buon cuore come Linda Bruseth. Il terzo, e a suo avviso quello di gran lunga piú importante, era scoprire chi si infiltrava furtivamente nella sua tana e la tormentava lasciandole piccoli segni beffardi per farle capire che la conosceva da sempre.

Avrebbe potuto fregarsene di Lars e Fredrik.

Erano persone adulte, ciascuna con il proprio lavoro e la propria vita, e oltretutto non era prevista nessuna ricompensa per i suoi sforzi. Normalmente Selma avrebbe girato le spalle a Fredrik. Non era compito suo aiutare la polizia. Con Lars si sarebbero supportati a vicenda, come facevano di solito quando si aiutavano l'un l'altra. A dire il vero erano state piú le volte in cui lei gli aveva dato una mano che il contrario, per cui Selma avrebbe potuto decidere di chiudere la storia della cartellina se lo avesse voluto. In effetti, nel profondo del suo cuore, era quello che voleva.

Eppure, si coglieva uno strano disegno in tutta quella situazione.

– Hai intenzione di startene lí cosí? – le domandò Einar di colpo.

– Sí. Ancora un attimo. Aspetta solo un attimo.

Einar si alzò e andò in cucina. Micio saltò giú per seguirlo. Selma stava cercando con tutte le sue forze di completare un ragionamento che continuava a sfuggirle. Riguardava un cliente potenziale, disperato nei confronti dei servizi sociali, ma anche furibondo verso il ministero da cui dipendevano. A quanto pareva, era lí che lavoravano i personaggi principali citati in un file protetto da password e lasciato da un giornalista morto. Dal canto suo Linda, uccisa in un attentato che sembrava privo di ragioni, faceva parte della commissione parlamentare responsabile dei casi che secondo il ministero dell'Infanzia dovevano essere mandati al vaglio del Parlamento.

Le ronzava la testa.

– Un giornalista morto, – esclamò parlando nel vuoto.

– Cosa? – disse Einar fermandosi in mezzo alla stanza.

Aveva una ciotola di patatine al formaggio per sé e una Pepsi Max per Selma.

– Niente, – rispose lei scuotendo la testa, piú per schiarirsi la mente che per liquidare Einar.

Il ritrovamento di Kajsa Breien il giorno prima aveva complicato ulteriormente il quadro che Selma tentava di svelare. Ricordava uno di quei disegni dove bisognava unire i puntini con la matita per scoprire l'immagine nascosta, solo che stavolta nessuno li aveva numerati. Anche la giudice della Corte suprema era in contatto con i servizi sociali, anche lei era stata quasi di sicuro uccisa. In maniera eclatante.

– Senti un po', – intervenne Einar, quasi brusco. – Ho lavorato come un mulo e tu te ne stai lí cosí!

– Scusa.

Selma lesse l'intervista.

L'uomo, a cui era stato dato il nome fittizio di Ola, aveva trent'anni. Piú di otto anni prima aveva avuto un figlio dalla sua compagna. La relazione non era durata a lungo. Non era chiaro, ma pareva che la donna incinta fosse malata quando Ola si era eclissato. Mentre lei aveva già un lavoro, Ola progettava di studiare all'estero. La donna era poi morta della stessa malattia di cui aveva sofferto per tutto il tempo; il bambino aveva allora tre anni. Dal momento che Ola si trovava all'estero, nessuno lo aveva messo al corrente dell'accaduto. Quando era tornato nel 2018, era venuto a sapere della tragica scomparsa della sua ex compagna. Ovviamente voleva subentrare nell'affido del proprio figlio biologico.

La cosa era risultata impossibile.

Il bimbo abitava con la nonna materna e il suo nuovo marito, che aveva reso un inferno la vita di Ola. I coniugi stavano per ottenere l'adozione del «piccolo Phillip», probabilmente anche questo era un nome inventato. I servizi sociali non sembravano aver compreso a pieno l'importanza di avere un vero padre, ma avevano passato al setaccio ogni dettaglio della sua vita a caccia di errori, macchie e condotte riprovevoli.

Come suggeriva vagamente l'autore dell'articolo, nella vita di un ragazzo si trova sempre qualcosa. Per un certo periodo Ola aveva fatto uso di droghe, e non sempre aveva avuto una fissa dimora. Anche i soldi erano stati ogni tanto un problema, aveva ammesso l'autore prima di elencare le tante qualità di Ola. Tra cui l'essere buono, gentile e sveglio. Adesso aveva un lavoro stabile, o quasi, e un'abitazione propria.

Selma aveva già sentito quella storia. Ne conosceva tante. Troppe, dai tempi in cui era ancora una giovane avvocata e, non potendo pretendere chissà che cosa, accettava casi che riguardavano minori. Un padre o una madre disperati, insieme o ognuno per conto suo, pieni di ottimismo al pensiero di prendersi cura dell'amato figlio. Di solito bastava grattare un pochino la patina luccicante con cui coprivano la loro esistenza per vederla andare in frantumi. L'abitazione era temporanea. L'abuso di sostanze stupefacenti molto piú pesante di quanto era stato dichiarato. Il lavoro che proclamavano di avere era precario e di norma già perso prima che il caso arrivasse al Fylkesnemnda.

Ola si era spinto oltre.

Sosteneva che lavorando al ministero dell'Infanzia e della famiglia la nonna del bambino aveva manipolato l'incartamento. Mentito su di lui. Fornito informazioni menzognere. Prodotto documenti falsi per dimostrare che lui sapeva a malapena che il piccolo Phillip esisteva. E le era stato possibile perché la donna faceva parte di un sistema a cui non importava nulla del bisogno che avevano i bambini di essere amati e appartenere alla propria famiglia biologica.

Selma sospirò sconsolata.

– Il bambino vive con la famiglia biologica. Dalla nonna. E con tutto il putiferio che comporta una causa di affidamento, suppongo che ami il nipote piú di ogni altra cosa.

– Vero, – commentò Einar, – ma provo una grande pena per quell'uomo.

– È questa l'intenzione. Questa storia è stata scritta allo scopo di rafforzare nel lettore l'impressione che i servizi sociali siano il braccio lungo del diavolo.

– Ma, può...

– Perché non hanno intervistato il suo avvocato? – domandò Selma in maniera retorica. – Se davvero ci fosse stato il sospetto di falsificazione dei documenti e di spergiuro da parte di funzionari dello Stato, «il giornalista»... – disegnò con le dita delle enormi virgolette, – avrebbe dovuto chiedergli o chiederle come stavano le cose, e probabilmente avrebbe ottenuto una versione diversissima. A meno che l'avvocato non fosse vincolato dal segreto professionale e in tal caso saremmo al punto di prima.

– Se ho ragione e si tratta dello stesso tipo che aveva chiesto il tuo aiuto, di avvocati non ne aveva. Lui voleva te!

– In quel momento, sí, però nella controversia precedente deve aver avuto un supporto legale. Era un suo diritto. Scommetto anche che aveva ottenuto l'assistenza gratuita, visto che era senza soldi. L'avvocato si sarà stufato del suo caso perché aveva capito che era impossibile procedere oltre.

– Tu non devi scommettere proprio, – le sorrise Einar. – Lo hai giurato.

Dopo aver appoggiato il portatile sul tavolo, Selma si reimmerse nei propri pensieri.

– Giornalista morto, – borbottò di nuovo.

– Cosa stai blaterando? – le domandò Einar irritato. – Ho lavorato come un pazzo per scoprire questo tuo *stoolker* e...

Con un sorriso veloce Selma gli mise una mano sul braccio per tranquillizzarlo.

– Grazie, Einar. Sono d'accordo con te, potrebbe anche essere questo il giovane che sto cercando. Però non abbiamo un nome.

– No. Ma hai quello del giornalista. Chiedilo a lui!

Einar le diede un bigliettino con un nome insignificante scritto in stampatello. Aveva trovato anche il numero di telefono. Selma diede una rapida occhiata al pezzetto di carta e se lo infilò nella tasca posteriore dei pantaloni.

– Grazie, – gli disse. – Sei un angelo. E sei diventato davvero un drago con Internet.

Si alzò. Quando lo guardò, lesse sul volto di Einar un palese disappunto.

– Voglio dire, – insistette. – Sono felicissima che tu sia arrivato a individuare questo... Ola. Non sappiamo se hai ragione, ma forse abbiamo fatto un passo in avanti per scoprire chi mi perseguita. Come faccia un personaggio del genere ad avere le conoscenze per entrare negli appartamenti in modo tanto ingegnoso e a sapere addirittura segreti che riguardano la mia infanzia rimane ovviamente un mistero, ma...

Dal momento che Einar sembrava ancora depresso, Selma spalancò le braccia e alzò il tono di voce.

– Grazie, Einar. Sono venuta qui per chiederti se per favore ti potevi occupare di questa faccenda e tu lo avevi già fatto! Ti ripeto, grazie. E te lo dico di cuore. È solo che...

I poteri dello Stato, le venne in mente.

– I poteri dello Stato, – esclamò.

– Eh?

– Esiste un quarto potere.

– Ehm... sí. La stampa.

C'era qualcosa di strano che riguardava la sequenza, pensò Selma, talmente immersa nei propri pensieri da non accorgersi neppure che Micio stava per pisciarle sulla borsa.

– Vergogna, – disse Einar in tono severo, riuscendo a scongiurare la catastrofe.

– Prima è stata uccisa Linda, – continuò Selma impassibile. – Una rappresentante del primo potere. Poi Kajsa Breien, del terzo.

Un'ora prima, mentre era al *Sagene Lunsjbar*, Selma congetturava l'ipotesi orribile che adesso sarebbe toccato al secondo potere: un membro del governo.

Aveva pensato che in tutto questo esistesse una specie di logica. Però era la sequenza a non quadrare. Il primo potere. Poi il terzo. Non sarebbe dovuto toccare prima al secondo, se quella macchinazione voleva essere una dimostrazione? Un messaggio? Primo, secondo, terzo. Se era quella l'intenzione dell'assassino, sarebbe stato chiarissimo. L'avrebbe colta chiunque. Invece, c'era ancora qualcosa di oscuro.

– Jonathan Herse è morto il 17 agosto, – disse incrociando lo sguardo di Einar. – Lui apparteneva al quarto potere.

– Adesso non ci capisco proprio niente, – commentò lui.

Selma si risedette lentamente sull'orlo del divano, poi con i gomiti sulle ginocchia e le mani giunte fissò un punto nella stanza mentre proseguiva: – Forse Jonathan Herse non è morto in un incidente. Forse è stato il primo a essere ucciso.

Girò il volto verso Einar, che la fissava a bocca aperta.

– Non sei l'unico, – gli disse. – Non sei l'unico a non capirci niente.

La riunione sulla gestione emergenze

Karstein Braaten si presentava sempre in anticipo alle riunioni semestrali con il ministro responsabile della gestione emergenze. Era un uomo meticoloso e la sua puntualità dipendeva anche da quella dei treni. Negli ultimi tre anni, in due occasioni era stato costretto a catapultarsi in un taxi per arrivare da Tønsberg a casa e poi prendere la macchina per raggiungere in tempo la capitale.

Adesso non solo il treno era partito, ma era addirittura in orario. Karstein aveva potuto prendere la metro dalla Stazione centrale a Nydalen e farsi una bella camminata avanti e indietro fino al Maridalsvannet. Non aveva mai seguito il sentiero tortuoso che costeggiava l'Aker. Il percorso, che si era dimostrato un po' piú lungo del previsto, al ritorno lo aveva costretto a coprire l'ultimo tratto quasi di corsa.

Considerando l'età che aveva, Karstein Braaten era un uomo slanciato e abbastanza allenato. Per recuperare un battito normale gli era bastato superare i vari controlli per accedere al ministero e raggiungere la sala riunioni.

Si accomodò allo stesso posto che gli era stato assegnato molti anni prima. Era il 2012, l'anno successivo a quello in cui una frazione del centro di Oslo, la zona dove era concentrata la maggior parte dei ministeri, era stata fatta esplodere da un terrorista dell'estrema destra, costringendo alcuni dicasteri a trasferirsi in sedi provvisorie. Per otto anni i vari dipartimenti del governo erano rimasti sparsi per tutta Oslo. Già quando c'era stata la prima riunione, Karstein Braaten era un veterano del Direttorato per la protezione civile. Sapeva che alle sue spalle lo chiamavano Smiley, anche se non era basso, grasso e non aveva occhiali dalla montatura spessa. Il soprannome faceva riferimento al famoso agente segreto di John le Carré e probabilmente gli era stato affibbiato perché dava sempre l'idea di portare un fardello di segreti gravosi.

In effetti era anche cosí, benché non lo sapessero in molti.

L'incarico che gli era stato affidato nel 2012 era vago. O almeno lui aveva avuto quella impressione. Avrebbe continuato a condurre analisi e a preparare relazioni scritte in quanto responsabile dell'anonimo ufficio del direttorato a Tønsberg, ma sarebbe dovuto andare piú a fondo. L'allora ministro di Giustizia del Partito laburista gli aveva detto che lo avevano notato. Fin da quando aveva cominciato a lavorare all'Istituto di ricerca della Difesa, proprio quando era caduto il muro di Berlino, i suoi superiori si erano accorti dello sguardo insolitamente acuto che aveva nell'osservare le varie correnti che agitavano la società norvegese. Era laureato sia in Economia sociale che in Scienze politiche. Non era una persona che amava mettersi in mostra e parlava poco, se non glielo chiedevano. Era grigio come i vestiti che indossava, un personaggio anonimo, senza figli e divorziato che viveva la propria vita studiando gli altri e analizzando il comportamento della collettività.

Dopo il 22 luglio 2011 era stata messa a nudo la scarsa capacità norvegese di reagire in situazioni di emergenza. Senza che questo avesse avuto conseguenze degne di nota se non per le famiglie delle vittime e per tutti i giovani costretti a vivere con traumi profondi, aveva pensato Karstein. Come sempre non aveva detto niente. Il ministro di

Giustizia aveva dato rassicurazioni: il governo aveva preso una lunga serie di provvedimenti. «A tutto campo», come si era espresso. Uno di questi riguardava Karstein Braaten, che da quel momento in poi, ogni sei mesi, doveva presentare una valutazione sul rapporto di fiducia esistente tra il popolo norvegese e le autorità. Fin dai tempi della guerra i legami erano stati forti e positivi, come gli avevano ricordato. Il modello norvegese si basava sulla fiducia, da cui dipendeva. Con l'arrivo di tempi nuovi erano arrivate anche nuove sfide, e sia i governi precedenti sia quelli a venire dovevano conoscere la situazione. Anche in quel caso, il ministro si era espresso con parole che Karstein aveva memorizzato con cura: «Dobbiamo sapere fino a che punto possiamo tirare la corda. Casomai finisse per spezzarsi e fossimo costretti a ricorrere a leggi straordinarie».

Durante il primo incontro, oltre ad accettare l'incarico, Karstein aveva a malapena aperto bocca. Nel corso delle successive riunioni semestrali, dove aveva visto i ministri di Giustizia andare e venire con tempistiche sempre piú veloci, non aveva mai levato la voce se non per affrontare i punti principali della sua relazione scritta. Poco piú di sei mesi prima, a gennaio, il governo Solberg era stato rimaneggiato per l'ennesima volta. Per far posto a tutti e quattro i partiti che formavano la nuova coalizione di centrodestra, il ministero di Giustizia era stato diviso in due. Adesso Karstein doveva fare rapporto alla ministra responsabile della gestione emergenze. Si erano incontrati di sfuggita a marzo, ma lei aveva avuto cosí poco tempo che il viaggio a Oslo era stato praticamente inutile.

Questa volta invece la donna si presentò con un intero entourage.

Karstein riconobbe sia il ministro di Giustizia sia quello del Lavoro e delle politiche sociali. Aveva già incontrato anche il segretario generale. Oltre a loro c'erano due uomini e una donna, e tutti gli strinsero la mano sorridendo, prima di accomodarsi.

– Oggi siamo in tanti, – esordí con un sorriso la ministra per la Gestione emergenze, che si era seduta a un capo del tavolo ovale. – Spero che tu abbia avuto modo di memorizzare i nomi di tutti?

Karstein annuí, anche se non era vero. Aveva colto i titoli, ed era quella la cosa piú importante. Inoltre, dava per scontato che sarebbe stata scritta una relazione dell'incontro. Un uomo piú giovane degli altri era appena entrato nella stanza e aveva preso posto in fondo al tavolo con un portatile aperto davanti a sé.

– Il motivo è che il tuo ultimo rapporto sembrerebbe un po' piú allarmante dei precedenti, – disse la ministra. – Come sempre vorrei che tu ci presentassi brevemente i punti principali. Comincia pure. A proposito, acqua?

– Sí, grazie.

Karstein si serví da una brocca posta al centro del tavolo. Gli altri lo osservavano in silenzio.

– Come sai, – cominciò Karstein senza aprire la relazione che aveva appoggiato sul tavolo, – abbiamo fatto un sondaggio sul livello di fiducia esistente dopo le rivelazioni riguardanti l'operazione Tormenta dello scorso novembre. Trovate i risultati qui in fondo.

Batté con il dito sul documento.

– Come sapete anche voi, sono stati inquietanti. Qualcuno li definirebbe deprimenti.

Dopo aver inspirato un paio di volte, bevve un sorso d'acqua, poi impiegò dieci minuti per presentare il suo ultimo rapporto. Era piú lungo di quelli precedenti. E piú cupo. Soltanto in un paio di occasioni fu costretto a consultarlo per mantenere il filo, per il resto era cosí preparato da sapere quasi tutto a memoria. Alla fine appoggiò la mano sul dossier concludendo:

– La speranza era che la fiducia del popolo norvegese nei confronti delle autorità sarebbe risalita a mano a mano che i responsabili del caso Tormenta venivano presi e condannati. Il che è anche successo. Il problema è che nel frattempo non siamo mai riusciti a ritornare ai vecchi livelli di prima che scoppiasse lo scandalo Nav. Il prossimo sondaggio sarà tra due settimane e temo che arretreremo di nuovo, visto il gran numero di errori giudiziari commessi. Un'interpretazione errata del nostro stesso regolamento rispetto agli impegni verso lo Spazio economico europeo, e abbiamo tradito migliaia di cittadini che avevano diritto ai sussidi e incarcerato molti senza una base giuridica. Credo che si sia raggiunto un limite. Dovremmo…

– Per la precisione, a reagire è stata soprattutto la stampa, – lo interruppe la ministra. – Come sempre. Non mi lamento, anzi, ma non sarebbe meglio aspettare?

– Ci stiamo occupando in maniera esaustiva del caso Nav, – intervenne il ministro delle Politiche sociali, che fino a quel momento era rimasto in silenzio. – Siamo sicuri che il processo in atto risulterà adeguato e che gli eventuali errori verranno corretti al piú presto.

– Appunto, – annuí la ministra. – Finora abbiamo visto molti commenti aggressivi, sí, ma da parte di giuristi, specialisti e commentatori politici. La gente, invece…

Si strinse nelle spalle prima di proseguire: – Ci arrivano poche voci, ecco. Le persone coinvolte non parlano piú di tanto, diciamo. Probabilmente non sapevano che obblighi e divieti non avevano una base giuridica, quando li hanno sfidati. Che ne pensi, Karstein?

L'interpellato avvertí di colpo un gran caldo. Come se

stesse male. Afferrò il bicchiere e lo svuotò, inumidendosi poi le labbra per prendere tempo.

– Non sono un politico, – rispose alla fine. – Le mie valutazioni sono di natura puramente tecnica e partono dalla mia capacità di giudizio. Mi limito a questo.

– Sí, certo, ma tutto questo clamore sulla mancanza di fiducia e sulle sue conseguenze arriva in primis da coloro che chiamo «critici di professione». Da commentatori che risulterebbero superficiali, se non guardassero sempre le cose dal lato negativo, e che hanno anche la tendenza a usare parole grosse.

Alzò i palmi verso i presenti.

– Ma per carità! Ovviamente sono una paladina della libertà di stampa e di espressione, ci mancherebbe altro. Al contempo non vedo un supporto reale, esistente, che giustifichi le prognosi... pessimistiche fornite in questa relazione.

– Come dicevo: non sono un politico. Tocca a voi stabilire il modo piú appropriato di utilizzare le mie valutazioni.

Karstein voleva andarsene. Doveva uscire. La brocca dell'acqua era vuota. Era tentato di portarsi il vetro freddo sulla fronte, ma lasciò perdere.

– Ci avviciniamo alla fine, – disse la donna seduta all'estremità del tavolo, alzando il dossier. – Ma vorrei prima affrontare l'altro punto che hai incluso per questo semestre. Lo hai accennato anche adesso, durante la tua presentazione. A proposito...

C'era un tale silenzio nella stanza che Karstein sentí il fruscio della carta quando la ministra si interruppe e si mise a sfogliare il documento.

– A proposito di questi casi in cui sono coinvolti i servizi sociali. Potresti aggiungere altro?

Uno degli uomini di cui Karstein non aveva afferrato il nome lo anticipò: – Per quanto riguarda il paragrafo su come si comporterà il Tribunale dei diritti umani nei confronti delle decisioni prese dalla nostra Corte suprema in alcuni casi di tutela dei minori, vi posso assicurare che non ci saranno problemi. Non in merito a quello che stiamo discutendo qui.

– Siamo già stati condannati tre volte, – commentò con una certa irritazione il ministro delle Politiche sociali. – Che la Norvegia non rispetti i diritti umani andrebbe considerato un problema, no? E abbastanza grave, oserei dire. E a quanto posso vedere da questo… – adesso toccò a lui sventolare il dossier, – ci dobbiamo aspettare di essere condannati anche in un mucchio di altri casi che adesso attendono di essere presi in considerazione dalla Grande Camera.

Karstein notò che il ministro dimostrava molto piú fervore per le questioni relative ai servizi sociali, di cui non aveva alcuna responsabilità, rispetto allo scandalo Nav, che per lui doveva invece essere un vero e proprio grattacapo.

– Non è affatto un problema, – rispose l'altro. – È troppo presto per dire qualcosa sui risultati. Inoltre, abbiamo qualche asso nella manica. Qualora ci dovesse essere un'altra condanna, abbiamo un piano di intervento sicuro per arginare le critiche qui in Norvegia. I servizi sociali sono sempre stati nell'occhio del ciclone. È nella natura stessa di questa struttura che le persone si sentano facilmente scavalcate. Questo non significa che ci siano giustificazioni, ma in Norvegia abbiamo una solida tradizione secondo cui si agisce pensando come prima cosa al bene dei bambini.

– Sí, certo, – commentò seccamente il ministro del Lavoro e delle politiche sociali. – Ma se la nostra idea di mettere al primo posto i bambini di fatto non rispetta i diritti umani, cosí come sono formulati in una convenzione a cui siamo legati dal 1953, potrebbe anche darsi…

Modulò la voce facendo trasparire un'ironia tagliente, si chinò ancora di piú in avanti e guardò l'antagonista dritto negli occhi.

– ... che abbiamo un piccolo problema.

– Come dicevo, – rispose l'interpellato, – abbiamo il controllo assoluto. Il ministero dell'Infanzia e della famiglia è in costante contatto con la procura generale, che segue questi casi per noi a Strasburgo. Per tranquillizzare tutti, vorrei aggiungere un altro contatto.

Karstein sentí le mascelle contrarsi. Si concentrò in modo da non stringere i denti con troppa forza. Tra poco la riunione si sarebbe conclusa e allora avrebbe potuto congedarsi con eleganza, lasciare quel noioso edificio a Nydalen, prendere la metropolitana per il centro e tornarsene in treno nel Vestfold. Una volta a casa avrebbe mangiato un boccone prima di andare al porticciolo, prendere la barca e, muovendosi lentamente lungo il fiordo, dedicarsi alla pesca notturna. Se la fortuna era dalla sua, avrebbe pescato un pollock o due, il suo pesce preferito.

Tra poco sarebbe tutto finito.

Era calato il silenzio. Si sentiva soltanto il flebile rumore delle dita del segretario che battevano sulla tastiera in fondo al tavolo. La ministra aprí la bocca per dire qualcosa, ma l'uomo del ministero dell'Infanzia prese di nuovo la parola senza preavviso.

– Proprio per essere chiari, nessuno deve lasciare questa stanza senza avere la certezza che i casi riguardanti la tutela dei minori non avranno nessuna influenza sulle problematiche sollevate nel rapporto di Braaten. Le critiche rivolte a queste strutture sono generiche, non si fondano sulle dovute conoscenze. In effetti vorrei che ne prendesse atto lo stesso direttore Braaten.

Karstein lo guardò. Masticando una minuscola protuberanza all'interno della guancia, ne aveva lacerato la mucosa. Sentí il sapore del sangue quando, deglutendo, disse: – Chiedo scusa, ma non ho afferrato il tuo nome.

L'uomo balzò in piedi e gli tese ostentatamente la mano al di sopra del tavolo. Karstein si sollevò appena dalla sedia e gliela strinse.

– Direttore generale Horatio Bull-Pedersen, – disse il burocrate. – Sono il responsabile dei servizi sociali per la tutela dei minori presso il Mif. E non ti devi preoccupare di nulla. Nel modo piú assoluto, te lo posso assicurare.

Sabato 14 settembre

La collega

Fredrik Smedstuen non sopportava il sabato.

Ogni due fine settimana aveva i figli ed era sempre un fiasco. Avevano undici, dodici e quattordici anni e di solito avevano già i loro programmi. Nell'appartamento seminterrato di cui si doveva accontentare c'erano soltanto due camerette da letto. Il piú piccolo, un bambino ancora robusto come un torello e abbastanza timido, doveva dormire nel lettone con il padre. Invece la sorella dodicenne era costretta a condividere la stanza con il fratello maggiore, cosa di cui lei si lamentava puntualmente ogni volta che i tre, alquanto immusoniti, scendevano ogni due venerdí alle cinque del pomeriggio dalla macchina del padre portandosi dietro tutta la loro roba. Durante la fase iniziale della separazione, Fredrik aveva insistito che lui e i figli trascorressero insieme la prima sera ogni volta che si ritrovavano. Mangiando tacos come la maggior parte dei norvegesi. Guardando un film o giocando a qualche gioco di società. Secondo i figli, erano gli unici in tutto il mondo a essere costretti a fare cose del genere. Già al terzo incontro Fredrik aveva rinunciato ai suoi propositi.

I week-end insieme si erano ridotti a una sorta di servizio taxi, dove il padre li scarrozzava avanti e indietro da un posto all'altro, facendo la spola tra allenamenti e compleanni, prima di andare a prenderli acidi come limoni e dormire in un appartamento che odiavano tutti e quattro.

Il fine settimana precedente aveva dovuto interrogare Selma Falck mentre i figli erano al McDonald's con la sua carta di credito. Non si erano fatti scrupoli.

Questo week-end Fredrik era solo.

Nonostante tutto, era meglio cosí. La mancanza dei figli, di una vita bella e normale, dell'epoca in cui faceva il papà a tempo pieno e loro potevano andare e venire senza che lui avesse la sensazione di perdersi qualcosa, risultava piú facile da sopportare quando la responsabilità non era sua. Era peggio quando i ragazzi si trovavano a portata di mano senza esserlo in realtà. Ciò che continuava a essere molto difficile per lui era non avere il controllo sulla loro quotidianità. Quando aveva suggerito che Eivind, Marie e Mikkel potevano vivere a settimane alterne a casa di ciascun genitore, la moglie aveva riso. Di gusto. Dicendogli che era liberissimo di chiedere ai diretti interessati cosa ne pensassero.

Dal momento che sapeva già quale sarebbe stata la risposta, aveva lasciato stare.

Quel giorno almeno poteva andare al lavoro, anche se era sabato.

La stampa cominciava a mormorare.

Era passata piú di una settimana dall'omicidio di Linda Bruseth. Benché non fosse nota né ammirata oltre la sua cerchia di ammiratori locali, rimaneva comunque una persona eletta dal popolo. I primi giorni, quando tutti credevano che Selma Falck fosse stata vittima di un attentato andato a vuoto, i titoloni che campeggiavano ovunque avevano messo in ombra persino lo scandalo Nav. Con il passare del tempo le soffiate provenienti dalla centrale di polizia erano diventate cosí numerose e inequivocabili che anche i media avevano capito che il vero obiettivo era in realtà Linda Bruseth.

Fredrik odiava le soffiate, ma aveva rinunciato da un pezzo a combatterle. Alcuni giornalisti, soprattutto un paio di «DG», avevano un rapporto quasi simbiotico con investigatori selezionati. Si scambiavano informazioni come un tempo facevano le bimbe con le figurine su carta patinata. *Tu mi dài e io ti do*, oltre all'eterna lotta per accaparrarsi i bocconi migliori. A volte Fredrik Smedstuen doveva ammettere che quel genere di collaborazione poteva essere proficuo, specialmente quando si trattava di concludere un accordo su quello di cui non bisognava ancora parlare. Ciononostante, trattare con i giornalisti andava contro i suoi princìpî. Si infuriava quando attraverso i media gli giungevano informazioni che erano state spifferate da uno dei suoi stessi collaboratori, ma che non erano ancora arrivate sulla sua scrivania.

Nell'arco degli ultimi tre giorni, secondo la stampa Linda Bruseth era diventata una politica di spicco, cosa assolutamente falsa. Era molto amata dalle sue parti, vero. Era stata vittima di un fanatismo politico scatenato dalla sua convinta difesa dei rifugiati nell'autunno del 2015, una vera e propria sciocchezza. Da quando era entrata in Parlamento, quella donna non aveva mai aperto bocca sulle politiche migratorie. Che un cecchino ostile ai migranti avesse atteso quattro anni per liquidare proprio Linda, quando c'era un numero piú che sufficiente di altisonanti liberali, aveva dell'incredibile. Il problema era sempre lo stesso: in mancanza di qualcosa di piú concreto, i giornalisti cominciavano a fare speculazioni.

L'unico sprazzo di luce che Fredrik vedeva in tutto questo era che i media non avevano ancora fiutato la possibile connessione tra la morte di Kajsa Breien e quella di Linda. A quanto pareva, le redazioni continuavano a credere che nel caso della giudice della Corte suprema si trattasse di un suicidio, e per questo motivo se ne occupavano in maniera piú pacata di quanto non avrebbero fatto altrimenti.

Per il momento, almeno, pensò lui sconsolato.

Fece vagare lo sguardo sul caos che regnava sulla sua scrivania.

Meno male che avrebbero dovuto lavorare senza piú materiale cartaceo.

Aprí il thermos blu scuro e si riempí una tazza. Era bianca, con impressa su un lato una foto estiva di tutti e tre i figli. Sull'altro c'era scritto con i colori dell'arcobaleno «Al papà migliore del mondo». Bevve un bel sorso di caffè bollente e sospirò.

Gliel'avevano regalata quattro anni prima. La posò con il testo che guardava nella direzione opposta.

Le foto. Stava per affogarci dentro. Per la polizia era un vantaggio che tutti le scattassero con i cellulari. Inoltre nell'ultimo decennio, cioè da quando il numero di videocamere sparse per il centro era esploso, la mancanza di immagini era raramente un problema se un reato veniva commesso nel cuore di Oslo.

La vera sfida era rappresentata dalla loro quantità.

Spesso ci si concentrava solo sui dettagli perdendo di vista il quadro di insieme e ogni cosa richiedeva tantissimo tempo. La polizia non aveva ancora il controllo totale di tutti i cellulari presenti nelle vicinanze della caffetteria in Thorvald Meyers gate quando Linda Bruseth era stata uccisa, ma sembrava che le compagnie telefoniche fossero disposte a dare il loro aiuto.

Se il loro aiuto sarebbe stato utile era un altro paio di maniche.

Aveva dormito a malapena. L'incontro con Selma Falck al *Sagene Lunsjbar* continuava a frullargli nel cervello. Soprattutto l'ultima parte. Il pensiero che un membro del governo fosse in pericolo di vita era così spaventoso che per lui era un peso intollerabile da portare da solo. Selma era un cane sciolto che aveva pochi obblighi da rispettare, mentre il suo compito era impedire l'ingiustizia e risolvere i crimini. Quando il giorno prima era tornato alla centrale dopo il pranzo, era stato tentato di infischiarsene della gerarchia e fiondarsi direttamente dal capo della polizia al quinto piano per confidarsi con lui.

Ma cosa avrebbe potuto dirgli?

Cosa diavolo avrebbe potuto dirgli? Il ragionamento di Selma era così inconsistente che gli veniva difficile trovare le parole adatte. Tantomeno sarebbe riuscito a convincere qualcuno che bisognava battere la grancassa e allertare il governo norvegese.

Aveva lasciato perdere.

Fredrik si alzò a fatica. Con la tazza di caffè in mano lasciò l'ufficio e proseguì fino alla quarta porta lungo il corridoio. Era aperta.

– Ciao, – disse alla collega seduta all'interno.

– Ciao, – le rispose l'interpellata alzando lo sguardo. – Anche tu niente fine settimana libero?

Staccò la mano dal mouse e gli fece segno di accomodarsi.

– Vado a prenderti un caffè? – le domandò Fredrik. – Mi sono portato il thermos.

– No, grazie. Bevo il tè.

Soltanto in quel momento l'uomo si accorse che, nascosta per metà dal monitor, c'era una vera e propria tazza da tè con tanto di piattino e tutto l'occorrente. Tirò fuori il cellulare dalla tasca posteriore dei pantaloni e, dopo averlo appoggiato sul tavolo davanti a sé con il display rivolto verso il basso, si lasciò cadere nella poltroncina riservata agli ospiti.

– Siete a buon punto? – le domandò, reprimendo uno sbadiglio.

L'ispettrice Sylvi Mobakk si strinse nelle spalle.

– Mah, – rispose. – Avevi ragione a dire che non era un suicidio.

– Me lo immaginavo.

– Come prima cosa rimane un mistero capire come sia arrivata là in cima, ammesso che abbia scelto di farlo di sua spontanea volontà. Nella zona non è stata rilevata la presenza di auto riconducibili a lei. Nessun testimone l'ha vista arrivare con i mezzi pubblici. Eppure, si sarebbe notato il suo aspetto... insolito.

– Oltretutto era un personaggio noto. Insomma, era quasi famosa.

– Sí. A meno che qualcuno non ce l'abbia accompagnata in macchina, con tanto di corda e il resto, per poi allontanarsi come se niente fosse, è stata uccisa. Oppure sapeva volare. Intendo dire, per raggiungere quel posto e poi salire sull'albero. Il referto dell'autopsia non è ancora pronto, ma ieri sera mi hanno informato delle prime conclusioni. La donna è morta per strangolamento, ma i segni e le lesioni riportati non sono compatibili con l'impiccagione. Le impronte rilevate sulla corda sembrano risalire al momento successivo alla morte. In generale: si tratta di un omicidio. Purtroppo.

– Quando è sparita? Era già stata fatta la denuncia di scomparsa?

– Sí. Piú o meno. In un certo senso. Non abbiamo ancora ricostruito molto...

Si sollevò la manica del maglione e lanciò un'occhiata di sfuggita all'orologio.

– È passata soltanto una cinquantina d'ore da quando l'abbiamo trovata. Al momento sappiamo che mercoledí sera era a casa. A preparare la cena con la famiglia, cosa che a quanto pare era un'abitudine fissa. I figli sono impegnati, soprattutto nei fine settimana, ma i mercoledí sono sacri. Quattro su cinque vivono ancora coi genitori. Il marito era via. È decano della facoltà di Giurisprudenza ed era negli Stati Uniti per partecipare a una conferenza riservata ai responsabili di atenei. Alle ventitre e trentacinque uno dei vicini l'ha notata in giardino con il cane. Un Jack Russell. È rimasta fuori per una decina di minuti, in base ai nostri calcoli. Il cane, che *si chiama pure* Jack Russell...

Per un attimo Fredrik ebbe l'impressione che la collega sorridesse prima di bere un po' di tè e riassumere la stessa espressione seria di quando era arrivato.

– Il cane è stato lasciato nello stesso posto dove viene rinchiuso la notte. In una specie di lavanderia, con acqua e cibo. A quell'ora tutti i figli dormivano. Poi nessuno l'ha piú vista.

– Ci sono segni che indicano che abbia dormito anche lei?

– In pratica, no. Il letto era intatto, ma secondo il figlio piú grande era la regola. Per una donna cosí piccola è faticoso rifare un enorme letto Hästens con doppi piumoni, ha detto. E il marito non c'era.

– Dietro c'è lui.

Stavolta l'ispettrice Mobakk sorrise per davvero.

– Credimi, prendiamo in considerazione anche questa possibilità. Tenendo conto delle statistiche, sarebbe lui l'uomo su cui puntare. In tal caso si tratterebbe di un sicario, perché il marito era senza ombra di dubbio negli Stati Uniti.

Bevve ancora un po' di tè prima di stirare le braccia sopra la testa e sbadigliare a lungo cercando di non spalancare la bocca. Dal momento che la sua faccia era già lunga e stretta, ricordava un equino. Un *fjording*, con la frangia schiarita che scendeva sulla fronte e il resto dei capelli raccolti in una coda da cavallo che le avrebbe donato di piú quindici anni prima.

– Comunque...

Con la mano destra fece schioccare le nocche della sinistra.

– La figlia piú giovane, una ragazzina di dodici anni, ha scoperto che la madre non c'era verso le cinque del mattino. Si è alzata per andare in bagno ed è passata davanti alla porta della camera da letto dei genitori. Era aperta, cosa che di notte non succedeva mai. Inoltre la luce era accesa. Cosí si è messa a cercarla. Quando non l'ha trovata da nessuna parte, ha svegliato il fratello diciassettenne, che a sua volta ha telefonato al padre a Houston. L'uomo ha contattato la polizia norvegese. Non erano neanche iniziate le pratiche per denunciare la scomparsa quando una vecchia qui sulla collina... – con la mano indicò mollemente verso la finestra. Nella direzione sbagliata, registrò Fredrik, – aveva telefonato da noi per dire di aver trovato una nana morta stecchita.

Scoppiò a ridere. Pareva un nitrito allegro.

– Non si ride di queste cose, – commentò subito dandosi una regolata. – Tutto l'apparato è in azione. Le indagini tecniche sulla scena del crimine non sono ancora state completate. Stiamo interrogando i testimoni, controllando il traffico stradale negli archi di tempo cruciali e sono riuscita a fare in modo che uno dei nostri giovani giuristi passasse in rassegna tutte le sentenze in cui negli ultimi due anni Kajsa Breien era stata responsabile della stesura iniziale. Per vedere se ci può essere qualcosa. Quello con i capelli ricci e neri, hai presente.

Fredrik sapeva che due anni prima Sylvi Mobakk avrebbe usato l'espressione «negro», ma aveva ricevuto una vera e propria strigliata dal capo della polizia dopo aver usato quel tipo di linguaggio. In tv.

– È bravo, ma temo che non salterà fuori niente. Questo caso ha qualcosa... qualcosa...

– Di strano? – le suggerí Fredrik.

– Sí! Voglio dire…

Abbassò la voce come se avesse un segreto che stava valutando se condividere o meno. Anche dopo quasi venticinque anni nella capitale, Sylvi Mobakk rimaneva una donna di campagna. Ci aveva messo un'eternità a ottenere la carica di ispettrice e responsabile delle indagini, e se l'era meritata. Fredrik sapeva che dietro quell'atteggiamento contadino e il linguaggio un po' volgare – solo ultimamente la collega aveva imparato a non imprecare a ogni frase come uno scaricatore di porto – si nascondeva una mente acuta. E la volontà di un cane da combattimento. Sylvi non mollava mai.

Non lo avrebbe fatto neppure questa volta, anche se Fredrik non era cosí sicuro che sarebbe servito.

– Cosa vuoi dire? – le chiese quando Sylvi sembrò incepparsi.

– Insomma, che senso ha tutto questo? Rimanere appesi a quella betulla come una pallina di Natale qualunque? La vecchia che ha scoperto il cadavere era convinta che si trattasse di un suicidio, ma anche un mediocre studente di polizia del primo anno ci avrebbe messo cinque minuti per accorgersi che qualcosa non quadrava.

Fredrik annuí, però preferí non commentare.

– Mascherare un omicidio cercando di farlo passare come un suicidio è uno dei piú antichi trucchi da manuale, – continuò Sylvi pensosa. – Però in questo caso le due cose devono assomigliarsi! Non solo la corda! E il corpo che penzola. Qui l'assassino non ha fatto nulla per imitare il desiderio genuino di affrontare la morte di mano propria. O per la precisione, di corda propria. Allo stesso tempo lui… o lei… è stato accuratissimo nel non lasciare tracce. Ci sarebbe quasi da credere che fosse invisibile.

– Di tracce da quelle parti ce ne devono essere un mucchio. Quel posto pullula sempre di gente.

– Sí, certo. Ma hai capito cosa intendo dire. Non troviamo nulla di sospetto. O fuori posto. Che ci possa dire qualsiasi cosa su quello che è successo. D'altro canto... – ricominciò a far schioccare le nocche, questa volta della mano destra. Il suono era irritante, – siamo solo agli inizi. Chi la dura la vince, come diceva sempre mia madre.

Esitò un attimo prima di aggiungere con un tono di voce cosí basso che probabilmente le parole erano piú indirizzate a sé stessa: – È l'omicidio piú strano in cui mi sono mai imbattuta. È come se...

Di colpo alzò gli occhi e incrociò lo sguardo di Fredrik.

– È come se l'omicida ci stesse prendendo in giro, – esclamò. – Come se schernisse sia noi sia la povera vittima!

– Oppure sta cercando di dirci qualcosa, – commentò Fredrik.

– In che senso?

Fredrik Smedstuen non rispose. Il cellulare emise un piccolo ringhio. Una notifica di «DG», sentí. Lo prese e guardò il display.

Il sangue gli defluí dalla testa. In lontananza udí la voce di Sylvi Mobakk, come se arrivasse da dentro una lattina di metallo: – Tutto bene, Fredrik? Ci sei? Fredrik, stai male?

Soltanto quando, china su di lui, Sylvi gli appoggiò la mano sulla schiena con un'espressione molto preoccupata dipinta sul viso troppo vicino al suo, Fredrik riprese a respirare con un singhiozzo. Dopo aver spostato con delicatezza la collega, sollevò di nuovo il cellulare. Lei cercò di vedere cosa stava leggendo, ma Fredrik la allontanò di nuovo, senza alzare gli occhi.

– Sto bene, – borbottò. – Siediti pure.

Chi non stava bene era il ministro dell'Infanzia e della famiglia. «Morto questa notte», diceva il giornale, «a soli quarantadue anni».

Esattamente sei ore prima.

L'escursione

Selma Falck si vergognava dello stato in cui versava l'appartamento. Il piano cottura era tutto macchiato. In cucina c'erano briciole ovunque. Non passava l'aspirapolvere da almeno dieci giorni. Se in bagno non si sentivano odori davvero sgradevoli, l'igiene lasciava comunque a desiderare. Non aveva neanche tolto le etichette di carta dalla porta nuova della doccia. Come se non bastasse, la casa intera sapeva di polvere e di lenzuola vecchie.

Per una settimana aveva dato la colpa al braccio dolorante. Poi il suo tentativo di fare le pulizie era stato interrotto dal ritrovamento della vecchia palla da pallamano sul balcone. Adesso aveva quasi deciso di infischiarsene della palla, e il braccio le era piú o meno guarito del tutto. Era arrivato il momento di farsi togliere i punti e il catetere.

E di pulire.

Dopo essersi infilata il cellulare nella tasca posteriore dei pantaloni, cominciò a darsi da fare. Avrebbe potuto appoggiare il telefonino e sentire la radio con gli auricolari wireless, ma per esperienza sapeva che quegli aggeggi tendevano a cadere. Soprattutto in bagno. Se ne dimenticò quando le scappò la pipí: si tirò giú i pantaloni e il telefonino le finí nella tazza. Siccome in quel momento il canale P4 stava trasmettendo un pezzo particolarmente rumoroso degli Aerosmith, Selma non sentí il tintinnio del metallo sulla porcellana. Soltanto dopo, quando aveva finito e si era alzata, si accorse del disastro. Disgustata al pensiero di infilare la mano nel water e in preda alla confusione, ci mise un po' troppo tempo a cercare i guanti di gomma.

Il cellulare era morto.

La rabbia l'assalí per alcuni minuti, poi le venne in mente che in fondo aveva già pensato di prenderne uno nuovo. Quello vecchio era soltanto un 7 e nel giro di una settimana o due sarebbe comparso sul mercato l'iPhone 11. Nel frattempo, avrebbe potuto infilare la Sim card in uno dei telefonini vecchi che teneva in un cassetto nel ripostiglio.

La Sim card non era compatibile nemmeno con uno di essi.

La consapevolezza di non avere al momento nessun cellulare le diede una sensazione strana. Inquietante, ma anche liberatoria. Nessuno poteva mettersi in contatto con lei senza cercarla fisicamente. La serenità che le infuse quel pensiero le permise di pulire a fondo l'appartamento con la radio a tutto volume. Almeno mentre lavava, riusciva a reprimere il pensiero che l'aveva colta a casa di Einar due giorni prima: il giornalista Jonathan Herse non era morto per colpa di uno sfortunato incidente.

Una volta ultimate le pulizie, tornò l'irrequietudine. Una doccia non le serví a nulla. Lars non poteva chiamarla, come del resto nessun altro. La sensazione di benessere per non avere un telefono durò molto poco. Per un attimo valutò l'ipotesi di comprare l'iPhone X senza aspettare l'uscita dell'11. Sarebbe potuta passare al centro commerciale di Storo e sbrigare subito la faccenda. Nel momento in cui stava per uscire, lo sguardo le cadde su un foglietto appoggiato sul tavolo da pranzo, mezzo infilato sotto il laptop.

«Allan Strømme, Granebakken 3F, Oslo».

Con un numero di telefono. Già la mattina precedente, Selma aveva deciso di non telefonare al miglior amico di

Jonathan Herse. Se era stato davvero lui ad aver dato la chiavetta a Jonathan e il file zip era bloccato perché conteneva materiale compromettente, non era certo scontato che il tipo si sarebbe mostrato disposto a collaborare. Selma rischiava che riagganciasse non appena avesse capito cosa voleva da lui, rendendosi in seguito irreperibile. In un modo o nell'altro doveva riuscire a farlo parlare senza dargli la possibilità immediata di tagliarla fuori.

Doveva andare di persona. In Granebakken 3F a Mortensrud.

Diciassette minuti dopo la Volvo nuova era parcheggiata lungo il marciapiede di una zona caratterizzata da tante villette, nel quartiere piú meridionale di Oslo. Erano le dieci e mezzo, l'ora in cui i bambini piú piccoli venivano portati fuori a giocare. Come era già successo nel corso della settimana, la mattina presto era piovuto, mentre durante la notte la temperatura si era abbassata. Adesso invece il cruscotto segnava quindici gradi. La coltre di nubi si stava spostando verso nord e l'asfalto era quasi asciutto. Una coppia di anziani, che tenendosi per mano trascinava dietro di sé una borsa per la spesa con le ruote, la superò lentamente. Due ragazzini tra i dieci e i dodici anni le sfrecciarono davanti con le loro biciclette Bmx. Uno dei due si fermò sulla curva a cinquanta metri di distanza e, impennandosi sulla ruota posteriore, fece una piroetta. Con un bel respiro, Selma si decise e scese dalla macchina.

La casa di legno giallo chiaro sembrava costruita negli anni Ottanta. Un'abitazione solida e razionale, noiosa e senza fronzoli, le cui pareti esterne erano fatte di assi verticali, mentre i vetri delle finestre erano suddivisi da riquadri anch'essi di legno. La circondavano altre case dello stesso tipo e risalenti alla stessa epoca. Il giardino era piccolissimo, perlomeno da quanto Selma intravedeva dalla strada. Era delimitato da un recinto basso, sempre di legno e sempre giallo chiaro. I cardini del cancelletto di ferro battuto cigolarono quando, sollevato il chiavistello, lei lo spinse per aprirlo.

Un cane si mise subito ad abbaiare. Dal suono pareva di piccola taglia, ma tanto arrabbiato. Selma si incamminò comunque verso la porta d'ingresso, dove una targhetta di plastica dichiarava che lí abitava «Allan Strømme e». Un pezzo di nastro di carta blu era stato appiccicato con cura sopra il secondo nome. Pareva messo di recente. Un'altra convivenza andata in frantumi, pensò lei suonando il campanello.

Il cane ricominciò ad abbaiare. Adesso si trovava proprio dietro la porta, Selma sentiva il rumore delle unghie che grattavano sul legno. Dopo qualche secondo avvertí il suono attutito di una voce che si stava avvicinando. L'animale si calmò e la porta si aprí.

– Salve, – disse lei porgendo la mano. – Mi chiamo Selma Falck. Tu sei Allan Strømme, giusto?

La domanda era inutile, lo aveva subito riconosciuto. Sia dalla foto pubblicata sull'«Aftenavisen», dove appariva insieme ai colleghi del ministero dell'Infanzia e della famiglia con cui aveva appena battuto la squadra della procura generale alla staffetta di sci di fondo a Holmenkollen, sia da quella in cui portava la bara che aveva notato a casa di Emilie Sundet. I capelli erano un po' piú lunghi e i peli ispidi della barba che gli crescevano incolti fino al collo gli conferivano un'aria trasandata. Come se fosse malato o fosse rimasto a lungo chiuso in una casa in montagna per via del brutto tempo. Era insolitamente pallido. In braccio teneva il chihuahua piú piccolo che Selma avesse mai visto.

Abbassò la mano, rimasta sospesa in aria.

– Ciao anche a te, – disse alla bestiola, che in cambio le mostrò i denti.

– Ehm... sí. Sono Allan. Cosa vuoi?

– Come dicevo, mi chiamo Selma Fa...

– So chi sei. La mia domanda è: che ci fai qui? Cosa vuoi da me?

– Vorrei parlarti, – rispose lei mentre cercava disperatamente di architettare un piano B.

Di solito essere famosa le dava un grande vantaggio: la gente si dimostrava quasi sempre disposta ad accoglierla e a coinvolgerla. Quell'uomo invece era ostile nei suoi confronti quanto il mostriciattolo che teneva in braccio.

– Di cosa? – le disse senza accennare a volerla far entrare in casa sua.

Selma diede una rapida occhiata all'orologio per dare l'impressione di essere di fretta. Di non avere nessuna intenzione di trattenerlo a lungo.

– Ascolta, – esordí smorzando la voce. – So che hai passato informazioni confidenziali a Jonathan Herse. Informazioni che riguardano il tuo datore di lavoro. Trasgredire il segreto professionale potrebbe costarti il posto. A meno che, secondo la legge, tu sia qualificabile come *whistleblower*.

Selma aveva scommesso tutto su una carta. Questa volta aveva optato per la verità, cosa per lei talmente insolita che ora non sapeva come continuare. Comunque, il suo esordio ebbe l'effetto desiderato, visto che l'uomo impallidí ulteriormente. Persino il chihuahua, che la fissava con i suoi occhioni lucidi e leggermente sporgenti, pareva perplesso.

– Come saprai, – riprese lei a voce ancora piú bassa, – adesso lavoro come investigatrice privata. Però ho una lunga esperienza come legale. Posso aiutarti.

L'uomo arretrò di qualche centimetro, ma tenendo sempre la mano libera sulla maniglia della porta.

– Sei stato tu a dare a Jonathan la chiavetta prima che

morisse. Con i file audio che hai registrato e che contengono conversazioni avvenute al ministero.

Continuando a parlare piano, Selma aveva anche rallentato il tempo. Mentre cercava di barcamenarsi facendo riferimento a ciò che sapeva e a quello che immaginava, non staccò lo sguardo dal volto di Strømme.

– È meglio che tu mi faccia entrare, – gli suggerí.

Lui sembrò rifletterci su. Per un'eternità, fu l'impressione di Selma, e stava per fare un nuovo tentativo di convincerlo quando finalmente Strømme si scostò e spalancò la porta. Senza dire nulla, appoggiò il cane per terra e lo chiuse in una stanza attigua. Selma lo seguí in un soggiorno spazioso e pieno di luce. Era ammobiliato soltanto a metà. Accanto a una grande finestra che dava su una terrazza, c'era un divano angolare beige, ma mancava il tavolino. Tra il divano e la cucina aperta, si vedevano sul parquet i segni di un tavolo da pranzo con sei sedie. Qua e là sulle pareti Selma notò rettangoli piú chiari: era evidente che alcuni quadri erano stati staccati da poco.

Non fece commenti.

– Siediti, – le disse Allan Strømme, indicando la parte piú corta del divano. – Ho fretta. Vieni al punto.

Faceva molto caldo nella stanza e Selma sentiva il bisogno di togliersi il giubbotto di jeans, ma lasciò stare per paura che l'uomo cambiasse idea e la buttasse fuori, come doveva avere molta voglia di fare.

– Jonathan era il tuo migliore amico, – esordí.

– Sí, è cosí.

– Ti fidavi di lui.

Strømme rimase in silenzio.

– Ti fidavi cosí tanto di lui da parlargli di qualcosa che ti inquietava. Sul lavoro. Qualcosa che... probabilmente era illegale.

Lui continuò a fissarla in silenzio. Senza annuire. Senza dire nulla. Sembrava che gli occhi gli fossero sprofondati nella testa, ma forse era un effetto dovuto alla luce che penetrava dalle finestre.

– È palese che queste informazioni avevano messo in ansia anche Jonathan, – riprese Selma tirando a indovinare. – Prima di morire, aveva lavorato abbastanza a lungo al caso, senza osare parlarne un granché con nessuno, neppure con la sua caporedattrice.

Il cane ricominciò ad abbaiare. Allan Strømme non batté ciglio.

– Si tratta di una faccenda che va ben oltre il caso in questione, Allan.

– Devi andartene.

Si alzò. C'era un che di rigido nei suoi movimenti, come se fosse rimasto bloccato in una posizione innaturale per via della tensione, eppure era seduto soltanto da un paio di minuti.

– Ho bisogno di sapere come aprire i file zip, – disse Selma. – Se non mi dài tu la password, devo chiedere aiuto alla polizia. Potrei anche farlo, ma in tal caso non posso piú proteggerti allo stesso modo.

– Perché dovresti proteggermi?

Non si era riseduto, ma almeno non si era mosso.

– Perché credo che te lo meriti. Perché sono convinta che sia successo qualcosa al ministero che potrebbe essere connesso a qualcos'altro di molto piú grande.

– Non ne conosci le dimensioni, quindi non sei in grado di valutare la situazione.

Selma annuí tranquilla.

– Su questo hai ragione, ma non stiamo a sottilizzare. L'offerta che ti faccio è questa: tu mi aiuti ad aprire i file e io proseguo da sola. E ti tengo fuori da tutto finché è possibile. Se invece non mi vuoi aiutare, mi rivolgerò alla polizia, che ha i mezzi per decriptare la password. A te la scelta.

Strømme rimase cosí a lungo immobile e senza battere ciglio che Selma temette gli fosse venuto un attacco di qualcosa. Aveva sentito parlare di una forma di epilessia silente, ma non sapeva se in tal caso fosse possibile restare in piedi.

– Tutto bene? – gli domandò.

– Te ne devi andare.

Selma si alzò. Il cane abbaiava come un pazzo nella stanza in cui era stato rinchiuso. Era come se nell'appartamento l'aria fosse diventata ancora piú pesante e calda.

– Stai commettendo un errore, – gli disse Selma, avviandosi verso l'uscita senza aspettare che lui glielo richiedesse. – Le persone che la prossima volta si presenteranno alla tua porta saranno in uniforme.

– Non ho fatto niente di male.

– Forse no. Come ti dicevo, avrei potuto aiutarti a ottenere lo stato di *whistleblower*. La protezione che viene offerta ai segnalatori di illeciti è forte. Molto forte. In casi del genere…

Si fermò sulla soglia tra il soggiorno e l'ingresso e si girò verso di lui. Per via della luce tagliente che penetrava dall'esterno Strømme era solo una sagoma scura che si stagliava sul vetro della finestra. Pareva afflosciato, quasi vecchio.

– In casi del genere, l'importante è non partire con il piede sbagliato, – continuò Selma. – Ma sei tu a decidere.

– La morte di stanotte c'entra qualcosa?

Selma aggrottò la fronte e girò la testa indietro, sorpresa.

– Quale morte?

– Il ministro dell'Infanzia e della famiglia. L'ho sentito alla radio poco prima che tu suonassi il campanello.

– Ehm... Cos'hai detto?

Selma si frugò disperata le tasche in cerca del cellulare.

– Børre Rosenhoff. Del Partito popolare cristiano. È morto stanotte. Non hanno detto di cosa. Pensavo al cuore, da quanto ne so non aveva un cancro. L'ultima volta l'ho visto lunedí. Poi sei piombata qui e allora ho pensato...

– Merda, – esclamò Selma. – Non ho il cellulare. Puoi prestarmi il tuo?

Dovette quasi gridare, quel maledetto cane stava dando di matto.

– Quella morte ha qualcosa a che fare con me? – domandò Strømme piangendo.

Era sul punto di crollare. Selma richiuse la porta e rientrò nel soggiorno di qualche passo.

– Come faccio a saperlo? – sibilò. – Non ho idea di che cosa contengono i file! Secondo te? È tutto connesso?

Lui si accasciò lentamente sul divano.

– Non voglio tutto questo, – gemette. – Vattene via.

– Sí, me ne vado, ma prima prestami il telefono.

– Vattene.

Selma si rese conto che la sua visita era stata un buco nell'acqua. Non completamente, a dire il vero. Il comportamento di Allan Strømme confermava almeno che i file zip contenevano dei file audio, come si erano immaginati lei e Lars. Dal momento che l'uomo era ridotto in uno stato pietoso, ne dedusse che il contenuto fosse tutt'altro che insignificante. Se poi era morto anche il ministro dell'Infanzia, poteva solo pregare il cielo che fosse una semplice coincidenza. E che Børre Rosenhoff, quarantadue anni, padre di tre figli, che non beveva né fumava, che ogni anno percorreva in bicicletta i quasi cinquecento chilometri di distanza fra Trondheim e Oslo ed era un ex calciatore che aveva militato fino alla serie C, fosse morto per un'improvvisa ma naturale insufficienza cardiaca.

Capitava.

– Cazzo, – mormorò tra sé e sé, quindi girò i tacchi e si precipitò decisa fuori da quella casa.

Doveva procurarsi un cellulare nuovo. Non sapeva se poi avrebbe chiamato Lars Winther o Fredrik Smedstuen, ma non intendeva piú gestire quella storia da sola. Non appena raggiunta la macchina, pensò a quale fosse il centro commerciale piú vicino. Esitò, chiuse gli occhi e arrivò alla conclusione che l'alternativa migliore fosse quello di Manglerud, anche se non era il piú vicino. Senza contare che si sarebbe trovata a metà strada per tornare in centro. Spalancò la portiera e salí. Mise in moto e inserí la freccia, e stava partendo quando vide Allan Strømme arrivare di corsa. Frenò e abbassò il finestrino.

L'uomo si chinò verso di lei mostrandole una chiavetta.

– Non conosco il codice della copia di Jonathan, – le disse con voce roca. – Ma qui ci sono le registrazioni originali. Questo file non è protetto da nessuna password.

Singhiozzava, come se stesse cercando faticosamente di darsi un contegno.

– Sono già stati qui.

– Chi? – gli domandò Selma.

– Gli altri. Hanno preso tutto quanto. Tranne questa, che avevo nascosto. Voglio andarmene. Non voglio essere coinvolto. Tienimi fuori. Okay? Ti prego, tienimi fuori da questa storia.

– Te lo prometto, – rispose Selma; il cuore le martellava a tal punto quando prese la chiavetta da non riuscire nemmeno a pensare che, a giudicare dalla situazione, sarebbe stato impossibile evitargli di essere implicato.

Gli amici

Quella era la vita che Karstein Braaten avrebbe preferito. Quando poteva cancellare dalla mente burocrati e politici della capitale. La parte piú esterna del fiordo di Oslo riluceva immobile e splendente, come in piena estate. Il freddo della notte si percepiva appena nelle leggere folate di vento, ma lui indossava un maglione di lana. Era vecchio e odorava di diesel, falò e pece. Il motore a due tempi, che aveva quasi quarant'anni, girava fedele e rumoroso impedendo qualsiasi conversazione tra i due uomini a bordo.

Per lui il sabato era questo. Anche se ogni tanto incrociavano qualche altra imbarcazione, il mare era molto piú tranquillo di un paio di settimane prima. I proprietari delle case di villeggiatura sulla costa erano rientrati da un pezzo nelle rispettive città. Sebbene i piú tenaci continuassero a trascorrere i fine settimana da quelle parti fino a ottobre, avere una piccola barca e la residenza fissa era molto piú piacevole quando le vacanze estive si erano finalmente concluse.

Piccola barca con cui non era possibile andare veloce, ma non era un problema.

Erano diretti a Stauper. Quel grappolo di isolotti e scogli lisci in fondo a un ramo del Tønsbergfjord era il suo posto prediletto. Quando a otto anni gli avevano dato la sua prima barca, un dieci piedi di legno costruito dal nonno e con un motore fuoribordo a quattro cavalli, Stauper era assolutamente vietato. Era troppo al largo, diceva sua madre. Stauper era perfetto quando faceva bello, ma il mare poteva ingrossarsi di colpo quando erano in arrivo delle perturbazioni. I genitori di Karstein Braaten non avevano mai scoperto che il figlio conosceva ogni scoglio come le sue tasche già dalla prima estate in cui aveva un'imbarcazione tutta sua.

Sarebbero sbarcati. Erano amici sin dagli anni Ottanta e dal corso di russo che avevano frequentato alla Difesa. Erano fatti della stessa pasta. Anche l'uomo seduto a prua che con una mano sul bordo teneva lo sguardo fisso verso sud era uno che portava sulle spalle preoccupazioni e silenzi. La vita professionale lo aveva esposto a sfide fisiche maggiori di quelle di Karstein. Piú drammatiche, all'apparenza. Tuttavia, avevano scelto entrambi di mettersi al servizio della collettività. Proteggevano chi non capiva il proprio bisogno di protezione.

Si prendevano cura della Norvegia, Karstein Braaten e il suo migliore amico.

Avevano anche affrontato il dolore, a piene mani. Karstein per il fatto di non avere figli, cosa che non era mai riuscito a superare e che alla fine aveva spinto la moglie a lasciarlo, mentre lui si era chiuso nei propri pensieri e in un isolamento volontario. Birger per via delle esperienze estreme vissute da soldato e delle perdite silenziose sul fronte domestico, il che li univa.

Strada facendo, avrebbero controllato un paio di nasse per i granchi. Quello era il periodo dell'anno migliore per i crostacei e il fine settimana precedente Karstein ne aveva pescati sei molto grandi. Sul ponte c'era un solido pentolone d'acciaio e in un sacco impermeabile legna di betulla, l'occorrente per accendere la fiamma e tutto quello che serviva per gustarsi i granchi. Anche se in ogni ambito della vita Karstein Braaten era un tipo cauto, aveva aggiunto un paio di birre.

Si avvicinarono alla prima nassa. La boa arancione riportava il nome e l'indirizzo di Karstein, come prevedeva il regolamento. Senza chiedere, l'amico si stava già preparando ad agganciarla con la gaffa. Nessuno dei due disse niente, sia la barca sia loro sapevano esattamente cosa andava fatto. Quando issarono la nassa a bordo, poterono contare tre granchi grossi e uno piú piccolo. Visto che l'ultimo non superava le dimensioni consentite, lo ributtarono in acqua. Karstein mise il motore in folle per estrarre i crostacei.

Prese il granchio piú grande per il carapace mentre l'animale agitava le grosse chele.

– Questa sí che sarà una squisitezza, – esclamò soddisfatto, mostrandolo all'amico. – Sarà un pranzetto coi fiocchi, Birger Jarl!

Birger Jarl Nilsen non rispose, ma sorrise a sua volta.

La casetta nel bosco

In piedi davanti a una specie di finestra, Selma Falck stava guardando il laghetto di Movatn. L'apertura era cosí piccola e bassa da averla costretta a chinarsi. La casetta era di tronchi incastrati l'uno nell'altro e non superava i trenta metri quadri di superficie. Apparteneva a Fredrik Smedstuen, che non doveva aver mai impugnato un martello da quando l'aveva ereditata dal nonno piú di vent'anni prima. Gabinetto esterno e lampade al cherosene. Mobili degli anni Cinquanta. I letti della microscopica camera che avevano oltrepassato per andare in soggiorno non superavano i 180 per 60 centimetri di grandezza. Su un tavolino accanto al divano c'era una radiolina anni Sessanta, che andava a batteria. Fredrik non aveva neppure investito in un pannello solare.

Però il posto era molto bello e facile da raggiungere in auto perché bastava una mezz'ora per arrivarci dal centro di Oslo. Quando Selma gli aveva telefonato non appena si era procurata un cellulare nuovo, lui aveva insistito per portarla lí.

– Non sa un po' di paranoico? – gli chiese raddrizzando la schiena.

– No, – le rispose il poliziotto. – O forse sí. Mi trovo in una situazione molto difficile, Selma. Lo stesso vale anche per te. Oslo mi fa venire la claustrofobia, mentre qui riesco sempre a recuperare una specie di tranquillità.

Si passò una mano sulla testa insolitamente rasata e gemette.

– Anche se stavolta non è servito a un granché. Cazzo, avrei dovuto comunicare subito i nostri sospetti.

– Quali sospetti? – disse Selma sconsolata, avvicinandosi al rozzo tavolo da pranzo che occupava la maggior parte della stanza.

Si sedette di fronte a Fredrik, ma cambiò immediatamente idea. Tra di loro c'era già il suo laptop, quindi lo girò e si accomodò accanto al poliziotto.

– Tutto quello che abbiamo fatto ieri è stato esporre congetture e idee in libertà, – riprese. – Non c'era nulla che potesse provare qualcosa, in quello che sapevamo. Anzi. Avevamo soltanto un mucchio di se e di ma, mescolati in un pentolone pieno di fantasia con una o due tazze di complotti. Se tu avessi dato l'allarme, ti saresti soltanto coperto di ridicolo. Inoltre non sappiamo come è morto Børre Rosenhoff. Può essere stato il cuore. O un'emorragia cerebrale. Qualsiasi cosa.

– Un quarantaduenne sano non muore di qualsiasi cosa, – commentò con veemenza Fredrik. – E soprattutto non se sono passate meno di ventiquattro ore da quando io e te eravamo seduti in una caffetteria a chiederci se sarebbe stato lui il prossimo della lista di questo… – inspirò a fondo e non espirò, – di questo misterioso assassino di merda che ci troviamo davanti!

Selma girò la sedia in modo da vederlo meglio, si piegò appena in avanti e gli posò la mano sulla coscia per qualche secondo.

– Fredrik, – gli disse pacata mentre cercava di incrociare il suo sguardo. – Adesso dobbiamo darci una calmata. Sei partito in quarta traendo delle conclusioni su un caso che non sappiamo neppure se sia davvero solo uno. Al momento sono tre. Se non due.

Con un sospiro desolato passò la mano sulla superficie logora del tavolo.

– Se qualcuno avesse avuto il sospetto che Børre Rosenhoff sia stato ucciso, lo avresti saputo. Che la polizia sia stata informata della sua morte è la normale routine. E questo lo sai. I medici sono obbligati a riferire in caso di morte improvvisa e inaspettata dovuta a cause sconosciute. Quando si tratta di un ministro, la soglia di avviso è ancora piú bassa. Però non c'è stato nessun clamore particolare, Fredrik. In caso contrario ne saresti venuto a conoscenza. «Morto di colpo a casa sua la notte tra venerdí e sabato» significa o un malore improvviso, come un arresto cardiaco, o un suicidio. Se si fosse tolto la vita, la polizia sarebbe intervenuta sul posto nell'arco di cinque minuti. E ne saresti stato informato, Fredrik. Vi capitano troppo spesso incarichi del genere.

Cercò di nuovo di incrociare il suo sguardo, che era fisso su un punto all'esterno della casetta.

– In altre parole, questa morte avvenuta nella notte non è neppure un caso. Almeno per il momento. Neanche per quanto riguarda gli omicidi di Linda Bruseth e Kajsa Breien abbiamo in mano qualcosa di concreto, qualcosa capace di indicare che dietro c'è la stessa persona. Soltanto sensazioni. Soltanto associazioni di idee. Ci imbattiamo di continuo in situazioni che coinvolgono i servizi sociali e la tutela dei minori, ma dobbiamo ricordarci che esiste una grande differenza tra correlazione e causalità.

Smedstuen continuava a guardare fuori dalla finestra. Selma non sapeva cosa stesse fissando. Probabilmente nulla. Riprese: – Che Linda, Kajsa Breien e Børre Rosenhoff abbiano avuto legami con i servizi sociali non significa che questo abbia rilevanza al fine di capire perché sono morti. Magari a tutti e tre piacevano le frittelle. Dettaglio che sarebbe altrettanto irrilevante.

Finalmente lui la guardò.

– Che razza di stupidaggini, – disse, quasi seccato. – Con ragionamenti simili non avresti passato l'esame d'ammissione all'università.

– Probabile, ma hai capito cosa voglio dire.

Borbottando qualcosa, Smedstuen si alzò.

– Ho bisogno di aria fresca, – abbaiò prima di dirigersi verso la porta.

Selma lo seguí. La porta era cosí bassa che dovette piegare la testa. Fuori il cielo era diventato scuro e il vento aveva cambiato direzione. Adesso soffiava da nord, facendo presagire che di notte ci sarebbe stata una gelata. Dal piccolo spiazzo di fronte alla casetta un pendio erboso scendeva fino al lago. Di solito da quelle parti c'erano sempre molti escursionisti, soprattutto d'inverno, invece adesso non c'era nessuno e regnava il silenzio. Sulla sponda opposta un airone si levò tra gli alberi e, puntando verso sud, sorvolò il lago a un paio di metri soltanto dalla superficie dell'acqua.

Stirando la schiena, Fredrik alzò lo sguardo verso il cielo che stava imbrunendo. Doveva essere trascorso un po' di tempo dalla sua ultima sigaretta, perché non puzzava di fumo né sapeva di Fisherman's Friend.

– Una volta laggiú ho visto un'orsa con i cuccioli, – le disse indicando con un cenno del capo un boschetto a soli trenta, quaranta metri a nord. – Due batuffoli. Avevo undici anni e rimasi impietrito.

– Accidenti, – esclamò Selma con un sorriso, felice sia

dell'aria fresca sia di quella pausa da tanti pensieri caotici. – Degli orsi cosí vicino alla gente?

– Sí. Ma no. Devo aver visto male.

– Cioè? Come fai a saperlo?

– Era a Natale.

– E allora?

– Gli orsi si accoppiano all'inizio dell'estate. L'ovulo non si impianta nell'utero prima che l'orsa sia andata in letargo in autunno. I piccoli nascono tra la fine di dicembre fino a forse febbraio, mentre la madre è nella tana.

– Non potrebbe essersi svegliata? Non è possibile?

Smedstuen si strinse nelle spalle.

– Non lo so. Ciò che so per certo è che durante il periodo di Natale i piccoli pesano piú o meno mezzo chilo e sono del tutto indifesi. Ammesso che siano nati.

Con le mani misurò le dimensioni di un cucciolo, che si aggiravano sui quindici centimetri.

– Evidentemente ricordo male. Eppure oggi come allora per me si tratta di un evento vivido nella mia memoria. L'orsa che spuntava dondolando tra quei due pini…

Indicò il punto con l'indice e il medio della mano destra.

– Ovviamente, ai tempi le piante erano piú piccole. Prima la madre e subito dopo i piccoli. Uno era piú coraggioso dell'altro, ma l'orsa gli diede una leggera zampata per fargli capire che doveva stare al suo posto. Rimasi a guardarli a lungo, paralizzato. Poi corsi in casa senza trovare il coraggio di dirlo a qualcuno. Mi confidai con il nonno soltanto un anno dopo o giú di lí.

Fredrik tirò su col naso prima di passarsi la manica della camicia sotto le narici.

– Rise di me.

Selma sorrise.

– Capita che degli orsi di passaggio si presentino nei boschi del Nordmarka, – disse Fredrik. – È pensabile. Che spuntassero a Natale invece è molto dubbio. È il periodo in cui dormono. Che poi l'orsa avesse con sé un paio di piccoli di queste dimensioni… – tenne i palmi a mezzo metro abbondante l'uno dall'altro, – è assolutamente impossibile. Devo aver avuto le allucinazioni. O essermelo sognato. Qualcosa, ma quel maledetto orso non l'ho visto. Anche se avrei potuto giurare il contrario, allora come adesso.

– Effetto Mandela, – disse Selma, stringendosi meglio il giubbotto intorno al corpo.

– Cosa?

Lui inclinò la testa da un lato per guardarla. Per un attimo sembrò davvero incuriosito.

– Noi esseri umani possediamo una fantastica capacità di ingannare noi stessi, – spiegò Selma. – La frase «mente al punto che è il primo a credere alle proprio bugie» non è poi cosí stupida. Il fatto è che non stiamo mentendo davvero. Ricordiamo male. Crediamo di aver vissuto qualcosa che invece non ha mai avuto luogo.

– Sííí…

Fredrik annuí e infilò le mani in tasca.

– È un fenomeno in cui mi sono imbattuto altre volte, – commentò. – Ma che c'entra Mandela? Intendi Nelson Mandela?

– Già. Ma non era lui a ricordare male. Erano altri.

– Cioè?

– Secondo una donna un po' matta, non ricordo piú il suo nome, Mandela era morto in prigione. Quella donna era in grado di riferire in dettaglio il suo funerale. Che in tal caso sarebbe dovuto avvenire mentre era ancora prigioniero a Robben Island. Prima del 1990, quindi, non nel 2013.

Selma si scrollò, cercando di togliersi di dosso il freddo della sera. Avrebbe preferito rientrare, ma Fredrik non sembrava patire il gelo. Anzi, per la prima volta da quando lo aveva incontrato in un ripostiglio a Ullevål, pareva alquanto rilassato. Faceva respiri profondi e regolari, chiudendo ogni tanto gli occhi.

– Si sarebbe potuta liquidare la faccenda dichiarando pazza quella donna, – proseguí lei. – Inoltre era anche molto interessata ai poteri paranormali. Fatto sta che condivise quel ricordo falso con molte persone.

– Eh? La gente è folle.

– Mah. L'esperienza che tu hai vissuto con l'orsa potrebbe essere stata analoga. Tu stesso hai detto di averne parlato soltanto un anno dopo. La memoria potrebbe averti giocato uno scherzo.

– Forse. Tra l'altro, mi capita sempre piú spesso di scordare cose che sono accadute davvero. Quale sarebbe la spiegazione di tutto questo?

Selma fece un sorrisetto storto.

– Dipende a chi poni la domanda. Secondo la donna che ha dato origine a quel concetto, si tratta di universi paralleli che a volte entrano in contatto.

Fredrik scoppiò in una risata. Selma non ricordava di averlo mai sentito ridere. Era profonda e piacevole.

– Se chiedessi ai teorici dei complotti, avrebbero molto di piú da offrire. Per esempio, direbbero che parliamo di manipolazioni delle informazioni ad opera di governi malvagi che sperimentano sui nostri cervelli. Invece, psicologi e psichiatri sarebbero portati a credere che quei ricordi riguardino cose a cui *potremmo* credere.

Sbadigliò prima di aggiungere: – Non rientra nei miei ambiti professionali. Personalmente, se dovessi tirare a indovinare, credo che esistano cose con cui è cosí difficile convivere che a volte il nostro inconscio ci inganna. Addobbiamo la realtà in modo che ci riesca piú facile viverci.

– Ho visto quegli orsi. Niente di difficile, a parte la paura. Paura di niente, a questo punto. Dato che non potevano esserci.

– Esatto. Hai avuto paura. In realtà questa paura poteva essere dovuta a qualcos'altro. Per esempio un formicaio.

Fredrik non rispose. Abbassò lo sguardo sul terreno, dove qualche piccolo ciuffo d'erba spuntava fra le lastre di pietra. Con la punta della scarpa cercò di sterminare i resti di un tarassaco caparbio, sfiorito da un pezzo.

– Non so cosa fare, – le disse sottovoce.

– Niente, – rispose Selma. – Al momento non puoi fare altro che indagare sull'omicidio di Linda.

Lui continuò a dare dei piccoli calci in silenzio.

– Perché ti sei portata dietro il laptop? – le domandò di colpo.

– Una vecchia abitudine, – mentí lei. – Oltretutto qui non c'è né corrente né una connessione Internet.

Il computer era carico e in caso di necessità avrebbe potuto collegarlo alla rete del cellulare nuovo. All'inizio aveva pensato di aprire i file zip insieme al poliziotto. Ora aveva cambiato idea. Non voleva correre il rischio che Smedstuen le confiscasse la chiavetta e la portasse in centrale. A quel punto lei avrebbe perso il controllo della situazione.

Poco tempo prima era proprio quello che desiderava. Liberarsi di tutto. Mettersi ogni cosa alle spalle, fare pace con Anine e avere la possibilità di vedere il piccolo Skjalg.

Adesso non era piú cosí.

La complessità del caso la intrigava. Finalmente. Era eccitante. Per la prima volta da un'eternità, quella notte aveva dormito come un sasso. Si era svegliata abbastanza riposata da pulire da capo a piedi l'appartamento e da prendere l'iniziativa di fare visita ad Allan Strømme. Da quel momento in poi tutto si era complicato sempre piú.

L'esistenza era diventata un gioco. Una sfida senza ricadute certe. Da quasi un giorno e mezzo la sua mente non pensava piú al poker. Questo era molto meglio. La posta in ballo era il rapporto con Anine, l'incertezza era grande e per vincere aveva bisogno di quintali di fortuna. Ma anche di abilità.

Selma si sentiva di nuovo in forma, la sensazione sarebbe durata almeno per un po', e lei voleva tenere per sé la chiavetta. Se non altro, fino a quando Lars si sarebbe potuto staccare dal letto d'ospedale del figlio.

– A proposito, forse c'è una cosa che potresti fare, – gli disse.

– Cosa?

– Il 17 agosto c'è stato un incidente alla rotatoria di Bislett. Un giovane uomo in bicicletta è stato travolto da un taxi ed è morto. Potresti controllare se si è davvero trattato di un incidente?

Smedstuen la guardò con aria scettica.

– Sicuramente lo era, – aggiunse Selma in fretta. – Ma ti sarei grata se potessi dare un'occhiata veloce, insomma, per confermarmi che quel ciclista è stato investito senza dubbio per caso. La vittima si chiamava Jonathan Herse.

– C'entra con tutto questo?

– Probabilmente no. Sul serio. Ma potresti controllare?

– A una condizione.

– Che sarebbe?

Smedstuen si girò verso di lei incrociando le braccia sul petto. Lí nel bosco, con un paio di vecchi stivali di gomma, il maglione e il nuovo taglio cortissimo di capelli, era piú bello di quanto Selma avesse mai notato. Non bello, per la precisione, ma attraente nella sua virilità. In modo un po' melanconico, come se ci fossero troppe cose della vita a cui aveva già rinunciato. Birger Jarl le aveva detto che Fredrik aveva divorziato da poco. Spesso era un modo per dire che si era ancora nella fase della separazione, e infatti lei si era accorta che portava ancora la fede. L'anello sembrava cosí conficcato nella carne dell'indice destro che forse era difficile toglierlo.

– Se dovesse risultare che Børre Rosenhoff è stato ucciso, – dichiarò serio Fredrik, – allora dobbiamo andare avanti. Ne devo parlare con i miei superiori. Esporre tutti i nostri pensieri anche a loro.

Si morse una pellicina sul labbro.

– Tutti i *tuoi* pensieri, – si corresse. – Abbiamo un accordo?

Selma avvertí l'odore di un falò in lontananza, un sentore quasi impercettibile di fumo, di foglie morte e bagnate misto a qualcosa che non seppe identificare. Guardò a occhi socchiusi verso il dorsale della collina sulla riva opposta del lago, che adesso quasi si fondeva con il cielo. Soltanto dietro di loro era rimasta una striscia sottile di luce. Tra qualche minuto si sarebbe dissolta a ovest prima di scomparire del tutto.

– Sí, – rispose Selma alla fine. – Abbiamo un accordo.

Eureka

Un tempo Micio si chiamava Darius, come il mitico re persiano. Un tempo il suo territorio era grande e, per quanto fosse un costoso gatto di razza, lui amava sgusciare nei giardini tra le ville di Ormøya dando la caccia a topi e uccellini. Nonostante potesse vantare nobili avi mediorientali, non era mai stato capace di rimanere al chiuso per piú di qualche ora alla volta. Puntualmente gli veniva messo il collare e puntualmente tornava a casa senza. Nessuno era mai riuscito a scoprire come facesse a liberarsene. Darius era uno spirito libero.

Adesso si chiamava Micio e viveva in cinquanta metri quadri con un uomo che lo portava fuori al guinzaglio in un parco un paio di notti alla settimana.

Micio non era mai stato meglio di cosí.

Viveva con un vero amante dei gatti. Era sempre piú pulito dell'uomo in questione, e di regola piú sazio. La cura del pelo e la toeletta generale si praticavano con regolarità, ma senza eccessi. La pappa gli veniva servita nella ciotola quattro volte al giorno. Era un gatto tenuto bene. In quel piccolo appartamento, le coccole erano piú che abbondanti e facevano bene a entrambi. Micio poteva persino dormire nel letto, cosa che, prima di trasferirsi, non aveva mai fatto.

L'uomo era gentile. La voce era morbida, proprio come la sua mano quando lo accarezzava sulla schiena. A volte l'uomo mutava di colpo, cosa che non spiazzava piú l'animale. Micio si limitava a starsene per conto suo. Rimaneva in camera durante il giorno o si parcheggiava in cima alle grandi pile di giornali che si accatastavano davanti alla porta d'ingresso. Durante quegli strani periodi in cui l'uomo parlava da solo, non a Micio, la sua voce era diversa. Per fortuna accadeva sempre piú raramente. Era passato molto tempo dall'ultima volta.

In quel preciso istante Micio inarcò la schiena in mezzo alla stanza.

Sibilava confuso.

L'uomo si era alzato di scatto dal divano e, con le mani puntate verso l'alto, urlava come un invasato. I suoni che gli uscivano dalla gola erano troppo forti, troppo lancinanti. Aveva il volto quasi distorto e sembrava che stesse boxando contro qualcosa di invisibile che si trovava sotto il soffitto.

– Eureka!

Soffiando, il gatto si dileguò nell'ingresso.

– Aspetta che lo sappia Selma! – gridò l'uomo alzando di nuovo i pugni in segno di vittoria.

Domenica 15 settembre

I file audio

La prima cosa che Selma notò quando si svegliò di soprassalto era che fuori era ancora buio. In quel periodo dell'anno l'alba arrivava strisciando poco dopo le cinque. Si rigirò nel letto cercando di riprendere sonno. La sera prima, di rientro dalla casetta a Sørbråten, Fredrik l'aveva portata a casa verso le dieci con la sua vecchia Kia. A giudicare dalla spazzatura presente nel catorcio, l'alimentazione dell'ispettore era tutt'altro che sana. Prima che Selma potesse salire, Smedstuen aveva dovuto sgombrarle il sedile da una considerevole quantità di involucri del McDonald's e bottigliette di Coca-Cola.

Il nuovo telefono di Selma aveva il riconoscimento facciale, cosa che le creava ancora qualche problema. Armeggiò un attimo con il cellulare prima di realizzare che ore fossero.

03.47.

A dire il vero, quando era arrivata a casa era cosí stanca che, dopo aver mangiato un panino ed essersi fatta la doccia, si era fiondata a letto, sperando di farsi una bella dormita. Stava per appoggiare il cellulare, quando vide che l'aveva chiamata Einar.

Non capitava quasi mai. Einar aveva il terrore del telefono e Selma se lo immaginava mentre la chiamava farfugliando con il cellulare avvolto in un rotolo d'alluminio per proteggersi dalle radiazioni. Doveva essere successo qualcosa di importante, se l'aveva cercata per ben sei volte. Per fortuna Selma aveva avuto l'accortezza di inserire la modalità silenzioso. Rimase per un attimo sdraiata a guardare il cellulare mentre meditava se richiamarlo o meno.

No. Einar Falsen aveva fatto un ultimo tentativo a mezzanotte meno dieci. Di sicuro adesso dormiva. Nei periodi in cui stava bene, era importante che seguisse delle routine fisse, tra cui quella di concedersi un sonno tranquillo. Selma avrebbe provato l'indomani. O meglio quel giorno stesso. Di lí qualche ora.

Inutile tentare di riaddormentarsi. Ormai era cosí sveglia che le era impossibile non pensare alla chiavetta senza password che Allan Strømme le aveva consegnato il giorno prima. La sera era riuscita a resistere alla tentazione di dare un'occhiata o, per la precisione, di ascoltarne il contenuto. Voleva essere riposata quando sarebbe avvenuto. Anche se avrebbe dovuto e voluto dormire qualche ora in piú, quel rimuginare continuo glielo impediva, cosí si alzò e, dopo essersi infilata una felpa, un paio di pantaloni della tuta e le Birkenstock, andò in cucina.

Prese dal frigo l'unica razione di bibite zuccherate che si concedeva alla settimana: una lattina di Coca-Cola vera e propria. La prima sorsata era sempre la migliore. Piena di caffeina e genuinamente dolce. Si sentí subito piú sveglia. Da un cassetto tirò fuori un pacchetto di biscotti d'avena integrali, poi si sedette al tavolo da pranzo nella parte della stanza che fungeva da soggiorno.

Il laptop si trovava nello stesso posto dove l'aveva lasciato la sera prima. La chiavetta era già infilata nella porta Usb. Accese il computer. Ebbe giusto il tempo di masticare metà biscotto prima che fosse pronto. Il leggero nervosismo che avvertiva in tutto il corpo le fece venire in mente l'irrequietudine di quando si era innamorati, o l'eccitazione di avere in mano delle carte vincenti nell'attesa di girare l'ultima. Si sentiva tesa, elettrica, carica di aspettative, e in realtà molto spaventata.

Il menu della chiavetta era identico a quello di Jonathan Herse. Selma aprí per primo il documento che si chiamava soltanto *A.docx*. Se la memoria non la tradiva, la sequenza di quegli strani codici ricalcava esattamente quelli che aveva già visto insieme a Lars. La stampò e andò a ritirare la copia nell'ingresso dove c'era la stampante. Una volta tornata in soggiorno, appoggiò il foglio a sinistra del portatile e chiuse il documento.

Puntò il cursore sul file zip mentre sentiva crescere la carica di aspettative e paura.

Clic. Il file si aprí. Conteneva otto file audio. Vide che la prima registrazione durava piú di un'ora e mezza.

Premette Play.

La prima cosa che sentí fu il rumore di sedie che grattavano sul pavimento e un irritante segnale acustico iniziale. Abbassò leggermente il volume. Dopo quel *bip*, partí una voce. Era quella di un uomo che non si presentò. Doveva trattarsi di una riunione i cui partecipanti si conoscevano già.

«Oggi fa un freddo cane, – disse la voce. – Mi sono dimenticato di prendere i guanti».

Per un paio di minuti seguirono delle chiacchiere. Il rumore di almeno un'altra persona che entrava. Poi raschiare di voci, colpi di tosse, starnuti. Se Lars e Selma avevano interpretato i codici in maniera corretta, era gennaio e il primo giorno di lavoro dopo le vacanze di Natale. Evidentemente molti dei presenti dovevano essersi beccati un raffreddore, visto che c'era stato un continuo alternarsi fra temperature piú miti e geli polari.

Il primo quarto d'ora era noioso. Questioni pratiche. Una fotocopiatrice che aveva bisogno dell'intervento di un tecnico. Discussioni su una proposta di legge da ultimare, la necessità di dare seguito a un progetto strategico di rafforzamento degli strumenti d'emergenza a disposizione dei servizi sociali. Selma fece avanzare con impazienza la registrazione di dieci secondi alla volta. Per un uditore esterno nulla di interessante.

Diede un'occhiata al foglio che teneva accanto al computer.

«1. 02.01.19 MIF HBP Cs. n. 1, doc 2+3, fa arkiv.zip 01.13.14».

Quando lei e Lars avevano visto la prima volta il menu dei file, avevano tirato a indovinare che gli ultimi tre gruppi di cifre corrispondessero a un codice temporale. Con il cursore fece proseguire la registrazione fino a 01.12.00.

«... per oggi basta cosí, – disse la stessa voce maschile che aveva avviato la riunione lamentandosi del tempo. – Fate attenzione al ghiaccio quando camminate, tutti quanti».

Nuovo grattare di sedie sui classici pavimenti statali di linoleum. Chiacchiericci vari che si accavallavano, una porta che si apriva rumorosamente. Nessun particolare degno di nota. La riunione sembrava conclusa.

«Allan, – disse la stessa voce in tono cosí alto da sovrastare le altre. – Hai un momento? Chiudi la porta, per favore».

Cadde il silenzio e la porta si richiuse con uno schiocco leggero.

«Accomodati», riprese la voce in maniera affabile.

A quanto pareva, Allan aveva eseguito.

«Com'è la situazione? Hai sfruttato il Natale per studiarla meglio?»

«Sí. In parte».

«Quindi?»

La voce faceva trapelare una certa irritazione.

«Sono piú che convinto, – disse Allan (a Selma parve di cogliere una punta di nervosismo), – che ci sia un netto contrasto tra molti di questi casi e quello che possiamo aspettarci come giudizio finale qualora arrivassero alla Grande Camera della Cedu».

«Cosa intendi dire?»

Fruscio di carte. Una specie di tamburellare deciso, Selma intuí subito che erano le dita di Allan che si muovevano sulla tastiera dell'iPhone, probabilmente tenuto nascosto in una tasca.

«Verremo condannati in una serie di casi, Horatio».

La voce aveva finalmente un nome. Un nome che corrispondeva alle iniziali delle sequenze numerate di cui Selma aveva stampato una copia. Il direttore generale della Sezione servizi sociali per la tutela dei minori del MIF.

«Quanti, – continuò Allan, – non lo sappiamo ancora. Ma alcuni avvocati della controparte sono in subbuglio».

«Ah. È dannoso. Molto dannoso. Ora che finalmente stiamo per rendere pubblico questo…»

Si sentí un suono strano, forse dovuto a uno spostamento d'aria. Con ogni probabilità l'uomo stava agitando qualcosa.

«"Maggiore è la conoscenza, migliore è la tutela dei minori"», lesse Allan.

Astuto. Era l'unico a sapere che la conversazione veniva registrata. Il giovane si era preparato e stava in guardia.

«Lo so che cos'è, – replicò Horatio stizzito. – Secondo i piani, questa riforma entrerà in vigore già nel 2022. L'ultima cosa di cui abbiamo bisogno adesso è una batosta da parte della Cedu».

Pronunciò l'ultima parola con un tono quasi distorto. Come se volesse prendere le distanze dal concetto stesso di diritti dell'uomo.

«Siamo in Norvegia, – aggiunse cupo. – Se c'è qualcuno che può battersi il petto con orgoglio in fatto di tutela dei diritti umani, quel qualcuno siamo noi. Per non parlare dei diritti dell'infanzia».

Selma sentí un suono che non riuscí a identificare, come sdrucciolevole.

«Be', – disse Allan. – Ho letto parecchio e ho parlato con molta gente. Tra cui alcuni degli avvocati che rappresentano le persone che hanno fatto ricorso, ma anche con chi ha diretti contatti con Strasburgo. Sulla base di questi elementi e partendo da segnali piú vaghi che sono riuscito a interpretare, senza tener conto dalla brama apparentemente cosí forte di controllare le nostre procedure, la Gran Camera della Cedu ci darà una vera e propria strapazzata».

Horatio Bull-Pedersen tossí.

«Dobbiamo fare qualcosa».

«Cosa?»

«Hai sentito quello che ti ho detto».

«Sí. No. Cioè, non ho capito».

«Si tratta di casi abbastanza diversi, giusto?»

Fruscio di carte. A Selma pareva inconcepibile che al ministero avessero i fascicoli di singoli casi, quindi suppose che fossero soltanto estratti, contenenti valutazioni di carattere giuridico e resi anonimi.

«Insomma...»

Allan Strømme la stava tirando per le lunghe.

«Tutti i casi che riguardano minori sono diversi, – rispose. – Però c'è motivo di ritenere che l'attenzione sarà focalizzata sulle pratiche riguardanti le modalità di contatto e di adozione. Lo sai meglio di me, c'è chi pensa che siamo sempre pronti a portare via i figli a genitori svantaggiati già al momento della nascita. E se questi ultimi, soprattutto la madre, si trovano in condizioni critiche, bisogna ammettere che agiamo in una fase ancora precoce, partendo dal presupposto che l'adozione sarà la soluzione piú probabile. Questo significa che il contatto tra il bambino e i genitori biologici diventa sempre piú raro fino a sparire del tutto».

«Interveniamo pensando al bambino! Alla base di ogni nostra azione c'è il bene del bambino, un principio che il sistema norvegese ha perseguito in tutti questi anni».

Horatio Bull-Pedersen non poteva aver trascorso un bel Natale. Adesso sembrava disperato. La sua voce era molto diversa da quella che aveva alla riunione, quando i toni parevano allegri.

«Sono d'accordo, – commentò Allan, incredibilmente calmo. – Però devi ammettere che avremmo un problema, qualora le nostre decisioni fossero in contrasto con la convenzione sui diritti dell'uomo. È cosí».

Una botta, come di una mano battuta sul tavolo.

«Cos'altro ci possiamo aspettare quando là a Strasburgo ci sono giudici che provengono da culture dove quasi non battono ciglio quando la gente picchia i propri figli? Che considera i bambini una… una proprietà? L'Albania!! Cosa ne sanno loro di diritti dell'infanzia? Dei giudici armeni? Eh?»

«Horatio…»

«Voglio il quadro generale delle obiezioni che ci sono state sollevate».

«Le trovi per lo piú qui, in questo…»

Il suono che seguí poteva corrispondere a quello di un foglio che veniva spinto sul tavolo.

«Intendo dire in concreto, – replicò Horatio Bull-Pedersen, adesso con un tono piú pacato. – Voglio sapere in dettaglio quali sono le decisioni che gli avvocati ritengono sbagliate e come andrebbero annullate, e poi che cosa non è stato fatto, partendo dal punto di vista della Cedu».

«Non capisco. Se e quando venissimo condannati, ci penserebbe la Corte suprema norvegese a occuparsi...»

«Ci sono di sicuro cose che si possono aggiustare».

«Aggiustare? Vuoi dire...»

«Esattamente quello che ho detto. Mi hai capito. In caso contrario noi due abbiamo un problema. Mi aspetto il quadro generale entro lunedí. Sui casi in questione e con la proposta di che cosa si può aggiustare».

Nuovo grattare di sedie. Passi. Segnali acustici.

Silenzio.

La registrazione era finita. Selma doveva aver sentito male. Doveva aver tratto conclusioni sbagliate. Doveva aver aggiunto alle parole pronunciate da Horatio Bull-Pedersen un significato maggiore di quello reale.

Doveva essere cosí.

Rimase seduta per parecchi minuti a pensare, fissando lo schermo dove adesso il file era ridotto a una striscia grigia e il cursore si trovava alla sua estremità destra. Il silenzio era tale che si sentivano le bollicine della Coca-Cola scoppiettare nella lattina.

Alla fine lo sguardo le cadde sul foglio dei codici. O del quadro generale, forse il menu: non aveva ancora deciso come chiamarlo.

«1. 02.01.19 MIF HBP Cs. n. 1, doc 2+3, fa arkiv.zip 01.13.14».

Quello era il primo spezzone audio. La data era il 2 gennaio di quell'anno. Il luogo era il ministero dell'Infanzia e della famiglia. Il caso era il primo di una serie, dedusse Selma. Ma doc 2+3? Sapeva già a cosa si riferiva il nome del file successivo e il codice numerico era un'indicazione temporale.

Documenti 2 e 3.

Potevano essere quelli di un caso concreto. Horatio e Allan non avevano parlato di nessun caso concreto.

Selma rimase immersa nei propri pensieri, che però non volevano fissarsi su nessun punto preciso. Era come se la sua mente si rifiutasse di accettare la terrificante conclusione a cui si avvicinava ogni volta.

Horatio aveva detto che i casi si potevano «aggiustare».

Aggiustare una cosa era come dire ripararla. Ma non si poteva «riparare» un caso che era già stato trattato dal sistema giudiziario norvegese. Per essere riesaminato dalla Corte di Strasburgo, significava che tutte le possibilità esistenti in Norvegia erano già state utilizzate.

Non si poteva «aggiustare» niente.

A meno che il termine venisse inteso come nel mondo dello sport.

Dove «aggiustare» significava barare. Imbrogliare.

Fu assalita da vampate alternate di caldo e freddo. Prese la lattina e bevve tutta la Coca-Cola rimasta. Accostò ancora di piú la sedia al tavolo, prese un Post-it da un blocchetto e tirò fuori una penna dalla borsa.

Poi ascoltò le altre sette registrazioni.

Due ore e mezza dopo sapeva piú di quanto avrebbe voluto. Sentiva il bisogno intenso di tornare indietro nel tempo e fregarsene di quella faccenda. Anzi, avrebbe voluto ripartire dalle tre meno cinque del pomeriggio di giovedí 5 settembre. Quando stava andando a Grünerløkka per godersi un pranzo tardivo con le sue care amiche Linda Bruseth e Vanja Vegge. Avrebbe potuto girare sui tacchi in Olaf Ryes plass, dove ricordava di averle viste sulla parte opposta di Thorvald Meyers gate, mentre la salutavano con la mano: avrebbe potuto esibire un'espressione triste, spalancare le braccia e proseguire in un'altra direzione.

O avrebbe potuto mandare un sms.

In tal caso la vita sarebbe stata completamente diversa e lei non avrebbe dovuto trascorrere una domenica mattina di settembre senza sapere cosa fare di quello che le sembrava di aver intuito. Il pensiero piú allettante era distruggere la chiavetta, rompere ogni contatto con Lars Winther e magari trasferirsi all'estero. Scappare da uno scandalo enorme con cui lei non voleva avere nulla a che fare.

Ma non era possibile.

La donna delle pulizie

Leon, di sette anni, se la sarebbe cavata senza lesioni permanenti. O almeno niente di significativo: a detta dei medici, negli anni a venire avrebbe avuto qualche leggero problema di rigidità alle anche e alla parte inferiore della schiena. Ciononostante, se lo avessero seguito con attenzione, lavorando sodo e con l'aiuto dei suoi, sarebbe andato tutto bene. Doveva rimanere in ospedale ancora per una decina giorni, poi lo avrebbero trasferito in una clinica specializzata nella riabilitazione intensiva. Uno dei genitori lo avrebbe accompagnato.

La testa del bambino era illesa.

Quando un'ora dopo l'incidente Lars aveva visto il figlio, era stato invaso dal terrore. Il corpicino era collegato a ogni genere di tubi e macchinari, e il poco che vedeva del suo volto era quasi irriconoscibile.

La testa, aveva pensato Lars.

Pregava che la testa non avesse subito traumi.

Poteva sopportare qualunque cosa o quasi, ma Leon doveva risvegliarsi come il bambino che era prima dell'incidente. Doveva avere lo stesso atteggiamento curioso nei confronti della vita, doveva conservare l'amore per la matematica e i film di Hayao Miyazaki. Se non fosse piú stato in grado di mantenere l'equilibrio, Lars gli avrebbe procurato un triciclo. Magari con un motore supplementare. Avrebbero potuto cambiare appartamento se Leon fosse stato costretto su una sedia a rotelle, su questo lui e sua moglie erano già d'accordo, e se necessario se lo sarebbe portato in spalla nei boschi per andare a pescare nei laghetti intorno a Oslo. Sarebbero riusciti a gestire tutto questo, a conviverci.

L'unica cosa importante era che la testa fosse rimasta intatta.

Dio doveva averlo sentito, pensò Lars quando fece il suo ingresso nei locali dell'«Aftenavisen» in Akersgata, nel pieno centro di Oslo. Non che prima avesse mai creduto troppo in un potere onnipresente, ma negli ultimi giorni aveva pregato molto e con fervore un Dio che forse esisteva comunque. Per la prima volta dall'incidente, quella mattina Leon aveva mangiato da solo e aveva chiesto cibo del Burger King. Dal momento che nessuna delle varie filiali cittadine era già aperta alle sette di mattina, gli era stato promesso per pranzo un Whopper con tutti gli annessi e connessi.

Fare un salto al lavoro gli avrebbe fatto bene. Controllare un po' la situazione. Avere la sensazione che al mondo esistesse ancora una certa normalità e, a essere sincero, staccare un po' dall'odore d'ospedale e dalla moglie. I nonni e i vicini si occupavano a vicenda dei due figli piú piccoli e, ora che tutto era sotto controllo, doveva ammettere di non sentirne la mancanza. I bambini stavano bene.

Gli ultimi giorni erano stati un vero e proprio inferno e aveva bisogno di respirare l'atmosfera della redazione di un giornale.

All'interno regnava la consueta calma domenicale. Dal momento che preferiva non sentirsi chiedere come stava il figlio o lui, evitò con cura le poche persone presenti, perlopiú concentrate davanti a un monitor, alcune con le cuffie.

Sgusciò attraverso l'open space e raggiunse una delle salette riservate senza che nessuno si accorgesse della sua presenza.

Con un sospiro di sollievo si tolse il berretto.

In quella stanza c'erano due schermi, e Lars si collegò a uno di essi mentre cercava di chiamare Selma. Gli rispose subito la segreteria telefonica. Era la terza volta quella mattina, e cominciava a irritarsi. Erano passati un paio di giorni dall'incidente quando di colpo gli era venuto in mente che il materiale di Jonathan, chiavetta inclusa, era rimasto a casa di Selma dopo che si era precipitato in ospedale. Non che fosse un problema, nella migliore delle ipotesi lei era riuscita a scoprire qualcosa di piú.

Però quello che non sopportava era che Selma si rendesse irreperibile.

A dire il vero, Lars non aveva nulla da fare in redazione.

Si appoggiò allo schienale della poltroncina e passò in rassegna alcune pagine del giornale. Tutto d'un tratto sentí qualcuno aprire la porta alle sue spalle e registrò che si trattava della donna delle pulizie. Lars borbottò un saluto. La donna gli rispose con un timido buongiorno. In quel momento stava leggendo un articolo del giorno prima in cui si parlava di un attacco di droni a due pozzi petroliferi in Arabia Saudita e delle scuse porte dal ministro dell'energia locale per l'arresto della produzione di greggio che coinvolgeva le due aree. Lesse anche che Bernie Sanders aveva cancellato numerosi convegni elettorali per mancanza di voce.

– Il vecchio, – borbottò Lars.

– Cos'hai detto?

Era la donna scura con il chador nero. Lavorava lí da piú tempo di lui. Doveva far caldo con quell'abbigliamento. E doveva anche essere poco pratico, con la stoffa che le sventolava intorno mentre muoveva lo spazzolone in fibra sul pavimento.

– Niente, – le rispose, senza smettere di scorrere le notizie.

– Scusa?

Lars alzò di nuovo lo sguardo, piú infastidito che sorpreso.

– Sí?

– Non volevo disturbare, ma posso chiederti una cosa?

– Eh… sí.

– Tu conoscevi Jonathan Herse, vero?

Lars lasciò il mouse e la guardò dritto negli occhi.

– Sí, era un mio collega. Non eravamo… amici. Lo conoscevi?

– Sí.

Lei gli fece un debole sorriso. I denti erano bianchi e curati. Gli occhi, grandi e leggermente obliqui, le davano un'aria triste.

– Io ho aiutato lui. E lui ha aiutato me.

– Ah sí? Con cosa?

– Con i servizi sociali.

La donna parlava con un filo di voce. Gli si avvicinò.

– Jonathan stava lavorando a un caso molto grande, – continuò. – E io stessa ho molti problemi con i servizi sociali. Mi hanno portato via mia figlia. Appena nata. Jonathan mi ha ascoltata piú del mio avvocato.

Lars prese la sedia accanto, la girò e le fece segno di accomodarsi. La donna lanciò uno sguardo verso la porta.

– Non viene nessuno, – commentò Lars. – E poi non fai mica niente di male se parli con me. Siediti pure.

– Stai lavorando al caso di Jonathan, giusto?

Si sedette con cautela, come se avesse paura che la sedia cedesse. Si accomodò in punta, pronta a schizzare in piedi se fosse arrivato qualcuno.

– Sí, in un certo senso. Ma cosa… Come avete fatto tu e Jonathan…?

– Voi non mi vedete e non mi sentite, ma io sento tutto quello che dite e vedo tutto quello che fate. So chi lavora a cosa e che idea si è fatto ognuno della nuova caporedattrice.

Ancora quel sorriso triste e fuggevole. Il volto sembrava diviso a metà tra la bocca apparentemente sorridente e lo sguardo melanconico. Lars deglutí, a disagio. Da piú di un anno condividevano lo stesso posto di lavoro e non aveva mai scambiato con lei neanche una parola.

– Jonathan aveva ricevuto qualcosa da un amico, – gli disse a bassa voce. – Qualcosa di molto com-pro-met-tente. Che riguardava i servizi sociali. Lo sapevo. L'ho sentito.

Piegò la mano a conca e se la portò all'orecchio coperto dalla stoffa.

– Cosí ho preso il mio caso e una sera tardi gliene ho parlato. Jonathan è stato molto buono. Molto bravo e gentile.

– Ah. Quindi uno dei casi che si trova nella sua cartellina è il tuo?

– Sí. È stato cinque anni fa. Quando è nata mia figlia, avevo solo sedici anni. Abitavo in una casa famiglia, anche se ci stavo male. Mi dicevano che per me le cose non sarebbero andate a finire bene.

– Chi te lo diceva?

– Gli assistenti sociali. Hanno deciso tutto loro. Mi hanno permesso di stare con lei per quasi due settimane. Con mia figlia, Sayneb. In una struttura per madri sole. O forse adesso si chiama in un altro modo. Comunque, qualsiasi cosa facessi e dicessi era sempre sbagliata. Non mi hanno dato nessuna possibilità. È stata data in affido. All'inizio l'ho vista un po', ma poi il tribunale ha ridotto i miei incontri a due all'anno e adesso Sayneb non è piú mia. Non posso vederla. È stata adottata. Ora non so neanche come si chiama.

Gli occhi, che adesso sembravano ancora piú grandi, erano lucidi.

– Anche se ho fatto quello che mi dicevano. Ho finito le superiori. In quattro anni, mentre lavoravo tantissimo. Sono brava in matematica e in scienze naturali, ma non cosí tanto in norvegese. Ho un voto basso, al contrario della matematica. È difficile. Voglio diventare infermiera, ma devo migliorare il voto di norvegese. Quindi sto seguendo dei corsi per ripetere l'esame.

– Caspita, – borbottò Lars con poca convinzione, senza che lei desse segno di accorgersene.

– Ho fatto quello che mi hanno detto. Mi sono data una regolata. Mi ripetevano in continuazione che se tutto andava come doveva, potevo riavere Sayneb. Adesso...

Scosse la testa mentre piangeva.

– Adesso abito da sola. Mi prendo cura di me stessa e lavoro tantissimo. Riuscirò anche a superare il problema del norvegese e diventerò infermiera. Ma non potrò mai piú rivedere Sayneb.

Lars non sapeva cosa dire. Si sentiva a disagio insieme a quella giovane donna, insicuro. Non era piacevole. Gli venne in mente che forse lei non avrebbe dovuto stare nella stessa stanza con un uomo adulto, cosí di propria iniziativa. Non ne era certo, ma probabilmente era musulmana, visto l'abbigliamento. A Ullevål un'infermiera indossava una specie di ḥijāb, ma era bianco e le copriva solo i capelli. Per il resto era uguale alle altre, in pantaloni candidi e camice. I vestiti che portava Aisha non sarebbero stati accettati, se avesse lavorato in un ospedale. Lars lanciò un'occhiata alla porta, era chiusa. Nella stanza faceva troppo caldo e, quando si passò l'indice sotto il naso, si accorse che il labbro superiore era umido.

– Hanno falsificato i miei documenti, – disse Aisha.

– Cosa?

– L'ho scoperto. Li ho letti cosí tante volte. Di colpo

nel mio fascicolo c'erano piú carte. Due dicevano che loro avevano cercato di aiutarmi molto. Che mi avevano dato tante opportunità. Che mi avevano assegnato un referente nella casa per le madri sole. Tutte bugie. Tutto quanto. Hanno dichiarato che sono stata violenta con una dipendente. Stupidaggini. Il mio avvocato doveva presentare il mio caso a Strasburgo, alla Corte dei diritti umani, ma di colpo è cambiato tutto. Mi ha detto che...

Si interruppe e guardò terrorizzata la porta. Si sentí il rumore di almeno due persone all'esterno che parlavano ad alta voce ed erano scoppiate a ridere, ma poi scomparvero in direzione dell'open space.

– Ho dato a Jonathan tutte le carte, – riprese Aisha. – Ha parlato con il mio avvocato. Jonathan aveva una cartellina, teneva lí il materiale sui casi, molti ritagli di giornale eccetera. Tanti glieli ho dati io prendendoli da Internet. Volevo...

– Sei stata tu? – la interruppe Lars, colpito da un pensiero fulmineo. – Sei stata tu ad aggiungere un articolo nella cartellina verde dopo la morte di Jonathan? Sulle indiscrezioni provenienti dalla Cedu che avevano fatto andare su tutte le furie la procura generale?

– Sí. Avevo sentito che ti era stato chiesto di subentrare a lui nell'inchiesta e che tu non volevi. Hai supplicato che non te lo assegnassero. Volevo incuriosirti un po' e...

D'improvviso a Lars venne in mente il ricordo lontano di una donna delle pulizie che era entrata nell'ufficio della caporedattrice per prendere la spazzatura mentre stavano parlando per la prima volta della cartellina di Jonathan. Quella ragazza era astuta. Era stata proprio la presenza di un ritaglio in piú, palesemente inserito dopo la morte di Jonathan, ad aver acceso in lui una scintilla di interesse per quel caso.

Aisha si zittí di colpo: avevano bussato. Lars fu tentato di rimanere immobile e in silenzio e di far finta di niente, ma si costrinse a rispondere.

– Avanti.

Una donna sulla cinquantina, con un semplice ḥijāb e un camicione a fiori sopra i pantaloni di terilene, aprí e rimase sulla porta impugnando la maniglia. Dopo aver salutato Lars con un breve cenno del capo, diede inizio a una ramanzina che fece balzare Aisha su dalla sedia. Lars si chiese se stesse parlando in somalo.

In realtà non sapeva se esistesse una lingua somala. A pensarci bene, non sapeva neppure se Aisha lo fosse.

Rimase seduto, senza dire niente, senza prendere le sue difese e senza cercare in alcun modo di appianare la situazione. Si limitò a guardare la giovane che prendeva tutti i suoi attrezzi e seguiva la piú anziana, la quale continuò con la sua predica.

Erano passati solo pochi secondi da quando Aisha se n'era andata quando Lars si rese conto di ricordarne a malapena l'aspetto. A impedirlo era l'abbigliamento. Una donna sveglia e sicuramente carina, con tutte le possibilità davanti a lei se solo si fosse liberata di quell'indumento brutto e tutt'altro che pratico. Non che fossero affari suoi, la gente poteva vestirsi come meglio credeva, Lars Winther non era certo un paladino dei divieti, ma era un po' piú difficile provare simpatia per delle persone che a ogni costo dovevano addirittura vestirsi secondo dettami religiosi.

Quasi di sicuro non avrebbe potuto aiutare Aisha. Del resto, non era compito suo. Però aveva bisogno della sua storia. Se lei aveva ragione sul fatto che i servizi sociali avevano sistematicamente falsificato i documenti a proprio vantaggio, si trattava di uno scandalo di proporzioni enormi.

Se c'era qualcosa di cui si intendeva e che lo attirava tantissimo erano proprio gli scandali, e adesso era *fondamentale* trovare Selma. Prima però doveva passare al Burger King.

L'autopsia

Quando Selma Falck uscí dal suo condominio a Sagene, davanti all'ingresso si era radunato un drappello di giovani coppie in attesa di qualcosa. O almeno, intuí che fossero delle coppie visto che se ne stavano a due a due, quattro eterosessuali e due donne che si tenevano per mano. Un uomo dell'età di Selma, vestito in maniera formale e con i capelli corti e ben curati, stava appendendo un cartello dove si leggeva che era possibile visionare l'appartamento in vendita. Nel momento in cui Selma lo superò, il tipo alzò gli occhi e le sorrise.

– Salve, – gli disse lei in automatico, mentre le veniva in mente chi era: lo stesso agente immobiliare che le aveva venduto casa sua.

Purtroppo lui interpretò il saluto come un pretesto per attaccare bottone.

– Soddisfatta dell'appartamento? – le chiese raddrizzandosi.

– Assolutamente sí. Altri incarichi qui nel condominio?

Per fortuna aveva solo rallentato, ancora qualche secondo e si sarebbe trovata fuori portata.

– Sí. Le persone vogliono un agente che conosca bene la zona e io posso vantare un'ottima statistica in tutta quest'area.

– Bene. Non è un po' presto far vedere l'appartamento alle undici di mattina?

Adesso lo aveva superato, cosí lui si trovò a parlare alla sua schiena quando le rispose quasi gridando: – No! Quest'edificio è molto gettonato. Se glielo avessi chiesto, la gente si sarebbe presentata anche di notte. Chiamami se hai intenzione di vendere!

Selma non disse nulla.

Fu invece sul punto di fermarsi sul serio quando vide la Kia ammaccata di Fredrik parcheggiata in strada. L'ispettore la stava seguendo dallo specchietto perché sporse il braccio dal finestrino e le fece segno di raggiungerlo. Anche se Selma era diretta da Einar, che abitava nella direzione opposta, gli si avvicinò.

– Ciao, – gli disse piegandosi in avanti.

– Sali.

Selma esitò un attimo guardando l'ora.

– Perché non mi hai chiamata? Sto andando...

– Per favore, sali.

Selma scosse la testa, passò dalla parte opposta e fece come le era stato chiesto. Perlomeno questa volta il sedile era pulito.

Fredrik invece sembrava uscito da una centrifuga.

– Dopo che ieri mi hai portata a casa, sei riuscito a chiudere occhio? – gli domandò lei annusando l'aria con una certa ostentazione.

Si sentiva che non aveva fumato, ma emanava un odore acre di stress.

– No, ho lavorato. Dopo che ti ho lasciata, non sono riuscito a tornarmene a casa, cosí sono andato alla centrale, dove nel frattempo sono successe un bel po' di cose.

– Sei andato a lavorare di sabato sera tardi?

– I crimini non hanno né ora né calendario.

Selma sorrise.

– Cos'hai scoperto?

– Che probabilmente Børre Rosenhoff è stato ucciso.

– Ah, sí? Probabilmente? Non è quello che si diceva anche ieri? Che *probabilmente* era stato ucciso?

– Adesso però possiamo affermarlo con maggiore certezza. Si *suppone* che sia stato ucciso. Guarda... non so. È morto in circostanze molto piú drammatiche di quanto pensavamo.

Lasciò il volante e si coprí il viso con le mani. Se lo strofinò a lungo, tirando su piú volte con il naso, poi scosse con violenza la testa e spalancò gli occhi.

– Sono stanchissimo. Ma dovevo parlarti. E non al telefono. Questa situazione mi sta facendo diventare paranoico.

Per la seconda volta nell'arco di dodici ore Selma gli appoggiò con delicatezza una mano sulla coscia. La tolse subito.

– Cos'è successo? – gli chiese pacata.

Fredrik prese un bicchiere di carta dal cruscotto e ingollò rumorosamente il caffè.

– Rosenhoff stava male da un paio di giorni.

Fredrik si girò verso il sedile posteriore per prendere un thermos. Il contenuto non era molto caldo perché, quando tolse il coperchio di plastica, non si levò nessuna nuvoletta di vapore.

– Era sano come un pesce, fino a mercoledí mattina. Si era alzato come sempre alle cinque e mezzo. Era andato a fare la sua solita corsetta di cinque chilometri. Poi aveva preparato l'usuale colazione per sé, la moglie e i figli: porridge. Infine, come da routine, era andato a prenderlo la macchina blu di servizio del governo. Durante il giorno aveva cominciato a sentirsi male e la situazione era peggiorata sempre di piú. Giovedí, quando è tornato a casa dal lavoro, non riusciva quasi a stare in piedi.

– Perché non l'hanno aiutato?

– In quel momento la moglie era via. Dice di aver insistito al telefono che si facesse vedere, ma inutilmente. Secondo lui si trattava di una normale influenza. Dolori diffusi in tutto il corpo, diarrea. Malessere fisico generale. Del resto, ci teneva a dare di sé l'immagine di un uomo atletico e sportivo. I maschi della sua età hanno una strana idea di immortalità.

– Ma... cos'è successo?

– Dio solo lo sa. La moglie si è portata via i figli giovedí mattina per andare a trovare i genitori a Hemsedal. È stato lui a insistere che partissero. Cosí poteva starsene in pace ed evitava di contagiarli. Venerdí si è sentito sia con il lavoro sia con la moglie, ma poi ha smesso di rispondere al telefono. A notte inoltrata la moglie ha dato l'allarme. Al medico che hanno chiamato, hanno spiegato dove trovare la chiave di riserva, però per sicurezza il dottore si è portato dietro una pattuglia della polizia. Il ministro era morto. Ovviamente hanno pensato tutti al cuore. I nostri agenti hanno fatto portare via il cadavere perché fosse sottoposto subito a un'autopsia. Per scrupolo.

– Non sarebbe successo comunque?

– Fregatene adesso, – replicò Fredrik. – Il punto è che, quando il patologo ha spogliato il corpo, ha scoperto che sotto i pantaloni del pigiama aveva gli slip. E negli slip c'erano...

Selma lo vide cercare di reprimere un sorrisetto fuori luogo.

– Nelle mutande Rosenhoff aveva tre assorbenti da donna appiccicati l'uno sull'altro. O uno accanto all'altro, o... non importa. Gli usciva sangue dal culo.

– Cosa?

– Aveva perdite ematiche dall'ano! Sicuramente per lui era una cosa troppo imbarazzante per parlarne.

– Mi stai prendendo in giro? – sussurrò Selma.

– No. Ieri era sul tavolo del patologo. Non so cosa pensino questi medici quando ricevono i corpi di persone morte all'improvviso e in modo inaspettato come in questo caso. Immagino che tendano a pensare a un arresto cardiaco o a un ictus, proprio come tutti noi. Invece non era affatto cosí. Quando c'è un'emorragia gastrointestinale, le cause possono essere tantissime, dal morbo di Crohn alla colite ulcerosa, o a un tumore. Ma la sorpresa è arrivata quando lo hanno aperto. Gli organi interni erano in totale disfacimento. L'intestino sanguinava. Il fegato aveva smesso di funzionare. I reni erano distrutti. Il patologo ha dato subito l'allarme. Molto prima di aver concluso l'autopsia.

– Perché?

– Temeva che si trattasse di un virus. O di un veleno. O di un batterio. Quindi andavano prese delle precauzioni particolari.

– Sospettava già che il ministro fosse stato ucciso?

– Mah. Suppongo che in queste situazioni i medici vadano per deduzione. Valutano le ipotesi piú attendibili. Come una malattia. E quando la scartano, vanno avanti. Comunque, sono arrivati alla conclusione che a quel povero cadavere doveva essere successo qualcosa di molto grave. Mentre era ancora in vita. Quando ho telefonato ieri sera tardi, avevano appena chiamato la polizia per allertarci sui protocolli da seguire in casi del genere.

– E tu rientri in questi protocolli?

– No. Ma ho passato una mezz'ora buona in parte a bluffare in parte a drammatizzare un po' la situazione, cosí sono riuscito a strappare il consenso dei miei superiori a parlare con i medici. In questi casi è davvero meglio prevenire che curare. Per esempio, poteva trattarsi di un virus emorragico. Molto pericoloso e contagioso.

– Emor...

– Emorragico. L'ebola, per esempio.

– L'ebola?

– Sí. Visto che Rosenhoff non era mai stato in Africa e negli ultimi due mesi il suo unico viaggio all'estero è stato una brevissima puntata in Svezia, si trattava probabilmente di nefropatia epidemica. È una malattia terribile che ti può colpire anche se sei in vacanza in Norvegia nella tua seconda casa. Il virus si diffonde tra l'altro attraverso gli escrementi dei topi.

Per essere un uomo con scarsa memoria per i nomi delle persone, Fredrik era invece impressionante in fatto di virus. Selma fu costretta a chiedergli di ripetere ogni cosa dall'inizio, perché era cosí scioccante quello che le aveva appena raccontato che faceva fatica a introiettarlo.

– Nel frattempo hanno cominciato a implementare altre misure preventive ad ampio raggio. O...

Si grattò la barba ormai lunga, che gli dava un'aria trasandata.

– Le definirei di potenziale contenimento. Non sapevano ancora di cosa si trattasse, però in casi del genere bisogna bloccare l'accesso alle zone interessate, isolare la gente... insomma, un bel casino.

– Ma come diavolo ha fatto Børre Rosenhoff a prendersi un virus di quel tipo?

Con un gemito Fredrik batté i pugni sul volante.

– Non lo sappiamo! Il punto è questo, Selma. Potrebbe trattarsi di avvelenamento, di batteri, di qualsiasi altra cosa!

Si abbandonò contro il poggiatesta e alzò gli occhi verso il tetto della macchina.

– La famiglia è in quarantena a tempo indeterminato e a quanto pare al ministero è un casino. Devono proteggersi da un possibile virus, ma senza creare panico. Immagino che adesso saranno dal patologo con indosso quelle specie di tute spaziali chiedendosi cosa diavolo sia successo.

Si fece silenzio.

– Allora si potrebbe parlare anche di avvelenamento? – gli chiese Selma quando la pausa cominciò a diventare troppo lunga e imbarazzante. – Non deve essere per forza un virus.

– Potrebbe essere migliaia di cose!

– L'avvelenamento indicherebbe un omicidio.

– O un incidente.

– O un omicidio, – ripeté Selma.

Una vittima uccisa con un colpo d'arma da fuoco, pensò. Una impiccata. Una avvelenata.

Forse avvelenata.

Selma si portò le mani alle tempie. Sentiva delle fitte di dolore pulsanti dietro le palpebre. Spalancò gli occhi, ruotò la testa da una parte all'altra. Dallo specchietto laterale vedeva sempre piú gente affollarsi per visitare il bilocale al primo piano.

– Stasera devi venire a una riunione, – le disse Fredrik prima di sbadigliare a lungo.

Bevve il resto del caffè.

– Nell'ufficio del capo della polizia. Hanno già autorizzato la tua presenza. È difficile riferire le idee altrui. E sei stata tu a pensare in questa… direzione.

L'ispettore agitò una mano.

– Quale?

– I poteri dello Stato. Se qualcuno ha assassinato Rosenhoff, con il veleno, il virus o qualsiasi altra diavoleria di cui non sappiamo nulla, allora…

L'ispettore si massaggiò il cranio sudato con entrambe le mani.

– Dobbiamo giocare d'anticipo. Le cose succedono troppo in fretta, accidenti. Ti verrà a prendere un'auto civetta alle sei e mezzo che ti porterà alla centrale, passando da dietro. Per fortuna la stampa crede ancora che Kajsa Breien si sia suicidata e che Børre Rosenhoff sia morto per colpa di una malattia acuta e fulminante.

– Non durerà a lungo.

– No. Per questo è importante che...

Selma non lo stava piú a sentire. Aveva lo sguardo fisso su una vecchia bandiera del Pride. Da molti anni era appesa a una finestra di un vecchio caseggiato sul lato opposto della strada. I colori chiari dell'arcobaleno erano quasi spariti. La striscia viola era diventata rosa. Le cose non erano sempre come sembrava che fossero.

I tre poteri dello Stato. E forse il quarto.

– Hai scoperto qualcos'altro sul caso di Jonathan Herse? – lo interruppe mentre l'ispettore era infervorato a esporre un suo ragionamento.

– Cosa?

– Jonathan Herse. Il giornalista. Quello che apparentemente è morto in un incidente a Bislett. Hai avuto modo di dare un'occhiata?

– No, – rispose Fredrik irritato. – Quando cazzo avrei avuto il tempo di farlo?

Un colpo d'arma da fuoco. Impiccagione. Avvelenamento.

E un investimento, pensò Selma. Un evento tragico, ma quotidiano. Un incidente stradale che aveva causato la prima morte e che non sembrava essere in alcun modo collegato con le altre.

No. Forse. Sí, invece.

Una vittima uccisa con un colpo d'arma da fuoco, una impiccata e una avvelenata. C'era qualcosa. Solo che Selma non riusciva ad afferrare cosa potesse essere. Nell'ultimo quarto d'ora era stata bombardata da cosí tante informazioni e sorprese che la sua testa non era in grado di incasellare tutto nella maniera giusta.

– Ci vediamo, – si limitò a dire a Fredrik, e scese dalla macchina per andare da Einar Falsen.

Il cambiamento

L'uomo era di nuovo al cimitero.

Le sue visite si erano fatte piú frequenti, aveva piú cose da raccontare del solito. Grethe non aveva mai mostrato particolare interesse per il suo lavoro, aveva solo imparato a conviverci. Quando lui era a casa parlavano del figlio, del piú e del meno, delle vacanze che li aspettavano e dei progetti per il giardino che andavano incominciati. Mai di quello che faceva lui. Dopo che Grethe era morta, l'uomo aveva cercato di rispettare quell'abitudine tenendosi le sue cose per sé. In cambio non gli rimaneva molto da dirle, ma non aveva importanza. Lo scopo principale di quelle visite al cimitero era trovare la pace. Non era facile, e negli ultimi anni aveva avuto spesso l'impressione di andarsene via piú depresso di prima.

Ora invece non vedeva l'ora di recarsi da lei.

Grethe era la sua compagna di lotta. La sola a sapere e, se fosse stata ancora viva, l'unica che avrebbe compreso veramente. Si sentiva eccitato, quasi felice. Faceva freddo e l'aria era pungente, il vento che soffiava da sud stava spazzando una leggera coltre di nubi nella direzione opposta. Mentre lui camminava verso la tomba, le foglie secche formavano dei mulinelli sul terreno. Nell'angolo in fondo al cimitero l'aria era invece piú mite. La lapide si trovava sotto un grande olmo e l'uomo si sedette sulla sedia pieghevole in modo da appoggiare la schiena al tronco ruvido.

– Andrà come previsto, – disse accomodandosi meglio.

Aveva portato un vasetto di calluna. A Grethe piaceva cosí tanto quella tinta; la chiamava lilla, anche se lui la vedeva rosa. Sua moglie aveva moltissimi nomi per i colori. Per lei il viola non era mai solo viola, ma violetto o indaco, rosso tendente al blu o blu tendente al rosso. Il vaso era storto e per raddrizzarlo fu costretto ad allungarsi a tal punto che quasi cadde dallo sgabellino.

– Ecco fatto, – commentò dopo aver ripreso l'equilibrio ed essersi sfregato le mani. – Cosí sta molto meglio.

Stranamente era andato tutto bene. In realtà non avrebbe dovuto stupirsene. Nel corso di una lunga vita aveva sperimentato che nulla poteva mai essere pianificato con troppa cura. Il diavolo si annidava nei dettagli. Aveva cercato di farlo capire al figlio quando abitava ancora a casa. Glielo aveva ripetuto in continuazione in modo che gli rimanesse impresso nel cervello e non se lo dimenticasse mai: «Se ci si prepara in maniera meticolosa, non ci sarà mai motivo per essere nervosi. Il nervosismo è per le persone negligenti. Quelle che non hanno un piano, un obiettivo e un significato».

– È andata meglio che nelle mie migliori previsioni, – disse. – E non provo nessun vuoto.

Aveva pianificato anche quello. La sensazione di vuoto. L'irrequietudine dopo aver portato a termine il suo compito, la necessità di nuove sfide immediate. Dal momento che era l'azione piú rischiosa che avesse mai compiuto, si era anche aspettato che la tristezza conseguente si sarebbe fatta sentire con piú forza del solito.

Non era stato cosí.

Anzi. Una volta ultimata la sua impresa, si era sentito colmare da una sorta di euforia. La sera prima si era seduto nel giardino d'inverno con uno degli album. Il terzo, che conteneva le foto del periodo in cui il figlio era un bebè. Aveva preso in considerazione l'ipotesi di aprire la bottiglia di Hennessy Paradis, il cognac che gli avevano regalato i colleghi per i suoi cinquant'anni e che era lí intatta da undici. Per fortuna aveva abbandonato l'idea e si era accontentato di una tazza di tè con del miele. La sera era stata splendida. Il buio aveva avvolto le pareti di vetro dentro cui si trovava, sicuro e al caldo, e a mezzanotte era uscito in giardino a fare un giro.

– Le tue verbene giganti ci sono ancora, – sussurrò con lo sguardo fisso sulla targhetta di bronzo dov'era inciso il nome di Grethe. – Anche se non siamo ancora a settembre. Sono cosí belle. Rosa. O viola. O lilla, se vuoi.

Sorrise. Come al solito Grethe non gli rispose. Non aveva importanza. Lei era comunque lí. Il giardino di sua moglie era una meraviglia, formato da piante che sbocciavano da Pasqua fino ad autunno inoltrato. Il terreno pareva un tappeto vivente di colori e fiori che si muovevano impercettibili attraverso tre stagioni. Lui aveva cercato di prendersene cura al meglio, senza riuscirci del tutto.

Anche questo non aveva nessuna importanza.

Se lo ricordava cosí com'era stato un tempo. Lí, nell'angolo di un cimitero troppo grande e quasi deserto, l'unica cosa che contava era che aveva portato a termine quanto pianificato.

Rimaneva un unico dettaglio.

Dovevano capire che cosa era successo e perché. Se non ci fossero arrivati da soli, sarebbe stato costretto ad aiutarli. A fare in modo che si rendessero conto di cos'era davvero accaduto evitando che scoprissero la sua identità, e sarebbe stata una bella sfida.

– Vedi, – disse, sorridendo a Grethe. – C'è già un nuovo compito che mi aspetta. Niente di strano se mi sento soddisfatto, tesoro.

Si alzò, consapevole che presto avrebbe potuto apporre sulla lapide anche l'altra targhetta. Quella che lo scalpellino avrebbe avvitato non appena l'urna fosse finita nella terra, un'operazione che lui stesso aveva voluto posporre a quando tutto si sarebbe compiuto.

Forse era solo questione di giorni.

La delusione

Selma Falck non vedeva Einar cosí eccitato dai tempi in cui stava davvero male. Adesso era talmente felice di vederla che saltellava su e giú come una molla. Selma lo guardava affascinata. Le braccia avevano un'angolazione strana rispetto al corpo mentre teneva le mani o strette a pugno o con tutte le dita divaricate a ritmo con i salti.

– Sembri pazzo furioso, – commentò dalla soglia. – O un bambino di cinque anni la mattina di Natale.

Einar si bloccò di colpo, ma senza smettere di sorridere. Micio non si vedeva da nessuna parte e Selma ne dedusse che con tutto quel baccano si fosse rintanato in camera da letto.

– Ho trovato il tuo *stoolker*!

– Sí, me lo hai detto. Ieri sera mi hai lasciato sei messaggi vocali e stamattina cinque sms. Non hai piú paura del telefono?

– Sí, ma dovevo sentirti. Qui non ci vieni praticamente mai!

Pronunciò l'ultima frase con un tono di voce a tratti compassionevole.

– Sciocco, – gli rispose lei.

Selma si rese conto di averglielo detto quasi con affetto, quindi aggiunse: – Siediti. Ho poco tempo.

– No, no, no. Adesso passeremo in rassegna quello che ho scoperto. Per bene, Selma, molto bene. Rimarrai a bocca aperta. Te lo garantisco. A bocca aperta. Puoi scacciare quel vecchio pazzo di Einar Falsen dalla polizia, ma non puoi scacciare la polizia da Einar Falsen!

Quando lui si appoggiò il portatile sulle gambe, come sempre avvolto da vari fogli di alluminio, Selma notò che mancavano due lettere della tastiera. La E e la G. La cosa non sembrava turbare minimamente Einar, che, dopo aver indossato il casco ed esserselo stretto sotto il mento, si mise a scrivere. Il peggio era che si vedevano apparire brandelli della maschera di Darth Vader sotto la vernice screpolata della cover.

– Credo che sia arrivato il momento di comprare un computer nuovo, – gli disse. – E poi devi imparare a non premere con cosí tanta forza sulla tastiera.

– La prima cosa che ho fatto è stata quella di cercare altre informazioni sulla pagina dove avevo trovato l'intervista con «Ola», – disse Einar senza curarsi della proposta che gli aveva fatto Selma. – Mi sono concentrato in particolare sull'uomo che lo ha intervistato. Si definisce giornalista, ma è da considerarsi piú un attivista.

Di colpo rimase come paralizzato, con le dita rigide simili ad artigli protese sulla tastiera.

– Sai, Selma, credo che abbiamo un problema.

– Chi ha un problema?

– Noi. In Norvegia. Ho studiato a fondo la questione e, anche se tra di loro ci sono un mucchio di pazzi, sarebbe terribile se fosse vero che portiamo via i figli ai genitori senza averne il permesso. È in contrasto con i diritti umani, secondo me. Dobbiamo prendere sul serio questo tipo di diritti umani, Selma. Assolutamente. Piú casi analizzo e piú appare chiaro che i servizi sociali hanno la tendenza a decidere a priori. Come dire, alle persone non viene data nessuna possibilità. Di rimettersi in sesto.

– Certo, – commentò Selma indicando lo schermo con il dito. – Ma adesso ci concentriamo su «Ola», giusto?

Gli artigli ripresero a battere con violenza sulla tastiera.

– Sí. Certo. «Ola». Dov'ero rimasto? L'attivista. Ecco!

Sul monitor apparve la foto di un uomo. Poteva aver superato da poco i quarant'anni, era stempiato e aveva uno sguardo intenso, quasi caparbio. Era cosí magro che gli zigomi parevano innaturalmente alti e pronunciati.

– Sjur Vending! – esclamò Einar trionfante indicandolo con il dito. – Che di due figli è il papà quando di figli lui non ne ha.

Alzò lo sguardo con un sorriso.

– Ho fatto pure la rima!

Selma gli lanciò un'occhiataccia con la speranza di ricondurlo al punto.

– Li hanno portati via a lui e alla moglie nel 2015, – si affrettò ad aggiungere Einar. – Da allora ha lottato con le unghie e con i denti contro i servizi sociali. O…

Piegò la testa da un lato.

– A dire il vero, da molto tempo prima. Immagino che fosse una parte del problema. Si era dimostrato ostile fin dall'inizio. Non voleva accettare nessuna forma di aiuto. Questo è comunque quello che penso io, perché la sua versione, cosí come viene riportata su *furtodibambini.no* e anche altrove, è ovviamente molto diversa. Gli ho scritto una e-mail, facendo finta di essere dalla sua parte e dicendo che mi interessavano tutti i casi che arriveranno a Strasburgo. Cosí ho avuto la possibilità di ricevere informazioni e proseguire…

Di colpo si appoggiò allo schienale del divano e incrociò le braccia sul petto.

– Sai, Selma, si impara tantissimo da Internet. E pensare che ho sprecato anni e anni di conoscenza mentre facevo il barbone e abitavo sotto l'incrocio di Sinsen. Roba da non crederci e...

– Einar. Stop.

Lui la guardò sorpreso.

– Capisco che hai svolto un lavoro eccellente, – gli disse.

– Sí! Voglio farti vedere come sono riuscito a scovare il tuo *stoolker*! Una volta che ho trovato piú cose su questo giornalista, il tutto mi ha condotto a...

– Einar.

Lui si tappò subito la bocca e se la coprí con il palmo della mano.

– Scusa, – sussurrò con le labbra contratte.

– Ti sei dimostrato un eccellente investigatore, ma non è necessario che mi metti al corrente di ogni passo che hai fatto. Ti prendo in parola quando mi dici che hai svolto delle ricerche molto accurate.

– Non ne hai idea! Un computer è come uno di quei... giochi di società dove fai il detective! Se segui le tracce attraverso i social e i siti, torni indietro e le incroci con gli altri nomi che trovi per poi...

– Einar!

La voce di Selma era troppo tagliente, ma aveva problemi a concentrarsi dopo la conversazione con Fredrik Smedstuen. Quando era particolarmente su di giri, Einar poteva essere un guaio. Selma cercò di smussare la propria irritazione con un sorriso.

– Passiamo direttamente a «Ola», – gli disse con un tono di voce il piú possibile morbido.

– Non si chiama Ola.

– No. Come si chiama?

– Endre. Endre Cappelen.

Einar la guardò, sempre con la mano davanti alla bocca. Quando Selma gli prese il braccio con cautela, si accorse che era tesissimo.

– Hai una foto? – gli domandò senza mollare la presa. – Non potremmo darle un'occhiata mentre mi racconti con calma chi è?

Einar era come paralizzato.

– Sarei molto felice se tu lo facessi, – gli sussurrò quasi. – È tutto cosí eccitante. Ti ascolto.

Le spalle di Einar si distesero un po'. Abbassò la mano e fece un profondo respiro.

– Volevo solo farti vedere che Internet è geniale.

– Capisco.

– E che ho imparato a usarlo.

– È vero. Lo so. Parlami di Endre.

Finalmente Einar portò le dita alla tastiera. Selma aveva cercato a lungo di fargli usare il mouse, ma dal momento che preferiva starsene seduto sul divano con il portatile sulle gambe, gli aveva insegnato a usare il touchpad. Era diventato bravo. Sullo schermo apparve una foto.

– È lui, – commentò Selma. – È l'uomo che mi ha fermata.

– Endre Cappelen, – disse Einar.

– Endre Cappelen, – ripeté Selma. – Il nome non me lo ricordavo proprio, ma era lui.

Era stata scattata in estate. Il giovane indossava una felpa scura con il cappuccio, e con una scritta indecifrabile sul petto. Sorrideva appena e doveva esserci vento, perché i capelli erano scompigliati di lato. Vista l'età, i denti erano in pessime condizioni, come quelli di un tossicodipendente. Era snello e forse alto. Difficile a dirsi: era in piedi accanto un albero che non forniva indicazioni utili.

– Cosa sai di lui? – gli domandò Selma senza staccare gli occhi dall'immagine.

– Non molto. È difficile quando la storia viene raccontata da un unico punto di vista. Per riassumere...

Guardò Selma con aria maliziosa, che gli rispose con un sorriso.

– Per riassumere, mi piace, – gli disse.

– Ha lottato per ottenere l'affidamento del figlio dopo che la madre del piccolo era morta. Di malattia, credo. Il problema è che non conosce il bambino. Ripeto: questa è la mia interpretazione. Quando si legge la sua storia su Internet, non si può fare altro che provare per lui una grande compassione. Se poi si completa il quadro con quello che si sa da prima...

Sbuffò.

– Allora la situazione appare un po' diversa. Come sempre. Errori da entrambe le parti, come avviene di norma.

Selma si sentí mancare e chiuse gli occhi. Non avrebbe dovuto permettere a Einar di occuparsi di quelle cose. Non gli facevano bene. Al contempo sapeva quanto lo rendesse felice poterla aiutare. O meglio, avrebbe dovuto dire poterla *apparentemente* aiutare. Lo stalker, di cui per lei era stato cosí essenziale scoprire l'identità fino a poco tempo prima, era passato in secondo piano. Ci aveva pensato proprio quella mattina: che il pallone da pallamano fosse rimasto sul balcone significava probabilmente che lui non aveva piú accesso all'appartamento. Se come per miracolo fosse riuscito a lanciarlo fin lassú oppure lo avesse lasciato cadere dalla finestra dell'appartamento vuoto accanto a quello dell'incinta Johanna e della sua famiglia, in realtà non aveva piú cosí tanta importanza. Era tutto il resto a essere molto piú grande. Molto piú rilevante.

Di gran lunga molto piú complicato.

– A proposito, il tipo è morto, – dichiarò Einar.

– Cosa? – esclamò Selma riaprendo gli occhi. Si era quasi addormentata.

– È morto a luglio.

– Ehm... cosa?

– Sí, – ripeté Einar, con un fervore di colpo crescente. – Era come sparito. Quest'estate. Scomparso. Svanito. Cosí mi è venuto in mente di controllare gli annunci funebri, ma senza trovare nulla.

– No?

– Allora ho ripensato a come funzionava alla polizia quando si ha a che fare con questa specie di eremiti. Straccioni, barboni e piccoli criminali che non hanno nessuno. Certe volte è il comune a pubblicare a proprie spese un annuncio funebre. Che oltretutto sono tristissimi, i necrologi. Altre volte riusciamo a contattare un parente, che spesso vuole evitare ogni coinvolgimento. Ma...

Sollevò vittorioso l'indice verso l'alto.

– Sul sito *tribunale.no*...

La tastiera gemeva.

– Hanno un elenco dei decessi avvenuti in Norvegia e che sono stati denunciati. In ordine alfabetico. Un ottimo strumento. Neanche questa lista è completa, a volte i parenti si riservano il diritto di non far comparire il nome, anche se capita di rado. E lí...

Einar stava per indicare qualcosa, ma si trattenne.

– Quando muoio mi farai un necrologio, Selma?

– Sí. Cosa mi volevi mostrare?

– Cosa scriverai?

– Einar!

– Ecco qui, – le rispose lui veloce indicando l'elenco dei defunti. – Endre Cappelen, Oslo. Nato il 23 giugno 1989. La notte di San Giovanni. Morto il 10 luglio 2019. Vedi! Ho trovato tutto quello che c'era da sapere sul tuo *stoolker*, Selma!

Con le dita eseguí un rullio sul casco. Si sentirono crepitare i fogli d'alluminio.

– Hai lavorato alla grande, – commentò lei tranquilla. – Ma non è lui il mio stalker.

– Cosa? Ma eravamo d'accordo che... Mi hai detto tu di trovare tutto quello che era...

– È morto, lo hai detto tu. È morto a luglio. Il che significa che gli sarebbe stato difficile intrufolarsi nel mio appartamento ad agosto e settembre.

Fu come se Einar si fosse bucato. Si afflosciò lentamente e le gambe esili gli scivolarono a tal punto sul pavimento che il computer rischiò di finire per terra.

– Merda, – disse annientato. – Perché non ci ho pensato?

Al sentire i suoi gemiti, Selma si chiese se stesse piangendo. Si alzò.

– Non prendertela cosí, – gli disse sforzandosi di sorridere. – Come prima cosa perché non c'è piú nessuno che mi tormenta. Ho fatto mettere delle serrature nuove. Come seconda cosa, devi essere orgoglioso dell'ottimo lavoro che hai svolto. Sei bravissimo, Einar. Sei il mio collaboratore piú importante.

Per la precisione l'unico, pensò anche.

A patto che il termine «collaboratore» fosse quello piú adatto.

– Stai piangendo? – gli chiese dato che Einar non le aveva risposto.

Lui alzò lo sguardo. Aveva gli occhi pieni di lacrime che gli pendevano dalle ciglia, una si era già staccata rigandogli la guancia ispida.

– Un errore da dilettanti, – le disse affranto. – Una gaffe cosí. Scusa.

– Non ce n'è motivo.

Sembrava l'immagine vivente del dolore e del disappunto. Micio spuntò finalmente dalla camera da letto. Attraversò silenzioso la stanza e saltò in grembo a Einar, che si raddrizzò un po', ma con la stessa espressione distrutta.

– Mi devi aiutare a trovare altro, – gli disse Selma.

– Sono un idiota.

– No, sei bravo e ho bisogno di te. Vorrei sapere il piú possibile su un certo Torstein Heimdal.

Almeno Einar alzò gli occhi.

– Chi è? – domandò con voce cosí fievole che Selma lo sentí a malapena.

– Il mio vicino. Al piano di sopra. È sposato e ha un bambino piccolo. Non conosco il nome degli altri familiari. Ma dovrebbe essere facile trovarlo, dato che sua moglie lavora come diplomatica. Potrei farlo da sola, ma non ho tempo. Ci pensi tu?

Micio si era appallottolato sulle gambe di Einar.

– È importante?

– Sí, – mentí Selma. – Molto. Devo sapere il piú possibile di lui e della moglie. Mi potresti preparare un appunto su di loro?

– Una specie di piccola relazione?

– Sí. Proprio come un rapporto di polizia. Torstein Heimdal. Te lo stai segnando? Ha il mio stesso indirizzo, a meno che non abbiano già comunicato il cambio di residenza. Sono all'estero da qualche parte.

Einar aveva già appoggiato Micio accanto a sé sul divano. L'ultima cosa che Selma sentí quando aprí la porta d'ingresso per andarsene fu il martellare deciso su una tastiera rotta e la voce di Einar che borbottava: – Torstein Heimdal. Torstein Heimdal. Piú la moglie e un figlio piccolo.

Ricina

Un primario del reparto Malattie infettive di Ullevål era appena arrivato in ospedale. Come molti altri colleghi che operavano nel suo stesso campo sia a Oslo sia in altre parti della Norvegia, era stato richiamato d'urgenza. Era il suo giorno libero e da Skar era a metà strada per il lago di Bjørnsjøen quando era suonato il cellulare, costringendolo a tornare indietro. Mentre gli altri esperti di malattie infettive preferivano lavorare insieme, lui amava farlo da solo. Soprattutto in quel momento. Seduto nel suo ufficio con indosso un paio di vecchi pantaloni da trekking, era immerso nella lettura di tre documenti.

Questa volta non si trattava di pazienti in condizioni critiche di salute.

A circa tre chilometri di distanza, al Rikshospitalet, si trovava il cadavere di un ministro per il quale il suo interesse andò crescendo a mano a mano che leggeva. Il referto provvisorio dell'autopsia era insolitamente dettagliato, ma poteva essere riassunto in due parole:

Collasso totale.

Fegato, reni, intestino, cuore: un cedimento generale degli organi interni.

Purtroppo il medico aveva già visto situazioni del genere. In caso di forti emorragie intestinali il paziente avrebbe avuto prima o poi una ipovolemia. Per via della grande perdita di sangue. Le pulsazioni sarebbero aumentate mentre la pressione sanguigna sarebbe scesa. Poi sarebbe subentrato uno shock circolatorio. Arterie e capillari si sarebbero contratti, gli organi interni non avrebbero piú avuto né il sangue né l'ossigeno necessari. Infine sarebbero sopraggiunte la perdita dei sensi e la morte.

Era un peccato che quel poveraccio non avesse consultato un medico alle prime avvisaglie dei sintomi. Il tutto era avvenuto all'improvviso e il decorso era stato rapidissimo. Dall'avvertire un certo malessere mercoledí, era stato male giovedí ed era morto la notte tra venerdí e sabato. Dovevano essere state le perdite ematiche dall'ano a fargli chiudere gli occhi e a spingerlo a sperare in bene. La moglie del primario, che era oncologa, rimaneva sempre interdetta davanti ai pazienti piú timidi. Quando alla fine si decidevano a cercare aiuto per combattere il dolore e le feci sanguinolente, spesso il tumore al colon si era già ramificato. D'altra parte, per Børre Rosenhoff sarebbe stato comunque troppo tardi dare l'allarme a un certo punto della notte: a giudicare dai referti, aveva perso conoscenza molto tempo prima di morire.

Prese un altro documento. Lesse che i suoi colleghi del Rikshospitalet tenevano aperte tutte le possibilità. Facevano bene. Il collasso degli organi interni del ministro era compatibile con una serie di cause. Virus, batteri, veleno. Era impossibile stabilire cosa avesse ucciso quell'uomo senza ulteriori analisi. Una noia, perché richiedeva tempo. Oltretutto adesso il Rikshospitalet era in una situazione di grande pressione perché, come sapeva il primario, era stata attivata un'ampia serie di procedure per contrastare la possibile diffusione di malattie infettive.

Una mente illuminata gli aveva mandato un terzo documento.

Lo aveva scritto una dipendente dell'Istituto nazionale

per la salute pubblica che doveva essere molto in gamba. In un arco di tempo che andava da mezzanotte alle undici del mattino era riuscita a ricostruire i movimenti del defunto nelle ultime sei settimane, cosa che di norma avrebbe richiesto parecchi giorni di lavoro.

Disturbando sicuramente il sonno di molte persone.

L'infettivologo lesse piú volte i tre fogli del documento. Tutte le pagine gli erano state inviate in formato digitale, ma lui apparteneva alla vecchia scuola e si concentrava meglio sulla versione cartacea.

Il ministro dell'Infanzia e della famiglia Børre Rosenhoff non era stato all'estero nelle ultime sei settimane, a parte un viaggio di poche ore a Stoccolma. Ci era andato diciassette giorni prima, quando aveva partecipato a un consiglio dei ministri nordici in un albergo nei pressi dell'aeroporto di Arlanda. Era rientrato in serata.

Nessuno degli altri partecipanti all'incontro aveva mostrato segni di malattie gravi. Neanche prima. In Norvegia, nell'arco dello stesso periodo, Rosenhoff si era recato una volta a Bergen e due volte a Trondheim. Per il momento la donna dell'Istituto nazionale per la salute pubblica non aveva trovato nessuna fonte potenziale di contagio durante quegli spostamenti né altre persone malate.

Per il resto il ministro era rimasto a Oslo.

A parte qualche raffreddore e la lombalgia di un consigliere politico, dettagli che non sarebbero dovuti comparire in quella relazione, Børre Rosenhoff aveva frequentato un ambiente normale e sano.

Dopo aver schioccato le labbra, il primario si appoggiò allo schienale della poltroncina dell'ufficio e intrecciò le dita sulla nuca.

– Un virus, – sussurrò a mo' di prova nella stanza.

Lui stesso aveva prestato servizio in Mali durante

un'epidemia di ebola. Quando era tornato quattro mesi dopo, si era costretto a ricordare ciò che aveva imparato e a reprimere tutto il resto. Era difficile. Soltanto sei mesi piú tardi era riuscito a dormire una notte intera senza fare brutti sogni.

L'ebola aveva un periodo di incubazione che andava dai due giorni alle tre settimane. Nel caso di altri virus emorragici, come la nefropatia epidemica, si poteva arrivare fino a sei mesi dal momento del contagio all'insorgere della malattia.

Staccò d'un tratto le mani dalla nuca e le appoggiò sulla scrivania.

Ma certo, il defunto poteva essere stato infettato da un virus. L'enorme portata delle lesioni era molto compatibile con un contagio da ebola, per esempio. Era sempre possibile elaborare ipotesi per cui una singola persona poteva essere infettata da una malattia virale molto grave in una zona geografica dove non era stata rilevata la presenza del virus. D'altro canto, era anche un'ipotesi quasi al limite dell'impensabile qualora il paziente stesso non avesse fatto viaggi.

La soluzione piú semplice era spesso la migliore.

Anche nel suo campo specifico di competenza.

Il virus dell'ebola non era presente in Norvegia. Nel 2014 una norvegese, che era stata contagiata in Sierra Leone, era stata riportata in patria per essere curata. Era andata bene. Se n'era occupato lui stesso. La paziente era guarita e nessun altro era stato infettato. La nefropatia epidemica invece era un virus esistente nell'Europa settentrionale, ma in Norvegia ne era morta soltanto una persona. Oltretutto nel lontano 1998.

Era assolutamente giusto attivare le varie procedure di sicurezza. Le autorità sanitarie avevano il dovere di prevenire prima che di curare. Che comunque un virus potenzialmente letale avesse colpito e ucciso un solo individuo facente parte di una cerchia molto ampia dove nessun altro dava segni di malattia, pareva poco probabile. Cosí poco che al momento il primario preferiva scartare quella possibilità come ipotesi di lavoro. Ci avrebbero pensato altri a gestire la cosa.

I veleni, invece.

Ne esistevano innumerevoli. Sempre e dovunque. Ci si poteva imbattere in uno di essi per disgrazia. Accadeva cosí, di punto in bianco, a volte con esiti mortali. Una cosa era che un'overdose di alcuni farmaci potesse uccidere, un'altra che esistessero sostanze pericolose in qualsiasi garage ben attrezzato.

Inoltre la natura stessa era piena di veleni. Sostanze tossiche del tutto naturali, nel senso che appartenevano a un ambiente e non erano state create dagli esseri umani. Personalmente, lui era cresciuto con gli ammonimenti di sua nonna che lo avevano sempre messo in guardia da piante come la digitale rossa, il maggiociondolo e il tasso. La nonna aveva cosí paura di un vecchio ricino che cresceva accanto al cancello in ferro battuto che lo aveva fatto dissotterrare e sparire quando era nata la sua sorellina nel 1969.

Il ricino, si soffermò a pensare.

Prese di nuovo il referto dell'autopsia e fece scorrere il dito lungo la prima pagina. Il patologo, insieme al suo tecnico, aveva eseguito come sempre una visita esterna del cadavere prima di dissezionarlo. Anche su questo punto era stato molto accurato. Secondo la perizia, il corpo apparteneva a un uomo alquanto snello, che presentava una piccola escoriazione sul pollice e una cicatrice dovuta all'asportazione dell'appendice. Entrambe le ginocchia erano state operate al menisco, presumibilmente piú di dieci anni prima.

Børre Rosenhoff presentava poi una minuscola ferita puntiforme nella parte inferiore della gamba. In base alla descrizione aveva un diametro di tre millimetri e non era molto profonda, dal momento che sulla ferita si era velocemente formata una crosta rotonda e del tutto naturale. Poteva trattarsi di una piccola lesione dovuta alla puntura di un oggetto tagliente, o al limite al morso di un insetto.

Appoggiò i fogli e prese la tastiera.

Ricino, pensò di nuovo mentre faceva apparire sullo schermo le immagini che il patologo aveva allegato al referto preliminare dell'autopsia. Osservò per qualche secondo la foto della ferita quasi insignificante, ma stranamente rotonda, presente nella parte inferiore della gamba. Di colpo chiuse l'e-mail del Rikshospitalet e si loggò su un'altra pagina.

Dieci minuti dopo si rese conto che, se anche Børre Rosenhoff si fosse recato dal medico in tempo utile, non avrebbe avuto nessuna importanza. Nessuno avrebbe potuto salvarlo. Non c'erano medicine. Non c'erano antidoti. Non ne esistevano qualora l'ipotesi dell'infettivologo si fosse rivelata esatta. Esitò ancora un attimo mentre, a occhi chiusi, seguiva con la mente un certo ragionamento. Alla fine alzò il telefono e compose il numero del reparto di patologia del Rikshospitalet. Gli passarono subito la persona giusta e si presentò.

– Immagino che da voi stiate testando di tutto, – disse dopo alcune frasi d'esordio. – E a ragione. Dal momento che mi avete consultato per conoscere la mia opinione, vi suggerirei di cercare tracce di ricina.

– Ricina? – ripeté la voce all'altro capo, leggermente sorpresa.

– Sí. I riscontri fatti dal patologo sono perfettamente compatibili con l'avvelenamento da ricina. Sorprendentemente compatibili. Ci sareste arrivati, prima o poi, ma ho pensato che sarebbe in assoluto meglio *prima*.

Fece una piccola pausa, senza che il suo interlocutore trovasse motivo di replicare.

– Ci sono parecchi motivi per cui ha senso prendere in considerazione l'ipotesi che si tratti della ricina, – riprese alla fine il primario. – Innanzitutto perché è una sostanza molto velenosa, in effetti è mille volte piú nociva del cianuro. In altre parole, ne servono quantità microscopiche per causare la morte. Il defunto presenta una ferita alla gamba che mi ha ricordato un altro avvelenamento famoso da ricina. Un omicidio. Altri tempi, altri luoghi, ma credimi: sinistramente uguali.

Esitò ancora una volta.

– Secondo, la materia prima da noi si trova nei giardini e negli spazi all'aperto, – aggiunse. – Nei semi del resino, che è usato spesso come pianta ornamentale. In pratica chiunque potrebbe estrarne il veleno.

Pauroso. Rabbrividí a quel pensiero quando riagganciò.

La riunione

La prima cosa che Selma Falck notò, dopo che un'auto civetta era venuta a prenderla per portarla in centrale e che, passando da un ingresso laterale, l'avevano accompagnata fino alla sala riunioni dell'ufficio del capo della polizia al sesto piano, fu la lavagna con il blocco di fogli mobili.

Si sorprese a sorridere davanti a quella struttura sbilenca e arcaica. Il blocco di carta era nuovissimo e nella scanalatura metallica sottostante c'erano tre pennarelli. Vista la posizione, di traverso e a un metro e mezzo dall'estremità del lungo tavolo, pareva messa lí per l'occasione. Selma non riusciva a ricordare l'ultima volta che ne aveva vista una.

La stanza era deserta e le fu indicata dall'agente che l'aveva seguita la sedia su cui doveva accomodarsi.

– Tra qualche minuto arriveranno gli altri, – le disse lui prima di dileguarsi.

Informazione assolutamente vera. Cinque minuti dopo la sala era al completo. Uno alla volta Kjersti Spang, la capa della polizia, le presentò gli altri con aria serissima. Accanto a lei c'era il responsabile dei Servizi di sicurezza e investigativi. Per-Arne Svendsen, a cui non piaceva quel titolo cosí lungo e ingombrante, insistette perché si ricorresse a quello che si usava prima, cioè «capo dell'Anticrimine». Selma notò che Fredrik Smedstuen era passato da casa. Indossava un paio di jeans chiari che non gli aveva mai visto, camicia bianca e blazer. Secondo lei, persino le scarpe lucide e marroni erano nuove. Fino a quel momento lo aveva visto soltanto con quelle da ginnastica e un paio di stivali di gomma. Era arrivato in compagnia di una donna la cui stretta di mano era troppo brutale e un po' troppo protratta, l'ispettrice Sylvi Mobakk. Selma capí che aveva lo stesso grado di Fredrik e stava conducendo le indagini sulla morte di Kajsa Breien.

– Bene, – esordí la capa della polizia facendo un cenno con la testa verso l'ispettore Fredrik Smedstuen. – Sei stato tu a chiedere che si tenesse questa riunione. Come sai, sono scettica.

Ed era anche l'impressione che dava. Quando si erano strette la mano, non aveva incrociato lo sguardo di Selma e ora sedeva con le spalle un po' in avanti, in una posizione imbronciata e respingente.

– È assolutamente irregolare, – commentò provocatoria. – Del resto lo è anche la situazione, ecco perché ho deciso di concederti un'ora. Al massimo. Immagino che Selma Falck abbia firmato tutte le varie dichiarazioni sul segreto d'ufficio.

Kjersti Spang continuava a non guardarla. Parlava come se di fatto Selma non esistesse.

– Sí, – intervenne lei. – Ci ha pensato l'agente che mi ha accompagnata fin qui. Dovrebbero essere nel tuo ufficio.

– Okay, – disse l'altra con un nuovo cenno del capo a Fredrik.

La riunione poteva dirsi iniziata. L'ispettore appoggiò la mano sull'iPad che aveva di fronte a sé, senza accenderlo.

– Come prima cosa, vorrei riassumere brevemente a che punto siamo nelle indagini sull'omicidio di Linda Bruseth. Sylvi farà lo stesso per il caso, che ora consideriamo un omicidio, di Kajsa Breien. Quindi esporrò gli sviluppi avvenuti nelle ultime ventiquattr'ore sulla morte del ministro Rosenhoff. Infine... – alzò gli occhi, – Selma Falck vi presenterà una teoria che, va detto, abbiamo elaborato insieme.

– Non vedo l'ora, – commentò la capa della polizia con voce piatta, arricciando il naso. – Ti stai giocando la reputazione, – aggiunse. – Ma procedi pure. Ti ascolto.

Fredrik arrossí, poi però si schiarí la voce e toccò con le dita lo schermo dell'iPad.

– Per cominciare, – esordí dopo aver fatto un profondo respiro, come per prendere la carica, – siamo quasi certi che Linda Bruseth fosse il bersaglio dell'attentato. A proposito, mi limito a fare riferimento al rapporto che vi ho inviato nel pomeriggio. Siamo anche quasi sicuri del luogo dove si trovava l'attentatore quando è partito il colpo, e anche questo è ampiamente descritto in quel documento. Tutte le indagini di carattere tecnico indicano che per raggiungere il tetto l'omicida ha utilizzato una scala che si trovava nel cortile posteriore.

– Altre prove tecniche? – domandò il capo dell'Anticrimine. – Fibre? Dna?

– Numerosi Dna. Alcune fibre, provenienti sia da tessuti che da metalli e materiali in legno. È stato un lavoro certosino suddividere tutto quanto. Sul tetto erano appena stati ultimati degli interventi di riparazione, che spiegano anche perché ci fossero tre scale nel cortile. In effetti era appena stata smontata un'intera impalcatura. Nemmeno il Dna in quanto tale ci aiuta, se non corrisponde a un profilo già schedato nel nostro database. Ovviamente le indagini procedono in tal senso.

Si fece silenzio per qualche secondo prima che la capa della polizia chiedesse secca: – L'arma?

– La pallottola era molto deformata, – rispose Fredrik con un cenno del capo verso Selma, che di riflesso si toccò il braccio. – Ma sono state eseguite le perizie balistiche, a cui se ne aggiungeranno altre. Per il momento riteniamo che si tratti di una .222 Remington. Non siamo ancora del tutto certi. Se siamo bravi e fortunati, grazie ad analisi ulteriori saremo in grado di stabilire quale tipo di munizione sia stato usato, nel migliore dei casi anche il luogo di produzione e l'anno di fabbricazione.

– Di che arma stiamo parlando? – domandò il capo dell'Anticrimine.

– Esistono ancora molte armi che attualmente utilizzano queste munizioni, anche se la .223 è diventata piú comune. Stiamo parlando di un fucile. Per la caccia al capriolo e alla selvaggina di quelle dimensioni. Queste sono cartucce caratterizzate da un'alta velocità di volata. E piú piccola è la pallottola e maggiore è la velocità, tanto piú si deforma quando centra il bersaglio. Le possibilità di collegare quest'unica pallottola a un'arma concreta sono pochissime o pressoché nulle, anche se dovessimo imbatterci proprio nell'arma del delitto. Le rigature lasciate dalla canna del fucile sono scomparse.

– Quanti fucili di questo tipo ci sono in Norvegia?

– Tanti. Ci stiamo lavorando.

Negli occhi di Fredrik era calata un'espressione cupa, quasi irritata. Come se non gli interessasse avere la parola. Come se la mancanza di prove concrete in una direzione precisa dopo dieci giorni di indagini molto intense lo imbarazzasse. Cosa che invece non era assolutamente vera, sapeva Selma.

– In seguito Selma Falck avrà modo di presentarvi una teoria piú... a tutto tondo, quindi suggerirei di abbandonare per il momento questo caso e...

– La vittima? – lo interruppe il capo dell'Anticrimine. – Cosa sappiamo di lei?

Fredrik si strofinò la faccia con la mano destra prima di passarsela sulla testa rasata.

– Se quella donna fosse stata cattolica, probabilmente l'avrebbero fatta beata.

Sospirò forte.

– Una persona davvero a posto, Linda Bruseth.

Lui la guardava, e Selma annuí.

– Gentile e versatile. Apprezzata. Una gran lavoratrice. La factotum del villaggio. Una donna premurosa con cinque maschi, tutti bravi ragazzi, un bel matrimonio e una situazione economica in ordine. Buoni amici. Un mandato in Parlamento arrivato soltanto a metà e fallimentare, ma di sicuro questo non era un motivo sufficiente per ucciderla. È un mistero che qualcuno abbia voluto porre fine ai suoi giorni. Cosa di cui parlerà Selma nella sua teoria su...

Lasciò aleggiare la frase incompleta nella stanza. La capa della polizia capí l'antifona e tese la mano verso Sylvi Mobakk. Quest'ultima bevve un bicchier d'acqua, poi cominciò.

– Come prima cosa è stato appurato che Kajsa Breien non si è impiccata. Alcuni di noi se ne erano resi subito conto sul luogo del ritrovamento. I segni lasciati dalla corda sono successivi alla sua morte. È stata strangolata e poi impiccata. Secondo il patologo fra le tre e le sei ore prima che una donna trovasse il cadavere a Korsvoll. Parliamo quindi di un arco di tempo per l'omicidio che oscilla tra la mezzanotte e le tre del mattino. L'ultima volta che qualcuno l'ha vista in vita era una mezz'ora prima di mezzanotte, quando si trovava in giardino con il cane.

Sylvi Mobakk si strinse la coda di cavallo e proseguí:
– Ci troviamo di fronte a un piccolo mistero di carattere geografico. Da Admiral Børresens vei a Bygdøy, dove abitava la defunta, a Grinda, dove è stato trovato il corpo, la strada piú breve è di 11,7 chilometri. Al di fuori dell'ora di punta, come di notte, ci vogliono comunque

quasi venticinque minuti di macchina. Per il momento abbiamo escluso altri mezzi di trasporto. La questione è innanzitutto dove è stata uccisa. A casa, strada facendo o nel bosco? E poi: perché proprio lí? Perché l'assassino avrebbe scelto di impiccarla dalla parte opposta della città?

La domanda rimase senza risposta fino a quando Fredrik prese la parola: – Su questo punto suggerisco di aspettare il momento in cui parlerà Selma. Forse avremo una possibile spiegazione.

– Okay, – annuí Sylvi Mobakk.

Si grattò leggermente un'ala del naso, poi riprese: – Sappiamo che la Breien è entrata in casa, dopo che il cane era stato rinchiuso per la notte. In seguito l'animale non si è piú fatto sentire, infatti i figli hanno continuato a dormire indisturbati. Se pensate che si tratta di un terrier, è molto strano. Non escludiamo la possibilità che l'assassino sia un conoscente o un amico della vittima. Una persona che non ha indotto il cane a reagire.

– A meno che... – Fredrik riprese la parola, – se la suddetta persona ha tallonato Kajsa Breien e il cane dentro casa, il terrier può aver creduto che fosse un ospite. Oppure l'animale è stato educato molto bene. O era stanco. O qualsiasi altra cosa.

Sylvi Mobakk si strinse nelle spalle.

– Sí, certo. Comunque... O la Breien è uscita di nuovo dopo aver rinchiuso il cane o l'omicida, eventualmente gli omicidi, è entrato in casa. Se al momento riteniamo piú plausibile l'ipotesi che sia uscita di nuovo, non è soltanto per via del cane che non ha abbaiato, ma perché non ci sono segni di lotta a casa sua. Le ricerche sono tutt'altro che concluse, ma quando abbiamo trovato un vaso da fiori pieno di mozziconi di sigarette nascosto sotto la scala esterna, si è aperta di colpo un'altra spiegazione.

– Fumava di nascosto, – suggerí a bassa voce il capo dell'Anticrimine.

– Esatto. Kajsa Breien fumava di nascosto. Nessuno dei figli lo sapeva, ma suo marito ci ha confermato che la giudice aveva l'abitudine di fumarsi una sigaretta prima di andare a dormire. In compagnia del cane.

– E perché questa volta non l'ha fatto?

Era stato il capo dell'Anticrimine a chiedere. Aveva già allentato il nodo alla cravatta dell'uniforme e aperto il bottone piú in alto della camicia.

Sylvi Mobakk fece un sorriso storto. Aveva un viso insolitamente lungo, notò Selma, e denti troppo grandi.

– Perché c'era il vicino, – rispose l'ispettrice. – Presumibilmente. Il marito ci ha detto che lei si vergognava di fumare e, visto che il vicino era fuori, potrebbe aver avuto qualche remora e deciso di non accendersi la consueta sigaretta serale. Poi è uscita ancora quando il vicino se n'era andato. I mozziconi sono stati mandati ad analizzare per avere la conferma che fossero davvero i suoi.

Si appoggiò allo schienale e mise le mani sul tavolo. Erano lunghe e sottili come la faccia.

– Riassumendo: ci stiamo lavorando. Anche le indagini su Kajsa Breien come persona continuano con altrettanta intensità. Finora non abbiamo trovato nulla di interessante. Il matrimonio sembra procedesse bene. Una situazione economica impeccabile. Nessuna minaccia, né nella vita reale né in quella digitale. In effetti, neanche una. È stata giudice per cosí tanto tempo che ovviamente non possiamo escludere che si sia attirata l'odio di qualcuno con una sentenza, ma solo in rarissime occasioni i giudici della Corte suprema avvertono sulla propria pelle la collera delle persone condannate. Sono i poveracci che appartengono a livelli piú bassi del sistema giuridico a dover affrontare reazioni del genere.

– Riassumendo, – ripeté la capa della polizia, con un tono che Selma non capí se fosse sarcastico, – non sapete se la Breien sia stata uccisa sul posto e poi portata via, oppure rapita e uccisa da un'altra parte, o se molto semplicemente si sia allontanata di sua volontà per essere ammazzata in seguito. E non avete trovato nessuna traccia interessante nell'area intorno all'albero da cui pendeva. E nulla neppure sulle modalità di trasporto. Quindi: abbiamo in mano un po' pochino, o sbaglio?

Sylvi Mobakk annuí a labbra serrate.

– Ma ci stiamo lavorando.

– Ci state lavorando...

Silenzio generale. Selma osservò la capa della polizia Kjersti Spang. Poteva avere piú o meno sessant'anni. Piacente nella media, con dieci chili di troppo come nella media. Capelli brizzolati e occhi che sparivano dietro un paio di occhiali pesanti. Le labbra erano sottili, circondate da una rete di rughe che le facevano apparire piú turgide e importanti di quanto non fossero in realtà su quel volto anonimo.

– Poi abbiamo il ministro, – disse. – Cosa c'è di nuovo?

– Moltissimo, – rispose Fredrik raddrizzando la schiena.

– Sii conciso.

– Certo. Tre quarti d'ora fa ho ricevuto la conferma che Børre Rosenhoff è stato avvelenato con la ricina.

Selma reagí senza riflettere.

– Cosa? – esclamò, sporgendosi in avanti per cercare un contatto oculare con Fredrik.

I loro sguardi si incrociarono un po' troppo a lungo.

– Sí, – disse alla fine l'ispettore. – Ricina.

– L'omicidio dell'ombrello, – commentò il capo dell'Anticrimine con una punta d'ammirazione nella voce. – Negli anni Settanta, vero? Un bulgaro a Londra si era ammalato molto gravemente ed era morto dopo pochi giorni. L'autopsia dimostrò che nella gamba aveva una capsula microscopica di ricina. Gli era stata piazzata nella coscia con un ombrello, lo avevano punto mentre aspettava l'autobus. Un episodio insignificante che però era riuscito a raccontare prima di morire, giusto?

– Sí, – confermò Fredrik. – Era il 1978, la vittima si chiamava Georgi Markow. Comico e giornalista della Bbc. Originario della Bulgaria, come hai detto. La capsula non superava i due millimetri di diametro, ma conteneva abbastanza veleno da ucciderlo tre giorni dopo a causa di una malattia terribile. L'assassinio non è stato ancora del tutto chiarito, si è sempre sospettato che ci fosse lo zampino del Kgb.

Fece una pausa, come se il pensiero di una morte da avvelenamento lo sconvolgesse. Selma si mise a trafficare con il cellulare sotto il tavolo, sperando che nessuno se ne accorgesse.

– La ricina si estrae dal seme di una pianta ornamentale che si chiama per l'appunto ricino, – riprese Fredrik quando la capa della polizia si raschiò rumorosamente la gola. – Si trova in alcuni giardini e parchi norvegesi. Nel 2011 a Tromsø un uomo ha cercato di ricavare della ricina per uccidersi. Ha raggiunto lo scopo.

Selma lo vide rabbrividire.

– Un metodo di sicuro singolare, – borbottò Fredrik. Poi alzò la voce e continuò: – Un *in-fer-no* che dura due, tre giorni prima della morte. Tornando a Børre Rosenhoff: l'autopsia ha mostrato che sulla gamba presentava una ferita piccolissima, puntiforme e relativamente recente.

– Con dentro una capsula? – chiese Per-Arne Svendsen, sempre piú interessato. – Simile a quella trovata nel corpo di Georgi Markow?

– No. Deve essere caduta. Ammesso che sia questo il

modo in cui è stato avvelenato. È ancora tutto da vedere. Però è certo che si tratta di avvelenamento. Sono state riscontrate tracce di ricina nell'urina. Rosenhoff era molto disidratato e in pratica la vescica era vuota, ma ci sono riusciti. Un elogio va agli specialisti del Rikshospitalet per la loro velocità. La scoperta ha anche permesso di sospendere tutti i provvedimenti antivirus, e di questo sono tutti felici. Si stanno analizzando con cura la casa e la famiglia del ministro per rilevare un'eventuale presenza di ricina, quindi il pericolo ambientale non è ancora del tutto scongiurato.

– Sono comunque notizie molto piú confortanti di un virus, – borbottò il capo dell'Anticrimine prima di alzare lo sguardo su Fredrik. – Altro?

– In linea di massima, al momento no.

Kjersti Spang spinse gli occhiali su per il naso, poi sbirciò Selma da sopra la montatura.

– Allora adesso tocca a te.

La sensazione che Selma aveva di non essere la benvenuta aumentò. Da come gliel'aveva messa Fredrik, il capo della polizia aveva quasi insistito perché Selma partecipasse alla riunione. Invece, lo sguardo freddo che quella donna mostrava al momento e i suoi occhi socchiusi le facevano venire voglia di andarsene.

Selma aveva qualcosa da offrire, ma non era assolutamente costretta a farlo.

– Per carità, – esordí con un sorrisetto. – È stato Fredrik a chiedermi con insistenza di venire. Ritenevo già prima che fosse una proposta curiosa e adesso lo penso ancora di piú, quindi posso anche andarmene seduta stante.

Kjersti Spang esitò, ma non ebbe comunque il tempo di rispondere.

– Comincia pure, – intervenne il capo dell'Anticrimine. – Tutto serve. E poi hai già risolto un paio di misteri per questa nazione. Non ci vorrà mica un'eternità, no?

– No, – rispose Selma alzandosi. – Posso usare la lavagna o è lí solo per bellezza?

Senza dire una parola, Per-Arne Svendsen balzò in piedi e spostò il cavalletto in modo che tutti vedessero. La capa della polizia, che era seduta all'estremità del tavolo e dava le spalle alla lavagna, girò la sedia rimarcando quanto le pesasse.

– Tre vittime, – attaccò Selma mentre sul foglio disegnava tre cerchi rossi uno accanto all'altro. – Nessuna di loro particolarmente controversa. Linda Bruseth meno di tutte, in vita sua non ha mai fatto male a una mosca. Durante la crisi dei rifugiati del 2015-16 si era battuta come un leone, piú che altro per mostrare premura e umanità a coloro che arrivavano. Molto tempo fa, ormai.

Disegnò un cuore all'interno del primo cerchio e le iniziali LB.

– Kajsa Breien era un nome noto a tutti i norvegesi, nonostante ricoprisse una posizione elevata. Aveva sempre parlato molto apertamente delle sfide che aveva dovuto affrontare per via del suo handicap fisico, e per questo motivo godeva di ammirazione e popolarità. Inoltre era una giurista dotata di un acume eccezionale. Tutti la stimavano. Forse era un po' troppo giovane quando fu nominata giudice della Corte suprema, e la concorrenza tra i nostri magistrati piú abili può essere dura e costellata di invidia, ma possiamo escludere questa componente dal caso in questione.

– È compito della polizia valutarlo, – commentò Kjersti Spang.

– Sí. Certo. Quello che voglio dire è che in questo contesto neppure Kajsa Breien aveva nemici. O persone a lei ostili.

Selma disegnò un cuore anche nel secondo cerchio e aggiunse le iniziali KB.

– Per quanto riguarda il ministro, forse la situazione è un po' diversa. Nonostante tutto, si trattava di un politico al massimo livello e i politici hanno sempre oppositori, spesso persone ostili e a volte nemici. Non stiamo parlando certo di una congrega di anime pie, anche se era un rappresentante del Partito cristiano popolare.

Nessuno sorrise. Grazie alla presenza di quella lavagna cosí antiquata Selma si sentiva piú sicura perché le permetteva di concentrarsi meglio e di fissare lo sguardo su qualcosa di concreto, tenendo in mano un pennarello.

– La legge sull'aborto è sempre un tema scottante, e ultimamente il governo ha cercato di negoziare qualche piccola variazione. D'altro lato...

Distolse lo sguardo dal foglio e si girò verso Fredrik.

– Se qualcuno avesse voluto uccidere un politico, non credo che avrebbe pensato come prima opzione al ministro dell'Infanzia e della famiglia.

Nessuno reagí.

Selma scrisse BR nell'ultimo cerchio, ma invece di un cuore disegnò un punto interrogativo. Per un attimo rimase immobile, di spalle ai presenti. Poi si voltò di scatto.

– Il primo potere dello Stato, – disse battendo con il pennarello dentro il cerchio contenenti le iniziali di Linda. – Il Parlamento. Il secondo potere dello Stato. Il governo.

Il pennarello indicò il cerchio di Rosenhoff.

– E qui, – proseguí ricalcando un cerchio supplementare intorno alle iniziali KB, – abbiamo una rappresentante di spicco del sistema giudiziario. Il terzo potere dello Stato.

Adesso il silenzio era assordante.

– I tre poteri, – ribadí, incerta se i presenti la stessero seguendo.

– Abbiamo capito, – commentò tagliente la capa della polizia. – E che significato avrebbe?

Quella donna le dava sui nervi. Visto che Selma aveva accettato di venire, sarebbe stato il caso che la tipa si comportasse come si deve. Era Selma a farle un favore, non il contrario. Decise di andare fino in fondo.

– Tutti e tre questi omicidi hanno in sé qualcosa di spettacolare, – aggiunse veloce. – Linda è stata uccisa in pieno giorno con un colpo d'arma da fuoco in uno di quegli ambienti che riteniamo sicuri. La morte di Kajsa Breien è un mistero che sembra tratto da un brutto film. Perché è stata impiccata a quel modo? Quando lo scopo evidente era proprio far capire che *non* si era impiccata?

Per prendere un po' di tempo, disegnò un cappio sopra il cerchio della giudice e un'arma da fuoco molto stilizzata sopra quello di Linda.

– Prima di venire qui, non sapevo che Børre Rosenhoff fosse stato avvelenato. Avevo una teoria al riguardo e, adesso che è stata confermata, tutto calza a pennello nella mia narrazione.

Disegnò una pastiglia sopra il cerchio di Rosenhoff. Ricordava piú un'aspirina che qualcosa capace di uccidere un uomo adulto con una quantità corrispondente a un paio di granelli di sale, ma poteva andare.

– Com'è risaputo, non ho mai lavorato nella polizia, – disse mentre rimetteva il tappo al pennarello. – Ma per anni ho operato in tribunale come avvocata penalista. Per questo so tra le altre cose che bisogna cercare movente, metodo e opportunità.

Strappò via il primo foglio e lo lasciò cadere per terra, dopodiché scrisse in cima a uno nuovo quelle parole, una accanto all'altra.

– Per quanto riguarda il metodo, sappiamo già quasi tutto. Linda è stata assassinata con un colpo d'arma da fuoco. Da quanto ho capito, Kajsa Breien è stata strangolata...

Guardò Fredrik, che annuí a mo' di conferma.

– ... mentre Børre Rosenhoff è stato ucciso con del veleno. Non sappiamo ancora con precisione come siano stati compiuti questi due ultimi omicidi. Cioè, come sia stato avvelenato il ministro e strangolata la giudice. Tuttavia, per quanto riguarda la mia esposizione, possediamo abbastanza elementi per poter...

Tolse di nuovo il tappo dal pennarello e scrisse una grande V accanto alla parola «metodo».

– ... spuntare questo aspetto. In merito all'«opportunità»...

Circondò la parola di tanti puntini picchiettando il pennarello sulla carta.

– ... ci troviamo davanti a una questione enorme, aperta. Se fossimo costretti a rispondere oggi, azzarderei questa ipotesi: *chiunque* avrebbe potuto farlo. In linea di massima. Se i tre omicidi non fossero correlati, allora...

– Correlati?

Kjersti Spang raddrizzò le spalle e, per la prima volta, incrociò lo sguardo di Selma. L'espressione dei suoi occhi era dura e critica.

– Cosa intendi dire con «se non fossero correlati»? Certo che non lo sono. Non ci sono elementi per ritenere che ci troviamo di fronte tre casi interdipendenti.

– Be', – commentò Selma tranquilla. – Se mi concedi altri dieci minuti, spero di farti cambiare idea.

Le venne in mente l'immagine di un vitello che insegnava alla mucca a produrre latte. Intorno al tavolo erano riunite persone che potevano contare in tutto piú di cento anni di esperienza in polizia. Deglutí e proseguí con un tono di voce ancora piú squillante: – Se fossero tre assassini indipendenti, l'omicidio di Linda presuppone una certa esperienza in fatto d'armi. E abilità. Ma gli altri due? Non tanto.

– Io non so come si produce la ricina, – obiettò Sylvi Mobakk.

– Io sí, – rispose Selma con un sorriso mesto. – L'ho imparato qualche minuto fa. Su Google, quando Fredrik ha spiegato che si parlava di ricina. In altre parole: non ci vogliono competenze speciali. Oltre a una certa forza fisica, ma in questo caso la vittima aveva ben poco con cui opporsi. In altre parole...

Rimase immobile con la mano sul braccio opposto, che per la prima volta da parecchi giorni cominciava a farle male.

– In mancanza di chiari moventi e di gruppi di sospetti, forse sarebbe un'idea arrivarci prendendo in considerazione i metodi.

– Cosa? – disse Sylvi Mobakk.

– Nei metodi può celarsi un movente, – approfondí Selma. – Ci troviamo di fronte a un'uccisione con un colpo d'arma da fuoco, un'impiccagione e un avvelenamento. Ognuna delle vittime rappresenta uno dei tre poteri dello Stato: quello legislativo, quello giudiziario e quello esecutivo.

Si fece silenzio. Si interruppe persino l'irritante ticchettio che produceva Fredrik con una penna. Sylvi Mobakk fissò il capo dell'Anticrimine, che aveva abbassato lo sguardo sul tavolo e strizzava gli occhi come se si stesse concentrando oltre misura. Dal canto suo la capa della polizia guardava un punto davanti a sé, ma era impossibile interpretare il suo pensiero.

– Vedete quello che vedo io? – si azzardò a chiedere Selma.

– Omicidi... rituali?

Fu il capo dell'Anticrimine a pronunciare quelle parole. Lentamente e quasi esitando, prima di aggiungere: – Spararsi, impiccarsi, avvelenarsi. Tre metodi... consueti per chi si vuole suicidare.

Selma annuí appena.

– Usati contro i tre poteri dello Stato, – continuò lui apatico. – Quindi, contro la Norvegia. Un attacco simbolico, dimostrativo e molto... aggressivo al nostro Paese. In quanto nazione. Questa situazione cosí complessa e intricata non potrebbe essere considerata una specie di... dimostrazione?

– No, – intervenne la capa della polizia, che aveva staccato finalmente lo sguardo da un punto imprecisato sulla parete alle spalle di Fredrik. – Queste sono solo speculazioni. Folli e prive di fondamento. Non è cosí che lavoriamo qui in polizia. Se questo è tutto quello che hai, Selma Falck, credo che sia venuto il momento di concludere.

Selma guardò Fredrik con aria smarrita. Quest'ultimo pronunciò qualcosa con le labbra che lei non capí. Il capo dell'Anticrimine alzò la mano, per un attimo sembrò che volesse appoggiarla sull'avambraccio di Kjersti Spang, ma si trattenne.

– Benissimo, – sorrise Selma appoggiando il pennarello nella scanalatura metallica. – Anche se desidero esprimere le mie riserve sulla definizione di «speculazioni folli». Questa è una teoria. Oltretutto valida, che io e Fredrik avevamo già elaborato venerdí mattina. Cioè dodici ore prima di sapere che Børre Rosenhoff sarebbe morto. Nel frattempo temevamo che sarebbe successo. Che sarebbe capitato proprio a lui.

Si diresse verso il suo posto e prese la borsa, che si buttò sulla spalla sana. Nessuno disse niente, anche se il capo dell'Anticrimine sembrava sempre deciso a protestare contro la sua decisione di andarsene.

Sulla porta Selma si girò e guardò dritto la capa della polizia.

– Da quanto vedo, avete in mano pochi elementi su cui procedere. Se fossi in te, rifletterei un paio di giorni sulla possibilità che questo voglia essere un attacco simbolico alle istituzioni norvegesi. In tal caso partirei chiedendo a Fredrik cosa ci potrebbe essere alla base di tutto. Se tu lo facessi, ti risponderebbe «l'apparato dei servizi sociali per la tutela dei minori». Arrivederci.

Aprí la porta e uscí. In tasca sentiva la presenza della chiavetta che le aveva dato Allan Strømme. L'aveva presa all'ultimo momento da casa perché le avrebbe dato la possibilità di corroborare le proprie ipotesi se qualcuno si fosse dimostrato ricettivo. Per fortuna non aveva ceduto alla tentazione di usarla. La porta si richiuse dietro di lei. Il giovane poliziotto che attendeva nel corridoio si avviò in silenzio verso l'ascensore. Selma lo seguí obbediente, ma declinò l'offerta di essere accompagnata a casa con un'auto di servizio.

Si rese conto di avere un vantaggio nei confronti della polizia, che decise di mantenere. Visto l'evolversi della riunione, adesso era in aperto contrasto con il capo stesso della polizia di Oslo.

Si sentiva in posizione d'attacco, nonché una chiara favorita.

Era come trovarsi in mano delle carte molto promettenti prima di aver girato l'ultima.

Ricerca genealogica

Einar Falsen era riuscito a superare la sconfitta mattutina soltanto dopo essersi sbafato due sacchetti di patatine al formaggio e una barretta di cioccolato Kvikk Lunsj. Non solo: infrangendo la sua solita routine, aveva messo il guinzaglio a Micio ed era andato a fare un giro al parco di Sofienberg in pieno giorno. Il gatto si era spaventato ancora piú di lui alla vista dei cani lasciati liberi e dei bambini che correvano. Per tre volte avevano offerto a Einar di comprare droga. Lui non aveva neanche osato rispondere, ma si era limitato ad allontanarsi trascinandosi dietro un riluttante Micio. Quest'ultimo aveva dimostrato la sua contrarietà sdraiandosi su un fianco, tanto che Einar era stato costretto a tirarlo come se fosse morto.

Da quel momento in poi si sarebbero attenuti alle loro uscite notturne.

Einar aveva fatto la figura dello stupido perché era fondamentale che uno stalker fosse vivo, e lui non ci aveva pensato. Adesso voleva riconquistare la fiducia che Selma riponeva in lui. Purtroppo il compito che gli aveva affidato era semplicissimo, del tutto inadatto a sorprendere qualcuno.

Gli ci vollero meno di dieci minuti per scoprire che Torstein Heimdal, il tizio che abitava sopra Selma, era un meccanico. Normalmente lavorava alla concessionaria Bilia, succursale di Økern. Era sposato con Anna Lisa

Knoph, che al momento lavorava come segretaria di legazione all'ambasciata norvegese a Washington e aveva portato con sé marito e figlio, il piccolo Lennart, nella capitale americana, dove sarebbero rimasti per un po'. Torstein era di Bømlo, aveva tre fratelli e sua madre era morta l'anno prima dopo una breve degenza.

Internet era davvero qualcosa di unico.

Adesso Einar si sentiva come Tore, il conduttore di un famoso programma televisivo, che perlustrava Paesi lontani e interrogava i vicini di casa a Bogotá, a Lagos e a Pechino per scovare padri scomparsi e madri biologiche. Lui aveva visto tutte le puntate. Sapeva benissimo che quando Tore si metteva a cercare tra vecchi protocolli scritti a mano in qualche Paese sperduto chissà dove era soltanto perché in tv faceva scena. Il vero lavoro di ricerca veniva fatto davanti a un computer nel piccolo ufficio nel quartiere di Tyholt a Trondheim.

In fondo era strano che gli uomini dei servizi segreti norvegesi non si limitassero a starsene seduti dietro un monitor. Era inquietante la facilità con cui si potevano scovare fatti sugli altri in quel mondo etereo tanto affascinante quanto pauroso. Quando un'eternità prima Einar lavorava come poliziotto, era abituato a mettere insieme brandelli e frammenti di informazioni in modo da ricostruire un'immagine complessiva. Ora faceva la stessa cosa con il computer, soltanto che era tutto piú semplice e veloce. Secondo lui gli agenti di qualsiasi intelligence nel mondo – Pst, Cia, Mossad, Säpo – non avevano neanche piú bisogno di alzare le chiappe dalla sedia.

Il pensiero lo costrinse a balzare su dal divano con tutta la velocità che gli permettevano le ginocchia doloranti per correre in cucina a prendere un altro pezzo di adesivo con cui oscurare la videocamera del portatile, poi digitò con violenza un messaggio a Selma. Stavolta si staccò dalla tastiera la lettera B. Pazienza. Il contenuto riguardava Torstein Heimdal. Chi era e dove si trovava, quali erano i numeri di telefono a cui risultava reperibile, oltre alla notizia che fosse un appassionato di macchinine della Matchbox. La sua collezione era impressionante ed Einar era rimasto incantato a guardare il suo sito, *matchboxshowoff.no*. C'era addirittura una riproduzione fedele della vecchia Volvo di Selma, una Amazon 123 GT rosso fiammante del 1966. Quella vera era stata distrutta da un incendio sull'altipiano di Hardanger nell'autunno dell'anno prima e la vista del modellino lo fece piangere. Un po' per la fine che aveva fatto quell'auto meravigliosa. Un po' per l'errore fatale di quella mattina. E molto perché andare al parco una domenica di buon'ora era stata un'esperienza terribile.

Non le scrisse che la mamma di Torstein era morta.

Era giunto alla conclusione che non aveva nulla a che vedere con il caso in questione.

Meglio non disturbare Selma al telefono, quindi Einar le inviò un'e-mail. Sarebbe bastata. Non doveva usare il cellulare a sproposito e non voleva neppure importunare inutilmente la signora. Era piú che sufficiente affidarsi al computer che ancora una volta Selma si era dimenticata di portargli via.

Doveva battere il ferro finché era caldo.

La faccenda di Endre Cappelen lo tormentava. Soprattutto adesso che sapeva che non era stato lui a perseguitare Selma. Poveraccio, trent'anni e già morto. *Puff*. Non era riuscito a scoprire il motivo della sua morte. Tutto faceva pensare che fosse stato un tossico. Forse un'overdose. Del resto poteva anche essersi trattato di un tumore o di chissà quale altra diavoleria: a volte morivano anche le persone giovani. Terribile, ma quella era la vita.

Einar si rimise a piangere.

Ora stava pensando a sua figlia.

Non avrebbe mai dovuto pensare a lei. C'era un limite a quello che era in grado di sopportare. Si era suicidata a diciott'anni, dopo che per gran parte della sua infanzia un pedofilo figlio di puttana aveva abusato di lei. Einar lo aveva ucciso. A mani nude. E dopo era impazzito.

Non pensare.

Non pensare a lei.

Si affrettò a riconcentrarsi su Endre Cappelen e a provare pena per lui. Cercò di immaginarselo, di farsene un'idea partendo da ciò che sapeva. E dalla foto che aveva trovato. Endre in piedi accanto un albero, poteva essere stata scattata ovunque. Aveva i capelli radi, se fosse vissuto sarebbe diventato calvo nel giro di cinque anni. Selma aveva insistito molto sui denti. Proprio come lui, anche Endre li aveva trascurati. Una cosa stupida. Anche se il sorriso appena accennato nella foto non mostrava i monconi marci, la bocca era in pessimo stato. Gli mancava il canino sinistro superiore e i colletti erano troppo lunghi.

Eppure un tempo era stato un bel ragazzo. Snello e con le spalle ampie, benché in quell'immagine apparisse scheletrico. Aveva le cosce esili quasi come i polpacci, ma anche delle fossette profonde e una bocca che nella preistoria sua moglie avrebbe definito sensuale.

Se si tralasciavano i denti.

C'era qualcosa di particolare nelle sue labbra. Una leggera piega agli angoli, come se sorridesse sempre.

Chissà come mai era andato a ficcarsi in una situazione cosí difficile. Da dove arrivava davvero. Chi erano i genitori che avevano dovuto sopportare una perdita tanto dolorosa. Un paio di giorni prima, mentre era alla ricerca di informazioni, Einar era capitato per caso su un sito, *myheritage.no*, dove si potevano consultare oltre dodici miliardi di documenti storici. Per divertimento aveva inserito il suo nome nel campo di ricerca. Era comparsa una chat box che prometteva mari e monti, ma pretendeva di essere pagata.

Per lui la cosa era finita lí. C'era un limite a tutto. Non aveva nessuna intenzione di essere uno dei tanti idioti che lasciavano ovunque tracce di sé. Tu gli davi un dito e loro si prendevano non solo tutto il braccio, ma anche l'anima.

Selma gli aveva procurato una carta di credito.

Lui aveva un conto. Einar Falsen riceveva in maniera onesta e trasparente una pensione di invalidità. Ogni mese gli arrivava una bella somma dallo Stato. Dal momento che non si allontanava mai piú di qualche centinaio di passi dall'appartamento, nessuno poteva accusarlo di aver frodato la previdenza sociale. Garantito. Inoltre verso il 20 di ogni mese Selma si presentava con una busta di banconote da mille. Gli dava dei contanti perché non voleva che gli riducessero la pensione di invalidità. Fregatene delle tasse, gli diceva sempre quando lui aveva paura: le tasse su quei soldi le aveva già pagate lei di tasca sua. Selma lo chiamava «stipendio regalo» ed Einar non doveva preoccuparsi. Oltretutto il denaro rimaneva fuori da Internet, cosa che lui considerava un gran beneficio. Era Selma a occuparsi della somma simbolica che Einar pagava a Turcopoker, oltre alle spese per la luce e Internet. Nell'armadio in camera da letto, dentro una scatola di sigari nascosta sotto un'asse staccata del fondo, c'erano cosí tanti soldi che sarebbe potuto partire per le Hawaii e rimanerci. O quasi.

Il sito che si occupava di ricerche genealogiche era molto allettante.

Forse doveva prendere la palla al balzo.

Il problema era che non sapeva come si faceva a pagare

con la carta. Le informazioni che riguardavano Selma erano già inserite nel computer, ma lui non sapeva se fossero sufficienti. Gli serviva qualcosa che avesse a che vedere con dei codici. Dei numeri e un token della banca. Quando volevi fare acquisti su Internet, ti chiedevano informazioni di ogni genere, per questo lui non lo aveva mai fatto. Era Selma, di tanto in tanto, a comprargli un videogioco: lui ne stava ben lontano.

Rimase seduto a guardare quel sito cosí invitante.

Poi gli venne un'idea.

Forse non era molto buona, ma almeno era sua.

Il foro di proiettile

– È domenica. Che ci fai qui?

Fredrik Smedstuen pronunciò quelle parole dopo aver sollevato appena lo sguardo dal referto preliminare dell'autopsia di Børre Rosenhoff. Birger Jarl Nilsen gli sorrise dalla porta dell'ufficio, a cui aveva appena bussato.

– Aiuto anche altra gente qui in centrale, – gli disse. – Ho dato un'occhiata a un caso al terzo piano. Come va?

Fredrik gli rispose con un brontolio. Aveva selezionato una foto che stava studiando da una decina di minuti.

– Ho capito che la storia di questo Rosenhoff è molto piú drammatica di quanto riportino i media, – commentò Birger Jarl. – È già terribile che un quarantenne muoia di colpo, però sotto c'è dell'altro, giusto?

– Con chi hai parlato?

– Oh, sai com'è, pesco informazioni un po' qua e un po' là.

– Un po' troppo, a quanto pare. La gente che lavora in questo posto dovrebbe imparare a tenere la bocca chiusa.

– Sono d'accordo. Ma ormai quel che fatto è fatto. Posso aiutarti in qualche modo?

– No.

La risposta fu accompagnata da uno sbadiglio potente e Fredrik scrollò con violenza la testa.

– Non stacco da piú di ventiquattr'ore, – disse. – E questo sarà il millesimo caffè imbevibile che butto giú.

Tracannò l'ultimo sorso rimasto nella tazza con la scritta

«Il miglior papà del mondo», poi l'appoggiò sulla scrivania con un tonfo. Il manico si ruppe. Per un attimo Fredrik fissò interdetto il regalo di Natale rovinato, poi buttò tutto quanto nel cestino della spazzatura.

Cambiò idea.

Prese la foto e la diede a Birger Jarl.

– Che cos'è?

L'ex ufficiale la prese e si mise a studiarla mentre si sedeva.

– Børre Rosenhoff? – chiese.

– Non è necessario che tu lo sappia. Ma cosa vedi?

– Una ferita. A una coscia o a un polpaccio. O alla parte superiore di un braccio?

– Polpaccio.

– A giudicare dall'asticella di misurazione, la ferita è molto piccola. E stranamente rotonda. Qualche tipo di lesione inferta dalla punta di un oggetto da taglio?

Fredrik esaminò l'uomo seduto dall'altra parte del tavolo. Come sempre aveva un aspetto curato. *Fresco*, come avrebbe detto sua moglie. Ex moglie. Doveva abituarsi alle nuove terminologie familiari. Il solito sguardo vigile e attento, anche se adesso gli si era formata una ruga in mezzo agli occhi. Fredrik non sapeva se fosse dovuta alla domanda che gli aveva appena posto o perché Birger Jarl non era sicuro di cosa mostrasse l'immagine.

– Potrebbe trattarsi di una ferita d'arma da fuoco? – gli domandò Fredrik.

Birger Jarl scoppiò a ridere.

– In tal caso stiamo parlando di una di quelle specie di pistole che costruivamo da bambini. Quelle fatte con il rotolo della carta igienica, ti ricordi? Per sparare i piselli. Quanto è profonda la ferita? Un millimetro, due? Me lo chiedi perché è rimasto incastrato il proiettile?

Fredrik non rispose.

Aveva capito perché provava sempre una leggera avversione nei confronti di Birger Jarl Nilsen: per invidia. Fredrik avrebbe fatto qualsiasi cosa per avere l'aspetto di quell'uomo. Per comportarsi come lui. Magari, se si fosse impegnato, sarebbe riuscito a dimagrire, ma tanto non sarebbe mai riuscito ad avere sulle donne lo stesso effetto di Birger Jarl. Quando mercoledí dopo la ricostruzione Nilsen si era allontanato spavaldo insieme a Selma Falck, Fredrik aveva provato l'impulso di rincorrerlo e stenderlo con un pugno. Almeno sotto quell'aspetto aveva un vantaggio su di lui: trenta chili in piú di forza con cui colpire l'ex ufficiale.

– Smettila, – borbottò.

– Cosa?

– Niente. Un fucile ad aria compressa?

Birger Jarl si mordicchiò il labbro inferiore e, con la testa inclinata, avvicinò la foto agli occhi.

– Mah. Il proiettile di un'arma ad aria compressa ha una velocità di uscita compresa, diciamo... tra meno di cento metri al secondo e cinquecento al massimo. Il proiettile può essere di diversi tipi, da minuscoli pellet a munizioni avanzate. Oscillano tra il mezzo grammo, o anche meno, e... – sollevò appena una natica per frugare nella tasca posteriore, – cose cosí. È un Exact Jumbo Beast della Jbc.

Tra il pollice e l'indice teneva un proiettile piuttosto tozzo che ricordava un fungo atomico in miniatura.

– Pesa due grammi e rotti, ma ne esistono di piú pesanti. Ovviamente richiedono un'arma potente, dotata di un'energia cinetica pari a quaranta joule o piú.

Fredrik doveva avere un'aria un po' confusa, perché Birger Jarl aggiunse: – Sto allenando il figlio del vicino al poligono di tiro che ho in giardino. Se questo dovesse provenire da un'arma ad aria compressa... – Si infilò il proiettile in tasca prima di riguardare la foto, – si tratterebbe di un'arma piccola e non molto potente.

– Ma è possibile ipotizzare che si tratti di un colpo d'arma da fuoco?

Birger appoggiò la foto sul tavolo, poi la spinse verso Smedstuen.

– Perché me lo chiedi? È da escludere che la persona nella foto sia morta per via di questa ferita. In pratica non c'è stata perdita di sangue!

Fredrik fece un profondo sospiro.

– Saresti cosí gentile da rispondere alla mia domanda? Questa ferita potrebbe essere stata inferta da un proiettile sparato da un'arma ad aria compressa?

Birger Jarl incrociò le braccia sul petto e socchiuse gli occhi. Tirò su con il naso e, dopo essersi passato un dito sotto le narici, alla fine disse: – Sí. Un'arma poco potente, munizioni leggere, una distanza non eccessiva. E un tiratore abbastanza bravo da gestire tutte le sfide che comporterebbe una scelta simile. Il proiettile potrebbe aver colpito il...

– Polpaccio.

– ... il polpaccio, magari penetrando attraverso la stoffa dei pantaloni. Ha provocato la ferita e poi probabilmente è caduto. Oppure, è rimasto conficcato nella carne per un po'. Nei casi piú fortunati verrebbe percepito come la puntura di un insetto.

– Nei casi piú fortunati?

– Sí, mi riferisco al tiratore. Non alla vittima. Immagino che lo scopo fosse proprio quello di fare in modo che la vittima non desse troppa importanza al dolore, giusto? Anche se non capisco perché. Come dicevo, ci vogliono delle conoscenze molto approfondite per calcolare tutte queste variabili. In fondo la ferita... – indicò con un cenno del capo la foto della gamba di Børre Rosenhoff, – non è niente di che.

È quello che credi tu, pensò Fredrik.

Il tiratore avrebbe potuto sparare un proiettile speciale. Ricoperto di ricina. O riempito di veleno, cosí come era successo con la capsula che aveva ucciso il giornalista bulgaro a Londra. Altrettanto minuscolo, altrettanto impercettibile. Quella volta era stata la puntura di un ombrello, questa un colpo sparato da una piccola arma ad aria compressa.

Mentre la vittima stava facendo jogging, per esempio. Børre Rosenhoff correva tutti i mercoledí e tutti i sabati con la precisione di un orologio. Era quello che aveva fatto anche quel mercoledí, prima di ammalarsi. Quando era stato colpito, probabilmente aveva avvertito un certo bruciore e senza volerlo aveva spazzato via il proiettile con la mano. Correndo, o quando stava per entrare in doccia.

Gli effetti nefasti erano cominciati pochi secondi dopo quel bruciore.

– Grazie, – mugugnò Fredrik. – Devo andare a casa.

– Credo che ti farà bene dormire un po'.

Ciò di cui aveva piú bisogno non era dormire, ma parlare con Selma Falck, pensò Fredrik Smedstuen, che non salutò neppure quando Birger Jarl Nilsen si alzò e se ne andò.

Veglia in ospedale

Lars Winther era cosí arrabbiato che faceva fatica a mantenere la mente lucida. Che ogni tanto Selma si rendesse irreperibile era una cosa con cui aveva imparato a convivere, ma adesso il suo comportamento era davvero inaccettabile. L'aveva chiamata sei volte nell'arco della giornata e ogni volta si era imbattuto nella segreteria telefonica. Non aveva neppure risposto ai quattro sms che le aveva mandato. Alla fine Lars le aveva scritto su Messenger: almeno si sarebbe accorto se lei aveva letto. Purtroppo, ogni volta che controllava, quel maledetto segno di spunta gli indicava che il messaggio non era stato ancora visualizzato.

Selma aveva degli oggetti che gli appartenevano. Una cartellina piena di documenti e una chiavetta Usb con un file audio che Lars non sapeva ancora come aprire. Se era vero che era stato lui a dimenticare tutto quanto a casa sua quando si era precipitato a Ullevål, non significava che lei potesse tenersele e poi chiudersi in un totale silenzio radio. Se non fosse stato perché era da solo in ospedale con il figlio, sarebbe andato subito a Sagene pretendendo la consegna immediata di entrambe le cose.

Se non altro Selma avrebbe potuto dimostrare un po' piú di interesse per le condizioni di Leon.

Il pensiero lo fece infuriare ancora di piú.

Era vero che il loro rapporto si basava piú sulla collaborazione e che non si poteva parlare di una vera e propria amicizia, però ne avevano già passate cosí tante insieme che lei avrebbe potuto esprimere una certa empatia. Benché non avesse mai esternato di nutrire un amore particolare verso i propri figli, Selma andava pazza per il nipotino, quindi doveva capire cosa stava passando lui.

Il cellulare si illuminò.

Era un collega dell'«Aftenavisen», vide Lars. Agguantò il telefonino, accettò la chiamata e, sussurrando un saluto, si affrettò verso la porta.

– Ciao. Cosa diavolo ci faceva la tua amica dagli sbirri, di domenica sera?

– Prego?

– Selma Falck. Per caso sono venuto a sapere che ha avuto un incontro con Kjersti Spang. Incontro durato piú di mezz'ora.

– Il capo della polizia?

– Esatto. Erano presenti anche il capo dell'Anticrimine e un paio di altri ispettori. Uno di loro è quello che conduce le indagini sull'attentato a Grünerløkka. Adesso girano un mucchio di voci. A quanto pare il suicidio della Breien era un omicidio, invece. E stanotte al Rikshospitalet è scattato l'allarme antivirus. Ora la situazione è molto piú calma, credo, ma avrebbe a che fare con la morte di Børre Rosenhoff. Ci stanno arrivando quintali di soffiate e informazioni. Tre personaggi di spicco della società norvegese ammazzati in meno di due settimane. Stranissimo, ammettilo.

– Ehm… forse.

– Ma nessuno sa spiegarsi perché Selma Falck fosse alla polizia.

Lars cercò di riordinare i pensieri.

– Avrà a che fare con l'omicidio di Linda Bruseth, – rispose in automatico. – Un interrogatorio.

– Da quando in qua il capo della polizia in persona si occupa di interrogare i testimoni? O quello dell'Anticrimine? Deve esserci qualche novità.

– Mah, può darsi. Oppure… in effetti non ne ho idea. È da un paio di giorni che cerco di contattare Selma senza riuscirci.

– Capisco benissimo che ora non puoi lavorare, con tuo figlio che… A proposito come va? Come sta il piccolo?

– Molto meglio.

– Bene. Ovvio che adesso devi stare con lui. Ma se sai qualcosa che potrebbe diventare un caso interessante, non puoi mica aspettare fino a quando…

– Non so niente, – lo interruppe Lars con voce tagliente. – Non ne ho idea. Se vuoi cercare di imbastirci sopra un articolo, scrivi che Selma ha partecipato a quella riunione. Ammesso che le tue fonti siano attendibili. Si sa che se chiedi spiegazioni alla polizia e la risposta è «no comment», significa che qualcosa bolle in pentola e che vale la pena di occuparsene. Un articolo del genere potrebbe implicare l'arrivo di altre soffiate utili. La centrale è peggio di un colabrodo.

Si sentí un rumore di sottofondo. Dal tipo di suono Lars capí che il collega aveva aperto una lattina.

– E tu non sai niente? – gli chiese quest'ultimo prima di bere.

– Niente, – rispose Lars. – Te lo giuro.

– Okay. Allora vedrò di continuare a lavorarci sopra. E tanti auguri per tuo figlio.

– Grazie.

La telefonata si interruppe. Lars era cosí eccitato che si mise a girare per la stanza. Intorno al letto e ai vari macchinari non c'era molto spazio, eppure non riusciva a star fermo.

Leon si era già addormentato da un pezzo.

Probabilmente non si sarebbe svegliato per parecchie ore. Nel frattempo avrebbe potuto prendersi un'oretta libera e passare da Sagene. Erano soltanto le dieci di domenica sera: quasi di sicuro Selma era in casa.

Guardò il figlio disteso a letto.

Era cosí piccolo. Cosí vulnerabile. Adesso respirava e mangiava da solo e le medicine gli alleviavano i dolori piú forti. Eppure Lars avrebbe dato tutto quello che aveva per prendere il suo posto. Si rimise a sedere e con l'indice gli scostò dolcemente la frangia dagli occhi.

Se si fosse svegliato, uno dei genitori doveva essere lí.

La sera dopo era il turno di sua moglie. Avrebbe concesso a Selma un giorno in piú. Se non si fosse fatta sentire, le avrebbe fatto vedere i sorci verdi.

Intanto avrebbe continuato a insistere. A oltranza.

Il segreto

Su FaceTime avevano tutti delle facce da galera.

La luce era sempre sbagliata. La qualità delle immagini scarsa. A volte c'erano problemi di connessione e se non si teneva la videocamera alla distanza giusta, il volto risultava distorto.

E poi la gente poteva vedere come te la passavi.

Fredrik Smedstuen non aveva mai messo piede in casa di Selma e per qualche ragione che lei stessa non riusciva a spiegarsi, si era seduta in modo tale che sullo sfondo si vedesse la finestra del balcone. Non si dovevano scorgere né foto né quadri né oggetti. Con un pezzetto di nastro adesivo appiccicato sul tavolo da pranzo Selma aveva persino segnato la distanza giusta da mantenere rispetto allo schermo. Per finire, aveva appoggiato il Mac sopra due dei libri illustrati che teneva sul tavolino perché l'inquadratura non risultasse troppo bassa.

Fredrik non aveva preso tutte quelle precauzioni.

Sembrava una palla di lardo e teneva la videocamera cosí vicina che la testa rasata pareva un uovo tranciato in punta. Quando si tirava indietro di scatto, alle sue spalle compariva il ricamo a punto croce di un alce al tramonto. E, su una mensola da camino, un candelabro a cinque bracci, ma senza il camino.

Strano.

– Sei riuscito a spiegarti? – gli chiese Selma.

– Insomma. Visto che li avevi tirati in ballo, sono stato costretto a parlare delle tue idee sui servizi sociali. Non è stato un successo. Intanto ero nervosissimo. Non sono bravo come te e la capa è diventata sempre piú acida.

– Si può sapere cosa diavolo aveva?

Fredrik si strinse nelle spalle fuori dall'inquadratura. Il doppio mento sembrò ancora piú pronunciato.

– A Kjersti Spang interessano due cose. Un'alta percentuale di casi risolti e la massima tranquillità possibile dentro e intorno alla polizia. La tua esposizione è stata a dir poco sconvolgente. Forse era per questo che il capo dell'Anticrimine era cosí incuriosito. A lui piacciono le luci della ribalta. Comunque, è un tipo molto piú simpatico.

– Qual è stato il risultato?

– I casi continueranno a essere indagati singolarmente. La Spang non ha creduto a nessuna delle nostre teorie. Si è opposta soprattutto a quella che coinvolge i servizi sociali. Certo, la mia presentazione non sarà stata esaustiva come se l'avessi fatta tu, però mi sembra di essere stato molto chiaro, ho sottolineato che l'unico elemento comune fra le tre vittime è il loro legame con l'apparato che tutela l'infanzia. Persino Sylvi mi ha detto che sono stato bravo.

– Credo che per Sylvi Mobakk tu lo sia in generale.

Fredrik fece finta di non aver sentito.

– Il capo dell'Anticrimine è riuscito a rosicchiare qualcosa. Oltre all'attentato a Grünerløkka, adesso seguirò anche il caso Rosenhoff. Dal momento che Sylvi è sulla nostra stessa barca, penso che a questo punto sarà opportuno ricorrere a un minimo di doppiogioco. Bisognerà fare un gran numero di indagini di routine. Noiose, ma necessarie.

– E tu?

Fredrik bevve qualcosa da un bicchiere. L'immagine era troppo scura per vedere cosa fosse.

– In che senso? – le domandò.

– Credi alla nostra teoria? Voglio dire, sul serio?

Dopo aver sorseggiato sonoramente, l'interpellato aspirò l'aria attraverso i denti, poi tese in avanti le mani, che nella videocamera divennero gigantesche.

– Quello che credo io non ha nessuna importanza, – rispose alla fine. – Il punto è che questi tre casi sono tutti cosí anomali che è quasi impossibile pensare che non siano connessi tra di loro. Quale sarebbe il calcolo delle probabilità se cosí non fosse? Ciascuna vittima lavorava per uno dei poteri dello Stato. La prima è stata uccisa con un colpo d'arma da fuoco, la seconda impiccata e la terza avvelenata... Molto strano. D'altro lato, costruire castelli in aria senza avere in mano qualcosa di piú concreto contraddice tutto quello che ho imparato sul lavoro di polizia.

– Notizie dal Rikshospitalet? Hanno qualche teoria su come Rosenhoff potrebbe aver assunto il veleno?

– No, a quanto ne so io. Ma stanno lavorando come dei pazzi. In stretta collaborazione con noi, ovvio. I nostri tecnici stanno esaminando ufficio, casa e ospedale.

– E tu? Hai qualche teoria?

Fredrik si alzò senza dire nulla. In quel momento Selma vide bene il quadro appeso dietro di lui. Era davvero un *Alce al tramonto* eseguito a punto croce. Non aveva mai visto nulla di simile in tutta la sua vita. E neanche di cosí brutto. Sentí dei rumori secchi, seguiti da un tonfo attutito.

L'ispettore ricomparve sullo schermo. Toccò l'iPad, ormai cosí storto che gli si vedeva soltanto metà faccia.

Mentre fissava la videocamera, la sua voce si fece piú bassa.

– Stasera ho ventilato una teoria a Birger Jarl.

– Ah, sí? Dove l'hai visto?

– Alla centrale. Era passato per un altro caso.

– Quale sarebbe questa teoria di cui avete parlato?

– Il vecchio metodo dell'ombrello, ma con un'arma ad aria compressa.

– Cosa?

Selma scoppiò a ridere. La storia di Georgi Markow era tragica, ma al tempo stesso cosí buffa che la prima volta che ne aveva sentito parlare, molti anni prima, aveva riso.

– Secondo Birger Jarl non è impossibile che abbiano sparato al ministro. Con un'arma ad aria compressa. Probabilmente il proiettile, o il pellet, era ricoperto o pieno di ricina. Ovviamente lui non conosce quest'ultimo dettaglio, ed è meglio che ce lo teniamo per noi il piú a lungo possibile. Nonostante un mucchio di se, forse, magari, la sua conclusione è stata che una persona molto abile con le armi poteva riuscirci.

– Gli hanno sparato? – esclamò Selma incredula. – E come ha fatto a non accorgersene? E come diavolo sarebbe successo?

L'immagine si fece di nuovo mossa, sembrava che l'iPad fosse sul punto di scivolare giú da quello che doveva essere l'appoggio. D'un tratto Selma si trovò a guardare il soffitto dell'appartamento di Fredrik. Quel guizzo veloce le permise di notare che il lampadario del soggiorno era ricavato dalle corna di un alce e aveva dei piccoli paralumi di stoffa scozzese rossa e bianca. Le parve di ricordare di aver visto qualcosa di simile in uno chalet.

Anche se negli ultimi giorni aveva cominciato a curare il proprio aspetto, Fredrik ne aveva ancora di strada da fare in materia di arredamento.

– Mercoledí mattina Rosenhoff è andato a correre, – riprese lui ricomparendo sullo schermo.

– Mercoledí…

– Qualche ora prima di ammalarsi. O meglio… non sappiamo con esattezza quando si è sentito male, visto che era una specie di ipocondriaco al contrario. Però nel pomeriggio di mercoledí si capiva che non stava bene.

– Che quantità di ricina ha assunto?

– Non lo sappiamo ancora. Ma santiddio, Selma, ne basta un'inezia quando il veleno è allo stato puro. Sostanza maledetta. Due granelli, e settantadue ore dopo sei morto. Non esistono antidoti, né farmaci.

Bevve un sorso dal bicchiere. Era cosí piccolo che Selma immaginò fosse un alcolico. Per qualche inspiegabile motivo trovò carino che quell'uomo si fosse concesso un cicchetto per parlare con lei.

A prescindere dall'argomento.

– Sai, – le disse Fredrik avvicinandosi di botto allo schermo. – Gli omicidi premeditati sono insoliti. Mi occupo di omicidi da sette anni e mi è capitato soltanto un caso in cui l'assassino aveva pianificato di uccidere. Aveva studiato ogni dettaglio, ma l'abbiamo beccato lo stesso.

– Perché era qualcuno vicino alla vittima, – sorrise Selma.

Fredrik sorrise a sua volta. Avrebbe dovuto farlo piú spesso. Gli si addolcivano gli occhi, anche se la qualità dell'immagine era pessima.

– Esatto, – le confermò. – Se troviamo un cadavere, cominciamo dal coniuge, proseguiamo con l'amante e poi con i figli. Facciamo centro in nove casi su dieci.

Il sorriso si fece ancora piú ampio.

– In realtà non è cosí semplice, – si corresse. – Ma c'è del vero in quello che dici. L'incubo è l'omicidio premeditato dove l'assassino non ha alcuna relazione con la vittima. Come nel giallo di Patricia Highsmith *Sconosciuti in treno*. Due passeggeri che viaggiano nello stesso vagone e che non si conoscono, ma desiderano entrambi la morte di qualcuno e cosí si scambiano gli omicidi.

– Non è un film? – gli domandò Selma. – Di Hitchcock? Evidentemente l'alcol aveva un effetto positivo su quell'ispettore di solito cosí burbero. Ora rideva.

– I film si basano spesso sui libri, Selma.

– Sí, certo e se questa nostra teoria fosse corretta, potremmo trovarci di fronte alla stessa cosa. Un omicida che non ha nessun rapporto personale con le vittime e per questo non è neppure obbligato a odiarle. Ammesso che si tratti di un'azione simbolica.

Selma esitò un attimo, poi aggiunse: – I servizi sociali norvegesi hanno la responsabilità di quindicimila giovani. In linea di principio stiamo parlando di trentamila genitori e sessantamila nonni. Anche se il quaranta per cento dei casi si risolve grazie alla disponibilità volontaria degli affidatari, almeno quarantamila persone adulte potrebbero nutrire rancore nei confronti di queste istituzioni.

– Sí, è vero. Un gruppo un po' troppo grande di potenziali sospetti. Bisogna solo sperare che non siano in molti a pensare che sia facile uccidere. Perché noi esseri umani non ammazziamo.

– Cosa intendi dire?

– Esattamente quello che ho detto. Forse è facile farla franca nel caso di un omicidio ben pianificato. Ma omicidi del genere sono rari. Uccidiamo solo in casi estremi. Commettiamo dei cosiddetti crimini passionali e ammazziamo in alcune situazioni precise, in guerra o per disgrazia. Ma assassinî premeditati? Pianificati in maniera sistematica? Ce ne sono pochi. E non saprei dire se dipende dal nostro retaggio culturale, «non devi uccidere», o sia qualcosa insito in noi. In fondo non mi interessa. Il mio compito è catturare i colpevoli. Comunque.

Svuotò il resto del bicchiere con una smorfia e cambiò discorso.

– Se adesso potessi esprimere un desiderio, sarebbe quello di avere molta piú carne al fuoco. Mi riferisco ai servizi sociali. Quello che abbiamo è troppo effimero. Poco concreto. Se la nostra teoria ha davvero senso, la risposta è lí. Credo.

Per la prima volta dall'inizio della loro conversazione Selma fu felice che la connessione fosse scarsa. Avvertí un'improvvisa vampata di calore e fu sul punto di spiattellargli tutto quello che sapeva: in quanto a concretezza, i file audio del ministero dell'Infanzia e della famiglia erano una bomba.

La chiavetta era accanto al portatile.

La guardò. La prese tra pollice e indice, facendo attenzione che non venisse inquadrata dalla videocamera.

Se gliel'avesse consegnata, si sarebbe trovata esclusa dal gioco. Il contenuto dei file implicava uno scandalo di tale portata che glielo avrebbero tolto. Fredrik sarebbe stato costretto a procedere con le indagini e avrebbe ricevuto l'attenzione che gli serviva da parte dei suoi colleghi e superiori.

E non avrebbe piú avuto bisogno di Selma.

Prima o poi avrebbe dovuto raccontargli quello che sapeva. Benché le registrazioni non avessero nulla a che fare con gli omicidi, andava coinvolta anche la polizia. Selma custodiva un segreto che avrebbe distrutto molte persone.

E un'enorme istituzione statale.

Inoltre, le informazioni in suo possesso avrebbero potuto permettere a coloro che avevano subito una grande ingiustizia di riscattarsi.

Avrebbe dovuto assolutamente dirglielo. Quando alzò lo sguardo, si trovò a fissare l'enorme foto di Skjalg.

Avrebbe potuto consegnare a Fredrik la chiavetta e chiudere la partita. Avrebbe potuto decidere di dimenticarsi l'esistenza dello stalker: se quest'ultimo aveva piazzato il pallone da pallamano sul balcone, significava che non era piú in grado di intrufolarsi nell'appartamento.

Nella foto Skjalg sembrava sorridere. Una delle sue prime smorfie felici, era nato da poco. La mancanza del nipote che avvertiva dentro di sé si stava trasformando in una componente piú sopportabile dell'esistenza, una malattia cronica da cui lei doveva trarre il meglio.

Se avesse raccontato a Fredrik quello che sapeva, avrebbe potuto concentrarsi su ciò che contava davvero nella vita.

– Continueremo a lavorarci sopra, – gli disse invece.

D'impeto, quasi con il fiato corto.

– Non è quello che dite in centrale?

– Sí, – rispose Fredrik con uno sbadiglio. – Domani continueremo a dare la caccia a un eccellente tiratore che ha motivo di odiare i servizi sociali, sa cos'è una guerra biologica ed è in grado di rendersi invisibile.

– Da questo punto di vista Birger Jarl Nilsen sarebbe un buon candidato.

Fredrik sorrise di nuovo. Era dotato di piú senso dell'umorismo di quanto desse a vedere.

– Hai ragione. Se avesse avuto dei figli. Ma non ne ha. Gliel'ho chiesto un paio d'anni fa. E io? Sono sospettato? Io di figli ne ho, anche se la madre non mi rende la vita facile quando voglio stare con loro. E poi mi esercito regolarmente al tiro al bersaglio. Sono abbastanza bravo, se lo vuoi sapere.

Stavolta fu Selma a ridere.

– Mi sembra di vederti, mentre strisci armato su un tetto a Grünerløkka.

– Be', non sottovalutarmi. Ma adesso devo dormire.

– Anch'io, – gli rispose Selma. – Buona notte.

Si disconnesse in fretta per non avere il tempo di cambiare idea e fornire all'ispettore ulteriori spunti di riflessione.

Lunedí 16 settembre

La rabbia

Anche se erano soltanto le sette del mattino, piú di seicento persone le avevano già scritto gli auguri di compleanno su Facebook. Selma non sapeva come avrebbe fatto a mettere un cuoricino a ognuno. Chi aveva molti follower di solito scriveva un ringraziamento comune la sera stessa o il mattino dopo, ma Selma Falck non era cosí. Ogni anno investiva un paio d'ore nel redigere un grazie specifico a ognuno, aggiungendo qualche parola supplementare nel caso in cui si fosse trattato di una persona che aveva conosciuto.

Da quando le avevano sparato, andava di rado sui social. Con giovedí erano passate due settimane. Un paio di amici veri avevano cominciato a cercarla: all'inizio un po' per scherzo sul suo account, poi con sms piú preoccupati. Negli ultimi sette giorni la sola Vanja Vegge le aveva inviato cinque messaggi, piú una e-mail che riguardava i futuri festeggiamenti natalizi.

Avrebbe dovuto rispondere.

Ma non quel giorno.

Dopo essersi infilata una felpa e i pantaloni della tuta, era andata in cucina. Nel frigo c'era ancora una lattina di Coca-Cola autentica, ma non l'aprí, anche se le avrebbe fatto bene e anche se precisamente di lí a cinque ore avrebbe compiuto cinquantatre anni.

Suo padre aveva sempre rimarcato il fatto che fosse

nata a mezzogiorno spaccato. Secondo lui era un colpo di fortuna, qualcosa che le avrebbe semplificato la vita. Era un fisico, deprecava l'astrologia e non propendeva verso nessuna fede oscura, nonostante i suoi trascorsi giovanili americani: per cinque anni era stato un hippie. Perché per lui fosse cosí speciale l'ora in cui Selma era venuta al mondo, rimaneva per la figlia un mistero. Però, quando a tredici anni lei aveva esordito nella rappresentativa di pallamano, si era ben guardato dal venire a vederla giocare. Selma era l'unica di tutta la squadra a non avere i genitori in tribuna. Si era presentato soltanto suo fratello, un'ora prima della partita, che l'aveva anche aspettata pazientemente per tornare a casa insieme.

Selma aveva giocato la miglior partita della sua vita, almeno fino a quel momento.

Le altre ragazze si erano allontanate in macchina con le rispettive famiglie. Herman e Selma avevano preso il treno da Lillestrøm e poi, una volta arrivati a Oslo, il tram. Avevano pagato i biglietti del treno di tasca propria, ma in città avevano viaggiato senza.

Selma scacciò il pensiero del fratello. Pensieri del genere non portavano mai a nulla di buono. Squillò il cellulare.

Tutti quelli che la conoscevano sapevano che non dovevano chiamarla prima delle otto e mezzo del mattino. Non perché a quell'ora avesse l'abitudine di dormire, ma perché aveva bisogno di tempo per svegliarsi come si deve. Doveva essere un giornalista. O un venditore, pensò sconsolata. Prese il cellulare. Era sul ripiano della cucina con lo schermo rivolto verso il basso.

Lars Winther.

No. Non aveva nessuna voglia di parlargli. Al solo pensiero di Lars si sentí in colpa. Negli ultimi due giorni le aveva telefonato un mucchio di volte e in effetti Selma si era appropriata delle sue cose. Oltretutto Lars non sapeva neppure che era riuscita ad accedere ai file audio. Visto che stava seguendo una pista a lui sconosciuta, decise che era meglio tenerla segreta.

Lasciò il cellulare dov'era e andò in bagno.

Quel giorno sarebbe dovuta tornare in ospedale per togliere i punti. Era solo tempo perso e avrebbe corso il rischio di imbattersi nel giornalista. Dopo essersi fatta una doccia, anche questa volta con il braccio debitamente impacchettato nella plastica, vide che la ferita si era rimarginata alla perfezione. Non era piú rossa, l'unica cosa era la cicatrice ancora fresca. Il catetere che le avevano infilato in quel taglio di cinque centimetri si era già staccato da solo. Una volta sterilizzate con l'accendino pinzette e forbicine, le ci vollero soltanto un paio di minuti per togliere i punti e il tubicino. Disinfettò la ferita e la coprí con della garza sterile.

Si vestí e, quando tornò in soggiorno, si accorse che l'avevano chiamata i giornalisti di «DG», «Dagbladet» e Nrk. Con una certa inquietudine si sedette davanti al portatile e si collegò.

Il pericolo di una guerra in Medio Oriente incombeva da quando dei droni avevano di nuovo attaccato gli impianti petroliferi sauditi. Il prezzo del greggio era salito alle stelle e Donald Trump non faceva che peggiorare le cose muovendosi come un ippopotamo impazzito. L'«Aftenavisen» riportava anche che un lettone era morto in mare al largo di Averøy.

Selma Falck in un incontro segreto con la polizia.

– Merda, – sibilò lei. – Merda, merda, merda.

Quello stronzo di Lars Winther.

La firma non era la sua, ma nessuno avrebbe scritto nulla su di lei sull'«Aftenavisen» senza essersi consultato prima con Lars. Lesse l'articolo due volte. Non era lungo e in realtà non diceva quasi niente. L'autore si chiedeva se Selma svolgesse il ruolo di consulente speciale del capo della polizia, pensando soprattutto a quanto era successo in poco tempo a due personaggi di spicco. Per fortuna non c'era nessun accenno alla morte di Børre Rosenhoff. La polizia si sarebbe districata senza problemi da quel pasticcio, ma la responsabile dei contatti con la stampa aveva commesso il classico errore madornale: si era rifiutata di rilasciare commenti in proposito.

Era come chiedere ai giornalisti di continuare a scavare.

La gente avrebbe dovuto imparare a mentire di piú, pensò Selma furibonda. Molto di piú. La vita sarebbe stata infinitamente piú semplice. Alterata, prese il cellulare e trovò il numero di Lars. Lui le rispose dopo un unico squillo e, senza avere il tempo di dire qualcosa, lo sentí gridare: – Finalmente! Dove cazzo eri? Ti ho chiamata e mandato messaggi e…

– Dov'ero? – lo interruppe Selma con voce tagliente. – Sono io ad avere motivo di chiederti cosa diavolo significa quell'articolo comparso sull'«Aftenavisen»! Da quando ti sei messo a scrivere cose che mi riguardano senza parlarne prima con me?

– Io? Ma io sono all'ospedale con un figlio che ha scampato il peggio per un soffio. Io non ho scritto niente!

– Abbiamo un accordo, Lars.

Selma dovette darsi una calmata per non sibilare.

– Io e te siamo abituati a darci una mano a vicenda. L'anno scorso ti ho fatto un vero e proprio regalo, con cui ti sei aggiudicato numerosi premi giornalistici. Io mi avvalgo dei tuoi servigi quando ne ho bisogno e…

– *Servigi*? Che cazzo di espressione sarebbe? Io non sono il tuo servo!

La rabbia di Selma scemò. Non riusciva a capire perché fosse cosí furioso. Non era una novità che si rendessero irreperibili a vicenda. La loro collaborazione si basava anche sul mutuo bisogno di mantenere ogni tanto le distanze.

– Si può sapere cos'hai? – gli domandò con un tono meno aggressivo.

– Che cos'ho? *Che cos'ho*? Io e la mia famiglia ci troviamo in una crisi gravissima e tu sparisci. Dovrai pure...

– Ci siamo parlati a lungo non piú tardi di venerdí, – lo interruppe lei. – E ti ho mandato un sms quando è caduta la linea.

– Venerdí? Oggi è lunedí! La vita di mio figlio era appesa a un filo e...

– Smettila. Venerdí mi hai detto che andava tutto bene. Cosa che ovviamente mi ha fatto molto piacere. Ho pensato tanto a te e alla tua famiglia. Certo. Ma non volevo disturbarvi.

Sentí dall'altra parte una specie di gemito. Non era la prima volta che Lars rimaneva interdetto davanti ai suoi comportamenti, spesso a ragione. Selma doveva ammetterlo, però quello sfogo andava al di là di ogni limite.

– Non c'è ragione di parlarci quando sei cosí arrabbiato, – gli disse sforzandosi di pronunciare quelle parole con la maggior flemma possibile. – Potremmo arrivare a dirci cose che non pensiamo.

– Hai delle cose che mi appartengono, Selma! La cartellina e la chiavetta! Ci hai fatto qualcosa?

– No. Sono qui dove le avevi lasciate. Ci mancherebbe altro che io mi metta a frugare tra le tue cose. Non ho fatto niente.

Finalmente Lars sembrava piú calmo.

– Rivoglio indietro tutto. Adesso.

– Ora non è possibile, Lars. Sto facendo altro. Ho altri impegni.

Lui borbottò qualcosa di incomprensibile.

– Dove sei? – gli chiese.

– All'ospedale. Ma stiamo per tornare a casa. Andiamo via tra pochissimo.

– Non potresti concentrarti solo su Leon? Qui da me le tue carte sono al sicuro. E in questo momento non hai modo di lavorare. Se avrò tempo, chiederò a un paio di informatici che conosco di aiutarmi ad aprire quel file protetto. Non nutro grandi aspettative, ma ci provo.

Stavolta il giornalista non rispose. Selma era riuscita a smuoverlo.

– Non possiamo vederci... diciamo... domani? Martedí. Qui da me. Indicativamente verso le nove di sera. Cosí a quell'ora Leon dorme di sicuro.

Lars continuava a stare in silenzio.

– Allora rimaniamo d'accordo cosí, – commentò Selma. – Ciao.

– Aspetta!

– Che c'è?

– Cosa ci facevi ieri alla centrale?

– Sono passata da Fredrik Smedstuen, Lars. Tutto qui. C'erano alcuni punti poco chiari nella testimonianza che avevo rilasciato dopo l'omicidio di Linda. Adesso sono tutti stressati e gli ho fatto un favore andando di persona. Questo è quanto. Non c'è nulla di vero nell'articolo pubblicato sul tuo giornale. Adesso mi avete aizzato contro dal primo all'ultimo mass media norvegese. Senza contare che è il mio compleanno.

All'altro capo si sentí pronunciare un sommesso auguri.

– Ora devo andare, – disse Selma e riagganciò.

Con la rapidità di un fulmine tirò fuori la chiavetta

con la password. Quella che nessuno di loro era riuscito ad aprire. Con un pezzo di nastro adesivo la fissò all'interno della cartellina verde, che poi infilò in una borsa di plastica della spesa.

Per finire appoggiò il pacchetto sul comò nell'ingresso.

Fatto. Lars non era piú arrabbiato e tra non molto sarebbero tornati amici. Dal canto suo, mentre camminava, lei avrebbe risposto alle chiamate delle altre testate raccontando per filo e per segno quello che aveva appena detto a Lars. Tutto e tutti si sarebbero dati una calmata. In quel momento voleva solo andare da Einar. Il giorno prima gli aveva assegnato un compito assurdo: scovare delle informazioni su Torstein Heimdal. Probabilmente Einar ci aveva messo pochi minuti a trovarle, poi le aveva accorpate in una nota redatta in un buffo stile formale che le aveva mandato via e-mail. Selma aveva deciso di fregarsene dei vicini che abitavano al piano di sopra. Chissà cosa stava combinando Einar con il computer.

Almeno la questione con Lars per il momento sembrava risolta.

Mentre chiudeva le due serrature della porta di casa, si ritrovò a pensare che se ogni tanto la gente avesse imparato a ricorrere a qualche bugia, il mondo sarebbe stato di gran lunga un posto migliore.

Per tutti.

L'artista del caffè

Come sempre, le aveva portato dei fiori.

La calluna con cui si era presentato alcuni giorni prima si era afflosciata. Forse la tomba era troppo riparata dall'olmo e gli occasionali scrosci di pioggia non riuscivano a inzuppare per bene la terra. La calluna era una pianta che si accontentava di poco, abituata com'era a crescere in alta montagna su terreni aridi. Per fortuna non era morta. L'uomo aveva con sé una bottiglia d'acqua con cui bagnò per bene il vasetto.

Quella mattina aveva reciso tre steli di verbena gigante dall'aiuola preferita di Grethe. Erano altissimi, e per evitare che quella composizione spartana si rovesciasse li aveva dovuti infilare in un vaso al cui interno aveva messo dei sassolini.

I colori si abbinavano bene. Diverse sfumature di viola. Lilla. Rosa scuro. O come avrebbe detto Grethe.

– Ti amo, – le sussurrò dopo essersi seduto sulla sedia pieghevole. – Tra poco andrà di nuovo tutto bene e potremo trovare pace. Tutti e tre.

Lentamente, con movimenti tranquilli e consueti, aprí il thermos di caffè. Versò la bevanda bollente in una tazza di legno con il manico e ne bevve un piccolo sorso. Gli fece bene. Non beveva mai caffè che fosse davvero cattivo. Da quel punto di vista aveva già dato. Alcune grandi catene di bar riuscivano a servirne uno decente. Ma niente di piú. Il caffè fatto con il filtro era una ciofeca. Quello con la caffettiera a stantuffo poteva andare, all'occorrenza, ma quando aveva tempo se ne preparava uno come si deve con il bricco d'acciaio. Era un'arte. Bisognava prendere in considerazione l'altezza, letteralmente parlando, perché quel modo di preparare il caffè a diretto contatto col fuoco era una tradizione tipica della gente che amava l'alta montagna. Lassú si faceva bollire l'acqua a novantacinque-novantasei gradi. Il rischio che il caffè si bruciasse era in pratica inesistente, perché lui aspettava sempre qualche minuto prima di aggiungere, a un litro preciso di acqua bollente, 73,5 grammi di caffè grosso appena macinato, tostato da lui in persona.

Conservarlo nel thermos significava alterarne in parte il gusto, del resto non poteva fare altro.

Sollevò la tazza di legno, che conferiva al caffè un vago sentore di pino, e rivolgendosi alla lapide fece una specie di brindisi, poi bevve.

– C'è solo una cosa che mi preoccupa, – disse, appoggiando la tazza per terra.

Dalla tasca interna estrasse il cellulare e, dopo aver trovato l'articolo su Internet, lo lesse ad alta voce.

– Capisci? – domandò guardando la targhetta di bronzo. – Te lo ricordi l'anno scorso, quando ero qui e leggevo per te?

Come sempre Grethe non rispose. Quel giorno la sua assenza era strana. L'uomo non era né stupido né demente e sapeva bene che sua moglie, morta già da tantissimo tempo, in realtà non poteva sentirlo. Eppure, starsene lí gli infondeva tranquillità. Quando si sedeva per parlarle, era come se fossero ancora insieme. Come se lei, nascosta da qualche parte dentro quella piccola pietra ruvida, fosse presente e lo vedesse.

– Questa storia non mi piace, – dichiarò deciso agitando il cellulare ancora illuminato. – Forse questa donna non è piú intelligente della polizia. Ma l'anno scorso ha mostrato piú resistenza. E un fiuto migliore.

Infilò stizzito il telefono in tasca. Prese la tazza dall'erba. Era stata levigata con cura ed era un piacere tenerla in mano. Quando se la portò alle labbra, l'aroma del caffè lo calmò un po'. Bevve e raddrizzò la schiena.

– Selma Falck è una seccatura. Che avrei dovuto assolutamente prevedere. Non si è mai abbastanza preparati, Grethe. Mai.

A un centinaio di metri di distanza vide spuntare qualcuno tra le file di tombe. Un anziano con un cane che doveva essere bianco – il pelo era aggrovigliato, lungo e sporco – e che si mise a guaire quando l'uomo si fermò davanti a una tomba che non aveva ancora una lapide.

– Sapevo che ci sarebbe stata anche lei, – sussurrò. – Pensavo che fosse un bene. Cosí si sarebbe sollevato piú clamore. Invece è stato un malaugurato incidente che sia stata colpita. Sono troppo bravo per permettere che succedano certe cose. Credo che cominci a considerare la questione come un fatto personale.

Una giovane donna si avvicinò all'altra tomba e mise un braccio intorno al vecchio, che piangeva. Un contrattempo sgradito, come tutto il resto.

– Credevano che volessi uccidere Selma Falck. Per fortuna si sono ravveduti. Ma che adesso lei aiuti la polizia...

Scosse la testa e bevve un altro sorso di caffè.

– Se mi dovrò occupare di Selma Falck, – disse in maniera quasi impercettibile mentre si alzava, – lo farò. Stai tranquilla, Grethe. Devo solo tenerla sotto controllo e tutto andrà come vogliamo.

Infilò il thermos e la tazza nello zaino, fissò il seggiolino alle cinghie della tasca superiore e si accovacciò. Stavolta senza fatica: quella settimana il ginocchio non gli aveva dato problemi. Posò le labbra in un bacio sul marmo gelido. Sapeva di terra, minerali e umido autunnale.

– Nessuno ostacolerà i nostri piani, Grethe.

Quando si alzò, avvertí una fitta di dolore al ginocchio.

– Neppure Selma Falck, – aggiunse prima di avviarsi.

Il regalo di compleanno

Cosí non andava proprio.

Quando Selma riuscí finalmente a entrare nell'appartamento di Einar Falsen, ovunque regnava un tanfo nauseabondo di morte e putrefazione. Aveva suonato il campanello, bussato alle finestre dalla strada e cercato di chiamarlo sul cellulare. In passato aveva già provato a telefonargli qualche rara volta, invano come adesso. Da quando Einar era andato a vivere al chiuso, era la seconda volta che Selma si vedeva costretta a usare la chiave di riserva che teneva nel proprio mazzo.

Come facesse Micio a cacare cosí tanto in cosí poco tempo era un mistero. Che Einar fosse capace di infischiarsene che il gatto avesse fatto i propri bisogni dappertutto eccetto che nella sabbiera nell'ingresso, era ancora peggio. Nell'appartamento dovevano esserci trentacinque gradi e uno dei filetti di platessa ripieni di Capitan Findus si era carbonizzato nel forno ancora acceso: pericolosissimo.

– Ma santiddio, – esclamò Selma dalla porta del soggiorno.

– Buon compleanno, – le disse Einar eccitato, senza alzare gli occhi dal portatile. – Ho per te il regalo piú divertente del mondo.

Le ci volle un'ora prima di trasformare l'abitazione di Einar in qualcosa di vivibile. La parte piú difficile fu convincerlo a farsi una doccia, era di nuovo convinto che gli sarebbe bastato toccare il miscelatore perché lo Zyklon B si propagasse dal soffione. La soluzione fu quella di inventarsi una storia cosí complicata e fantasiosa che lei stessa aveva problemi a mantenere il controllo su quello che gli diceva. Le bugie che gli propinò andavano in tutte le direzioni. La spiegazione del motivo per cui il sistema idrico di Oslo non aveva accesso alle scorte ancora esistenti di gas tossico nazista si fece alla fine cosí assurda che Einar ci credette.

– Ecco fatto, – disse Selma quando l'appartamento risultò un po' piú accettabile. – Se hai intenzione di continuare cosí, Einar, non potrai piú avere il computer quando non ci sono. E sarebbe stupido, giusto?

Einar le rispose, ma le sue parole scomparvero nel frastuono di un camion che passò in quel momento davanti alle finestre aperte. Selma si era sentita costretta a cambiare l'aria, benché non fosse poi cosí sicura che i gas di scarico dei tubi di scappamento fossero preferibili all'odore di escrementi felini e sudore umano. Andò a chiudere i vetri e quando ebbe finito, quando finalmente regnava un silenzio sopportabile, era molto accaldata.

– Sono diventato genealogista, – dichiarò Einar con orgoglio.

Era andato in camera a prendere un pacco. Era rettangolare e semipiatto, avvolto nella carta da giornale e sigillato con del nastro adesivo opaco.

– Non avevo la carta da regalo. Non volevo uscire a comprarla. Questo è per te.

– Grazie, – disse Selma prima di sedersi in poltrona. – Non era il caso. Sei riuscito a dormire un po', Einar?

– Come potevo in un momento simile. Internet è incredibile. Sono diventato uno studioso di genealogia. Sapevi che il tuo trisavolo era danese? E che il tuo cognome viene da una società per il soccorso in mare che aveva fondato lui a Copenaghen nel 1906? *Tu lo sapevi, Selma*?

– No, – rispose lei. – Non lo sapevo. Che cos'è?

– Aprilo! Ti prego!

Selma guardò il pacco e poi cominciò a strappare il nastro adesivo.

– Certo che ne hai messo di scotch!

Alla fine la carta di giornale e il nastro argentato erano sparsi per terra. Sulle gambe Selma aveva una specie di libretto, cucito insieme sul margine destro con del filo di lana rosso. La copertina era blu, con scritto in stampatello a caratteri rosa il suo nome e la sua data di nascita.

– Non ho la spillatrice, – spiegò Einar scusandosi. – Ma uno dei miei maglioni si è sfilacciato tutto. Quello rosso, sai. E poi ho trovato un ago da cucito bello grosso. Da rammendo. Non è fantastico?

– Sí, – annuí Selma aprendo con cautela il libretto.

Apparve un albero genealogico. In fondo c'era il suo nome scritto dentro una cornice, accanto a quello di Herman. Sui rami, che si assottigliavano sempre piú, Einar aveva scovato quelli dei genitori, dei nonni, dei bisnonni e di tre degli avi di Selma. Per lei erano del tutto sconosciuti.

– Bellissimo, – borbottò prima di continuare a sfogliare.

In un certo senso era vero. In poco tempo Einar aveva fatto un lavoro impressionante. Sarebbe stato un bel regalo se le fosse importato qualcosa della propria origine. Purtroppo non era cosí.

Il filo di lana rosso recideva facilmente la carta, cosí Selma doveva piegare il bordo di ogni foglio di qualche centimetro per evitarlo. Le quasi undici pagine del libretto contenevano descrizioni piú precise sulla storia dei suoi antenati. Matrimoni e carriere, titoli e figli. In effetti, all'inizio del secolo scorso, un certo Sophus Falck aveva fondato la società che aveva come emblema un falco con le ali spiegate in campo rosso. Se fosse davvero un suo trisavolo, Selma non lo sapeva.

– Si può sapere cos'hai fatto? – gli chiese con delicatezza.

– Mi sono occupato di ricerche genealogiche. Mi ha aiutato Petter, quello che abita dall'altra parte del corridoio, che di notte è sempre sveglio.

Selma lo guardò con aria interrogativa.

– Quello che ulula, – le spiegò Einar con impazienza. – Tutti gli altri si lamentano, ma io non ci faccio caso. È un vero mago del computer, Selma. Quando era sano, faceva l'ingegnere elettronico.

– Credevo tu non conoscessi i vicini.

– Non li conosco. Ma a volte li incontro per caso. Dove c'è l'immondizia. Mi capita di vedere Petter quando porto fuori Micio. Di notte. Se ne sta seduto sui cassonetti della spazzatura a contare i ratti.

Einar indicò eccitato il libretto.

– Usare i siti di genealogia costa, però hanno un periodo di prova gratuito!

Batté le mani entusiasta. Micio schizzò come una freccia in camera da letto. Di colpo Einar si fece serio.

– Petter ha dovuto usare le sue credenziali bancarie. Su tre siti. Però gli ho promesso che farò in modo che non si trasformi in un abbonamento e poi gli ho dato anche mille corone per il disturbo. Dalla cassetta che tengo in camera da letto.

– Mille corone? Quanto tempo c'è voluto?

– Dieci minuti. Tre pagine, ma in tutto ci sono biliardi di documenti ufficiali di almeno cinquecento anni! Straordinario, Selma.

– Biliardi, ma sentilo.

Selma riprese a sfogliare con precauzione. Il layout delle

pagine era disordinato come l'appartamento al suo arrivo, ma il contenuto sembrava rielaborato abbastanza bene. L'albero genealogico sulla prima pagina doveva essere un modello standard.

– Eccellente, Einar!

Richiuse il libretto con cautela.

– Grazie. Ma come ti è venuta un'idea del genere?

Einar si mise a camminare su e giú per la stanza. I capelli spettinati gli formavano una sorta di nuvoletta intorno alla testa ed era di nuovo troppo magro. Con tutte le calorie che ingeriva e tenendo conto che non faceva nessuna attività fisica, Selma non riusciva a capire come potesse non essere grasso come un barile.

– Ieri ho fatto la figura dell'idiota, – disse con una vocina esile. – Un morto non può essere lo *stoolker* di nessuno.

– Dimenticati quella storia, – gli sorrise Selma. – Ho deciso che non mi interessa piú. Da quando ho cambiato le serrature, nel mio appartamento non è entrato piú nessuno.

– Era cosí fragile.

– Chi?

– Endre. Endre Cappelen. Cosí gracile e strano, con tutti i problemi che aveva. È morto che era ancora un ragazzino.

– Trent'anni.

– Non è certo un'età per morire, giusto?

– No, è vero. Non ti vuoi sedere?

– Mi ha ricordato mia figlia, Selma…

Piangeva, ma almeno si era fermato.

– Non devi pensare a lei. Sono anni che io e te siamo d'accordo su questo.

– Non pensare, – ripeté Einar battendosi la tempia con il palmo della mano. – Non pensare a lei.

– Siediti.

– Volevo sapere altre cose su di lui. Su Internet si trova

tutto. Cosí ho preparato anche il suo albero genealogico. Dopo che Petter mi aveva aiutato con quelle pagine di ricerca costose. Per cui non ho pagato nulla. Per ora.

Si sedette sul divano e giunse le mani.

– Endre i genitori ce li aveva, Selma.

– Ce li abbiamo tutti.

– Ma nessun fratello né sorella.

– No. Te l'ho appena detto, ho deciso di dimenticare tutta la faccenda dello stalker. L'ho risolta. L'ha risolta Turcopoker.

– Turcopoker risolve tutti i nostri problemi.

Con un sorriso Selma appoggiò il libretto sul tavolino.

– Sí. Siamo fortunati.

– Endre non lo era. Anche se suo padre ha fondato Stoccolma.

Finalmente un piccolo sorriso gli comparve sulla bocca.

– Mi hai fatto un bellissimo regalo, – commentò Selma alzandosi. – Ancora grazie. Ora devo andare, ma torno domani. Nel frattempo è meglio che prenda il tuo portatile. Devi dormire, Einar.

– Non era quello che aveva anche unificato la Svezia?

Einar la guardò con aria interrogativa.

– Chi? – gli domandò lei senza mostrare alcun interesse. – Credo che sia meglio se il libro genealogico rimane qui, per il momento. In borsa si sgualcirebbe tutto. Posso prenderlo un'altra volta.

– Birger Jarl! – esclamò Einar, adesso irritato. – Birger Jarl era il corrispondente svedese del nostro Harald Bellachioma. O... Forse sto facendo un po' di confusione. Mentre ero ricoverato a Blakstad, ho letto un libro di quello svedese. Jan Guillou. Lui...

– Birger Jarl? – Selma si irrigidí. – Chi è?

Einar sospirò in maniera ostentata.

– Non me lo ricordo bene. Ha fondato Stoccolma, ma ha anche riunito la Svezia in un regno?

– Tutto questo cosa c'entra con la vita di Endre Cappelen?

– È suo padre! La madre di Endre faceva Cappelen di cognome. Sicuramente avranno pensato che Cappelen fosse piú fine di Nilsen. Per il proprio, unico figlio. Sono d'accordo. Io mi chiamo Falsen, come uno dei padri della costituzione norvegese, con cui, come ho scoperto purtroppo stanotte, non sono imparentato. Il nome fa il monaco, sai.

– Veramente sarebbe che l'abito non fa il monaco. Comunque, perché tiri in ballo Nilsen?

Einar la guardò come se fosse un po' ritardata.

– Te l'ho appena detto! Invece il figlio di Endre, poverino, ha un altro cognome ancora. Si chiama David Connert ed è stato adottato dalla nonna materna, proprio come avevamo scoperto alcuni giorni fa. La nonna si chiama Ewa Connert. Ewa con la *w*. Magari anche lei è svedese?

Selma rimase seduta per qualche secondo. Poi tirò fuori dalla borsa una bottiglietta di Pepsi Max mezza piena. L'aprí e bevve.

A lungo. Tutta quanta. Si alzò e andò dall'altra parte del tavolino. Si accovacciò davanti a Einar e gli prese la mano. Lui la guardò terrorizzato.

– Einar, – gli disse seria. – Adesso concentrati e rispondi alla mia domanda. Solo a questa. Nient'altro. Devi rispondere soltanto a ciò che ti chiedo, ok?

Lui annuí veloce.

– Come si chiama il padre di Endre Cappelen? – gli domandò Selma pronunciando le parole in maniera esageratamente lenta.

– Si chiama Birger Jarl Nilsen, – rispose Einar angosciato, come se credesse di aver compiuto qualcosa di molto, molto sbagliato.

I Vigili del fuoco

Alla fine fu sepolta anche la madre di Karstein Braaten.

Il funerale si svolse proprio come lei avrebbe voluto se fosse stata ancora in possesso delle sue capacità mentali. Da oltre quattro anni non riconosceva piú il figlio, e nel necrologio Karstein aveva fatto scrivere che le esequie si sarebbero svolte in forma strettamente privata. In altre parole, era da solo. C'era il prete, ovvio, ed erano presenti anche un paio di rappresentanti della chiesa, ma niente amici né conoscenti.

Dopo la cerimonia il capo dipartimento della divisione Analisi e trattamento dati presso il Direttorato per la protezione civile e le politiche di pronto intervento era passato dal distributore della Circle K per mangiarsi un hot dog prima di tornare in ufficio e riprendere il lavoro.

Ormai già da molti anni soffriva per la perdita della madre e adesso il suo sentimento dominante era una specie di malinconico sollievo.

Di libertà, forse: non doveva piú pensare a lei e poteva finalmente fare quello che voleva. Un tempo aveva due cugine, ma erano morte in un incidente aereo in Nigeria prima di riuscire a metter su famiglia.

Karstein Braaten non aveva piú parenti e sotto molti aspetti la situazione gli si addiceva, visto l'incarico che rivestiva. Per lui nulla doveva essere personale e tutto andava valutato a distanza: una distanza fredda, professionale e pacata.

Aveva ricevuto una lettera tramite corriere, e la cosa lo inquietava.

Karstein Braaten non sopportava le cosiddette irregolarità. Anche se ciò di cui si occupava era tutt'altro che regolare, per non dire segreto. Le malelingue avrebbero preferito l'espressione «sottratto al controllo democratico», ma secondo lui non era vero. Redigeva i suoi rapporti e teneva informato il ministro di Giustizia. Che il ministero avesse trovato soluzioni creative per aggirare la legge che garantiva al cittadino l'accesso agli atti dell'amministrazione pubblica era un espediente a cui qualsiasi democrazia doveva ricorrere ogni tanto per assicurare la pace, la libertà e per l'appunto la democrazia.

Purtroppo, secondo Karstein Braaten e gli altri con lui, il suo compito era troppo importante per diventare oggetto di trasparenza in senso moderno. O almeno totalmente trasparente.

Anche la lettera che stava leggendo era stata sottratta al pubblico accesso. Era una nota redatta dall'ufficio della procura generale e inviata al ministero di Giustizia, con copia al gabinetto del primo ministro. Conteneva un resoconto preciso delle sfide poste dai casi che sarebbero stati presi in esame dalla Corte dei diritti dell'uomo di Strasburgo.

A Karstein non interessavano molto gli aspetti legali. Non era un giurista, anche se nel corso degli anni aveva acquisito conoscenze in materia tali da renderlo mediamente competente. Confidava nel fatto che la procura avesse il controllo totale. Non sussisteva alcun dubbio che le sentenze impugnate fossero conformi alla legge norvegese. E neppure che le sentenze fossero sostanzialmente buone, cioè che i bambini coinvolti nei casi in questione avessero una vita migliore a seguito delle decisioni prese per loro.

Tuttavia, bisognava vedere se la stessa interpretazione della legge teneva conto al cento per cento dell'articolo 8 della convenzione sui diritti umani, che sanciva il rispetto della vita privata e familiare. La procura generale credeva nelle assoluzioni. In caso contrario avrebbero dovuto convivere con la consapevolezza di avere preso una o piú decisioni negative, ma per questo esistevano regole molto chiare su come la Corte suprema, e di conseguenza il legislatore, avrebbero dovuto comportarsi al riguardo.

Del resto, era alquanto limitato il numero di persone davvero interessate agli organi che si occupavano della tutela dei bambini. Perlopiú, la gente preferiva starne alla larga.

Acqua sul fuoco, pensò Karstein dopo aver letto la lettera per la quarta volta. Era di questo che si trattava: un resoconto asciutto e tranquillizzante su un problema di carattere giuridico che ritenevano sotto controllo. Non era la lettera in sé a preoccuparlo.

Era invece il dispaccio cifrato di cui né la procura generale, né il ministro di Giustizia, né il primo ministro sapevano nulla. Gli era arrivato per posta e aveva un aspetto assolutamente innocente. Al suo indirizzo di casa, dentro una busta anonima. Era stato redatto da una sezione del Pst, i servizi di sicurezza della polizia. Anch'essa aveva una denominazione del tutto neutra, proprio come quella del direttorato di cui Karstein era a capo. La differenza era che, mentre nessuno dei suoi sottoposti sapeva di preciso che cosa facesse lui, il piccolo drappello di subalterni del Pst formava un gruppo di cosiddetti «aggiustatori».

Che esisteva ufficialmente. Ogni tanto veniva citato nei rapporti annuali redatti dalla commissione parlamentare che aveva l'incarico di controllare l'operato dei servizi segreti, ma in tal caso venivano citate solo le attività presenti sulla carta. Non erano che undici le persone a conoscenza del lavoro aggiuntivo. Queste undici persone avevano un nome particolare.

I Vigili del fuoco.

Spegnevano gli incendi che potevano creare tensioni pericolose. Non dibattiti e litigi normali e democratici, ma scandali altamente nocivi. Non tutti, neppure la maggior parte, ma quando il barometro della fiducia scendeva troppo e un'altra goccia avrebbe potuto far traboccare il vaso del fragile equilibrio su cui si reggeva una società come la Norvegia, loro avevano i propri metodi e le proprie strategie.

Non sempre era sufficiente. Lo scandalo del Nav era stato una catastrofe annunciata, senza che i Vigili del fuoco fossero riusciti a intervenire. Era un caso troppo grande. Troppe persone sapevano. Ora se ne vedevano le conseguenze: orde di commentatori in rivolta, giuristi che inveivano e migliaia di persone che raccontavano vicissitudini in cui lo Stato era reo di soprusi nei confronti di famiglie intere. Molte di quelle storie erano tragiche.

Il caso in questione era invece di portata minore, ma il suo effetto avrebbe potuto essere devastante se fosse diventato di pubblico dominio. Un paio di mesi prima un giovane che lavorava al ministero dell'Infanzia e della famiglia aveva passato informazioni interne a un giornalista. Tra cui alcuni file audio che, se fossero finiti nelle mani sbagliate, sarebbero risultati molto dannosi per il dicastero. Karstein non aveva mai saputo con esattezza di cosa si trattasse, però si era fatto una sua opinione.

Avevano a che fare con la falsificazione di documenti.

A opera dell'amministrazione pubblica.

Era evidente che la procura generale non ne sapeva nulla.

Come del resto quasi nessun altro, però avevano corso il rischio che quell'Allan Strømme avesse prove concrete.

Per fortuna no, da quanto era emerso dopo la visita che i Vigili del fuoco gli avevano fatto nella sua abitazione a Mortensrud. Tuttavia, la faccenda era inquietante.

Il caso Nav era partito dal fatto che nessun giurista interno all'enorme apparato statale che nel suo insieme costituiva la Norvegia si era accorto che la legge era stata interpretata in maniera sbagliata. Già questo era terribile. Che un organo come quello, preposto alla tutela dell'infanzia e autorizzato a intervenire pesantemente nella vita e sui diritti dei singoli cittadini, manipolasse i casi a proprio vantaggio, era ancora peggio.

Allan Strømme avrebbe dovuto richiedere lo stato di *whistleblower* e rivolgersi alle autorità competenti. In tal caso persino i Vigili del fuoco si sarebbero trovati spiazzati. Invece Strømme aveva scelto un'altra strategia: spifferare tutto al quarto potere. Il giornalista in questione era morto mentre vagava ubriaco in bicicletta per il centro di Oslo. Era andato a schiantarsi contro un taxi ed era deceduto quella notte stessa.

Senza che fosse coinvolto nessun altro.

Una tragedia per lui e la sua famiglia. Un colpo di fortuna per i Vigili del fuoco. Secondo il dispaccio, Allan Strømme si era mostrato collaborativo. A giudicare dalla situazione, «collaborativo» significava terrorizzato. Aveva giurato di non aver fatto nessuna copia dei file audio, di averne soltanto parlato con il suo amico dell'«Aftenavisen». L'uomo aveva consegnato spontaneamente tutti i suoi *device* elettronici in cambio di nuovi ed era rimasto palesemente scosso al pensiero delle conseguenze che ci sarebbero state se non si fosse attenuto con estremo scrupolo a ciò che gli era stato detto.

Il pericolo era passato, almeno fino a dove era consentito sperare che fosse cosí. Almeno fino a dove si poteva arrivare agendo entro i confini di un regolamento comunque esistente e che avrebbe dovuto funzionare a pieno titolo in una democrazia moderna. Da questo punto di vista, i Vigili del fuoco non erano un gruppo illegale. Non assomigliavano alle forze illecite che erano state smascherate l'autunno dell'anno prima: vere e proprie organizzazioni di difesa che si sentivano in diritto di prendersi le libertà piú grette quando lo ritenevano necessario.

I Vigili del fuoco erano paragonabili a un servitore discreto: uno che rimetteva ogni cosa a posto, lavava e nascondeva la polvere sotto il tappeto.

Karstein Braaten sentiva ancora in bocca il sapore dell'hot dog della stazione di servizio. Aveva un gusto un po' rancido e il ketchup era acidulo. In compenso la senape era troppo dolce. Non avrebbe dovuto mangiarlo.

Irregolarità, le avevano definite i Vigili del fuoco.

Una parola a dir poco cauta quando si parlava di falsificazione di documenti da parte dello Stato, se le dichiarazioni di Allan Strømme erano vere.

Quello Karstein Braaten non poteva saperlo con certezza. Non lo avrebbe mai saputo nessuno.

Meglio cosí.

Le domande

Selma Falck aveva corso ventiquattro chilometri.

Dopo aver lasciato Einar, anche questa volta dimenticandosi di prendere il laptop, era tornata a Sagene in preda a uno stato di stordimento totale. Si sentiva la testa ovattata, ma allo stesso tempo invasa dalle formiche. Il suo cervello era vuoto e iperattivo, nulla aveva piú né capo né coda. Una volta arrivata a casa, provava dolore anche a sedersi. Incapace di prendere una decisione, si era messa la tuta, aveva allacciato le migliori scarpe da jogging che possedeva ed era partita.

Senza meta. I piedi l'avevano portata a Torshov, dove aveva seguito i sentieri, i ponti, i sottopassaggi e le stradine che, tagliando attraverso l'enorme area industriale di Alna, conducevano a Karihaugen, dove aveva fatto dietro front. Aveva impiegato due ore e venti minuti per sfinirsi.

Senza che le fosse servito a schiarirsi le idee. Adesso anche il braccio le dava fastidio, un dolore sordo, martellante.

Farsi una doccia l'aveva aiutata un po'.

Era rimasta sotto il getto scrosciante d'acqua calda fino a quando aveva pensato che se avesse continuato cosí, avrebbe svuotato tutti gli scaldabagni del condominio.

Alla fine aveva preso una decisione.

Era temporanea, ma era l'unica con cui poteva convivere. Se una persona sola sapeva una cosa, allora non la sapeva nessuno. Se le persone erano due, allora quella cosa la sapevano tutti. Era una regola a cui si era sempre attenuta e non era adesso il momento di disattenderla.

Quando si vestí, i capelli erano ancora cosí bagnati che le si appiccicarono alla schiena. Si mise un asciugamano sulle spalle e li scostò in modo che vi si appoggiassero sopra, incurante della camicia già fradicia. La prima cosa che fece fu paragonare la data di nascita di Birger Jarl Nilsen com'era riportata sull'albero genealogico di Endre Cappelen con quella dell'istruttore tiratore scelto all'Accademia di polizia, nonché insegnante di balistica.

Erano identiche.

In Norvegia non potevano esserci due Birger Jarl Nilsen. O almeno, non nati nello stesso giorno.

Andò a prendere l'ultima lattina di Coca-Cola dal frigo, l'aprí, ne bevve un sorso e si sedette al tavolo da pranzo con il cellulare in mano e il pollice sullo schermo.

Fredrik Smedstuen rispose dopo uno squillo.

– Ciao, Selma. Adesso sono un po' impegnato, posso richiamarti…

– No. Devi rispondere ad alcune domande. Ti prego.

– Posso richiamarti tra mezz'ora, devo solo…

– Ti prego, Fredrik. È urgente.

Lui non disse nulla, ma Selma ne sentiva il respiro. Un po' pesante, come se si stesse muovendo. Percepí anche un rumore di passi. Smedstuen doveva trovarsi all'aperto.

– Tutto bene? – le chiese alla fine.

Le parve di cogliere nella voce dell'ispettore una certa preoccupazione. Selma si sforzò di rallentare le pulsazioni, inspirando dal naso ed espirando dalla bocca.

– Sí, tutto bene. Mi servono solo le risposte ad alcune domande.

– Su cosa?

– Chi è stato il primo a suggerirti l'idea che ci fosse

qualcosa di… ostentato nel modo in cui è stata uccisa Linda Bruseth? Che potesse essere una specie di messaggio?

– Ehm… non sei stata tu? Quando abbiamo pranzato insieme venerdí scorso?

– No. Pensaci bene, Fredrik. Rifletti con calma.

Selma sentí di nuovo dei passi. Il respiro dell'ispettore scomparve per un attimo, come se avesse spostato il cellulare da una mano all'altra.

– Pronto? – disse Selma.

– Sto cercando di pensare. Hai ragione. Non sei stata tu, ma Birger Jarl Nilsen. Nel mio ufficio. Dev'essere stato lunedí scorso. O martedí? Comunque. Ricordo che mi era venuto in mente tutto quello che mi aveva detto quando per caso ero stato uno dei primi a trovarmi sulla scena del crimine dove avevano trovato il cadavere di Kajsa Breien che penzolava da un albero.

Fece ancora una breve pausa, prima di esclamare: – In effetti l'ho chiamato io. Da lí. Giovedí mattina presto. Gli ho chiesto di venire nel mio ufficio e abbiamo discusso la faccenda. È stato in quel momento che ho cominciato a prendere sul serio quell'ipotesi. Tant'è che subito dopo ti ho chiesto di incontrarci.

Selma dovette alzarsi. Le si erano addormentati i piedi, non le era mai capitato che le succedesse in quel modo. Avvertiva anche un formicolio alle dita. Iniziò a spostare il peso del corpo da un piede all'altro, agitando la mano libera.

– Ieri mi hai detto che Birger Jarl non ha figli. Come fai a saperlo?

– Perché mi fai tutte queste domande?

– Rispondi e basta. Per favore.

Lui emise dei suoni con la bocca, che esplosero dentro l'orecchio di Selma.

– Un paio d'anni fa ci eravamo messi a parlare dei miei figli, – le disse con tono sconsolato. – Le cose avevano cominciato a prendere una brutta piega tra me e mia moglie e i figli erano sempre dalla sua parte. Era molto frustrante. Glielo avevo accennato mentre ci stavamo bevendo una birra dopo una riunione all'Accademia di polizia. Come sai, è lí che lavora in realtà. Anche se part-time. Come istruttore tiratore scelto.

– Ti aveva detto esplicitamente di non avere figli?

– Come faccio a ricordarmelo?

Selma aveva la sensazione che avrebbe potuto continuare a lungo, se non fosse che Fredrik Smedstuen sembrava irritato.

– Sforzati. Ti prego.

Silenzio per alcuni secondi. E altri ancora.

– No, – le disse alla fine, strascicando la parola con un tono titubante. – O forse mi aveva detto qualcosa del tipo «mi sono risparmiato questi problemi. Non ho figli». Sí, deve aver detto qualcosa del genere.

– Okay. Grazie. Un'ultima domanda. Birger Jarl Nilsen ha accesso alle armi?

Fredrik scoppiò a ridere.

– Sí, certo. È un ex soldato delle forze speciali, Selma! Insegna ai tiratori scelti. Non c'è stato conflitto negli ultimi trentacinque anni a cui non abbia partecipato. Possiede anche un piccolo poligono di tiro a casa sua. Non ho idea se sia legale, ma me lo ha accennato ieri.

Selma sentí che Fredrik aveva ripreso a camminare.

– Ma perché mi chiedi tutte queste cose?

– Dopo, Fredrik, dopo. A proposito, un'ultimissima domanda. Sei riuscito a dare un'occhiata al caso Jonathan Herse? Il giornalista morto in un incidente?

– In effetti, sí. Avevo soltanto un'ora a disposizione,

Selma. In realtà nemmeno quella. Sembrerebbe una storia assolutamente chiusa. Non c'è nulla che non quadri. Oltretutto c'è un video che riprende la prima parte dell'incidente. Affidabilissimo. Anche per quanto riguarda il taxista non ci sono precedenti. Norvegese-pachistano che vive qui dagli anni Ottanta, fedina penale pulita, niente di sospetto. Herse era troppo ubriaco per andarsene in giro in bicicletta. Del resto, non è la prima volta che ci sono incidenti proprio in quella rotatoria. A essere sincero non capisco con che coraggio si possa andare in bici in questa città. Roba da kamikaze...

– Devo andare, – intervenne Selma prima di chiudere la telefonata.

Rimase seduta a fissare la foto di Skjalg. Mercoledí, durante la ricostruzione in Thorvald Meyers gate, Birger Jarl era comparso senza avere nessun compito da sbrigare. Poi l'aveva seguita e le aveva disegnato su un muro la scena dello sparo, convincendola che fosse Linda il bersaglio di quel proiettile letale.

Aveva anche sottolineato la stranezza di quell'omicidio. Come se contenesse un messaggio.

All'inizio a Selma era sembrato un commento singolare, ma lui era stato molto persuasivo. Non insistente, però. In lui c'era un che di fattivo e concreto. Era un esperto che gentilmente le stava spiegando cos'era successo in realtà.

Nulla di strano, se fosse stato Birger Jarl Nilsen a uccidere Linda Bruseth e a ferire Selma al braccio. Aveva lasciato un messaggio che fino a quel momento la polizia non era stata in grado di cogliere.

Cosí aveva aiutato gli investigatori ad andare nella direzione giusta. Non solo loro, ma anche Selma, dal momento che, come Birger Jarl aveva senza dubbio notato,

Fredrik Smedstuen aveva un debole per lei. E di conseguenza la stava ad ascoltare.

Doveva essere così.

Non poteva essere così, pensò confusa, con la lattina che le frizzava accanto all'orecchio.

Non c'era nessun nesso. Nessun senso. La giudice della Corte suprema impiccata e il povero ministro ucciso con la ricina. I file audio del ministero. L'albero genealogico di Einar secondo cui in realtà Birger Jarl aveva figli, cosa che due anni prima aveva negato.

– Caos, caos, caos.

Si alzò così bruscamente che le cadde la lattina. La poca bibita rimasta schizzò fuori in una schiuma grigiastra che si sparse sul tappeto beige. Selma la fissò per qualche secondo, poi decise di fregarsene. In un breve sprazzo di lucidità aveva capito da dove cominciare per mettere ordine in quel caos. Si truccò in un baleno e, ancora prima di uscire, aveva già trovato il numero di telefono che non aveva mai chiamato fino a quel momento.

L'inganno

– Era Selma Falck, – disse Fredrik Smedstuen scusandosi mentre si infilava il cellulare nella tasca della giacca.

– Cosa voleva? – gli chiese Sylvi Mobakk.

– Un paio di cose. Anche se non ho capito bene. Dove eravamo rimasti?

Si trovavano nella piccola radura dove quattro giorni prima era stata trovata impiccata al ramo di una betulla la giudice della Corte suprema Kajsa Breien. Quella mattina erano stati tolti i nastri gialli e neri della polizia. Qua e là le piante e gli arbusti erano stati contrassegnati con della vernice spray arancione, che si era già scolorita per via della pioggia e che tra una settimana o due sarebbe sparita del tutto.

– Quel tipo ci ha proprio preso in giro, – commentò Sylvi, non senza una certa ammirazione nella voce.

– Sei sempre convinta che si tratti di un uomo? – le domandò Fredrik.

– Adesso sí, – nitrí lei in risposta. – L'ha portata di peso dal Sognsvann fino a qui!

Anche Fredrik era impressionato. Per piú di quattro giorni la polizia aveva setacciato l'area intorno alla betulla. Avevano passato in rassegna tutte le riprese effettuate dalle telecamere di controllo del traffico e da qualsiasi altro strumento di sorveglianza presente lungo la rete di vie che portavano a Grinda. Anche se non avrebbero dovuto, i tecnici si erano concentrati sulla zona di bosco compresa tra la betulla e la strada principale.

Avrebbero invece dovuto spingersi nel bosco e allontanarsi dalla strada.

Infatti, quel mattino alle sei era arrivata la segnalazione che nel parcheggio del Sognsvann c'era un'auto in fiamme. Si trovava al limitare del bosco e, quando erano arrivati i pompieri, non c'era che la carrozzeria carbonizzata. La possibilità di trovare tracce di Dna era minima. Il motivo per cui la polizia riteneva che la macchina fosse di particolare interesse era per via di un tutore in acciaio per il ginocchio ritrovato nel bagaglio. Era nero e sporco di fuliggine, mentre le parti di tessuto elastico erano bruciate. Era stato un agente particolarmente sveglio ad accorgersene e a scoprire che era stato fatto su misura. Lo aveva ripulito fino a mettere in evidenza un numero di serie e il nome del modello. Due ore prima era arrivata la conferma che il tutore apparteneva a Kajsa Breien. L'auto, una Bmw serie 3 Sedan, era stata rubata da un garage in Løchenveien a Bygdøy, che distava soltanto duecento metri dalla casa della giudice. I proprietari erano via e avevano appreso del furto quando la polizia li aveva chiamati quella mattina alle Bahamas. Dal momento che il figlio avrebbe preso in prestito la macchina il venerdí, avevano lasciato la chiave sopra lo pneumatico anteriore destro.

– Quindi è venuto qui, – disse Fredrik pensoso, – per poi trasportare il cadavere fino a Grinda passando dal bosco. In uno zaino?

– Probabile. Kajsa Breien era piccola e pesava trentotto chili. Pesante, ma non per una persona allenata. Soprattutto non per un *uomo* ben allenato. Attraverso il bosco, parliamo di poco piú di un chilometro.

– Uno e mezzo?

– Qualcosa del genere. L'assassino si è limitato a seguire esclusivamente il tratto compreso tra la betulla e la via sotto.

Indicò verso sud.

– Questo spiegherebbe perché l'ha appesa qui e non dalle parti dove abitava. Bygdøy è una penisola con una sola strada d'accesso in auto. Sarebbe stato difficile evitare le videocamere. Qui invece puoi eclissarti nei boschi che circondano Oslo. In effetti avrebbe potuto scegliere qualsiasi parcheggio compreso tra Bærum e Nittedal. Ammesso che avesse voglia di spingersi cosí lontano.

Sylvi Mobakk fece scivolare lentamente la lunga coda di cavallo tra le dita.

– Ecco perché non abbiamo trovato niente. Ma che il tipo abbia avuto il fegato di lasciare la macchina al Sognsvann per poi tornare stanotte a darle fuoco...

Scosse la testa.

– Prima ci fa perdere tempo prezioso, poi incendia l'auto parecchi giorni dopo per essere sicuro di non lasciare tracce. Molto probabilmente si è dileguato nel bosco per sbucare chissà dove lontano da qui, e là ha preso un qualche mezzo di trasporto. È cosí che ci ha impedito di scoprirlo. Una mossa davvero astuta, oserei dire.

– Ma ha commesso un errore. Con il tutore. Avrebbe dovuto liberarsene altrove.

– Non credo.

Sylvi fece un sorriso cupo, che parve ingrandirle il mento affusolato.

– Voleva che lo trovassimo. Sta giocando con noi, proprio come tu e Selma avete cercato di spiegare ieri a Kjersti Spang. Qui c'è un messaggio, Fredrik. In questo avete ragione. Solo che non capisco quale sia.

Rimasero in silenzio per qualche secondo a guardare l'albero. Infine la poliziotta esclamò: – Che fine terribile. Non voglio anticipare nulla, ma con questa storia della macchina, per non parlare del resto, è come se questo delinquente si fosse… servito di quella donna. Insomma…

Con un sospiro fece per scacciare con la mano una farfalla che si stava avvicinando. Una *vanessa atalanta*, un esemplare piuttosto grande e bello di quella specie, notò Fredrik, che afferrò il braccio della collega per fermarla. Cosí facendo l'insetto si posò sull'indice dell'ispettore, dove rimase per un attimo per poi levarsi in volo.

Sylvi continuò imperterrita: – Intendo dire che prima di agire quell'uomo deve aver fatto un grande lavoro di sorveglianza. Soprattutto per essere a conoscenza dell'auto. Ora anche noi sappiamo che la giudice seguiva tutte le sere la stessa routine, e lui ha sfruttato il momento in cui usciva per fumare di nascosto. Oltretutto era cosí piccola che l'assassino ha potuto presumibilmente tapparle la bocca e infilarla in macchina. Sarebbe stato come caricare di peso un bambino. Secondo me l'ha strangolata lí. Una cosa semplice per un uomo adulto. Un sistema veloce e silenzioso.

Un pensiero sfiorò la mente di Fredrik, ma andò perso.

– È stato fortunato quando è arrivato il vicino e la Breien è uscita la prima volta, – commentò pensoso. – Se fosse stata insieme al cane mentre fumava, lui avrebbe fatto piú fatica a portarla via.

– Fortunato. Mah. Magari aveva pianificato anche quella possibilità. Non stiamo parlando di un dilettante. Per niente.

Con un sospiro Sylvi Mobakk rabbrividí.

– E quel poveraccio che adesso è al Rikshospitalet? Ci sono novità?

– Sí. Le analisi chimiche richiedono parecchio tempo, ma stanno cercando di accelerare il piú possibile. Sono alla ricerca di eventuali tracce di metallo presenti nella piccola ferita alla gamba. Secondo l'ipotesi di lavoro che stanno seguendo, il ministro sarebbe stato colpito in qualche modo da un proiettile che non gli ha causato nessun dolore particolare. Poi ha ripreso a correre. Poi il proiettile è scomparso, non sappiamo dove, ma è rimasto comunque conficcato abbastanza a lungo nel polpaccio da inoculargli una quantità sufficiente di ricina.

– Che razza di gente c'è in giro.

Sylvi borbottò alcune imprecazioni colorite prima di avviarsi verso l'auto civetta.

– Passiamo dal Sognsvann a dare un'occhiata alla carcassa? – gridò. Fredrik era già dieci metri dietro di lei.

A dire il vero stava solo aspettando i risultati delle analisi tecniche, quindi accelerò l'andatura e decise di seguire la collega.

Ewa

Ewa Connert, la nonna nonché madre adottiva di David Connert, otto anni, era una donna insolitamente bella per averne quasi settanta. Era minuta e nonostante l'età si muoveva con agilità e grazia tra i tavoli del ristorante. Selma sapeva che Ewa l'avrebbe riconosciuta, ma quando la vide arrivare si alzò lo stesso dal tavolo piazzato in fondo ai locali grandi e luminosi del *Nedre Foss Restaurant*. Erano le tre e mezzo. Troppo tardi per pranzare e troppo presto per cenare. Selma aveva calcolato che in un lunedí pomeriggio di settembre quel posto sarebbe stato quasi deserto.

Le offrí la mano e un sorriso che vennero ricambiati.

Ewa Connert si tolse il trench, che un cameriere si propose subito di appendere nel guardaroba. Lei lo ringraziò e gli affidò anche l'ombrello asciutto.

– In questa stagione non si sa mai, – disse, sedendosi dopo alcune frasi di cortesia. – Quando sono uscita di casa, il cielo era buio e minaccioso. Adesso splende il sole.

Un sorriso smagliante le illuminò di nuovo il viso. Aveva i capelli di un colore argenteo chiaro e probabilmente freschi di parrucchiere. Era quella l'impressione che dava: erano puliti, gonfi, con un taglio che le cadeva tre millimetri esatti sopra le spalle dritte e strette.

– Non so di cosa si tratti, – disse fissando Selma negli occhi. – Ma a essere sincera, è l'invito piú piacevole che ho ricevuto da quando sono andata in pensione tre settimane fa. Grazie. Selma Falck in persona. A proposito, buon compleanno. L'ho letto sull'«Aftenavisen». Sono una tua grande ammiratrice, giusto perché tu lo sappia!

Scoppiò in una risata leggera, spumeggiante, poi prese il tovagliolo dal piatto e dopo averlo aperto se lo appoggiò sulle gambe.

– Spero di essere altrettanto euforica quando avrò saputo il motivo di questo invito. Al telefono sei stata un po' criptica.

Selma mandò un grazie silenzioso a tutte le divinità, ovunque si trovassero. Fino a quel momento, per quanto riguardava quel caso terribile, l'essere una vip non le era servito. Anzi, era stato quasi uno svantaggio. Invece quella donna si era galvanizzata quando si erano sentite al telefono. Anche lei aveva giocato a pallamano, le aveva raccontato, e si era divertita molto a seguire Selma quando qualche anno prima aveva partecipato a *Ballando con le stelle*. La vita da pensionata era un supplizio e non si sarebbe mai fatta scappare la possibilità di pranzare tardi in un buon ristorante.

Aveva davvero l'aspetto di un angelo in là con gli anni. Gli occhi erano verdi e con l'età si erano schiariti, assumendo una sfumatura piú vitrea che ricordava la primavera. La pelle era proprio come doveva essere, leggermente floscia intorno al volto e solcata da rughe sottili. Gli occhiali privi di montatura stavano in equilibrio a metà del naso stretto e dritto e le conferivano un'aria acuta e curiosa.

– Cosa desideri? – le chiese Selma, accennando con il capo al menu.

– Vediamo, – rispose Ewa Connert aprendolo, gli occhiali abbassati sulla punta del naso. – Quante cose buone. Magari...

Fece scivolare l'indice affusolato lungo la carta. Le unghie erano ben curate e smaltate da poco. Una si fermò sotto qualcosa che Selma non riuscí a vedere.

– Immagino che a quest'ora valga ancora il menu del pranzo, – disse Ewa. – Quindi prendo senza esitazioni la *tartare*. Con i vari contorni.

Guardò Selma da sopra il bordo degli occhiali.

– E tu?

– Lo stesso, – sorrise lei. – Dove si può mangiare in sicurezza la *tartare*, si mangia la *tartare*. Senza dubbio.

– Posso concedermi anche un bicchiere di vino? David è in vacanza con mio marito. Sono in città da sola, e visto che non devo piú andare al lavoro è giusto concedersi qualche libertà.

– Ma certo. Cosa preferisci?

– Tu che ne pensi? Magari qualcosa…

Si interruppe e smise di sorridere.

– Scusa. Tu non bevi. Mi va benissimo anche un'acqua minerale.

– Niente affatto, – commentò Selma facendo segno al cameriere, a cui ordinò il cibo, una Pepsi Max per sé e un bicchiere del vino rosso che secondo lui si abbinava meglio con la *tartare*.

– Adesso sono proprio curiosa, – disse Ewa, aggiustandosi il tovagliolo sulle gambe.

– Capisco. Ti farò alcune domande su cose che forse per te sono difficili. Ti porgo in anticipo le mie scuse.

Gli occhi verdi di Ewa si assottigliarono.

– Si tratta di mia figlia? – chiese.

– Sí. E dell'adozione di David.

Il volto della donna si chiuse. Gli occhi le si incupirono e non incrociarono piú quelli di Selma. La bocca si contrasse, anche se Selma intuiva ancora che da giovane doveva aver avuto labbra insolitamente carnose.

– Ah.

Sembrava che stesse valutando l'ipotesi di andarsene. Non aveva ancora deciso. Aveva appoggiato sul tavolo il bicchiere dell'acqua e anche il tovagliolo, piegato una volta di troppo. Però rimase seduta.

– Posso chiederti il perché? Perché vuoi parlare con me di Victoria?

– A dire il vero non si tratta di lei, – rispose Selma con un tono al limite del sussurro. – Piuttosto di quello che è successo quando è nato David e del processo che vi siete appena lasciati alle spalle. Di adozione.

– Ah. E perché ti interessa?

Adesso la voce era diversa. Piú secca e tagliente. Piú burocratica. Era come se l'esistenza da pensionata fosse finita di colpo ed Ewa si ritrovasse al ministero dove aveva trascorso piú di trentacinque anni.

– Perché io... – Selma si portò il pugno alla bocca e tossí piano, – mi occupo di un progetto per la Kirkens Bymisjon.

Dovette inumidirsi le labbra prima di continuare.

– In realtà è ancora tutto in fase di progettazione. Come sai, questa fondazione religiosa svolge in diverse città norvegesi un ruolo importantissimo a favore dei piú deboli e bisognosi, e l'idea è quella di aprire a Oslo una specie di casa famiglia. Ispirandosi al modello di Sos Villaggi dei bambini. Non sarebbe esattamente la stessa cosa, ma simile. Partendo da questo presupposto, sono interessati a saperne di piú su come funzionano in Norvegia le famiglie non tradizionali. In molte parti del mondo non è insolito che i bambini crescano con parenti piú anziani. Soprattutto i nonni. Qui da noi invece non è cosí consueto.

– Ero convinta che tu adesso lavorassi come investigatrice privata.

– È vero.

Selma abbassò gli occhi per sfuggire a quello sguardo verde e inquisitore.

– Ma dal momento che l'universo è stato gentile con me sul piano economico, ogni tanto accetto incarichi *pro bono*, – proseguí tranquilla.

– Se c'è una cosa che non riesco a capire, – commentò la donna, altrettanto tranquilla, – è perché mi stai propinando un mucchio di bugie.

Selma aprí la bocca, ma la richiuse subito quando Ewa Connert alzò una mano.

– Faccio parte del consiglio d'amministrazione della Kirkens Bymisjon, – dichiarò. – E non abbiamo in piano di fondare nessun villaggio per bambini.

Selma sentí provenire dal lato opposto della sala un tintinnio di bicchieri e l'acciottolio di piatti che venivano accatastati. Una giovane coppia seduta a molti tavoli di distanza si mise a ridere. Le pulsazioni le salirono un po'.

Nessuno era in grado di mentire come Selma Falck.

– Forse non sei del tutto aggiornata, – le sorrise tirando fuori il cellulare. – Nulla di strano. Come dicevo, questo progetto è ancora in fase di studio. È un po' segreto ed è ovvio che il consiglio di amministrazione non ne sia stato ancora informato. Può anche essere che non se ne faccia nulla. Negli ultimi tempi si è sollevato un bel polverone sulle iniziative dei servizi sociali in merito alla tutela dei bambini. Un argomento politicamente scottante. Ecco perché volevo mostrarti...

Mentre parlava, era entrata nella propria casella di posta elettronica.

– ... questa.

Girò il telefono e lo spinse verso la donna.

– Cos'è? – le domandò Ewa confusa.

– Un'e-mail. Di Anne Grønnern. È responsabile delle attività dell'organizzazione che riguardano l'infanzia. In questa e-mail trovi la descrizione dell'incarico che mi sono assunta.

Ewa piegò la testa all'indietro per vedere meglio attraverso le lenti progressive degli occhiali. Tenne il telefono a una certa distanza e fu costretta a strizzare gli occhi per leggere il testo. O scorrerlo veloce, visto che restituí il cellulare dopo pochi secondi.

– Sono mortificata, – disse con voce sincera mentre si risistemava gli occhiali. – Come ho potuto... Scusa. Davvero.

– Nessun problema, – le sorrise Selma tesa. Esisteva ancora la possibilità che Ewa Connert insistesse per chiamare quella Anne Grønnern.

In tal caso era spacciata.

– Come ho potuto, – mormorò la donna.

– Ti ripeto, nessun problema. La gente dovrebbe essere piú scettica. È un bene esserlo. Possiamo ripartire da qui?

Ewa Connert alzò lo sguardo. Un leggero rossore rendeva i suoi lineamenti ancora piú marcati. Poi il volto le si aprí in un grande sorriso.

– Sei davvero unica, Selma Falck. Grazie. Certo che risponderò alle tue domande. Per Victoria era molto importante che il modo in cui David era stato concepito e la sua vita non rimanessero un segreto. Adesso è ancora troppo piccolo per sapere tutto, ovvio, ma non appena comincerà a fare domande, avrà delle risposte sincere. Nessun bambino deve costruire la propria esistenza sulle menzogne. Era cosí che la pensava sua madre. E io e mio marito siamo perfettamente d'accordo. Quindi in linea di principio sono disponibile a rispondere, anche se non ne sono particolarmente entusiasta. È stato... difficile.

– Capisco, – disse Selma. – E se vuoi, possiamo chiudere adesso.

– Sarebbe un peccato sprecare una *tartare* sicuramente eccellente.

– Sono d'accordo.

Il cameriere si presentò con il vino e la Pepsi Max, poi riempí loro i bicchieri. Le due donne rimasero in silenzio a guardare. Quando si fu allontanato, Selma disse: – E comunque non sono stata del tutto sincera con te.

– In che senso?

Ewa Connert non assomigliava piú a un angelo, ma almeno la stava ascoltando. Quando i loro sguardi si incrociarono di nuovo, il verde dei suoi occhi era diventato quasi grigio. Selma prese a parlare adagio. Aveva pianificato ogni cosa e al momento filava tutto liscio. Però, quella donna non era per niente stupida e c'era ancora il rischio che molte cose andassero storte.

– In questo progetto per la Kirkens Bymisjon... questa bozza di progetto, sono le esperienze che tu e tuo marito avete avuto con David a essere importanti.

– L'avevo capito.

– Ma ho anche un interesse personale. Un interesse che è difficile spiegare senza violare il segreto professionale.

A dire il vero Selma non era vincolata da nessun segreto professionale, ma a volte quelle parole avevano un effetto magico.

– Ah, sí? Di che si tratta?

Selma spostò di qualche millimetro il coltello e la forchetta prima di alzare gli occhi.

– Riguarda l'attentato di cui è stata vittima la mia amica Linda Bruseth. Forse c'è un collegamento anche con altri omicidi, ma non ne sono sicura.

– Cosa? Cosa c'entra mio nipote con tutto questo? Per non parlare di mia figlia? È morta nel 2014!

– Nessuno di loro c'entra. Non direttamente. Sto cercando informazioni su Endre Cappelen.

Il nome ebbe un effetto sorprendente sull'anziana donna. Si irrigidí e cominciò a vagare con lo sguardo, come se di colpo temesse che qualcuno nel locale le stesse ascoltando. Aprí la bocca un paio di volte senza riuscire a parlare.

– Non sei obbligata a rispondere alle mie domande. Capisco perfettamente se ti è troppo difficile. Endre Cappelen era il padre biologico di David, lo so.

– È morto quest'estate, – disse Ewa. La voce adesso era molto piú tesa. – È impossibile che abbia qualcosa a che fare con l'attentato.

– Certo, ma...

Selma alzò il coltello e la forchetta e li tenne per qualche secondo sopra il sottopiatto vuoto, poi li riappoggiò.

– È una storia molto lunga. E complicata. Ma ti posso garantire che nulla di quello che mi dirai danneggerà la memoria di tua figlia. O andrà a discapito di David.

Il cameriere arrivò con il cibo. Dopo aver appoggiato un piatto davanti a ciascuna delle due commensali e aver augurato loro buon appetito, scomparve con lo stesso passo silenzioso con cui era arrivato. Selma alzò il bicchiere dicendo: – Ti chiedo tanto. Forse dovremmo solo...

– Va bene, – la interruppe Ewa con decisione, e sollevò il calice. – Dopo quello che hai fatto l'anno scorso e dopo averti seguita per tutto questo tempo, scelgo di fidarmi di te. E poi ho fame. Cosa vuoi sapere?

Posò le labbra sul bordo del bicchiere sottile. Bevve appena e annuí in segno di approvazione. Selma si sentiva cosí confusa da quell'improvvisa disponibilità da uscirsene con la prima e migliore domanda che le venne in mente.

– Com'è nato David?

Ewa Connert fece un cenno con il capo, come se si aspettasse quella domanda ora che avevano introdotto l'argomento.

– Anche questa è una lunga storia, – esordí prima di tagliare un pezzo di *tartare* e portarselo alla bocca. – Tutto è cominciato quando Vittoria si è ammalata.

Persino quando mangiava quella donna era bella. Masticò con calma, prendendosi il tempo necessario. Sfiorava la tavola con i polsi e teneva le posate in orizzontale sopra la tovaglia bianca.

– O per la precisione quando io mi sono ammalata. Quando avevo trentadue anni mi è stato diagnosticato un tumore al seno.

Selma non capiva dove volesse andare a parare, ma rimase in silenzio.

– Soffrivo di una mutazione genetica per cui il rischio di un cancro come quello è molto piú alto. Ho dovuto asportare entrambi i seni. Completamente. Vittoria aveva solo nove anni. Ha sempre saputo che rischiava di andare incontro allo stesso destino. Quando è cresciuta, l'ho scongiurata di sottoporsi a un test genetico.

Tagliò un altro pezzo di *tartare* e a Selma venne in mente che anche lei avrebbe dovuto mangiare. Il tuorlo rosso si ruppe e Selma avvertí una strana nausea. Tuttavia guardò attenta l'altra che si infilava un po' di carne in bocca.

– Ma no, – riprese Ewa con freddezza. – Vittoria non voleva fare nessun test. Non ne voleva sapere. Era lontanissima dall'idea radicale di asportare i seni a scopo preventivo. Come fanno alcune. E come avrei fatto io. Vittoria era troppo vanitosa. Troppo... ottimista. Il tempo passava e *voilà*...

Si strinse nelle spalle esili.

– Anche lei aveva il cancro. A trentasette anni. Non aveva ancora trovato un uomo, cosa di cui ero molto felice. Tutti noi volevamo che si concentrasse sulla guarigione. Lo voleva anche lei, a parte il fatto…

Adesso i suoi occhi erano tornati verdi. E lucidi. Si premette un paio di volte il tovagliolo di stoffa bianco sulle labbra.

– Vittoria non aveva figli. Stava lottando per vivere, eppure in qualche modo rimase incinta.

Selma ebbe l'impressione che Ewa Connert scuotesse la testa, in maniera quasi impercettibile. Come se non trovasse decoroso prendere le distanze dalle scelte della figlia, ma senza riuscire al tempo stesso a non farlo. Quando riprese a mangiare senza aggiungere altro, Selma si azzardò a chiederglielo.

– Come?

– Con uno… che passava di lí per caso. Un giovane che una sera l'aveva aiutata. A tornare a casa dopo una serata un po' troppo alcolica in città. Una pura faccenda clinica. Un'inseminazione artificiale, diciamo. Un concepimento avvenuto sopra il tavolo della cucina. Vittoria non sapeva nulla di quel giovane, solo che era bello, gentile e…

Appoggiò le posate e si pulí ancora una volta la bocca con cautela. Bevve un po' d'acqua. Poi del vino prima di sospirare sconsolata e proseguire.

– Oltretutto omosessuale. Non che questo andasse a suo detrimento, però questa… circostanza implica un certo rischio di contagio. Mi riferisco all'Hiv. Si è svegliata il giorno dopo con il mal di testa, il rimorso di aver compiuto qualcosa di stupido e la consapevolezza di non sapere neanche come si chiamasse quel ragazzo. Comunque, aspettava un bambino. Proprio come aveva sempre desiderato. Il problema è stato che la lotta contro il cancro si era fatta sempre piú dura. È morta quando David aveva tre anni. Sfinita.

– Come fai a sapere che è stato… concepito cosí?

– Me lo ha raccontato Victoria. Inoltre ha annotato tutto quanto. Durante la gravidanza aveva cominciato a scrivere un libro per David. Già allora noi e lei sapevamo che aveva ben poche possibilità di seguire David fino all'età adulta. Avrei dovuto consegnargli quel libro quando avesse compiuto diciott'anni, ed è quello che intendo fare.

– Non volevo…

Selma spinse il piatto quasi intatto verso l'interno del tavolo.

– Sicuramente tutto questo ti è difficile, ma sei sicura che sia vero?

– Cosa?

– Che sia andata cosí?

Ewa Connert fissò Selma.

– Mia figlia era una persona onesta. Non raccontava bugie a sproposito. Anzi, per lei era della massima importanza che David sapesse tutto. E poi…

Selma riprese a mangiare in modo da poter abbassare lo sguardo senza darlo a vedere.

– Il giorno dopo aveva raccontato tutta la storia alla sua migliore amica. Quest'amica ha testimoniato sotto giuramento davanti al tribunale del Fylkesnemnda. Lei stessa è giudice, di professione, e non ha l'abitudine di ricorrere alle menzogne.

Selma continuò a masticare.

– Per arrivare al punto, – riprese la donna con un sospiro. – Avevamo ottenuto la custodia di David. Victoria aveva redatto un testamento in cui dichiarava chi si sarebbe dovuto occupare del bambino. Come saprai, un testamento del genere non ha valore giuridico, ma le autorità competenti gli attribuiscono un certo peso. I servizi sociali hanno ritenuto corretta quella soluzione e cosí siamo diventati genitori affidatari. Io e mio marito. Gunnar non è il padre di Victoria, perché mi sono risposata, ma ama David da quando è nato. Tutto è andato bene. Fino a quando...

Adesso era sul punto di piangere. Si portò il tovagliolo all'occhio destro e lo premette con delicatezza. Un piccolo grumo di mascara le rimase appeso su un ciglio.

– Noi e i servizi sociali, che avevano la responsabilità formale nei confronti di David, eravamo d'accordo che la soluzione migliore per lui era che venisse adottato. Da noi. Sembrava assurdo non avere la responsabilità totale di un bambino di cui ci saremmo fatti carico per il resto dell'infanzia. Sarebbe stato un caso semplice a cui nessuno si sarebbe opposto. Invece...

Lasciò che le lacrime le rigassero il viso.

– È apparso Endre Cappelen, – intervenne Selma a voce bassa. – Il padre del bambino. Rivendicando il suo diritto su David.

Ewa si coprí il volto con il tovagliolo. Le tremavano le spalle.

– Chiedo scusa, – disse con un filo di voce. – Non ne parlo da quest'estate. Credevo... Non so esattamente...

– Andiamo? – suggerí Selma, chinandosi verso la donna. – Abito a due passi da qui. Cosí possiamo parlare indisturbate.

Ewa Connert annuí appena.

– Allora facciamo cosí, – disse Selma, alzandosi da tavola.

L'osservatore

Le vide uscire insieme.

Era peggio di quanto avesse pensato. Si nascose dietro l'acero a cui si era appoggiato e tenne il cellulare davanti a sé, nel caso in cui avessero guardato nella sua direzione. Si era calato per bene il berretto sulla fronte.

Selma Falck appoggiò il braccio sulle spalle dell'esile Ewa Connert. Si avviarono lentamente verso il sentiero che, costeggiando l'Aker, le avrebbe condotte a nord.

Forse erano dirette a Sagene.

A Sagene e a casa di Selma Falck, ne dedusse. Si mise a tallonarle mantenendosi a cinquanta metri di distanza.

Testimonianze video

– Finalmente, – esclamò Fredrik Smedstuen alzando il pugno in segno di vittoria. – Fatemi vedere!

Era nell'ufficio dei due giovani poliziotti a cui era toccato l'ingrato compito di raccogliere e visionare tutte le videoregistrazioni che, partendo dal luogo in cui era stata uccisa Linda Bruseth, comprendevano un'area di sei isolati. Ci avevano lavorato dodici ore al giorno per quasi due settimane. Fredrik era convinto che a uno dei due fossero venuti gli occhi strabici.

– Il problema è stato, – esordí l'agente, – che di solito cerchiamo di seguire l'indiziato usando angolazioni diverse. Cominciamo da un punto che si trova relativamente lontano dal luogo del crimine per un arco di tempo definito prima del reato. Cosí ricostruiamo i movimenti di questa persona sulla base di una sequenza cronologica precisa. È un gioco a incastro molto impegnativo, soprattutto perché stiamo parlando del centro città in un pomeriggio trafficato. Con tanta gente in giro.

– So benissimo come lavorate, – borbottò l'ispettore. – Fatemi vedere piuttosto cosa avete trovato.

Con movimenti sicuri e veloci l'agente biondo fece scorrere le dita sulla tastiera prima di indicare lo schermo centrale dei tre che aveva davanti a sé.

– Ecco! – disse.

Un uomo che veniva da nord stava attraversando la

Thorvald Meyers gate. Il filmato era in bianco e nero, quindi gli abiti potevano essere grigi, blu o di qualche altro colore scuro. Aveva un berretto da baseball grigiastro e senza logo e un borsone. Teneva lo sguardo fisso a terra.

– Come vedrai, per tutto il tragitto evita di guardare nelle telecamere, – spiegò l'agente dalla frangia chiara. – Deve aver svolto un lavoro preliminare molto accurato per identificare la loro posizione.

Il video era stato montato in modo da passare alle riprese girate da un'altra angolazione, un po' piú a sud. Anche in quel caso l'uomo teneva lo sguardo abbassato. Il borsone era privo di logo e di qualsiasi segno di riconoscimento.

Un'altra clip.

L'agente fermò la registrazione e indicò lo schermo.

– Nota il timecode, – disse a Fredrik. – Qui entra nel portone di Thorvald Meyers gate 49 e sono le 15.24. Mancano tre quarti d'ora abbondanti all'attentato. È un arco di tempo cosí lungo che abbiamo visionato queste registrazioni soltanto un paio di giorni fa. La prima settimana ci siamo concentrati sui minuti immediatamente precedenti e posteriori allo sparo, visto che i cecchini non hanno l'abitudine di starsene imbalsamati sul luogo del crimine. Il presupposto da cui eravamo partiti tutti quanti, compreso te… – alzò lo sguardo verso il suo superiore, – era che l'assassino sarebbe arrivato appena prima di sparare e poi si sarebbe defilato il piú in fretta possibile. Sfruttando la confusione.

Fredrik ruotò l'indice. L'agente ubbidí e proseguí nella sua spiegazione.

– Abbiamo analizzato il video registrato da questa telecamera spingendoci fino a cinque ore dopo l'attentato, ma l'uomo non è piú uscito. Non da lí.

– Forse si è servito di un'altra via di fuga? – borbottò Fredrik con gli occhi fissi sullo schermo.

– Sí, esatto.

L'agente fece ripartire il filmato. Questa volta la videocamera era posizionata sul lato opposto della strada. Il timecode indicava le 17.59. Si vedeva l'uomo uscire dalla panetteria Godt Brød, che si trovava nello stesso edificio da dove aveva sparato piazzandosi sul tetto. In mano aveva un bicchiere di carta che Fredrik immaginò fosse caffè.

– Le sei meno un minuto! – esclamò. – Quasi due ore dopo l'assassinio di Linda Bruseth! E dov'è il borsone?

L'agente fermò di nuovo il video.

– Un'ora e quarantacinque minuti dopo, – confermò. – Non sappiamo dove si sia cacciato in quell'arco di tempo. Potrebbe essersi nascosto nel cortile posteriore, per poi intrufolarsi nella panetteria e rimanerci per un po'. Dopo la sparatoria tutti i negozi che si trovano in quella zona sono rimasti chiusi per un'ora e le persone all'interno sono state costrette a rimanere dov'erano. Quindi, o è riuscito a sgusciare dentro prima che noi avessimo il tempo di bloccare tutto, cioè verso le cinque e mezzo, o era da un'altra parte ed è entrato dopo le cinque e mezzo.

Prese una bottiglia di Coca-Cola e bevve a garganella.

– Per quanto riguarda il borsone, è vero. È scomparso. È uno dei motivi per cui ti ho chiesto di venire. È il caso di rimandare sul posto dei colleghi che passino di nuovo al setaccio tutti i cortili dell'isolato? I pianerottoli e le cantine? I depositi e i garage?

– Fammi vedere una panoramica generale dell'area compresa tra Thorvald Meyers gate, Grüners gate, Markveien e Helgesens gate, – ordinò Fredrik.

L'agente eseguí e sul monitor piú grande apparve una foto aerea.

– Ti ho preparato questo, – disse a Smedstuen mentre si allungava a raccogliere un documento. – Ho pensato che fosse interessante.

Fredrik lo prese e si mise a sfogliarlo.

– Che cos'è?

– Una ricostruzione cronologica. Da quando è partito il colpo. La prima pattuglia era sul posto tre minuti dopo. Sulla base dei timecode e dei rispettivi movimenti ho inserito i dati di tutti quelli che sono sopraggiunti via via, incluso te. E se adesso faccio cosí…

Mosse nuovamente le dita sulla tastiera con la velocità di un fulmine.

– Questo è il risultato.

Indicò la foto aerea, che adesso era suddivisa in riquadri e codici colorati.

– Puoi vedere con esattezza quali negozi sono stati chiusi, quali aree sono state bloccate, quando sono state riaperte, fino a dove si sono spinte le nostre ricerche nei vari cortili il primo giorno. Questa sequenza… – indicò una lista scritta a margine della foto, – collega la cartina alle note a piè di pagina piú interessanti del documento che ti ho dato.

– Accidenti, – commentò Fredrik. – Dov'è che hai imparato tutte queste cose?

– Moderno lavoro di polizia, – rispose il giovane.

Fredrik preferí far finta di non aver sentito il malcelato sarcasmo, ma si chinò in avanti per scrutare la cartina.

– Manderemo senz'altro qualcuno a ricontrollare, – disse. – Per esempio qui, – con il dito tozzo disegnò una mezzaluna sulla zona nordoccidentale piú esterna, – visto che, a quanto pare, il primo giorno non è stata passata al setaccio.

– Ma è molto lontana, – replicò l'agente.

– Per noi probabilmente sí. Ma non per l'assassino. Scommetto che si è spinto fin lassú.

Indicò il cortile posteriore che si trovava tra l'incrocio di Helgesens gate e Markveien.

– L'assassino deve aver superato alcune recinzioni.

– Le recinzioni sono state il suo problema minore. Il borsone, che di sicuro conteneva l'arma, lo ha nascosto lí. Aveva già selezionato il posto. Magari è pure rimasto là per un po', o invece è ritornato qui quasi subito.

Indicò lo spiazzo dietro la panetteria.

– Sul retro c'è una porta. La usano i dipendenti e i fornitori, ma deve averla utilizzata anche lui. Poi è rimasto nel locale, insieme agli altri che hanno assistito sbalorditi all'omicidio. Forse si è bevuto una tazza di caffè. Magari due, visto che ne aveva uno in mano quando è uscito.

– Non dovremmo mandare subito qualcuno? Per cercare l'arma in un'area piú estesa?

Fredrik gonfiò le guance e si raddrizzò. Sbuffando cercò di tirarsi su i pantaloni sopra la vita.

– Sí, anche se tanto non troveranno niente. Il borsone e presumibilmente l'arma sono stati portati via già da un pezzo. Tre o quattro giorni dopo l'assassinio, suppongo.

– Come fai a saperlo?

– Perché lui...

Fredrik si piegò di nuovo verso lo schermo, che mostrava il presunto omicida mentre lasciava la panetteria. Era difficile valutarne l'età. L'altezza oscillava tra il metro e settantacinque e il metro e ottanta, l'avrebbero stabilita grazie a misurazioni piú precise. Un normalissimo norvegese con indosso abiti normalissimi. Nessun segno particolare, benché Fredrik avesse la sensazione vaga e alquanto sgradevole di averlo già visto. C'era qualcosa nel suo modo di camminare, quando su ordine di Fredrik il giovane agente fece ripartire il filmato. Elastico e sicuro, ma un po' claudicante.

– È un volpone. Anche nel bosco ci ha preso in giro con

una trovata analoga. Molla l'arma lí dov'è, sapendo che tutti quelli che hanno delle borse pesanti vengono controllati, poi torna a prenderla quando le acque si sono calmate. Comunque, sono d'accordo. Manda qualcuno. Subito.

Diede all'agente una pacca sulla spalla.

– Ben fatto, – mugugnò, quindi si avviò verso la porta.

– Come fai a sapere che non troveremo niente? – domandò il giovane collega prima che l'ispettore si dileguasse.

– Istinto poliziesco all'antica, – gli rispose senza girarsi.

Le rivelazioni

Ewa Connert era un po' alticcia. Da piú di un anno Selma conservava nel suo appartamento una piccola riserva di bottiglie, per la precisione tre di costoso vino rosso e una di limoncello. L'anno prima aveva avuto una movimentata relazione con un giovane chef stellato, che le aveva tassativamente vietato di bere la Pepsi Max durante i pasti. L'acqua del rubinetto o quella in bottiglia come la Farris potevano ancora andare ma, dopo che lui aveva trascorso ore ai fornelli, occorreva accompagnare il cibo con bevande adeguate. Quando faceva caldo, il cuoco si preparava uno spritz con il limoncello, che poi centellinava sul balcone, e anche Selma doveva ammettere che quel drink sembrava davvero invitante. Quando di punto in bianco lei aveva deciso di chiudere con lui e di buttarlo fuori di casa, la piccola riserva di bottiglie era rimasta a prendere polvere nel guardaroba.

Adesso, di bottiglie di vino rosso ce n'erano soltanto due. Ewa aveva accettato di bere un bicchiere, ma poi si era scolata quasi tutta la terza. Le labbra erano coperte da una patina violacea e trasparente e gli occhi avevano un'espressione annacquata.

– Ho parlato troppo, – disse sottovoce.

– No, – rispose Selma. – Lo apprezzo molto. Grazie.

Quest'ultima aveva ancora qualche problema a digerire tutto ciò che la donna le aveva raccontato. Quella storia era tragica e straziante. Vista da entrambe le parti.

Due motivi avevano spinto Victoria Connert a scegliere un sistema cosí inusuale per rimanere incinta: aveva poco tempo e non voleva che il padre del bambino fosse qualcuno che conosceva. Già al momento del concepimento si era resa conto che David sarebbe stato cresciuto da altri. Per questo compito aveva designato la madre e il patrigno. Ubriachezza o meno, la gravidanza era stata pianificata e, questo Selma doveva ammetterlo, ideata con cura.

Quando nell'estate del 2018 era ritornato in Norvegia dopo aver trascorso per molti anni un'esistenza poco chiara a Bali e in Thailandia, Endre Cappelen aveva deciso di propria iniziativa di entrare in una struttura per disintossicarsi. Era ridotto in uno stato pietoso e probabilmente sarebbe morto nell'Asia sudorientale se un giorno una saccopelista norvegese non lo avesse soccorso in spiaggia dopo qualcosa di molto simile a un'overdose. Lo aveva riconosciuto dai tempi delle scuole medie. Gli aveva comprato un biglietto di sola andata per la Norvegia e aveva fatto in modo che sua madre, impegnata nell'associazione di volontariato Blå Kors, si prendesse cura di lui non appena avesse rimesso piede in patria.

Sei settimane dopo Endre era uscito dal tunnel della droga.

In mano, però, non aveva altro. Nessun titolo di studio, senza soldi e sieropositivo. La madre della *backpacker* norvegese, che provava molta pena per lui, aveva cercato di aiutarlo a trovare alloggio e lavoro. Le cose non erano andate molto bene. Endre aveva ripreso a farsi, ma quando su Internet si era imbattuto per caso nel nome di Victoria, in lui era successo qualcosa e da quel momento si era messo in riga. Non gli ci era voluto molto tempo per scoprire che Victoria era morta.

E che aveva lasciato un figlio.

I calcoli erano presto fatti: era sicuro che quel bambino fosse suo. Per qualche inspiegabile motivo Endre aveva memorizzato il nome di Victoria. Dopo lo scambio clinico e asettico avvenuto una notte di maggio del 2010, si era presentato alla porta di Ewa Connert e della sua famiglia otto anni dopo, rivendicando ciò che era legalmente suo.

– Non avremmo mai dovuto rilasciare quell'intervista, – aveva continuato a ripetere Ewa quando era arrivata a quel punto della storia. – Mai.

L'estate in cui Endre era tornato in Norvegia, lei e Gunnar si erano mostrati disponibili a partecipare a una serie di articoli per la rivista «Noi sopra i sessanta». Si parlava di costellazioni famigliari insolite e del ruolo che i nonni moderni potevano avere per i propri nipoti.

Endre Cappelen non rientrava nel target di lettori della rivista, ma sapeva googlare. Oltretutto Connert era un cognome insolito, quindi non aveva avuto problemi a trovare l'articolo. Corredato da una foto di David, che rideva sul prato mentre giocava a croquet con il suo anziano padre affidatario.

All'inizio Ewa e Gunnar l'avevano presa con calma.

Era ovvio che un giovane con problemi cosí gravi, senza una rete sociale e che aveva a malapena un posto dove abitare non avrebbe mai ottenuto il permesso di assumersi la responsabilità di un figlio che non conosceva neanche. In quell'occasione Ewa lo aveva respinto e gli aveva detto di mettersi in contatto con i servizi sociali. Cosa che lui aveva fatto.

Poi erano cominciate a succedere una serie di cose.

Il pensiero del figlio sembrava aver dato a Endre forze nuove. Quando era stata accertata la paternità grazie a un test del Dna, Ewa e Gunnar avevano cominciato a temere il peggio. Soprattutto Gunnar, che aveva iniziato ad avere problemi di sonno. Dal canto suo, Ewa si era sforzata di mantenere i nervi saldi: in fondo era tutta una vita che lavorava nel campo della tutela dei minori.

Secondo la legislazione norvegese al centro di tutto c'era il bene del bambino.

Strappare David da un'esistenza sicura con delle persone che lo amavano e lo conoscevano da sempre non sarebbe stato il meglio per lui. Ewa Connert lo sapeva e cercava in tutti i modi di tranquillizzarsi pensando a questo.

Cosa impossibile.

Infatti, Endre Cappelen non voleva cedere. Si era trovato un lavoro come operatore ecologico al comune e aveva smesso con la droga e l'alcol. Aveva preso in affitto un bilocale nel quartiere di Romsås e si era iscritto ai corsi serali per completare le superiori.

I servizi sociali, che fino quel momento erano stati i sostenitori fedeli e riconoscenti di Ewa e Gunnar, li avevano informati che il processo di adozione non sarebbe stato cosí facile come avevano previsto. Endre aveva chiesto e ottenuto l'assistenza legale gratuita e gli era stato consigliato un avvocato specializzato nei casi di affidamento dei minori, noto per la sua capacità di spargere terrore fra tutti coloro che si occupavano di tutela dei bambini.

Comunque, la famiglia di David e i servizi sociali avevano ancora parecchie carte da giocare. Endre Cappelen non aveva né parenti né una rete sociale pur che fosse. La madre era morta. Non vedeva il padre da quando, secondo le sue stesse dichiarazioni, lo aveva buttato fuori di casa quando aveva diciassette anni. Inoltre si era categoricamente rifiutato di coinvolgerlo: ce l'avrebbe fatta da solo.

L'avvocato di Endre era un tipo combattivo e aveva agito in contemporanea su due fronti. Aveva chiesto che la causa venisse portata in tribunale e preteso che il

Fylkesnemnda trasferisse la responsabilità genitoriale e l'affido di David.

In linea di principio, i figli dovevano crescere con i genitori biologici.

– Questa è la legge, – sussurrò Ewa davanti al bicchiere di vino vuoto. – Avevamo una paura tremenda di perdere il nostro bambino.

Selma le versò l'ultimo goccio di vino nel bicchiere prima di commentare pacata: – Ma questa causa si sarebbe risolta e avreste ottenuto di sicuro l'autorizzazione a tenere David con voi. Con ogni probabilità avreste dovuto accettare che Endre potesse vedere il figlio. Capisco che sarebbe stata una bella sfida, ma non una catastrofe. Giusto?

Ewa non prese il bicchiere.

– Forse sarebbe andata cosí. Una situazione molto diversa da quella che avevamo immaginato, ma con cui potevamo anche convivere. Il problema è che ti assale l'insicurezza.

Rimase assorta nei propri pensieri. Con sguardo assente giocherellò a lungo con la fede che portava al dito. Infine si riscosse.

– Ci sono molti aspetti positivi nel sistema norvegese di tutela dell'infanzia. Ma alcuni sono a dir poco discutibili. Lo stiamo sperimentando in questi giorni, se pensiamo alle critiche che ci vengono rivolte dalla Cedu.

Gli occhi di Selma si assottigliarono.

– Hai fatto parte di quel sistema per una vita, eppure non lo ritieni abbastanza buono?

– Non sarà mai abbastanza buono, anche se dobbiamo tenere sempre davanti a noi l'obiettivo: essere sulla strada giusta. Sono tante le cose che andrebbero modificate, in particolare dovremmo avere conoscenze piú ampie. Sapere di piú. Migliorare il nostro sapere su cosa sia davvero la tutela dei minori.

Quando incrociò lo sguardo di Selma, sulla bocca le apparve un sorriso spento.

– Il sistema norvegese è stato costruito partendo da un atteggiamento di forte realismo. Il che è molto positivo, ma non deve mai trasformarsi in cinismo. Quello che ci sta dicendo ultimamente la Cedu è che bisognerebbe basarsi anche sulla speranza. Che il valore intrinseco di una vita famigliare è cosí grande che non dobbiamo mai escludere il presupposto che una persona possa cambiare e migliorarsi. Sotto molti punti di vista sono felice di esserne fuori. Servono grandi trasformazioni, e io comincio a essere vecchia. Conosco il sistema, anche se si sta modificando. Per quanto mi riguarda e per David, la situazione mi aveva terrorizzato molto piú di quanto ce ne fosse motivo. È cosí strano...

Deglutí e si guardò intorno. Prese il tovagliolino, poi lo riappoggiò.

– Non parlo di questa storia da quando si è risolto tutto, – disse alla fine. – Né con Gunnar, né con gli amici. E tantomeno con David. Abbiamo cercato di proteggerlo il piú possibile.

– Ma ne parli con me, – intervenne Selma.

– Sí. Non capisco perché.

– Sono un'estranea e al tempo stesso una persona che in un certo senso conosci. Ogni tanto faccio questo effetto alla gente.

Ewa prese un fazzoletto dalla borsa, con discrezione si passò la lingua sottile e rosso chiaro sulle labbra, poi le strofinò. Serví a qualcosa.

– Avevamo chiesto al nostro avvocato di fare tutto quello che era in suo potere. A essere precisi, era il legale dei servizi sociali, non il nostro. In quanto genitori affidatari in pratica non si hanno diritti, ecco perché volevamo formalizzare l'adozione.

Sbuffò, come se volesse mostrare la propria rabbia ma non ne avesse la forza.

– I genitori affidatari non vengono neppure coinvolti, di norma. Ma noi gli avevamo chiesto comunque di procedere. E cosí aveva fatto.

Per una volta, Selma aveva versato la Pepsi Max in un bicchiere con dentro del ghiaccio. I cubetti si erano sciolti e il liquido marroncino era quasi insapore. Lo bevve suo malgrado: era importante concedere a Ewa delle pause naturali quando era chiaro che ne aveva bisogno per continuare a parlare.

– Quando la causa è stata dibattuta in prima istanza al Fylkesnemnda, Endre ne è uscito con le ossa rotte, – sussurrò. – Io e Gunnar aspettavamo in una caffetteria nelle vicinanze perché non potevamo neppure essere presenti. Però il responsabile dei servizi sociali che si occupava del nostro caso veniva ad aggiornarci a ogni pausa del dibattimento. L'avvocato dei servizi sociali aveva fatto a pezzi Endre già dal primo giorno, tirando fuori qualsiasi cosa negativa si potesse presentare contro di lui. Il legale di Endre aveva cercato di parare i colpi e passare al contrattacco, ma non aveva molte frecce al suo arco. Quando sono tornati dopo la pausa pranzo, Endre sembrava sotto l'effetto di qualche sostanza. Dovevano essersene accorti tutti. Il presidente del Fylkesnemnda ha concluso la seduta in anticipo, chiedendo alle parti in causa di calcolare tempi piú lunghi il giorno dopo a mo' di compensazione. Mentre gli altri se ne andavano, ha preso da parte Endre. Immagino che lo abbia ammonito.

– Ah, sí? E poi che cosa è successo?

– Il mattino dopo Endre Cappelen si è presentato con

quaranta minuti di ritardo. Era sotto l'effetto di sostanze stupefacenti e faceva fatica a stare in piedi. Persino il suo avvocato si è infuriato. La causa è stata rimandata a dopo l'estate. Ma Endre Cappelen è morto prima.

Prese il bicchiere dell'acqua, però non bevve.

– Da come la vedo, – sussurrò, – siamo stati noi a spingerlo a morire. Visto come lo aveva massacrato l'avvocato dei servizi sociali, Endre non aveva speranze.

– Ma era vero? Quello che era stato detto su di lui?

La donna alzò gli occhi.

– Vero? Parto dal presupposto che l'avvocato non mentisse! Il ragazzo era una specie di zombi ambulante. Ho letto l'incartamento e i documenti parlano chiaro. Era impossibile che Endre Cappelen si potesse prendere cura di un bambino. Le sue erano solo fantasticherie. Era convinto che lui e Victoria fossero innamorati. Che avessero scelto insieme di mettere al mondo David. Che loro tre sarebbero diventati una famiglia e che avevano trascorso insieme un magnifico fine settimana dove avevano programmato tutto. Castelli in aria! Tutto quanto! Bugie!

– Forse non erano bugie, – commentò Selma, con tono di voce piú calmo rispetto a come si sentiva. – Forse lui ci credeva davvero. Forse quella era l'unica narrazione possibile che gli permetteva di convivere con tutto il resto.

Ewa la fissò con aria scettica.

– I ricordi completamente falsi che ho letto? – domandò. Le si erano formate tre rughe sopra la radice del naso.

– Forse. O forse erano la distorsione psichica di una storia che la sua anima si rifiutava di accettare. Tutti noi abbelliamo la nostra esistenza, no?

– Certo, ma c'è un limite a tutto. Però, anche se si era dato una regolata durante l'inverno, dopo mezza giornata al Fylkesnemnda è crollato come un castello di carte.

Finalmente bevve l'acqua. Tutta. Poi premette di nuovo il fazzoletto sulle labbra prima di alzare gli occhi.

– A proposito, non è del tutto vero che non ho parlato con nessuno di questo caso dopo la morte di Endre.

– No?

Sebbene non capisse perché, Selma si accorse di ascoltare con maggior attenzione di prima.

– È venuto a cercarmi il padre di Endre. Mentre facevo una passeggiata. Da sola. Non ho idea di come sapesse che seguo sempre un percorso preciso. Mi sono un po' spaventata.

– Ah... il padre di Endre?

– Sí. Si chiama Birger Nilsen. Birger qualcosa Nilsen. Endre aveva preso il cognome Cappelen dalla madre. Che però era morta da molto tempo, come ti ho già detto.

– Cosa voleva?

Ewa guardò il bicchiere d'acqua vuoto. Selma scattò subito in piedi.

– Della Farris?

– No, grazie. Va benissimo l'acqua del rubinetto.

Selma riempí una caraffa d'acqua e ghiaccio e, mentre lo faceva, notò che le tremavano le mani. Le informazioni che aveva ricevuto nelle ultime ventiquattr'ore erano cosí rivoluzionarie e paurose che poteva soltanto lasciarsi trasportare dalla corrente di notizie, raccogliere piú elementi possibili. In seguito avrebbe deciso il da farsi.

Dopo aver versato l'acqua nel bicchiere di Ewa, tornò a sedersi.

– Un tipo tutto d'un pezzo, – commentò l'anziana donna. – Ben curato. Non alto come il figlio, ma si vedeva bene che erano parenti. Cosa che invece non si può dire di David.

A Selma sembrò di sentirle mormorare un «grazie a Dio», ma non ne era sicura.

– Cosa voleva?
– Bella domanda...
Ewa guardò nel vuoto strizzando gli occhi.
– Si potrebbe pensare che fosse arrabbiato. Invece no. Era agitato, suppongo, però pareva il tipo d'uomo capace di controllarsi. Innanzitutto mi ha chiesto se sapevo che Endre era morto. Gliel'ho confermato. Poi mi ha detto che voleva incontrare suo nipote. In quel momento ho avuto paura.
I suoi occhi tornarono a concentrarsi su un punto, quindi fissò Selma.
– Avremmo dovuto affrontare di nuovo tutto quanto? Voglio dire, questo Nilsen non poteva rivendicare in nessun modo l'affido di David, ma ci aspettava l'ennesima lotta per tenere lontana un'altra persona indesiderata dalla sua vita? Cosí come voleva esplicitamente Victoria?
– Quindi gli hai detto di no?
– Non ne ho avuto il coraggio. Gli ho risposto che doveva contattare i servizi sociali. Che era cosí che funzionava il sistema e c'erano delle regole da rispettare. Il Parlamento promulgava le leggi e il governo le attuava e, se si sentiva trattato ingiustamente, doveva fare ricorso in tribunale. Sono quelli i tre poteri dello Stato, è cosí che agisce la democrazia. Ordine e disciplina. In Norvegia le cose funzionano in questo modo.
Selma avvertí un bisogno irreprimibile di aprire la portafinestra del balcone. Nell'appartamento faceva un caldo soffocante, come se qualcuno avesse alzato i termostati di tutto il condominio.
– Volevo andarmene, – riprese Ewa, – ma mi stava alle calcagna. Alla fine mi sono arrabbiata cosí tanto che gli ho spiattellato in faccia che Endre non voleva interferenze del padre nella propria vita. A quel punto Nilsen si è calmato. Se fosse stato una donna, si sarebbe messo a piangere.

– Cosa vuoi dire?

– Era disperato. Ma ha mantenuto il controllo, non faceva paura neppure a me, una donna in là con gli anni di cinquantadue chili che viene fermata in un bosco isolato da un uomo forte e molto scosso. Si è allontanato, come per sottolineare che non era pericoloso. Ma gli tremava la bocca.

– Ha aggiunto qualcosa?

– Sííí...

Ewa socchiuse gli occhi, come se cercasse di rivivere la scena avvenuta quell'estate.

– Mi ha detto che aveva commesso degli errori terribili dopo la morte della moglie. All'epoca Endre aveva solo quattordici anni, ma questo lo sapevo già. Da quando avevo letto l'incartamento. Cosa che ovviamente non avrei dovuto fare, ma lasciamo stare. Ha detto che era stato un pessimo padre, che era sprofondato nel proprio dolore e aveva perso del tutto la cognizione di avere un figlio. Però Endre si era messo in contatto con lui dopo il primo tentativo di suicidio.

Selma sentí che le sudavano le mani e le strinse intorno al bicchiere di Pepsi Max. I resti dei cubetti di ghiaccio tintinnarono piano.

– Il primo? – chiese nel modo piú neutro possibile.

– Sí. Due giorni dopo l'udienza catastrofica al Fylkesnemnda. Aveva cercato di spararsi. Non conosco i dettagli. Comunque non ci era riuscito. Dopo un breve ricovero a Ullevål, era stato trasferito in qualche reparto psichiatrico.

– Ma tu hai detto «il primo».

– Sí.

Ewa Connert rabbrividí e si passò la mano esile tra i capelli. Era come sfiorita. La pelle non era piú asciutta e setosa: i solchi lasciati dalle rughe erano umidi e marcati. La bocca era contratta e le spalle parevano ancora piú strette.

– Prima di riuscirci, Endre Cappelen aveva già cercato di togliersi la vita tre volte, – disse con voce tremante. – E non posso fare altro che provare una pena terribile per lui. E anche per suo padre, che non deve aver avuto una vita semplice. Poi se n'è andato, nella direzione opposta alla mia.

– Ma...

Selma non riuscí piú a trattenersi. Si alzò e andò ad aprire la portafinestra del balcone.

– Grazie, – le disse l'altra donna. – Qui dentro fa molto caldo. Ha nominato Strasburgo.

– Chi? Endre?

– No. Birger Nilsen.

Si portò una mano alla tempia, come per concentrarsi.

– Birger Jarl, ecco come si chiamava. Birger Jarl Nilsen. Ha detto che il figlio intendeva portare il suo caso a Strasburgo. Alla Corte europea dei diritti dell'uomo.

Sbuffò di nuovo.

– Strasburgo! – ripeté ad alta voce. – Un ragazzo che non era riuscito neppure a rimanere lucido durante una modesta seduta al Fylkesnemnda! Evidentemente suo padre credeva a tutte quelle stupidaggini. L'amore e le promesse di Endre e Victoria di avere un futuro comune. Lei aveva diciassette anni piú di lui e in tutta la sua vita l'aveva visto per qualche ora! Ubriaca! E oltretutto gravemente malata.

Le tintinnarono gli orecchini.

– Potrei andare un attimo in bagno?

– Sí, certo.

Selma cercò confusa di ricordare se la stanza fosse piú o meno in ordine, poi le indicò l'ingresso.

– Il bagno degli ospiti si trova proprio di fronte alla porta di casa, – spiegò.

Ewa prese la borsetta e si alzò, non piú cosí flessuosa nei

movimenti come al ristorante. Non appena Selma sentí la porta chiudersi a chiave, andò a prendere il cellulare, uscí sul balcone e chiamò Fredrik. L'ispettore rispose subito.

– Devo vederti, – gli disse, cosí piano che lui le chiese di ripetere. – Devo vederti! Ho un mucchio di novità da raccontarti, cosí tante che…

– Selma, mi spiace. Qui le cose cominciano a prendere la piega giusta. Oggi non c'è verso. Neanche domani, credo, abbiamo…

– È importante! Ho parlato con…

Sentí che Fredrik aveva staccato il telefono dall'orecchio. La sua voce risuonò lontana quando impartí alcuni ordini secchi. Dovevano esserci piú persone e Selma lanciò un'occhiata nervosa alla porta del bagno.

– Posso richiamarti? – le disse Fredrik. – Piú tardi. O domani. I nodi cominciano a sciogliersi. Ci sentiamo.

La conversazione si interruppe. Selma ebbe appena il tempo di infilare il cellulare nella tasca posteriore dei pantaloni prima che Ewa Connert ritornasse dal bagno.

Le era servito.

La pelle era di nuovo asciutta. I capelli lucidi e vaporosi come quando si erano incontrate tre ore prima. Il sorriso era al suo posto e gli ultimi resti di colore lasciati dal vino rosso erano stati coperti da uno strato ad hoc di rossetto dalla tinta discreta e opaca.

– Adesso devo proprio andare, – disse senza sedersi. – Ti ringrazio per avermi ascoltata. Che sensazione strana…

Le era tornata quella sua aura angelica. Le sorridevano gli occhi e ringraziò ancora una volta.

– È stato quasi come andare dallo psicologo, – dichiarò. – Mi sento già piú sollevata. Sei una bella persona, Selma. Una persona che ispira fiducia. Non c'è nulla di quello che ti ho detto che potrà esserti d'aiuto nel… tuo caso, ma questo l'avevo capito fin dall'inizio. Avevo soltanto un enorme bisogno di...

Si interruppe con un sorriso.

– Comunque, a prescindere da come stanno le cose: grazie.

– Di niente, – disse Selma, costringendosi a sorridere. – Sono io a ringraziarti. Se solo tu potessi rispondermi a un'ultima domanda...

– Sí?

Gli occhi erano tornati verdi. I capelli argentati le cadevano perfetti e ben pettinati sulle spalle, la postura era di nuovo dritta.

– Hai detto che Endre aveva cercato di togliersi la vita tre volte prima di riuscirci.

– Sí. È stato suo padre a dirmelo.

– Sai come?

– Come ha cercato di togliersi la vita?

– Sí.

Ewa Connert si aggiustò leggermente la chioma. Un anello di diamanti scintillò alla luce del lampadario.

– Prima si era sparato, come ti ho detto. L'arma era difettosa o qualcosa del genere. Su questo punto suo padre non è stato molto chiaro. Poi si era impiccato, anche in questo caso senza riuscirci. Erano stati gli infermieri a scoprirlo e avevano fatto in tempo a salvarlo. Infine, dopo che avevano dovuto dimetterlo – non c'era piú nessun motivo giuridico per trattenerlo in ospedale contro la sua volontà – era andato in overdose da eroina.

– E alla fine è morto, – disse Selma con un filo di voce. – Dopo essersi sparato, impiccato e avvelenato.

Addio

Settimane, forse giorni e tutto sarebbe risultato lampante. La polizia aveva cominciato a vedere. Lo sapeva perché prima era passato in centrale.

Giorni, forse soltanto ore.

Era quasi mezzanotte quando si avvicinò alla tomba di Grethe. Adesso gli faceva male il ginocchio. Per tutte quelle settimane si era comportato bene, risparmiandogli i dolori peggiori e permettendogli di ritrovare gran parte dell'elasticità giovanile, ma adesso non reggeva piú.

Ne aveva proprio avuto bisogno.

Era solo questione di tempo prima che capissero cosa aveva voluto raccontare. Alla fine tutto il Paese si sarebbe guardato allo specchio che lui gli aveva tenuto davanti agli occhi. Ancora pochi giorni e tutto il mondo avrebbe visto l'immagine distorta dei poteri corrotti dello Stato. La Norvegia, con il suo welfare apparentemente giusto e perfetto, sarebbe apparsa in tutto il suo orrore. Chiunque avrebbe visto ciò su cui lui aveva voluto puntare i riflettori: un'autorità legislativa che agevolava la distruzione delle famiglie, un governo che benediceva gli scempi commessi dai servizi sociali, un tribunale che spargeva sabbia sui misfatti, senza pensare che si trattava di atti in conflitto con i diritti umani.

Quello che aveva fornito loro era uno *specchio magico*.

Sentiva che stava arrivando. Era la promessa portata dal vento leggero che soffiava tra le cime degli alberi, presente nell'aria che si agitava tra le tombe mentre lui le superava zoppicando.

Quella sera sarebbe rimasto da lei per un po'. Aveva con sé lo sgabellino e il caffè. E poi tirò fuori la targhetta con il nome: era il momento di montarla.

– Ciao, tesoro.

Forse non pronunciò quelle parole ad alta voce. Difficile a dirsi. Parlare con Grethe era paragonabile a una corrente di pensieri e di frasi che lui non aveva sempre bisogno di tenere sotto controllo. Lei continuava a capirlo, cosí come lo aveva sempre guidato e aiutato quando gli incubi si facevano troppo violenti dopo un periodo di tempo lungo e brutale trascorso all'estero.

Faceva freddo. Era sceso in cantina per prendere il giaccone di montone che usava in quella stagione. Quando si sedette, se lo strinse meglio intorno al corpo. Dalla tasca tirò fuori la targhetta. Era avvolta nella carta velina, l'aprí con cautela.

ENDRE CAPPELEN
23.06.89 - 10.07.19

Il metallo era freddo sul palmo della mano. Il rame scintillava al buio. Passò delicatamente il pollice sulle lettere prima di estrarre le viti e il cacciavite dal taschino con la cerniera dello sgabellino.

Lo scalpellino aveva preparato tutto. L'unica cosa che Birger Jarl Nilsen doveva fare era mettere quattro viti. Erano di ottone: il rame era troppo molle per tenere. Non aveva nessuna importanza, i colori erano uguali. Quando la targhetta fu al suo posto, sembrò che la natura si fosse fermata.

Di colpo era cessato il vento. Il cicaleccio delle gazze si era interrotto già da un pezzo. Non si sentivano frusciare le foglie, l'unico suono lontano, insignificante era il ronzio del traffico. Aveva caldo. Il caffè del thermos aveva lo stesso sapore di quello appena fatto. Il suo respiro era tranquillo, leggero e silenzioso.

– Sono libero, – disse con un tono di voce quasi stupito.

Un tempo aveva ricevuto in dono qualcosa di grande, ma aveva sbagliato in maniera ancora piú grande.

E poi aveva perso quanto c'era di piú grande in assoluto.

Alla morte di Grethe, Endre si era trasformato in qualcuno che lui non conosceva piú. Suo figlio era diventato per lui il ricordo eterno e odioso di una perdita impossibile da sopportare. Quando Endre se n'era andato via di casa, nella vita di Birger Jarl Nilsen non c'era piú stato spazio per altro dolore. Lo aveva lasciato andare, anche se dentro di sé era certo che da solo il figlio non ce l'avrebbe mai fatta.

Era stato un padre inutile. Eppure Endre era tornato. Quando tutto era buio e non c'erano vie d'uscita, il figlio era tornato a casa. Era troppo tardi, ma era tornato.

Gli aveva confidato una storia meravigliosa. Una storia che parlava d'amore, di speranza, di un bambino che era suo. Un bambino amato e voluto, cosí come un tempo lo era stato anche Endre. Un bambino che era suo, che era loro, che apparteneva a Endre e alla stirpe di Birger Jarl, ma che gli era stato portato via.

Quando Endre era tornato, era ormai troppo tardi. Non si poteva piú cambiare nulla. Lo sapevano entrambi, durante le tre settimane che avevano avuto modo di trascorrere insieme, prima che Endre decidesse che non ce la faceva piú. Da troppo tempo era ridotto in pezzi e la colpa era di suo padre. L'unica cosa che avrebbe potuto guarirlo era il figlio. David avrebbe potuto dare un senso alla vita di Endre, il senso che era scomparso quando suo figlio aveva solo quattordici anni e sua madre era morta.

David avrebbe cambiato tutto, ma qualcun altro lo aveva preso.

Con l'aiuto della Norvegia.

– Ho abbandonato nostro figlio, – disse cadendo in ginocchio davanti alla lapide di marmo grezzo italiano. – Ma adesso ho riscattato le mie colpe. Ho punito il sistema cosí come loro hanno punito nostro figlio. Ti prego. Dimmi che ho riscattato le mie colpe.

Il ginocchio gli faceva male. Non ci badò. Grethe disse qualcosa. Finalmente e per la prima volta. La sua voce era dolce e decisa, pervasa da quel sorriso appena abbozzato che metteva in tutto. Con la fronte premuta sulla targhetta di rame e le mani appoggiate sulla pietra, Birger Jarl sussurrò: – Grazie, Grethe mia. Adesso posso andare avanti. Finalmente posso andare avanti senza voi due.

Martedí 17 settembre

La relazione

La giornata era insostenibile.

Selma Falck aveva perso il conto del numero di volte in cui aveva cercato di mettersi in contatto con Fredrik Smedstuen. Dal canto suo lui le aveva risposto soltanto una volta, con un sms in cui le chiedeva di mandargli una e-mail se aveva qualcosa da dirgli. Le indagini erano decollate, le aveva scritto, e sarebbe stato difficile trovarlo nei giorni a venire.

Una e-mail, aveva pensato Selma disperata. Le informazioni in suo possesso erano cosí tante, cosí concrete e cosí clamorose da non poter essere comunicate per via elettronica. Si era messa a girare per l'appartamento senza sapere cosa fare.

Per un attimo aveva preso in considerazione l'ipotesi di parlarne con Lars Winther, ma era arrivata alla conclusione che si trattava di una pessima idea. Quella sera stessa si sarebbe presentato da lei per ritirare la cartellina e la chiavetta criptata. Selma sapeva che doveva inventarsi una scusa per fare in modo che quella visita durasse il meno possibile. Lars era un giornalista in tutto e per tutto, costantemente alla ricerca di una storia, e quello che adesso Selma aveva tra le mani era un boccone troppo goloso per potersi fidare di lui. Troppo dettagliato.

Talmente dettagliato che decise di mettere tutto per iscritto.

Per far passare il tempo. Per essere sicura di non dimenticare nulla di quello che le aveva raccontato Ewa Connert.

Le ci volle un'ora. Per essere completamente al sicuro, aveva scollegato il portatile da Internet. In questo modo nessuno avrebbe potuto hackerarlo. Aveva anche stampato una copia, infilandola poi in una cartellina di plastica gialla. Per finire aveva riposto il documento, il computer e la chiavetta ricevuta da Allan Strømme in fondo al guardaroba, sotto la scatola delle scarpe del costume nazionale che non usava mai.

Erano le tre di pomeriggio. Inviò un ultimo sms a Fredrik Smedstuen.

«Fredrik. DEVI, DEVI, DEVI metterti in contatto con me. Ho notizie sconvolgenti. Ti prego. S.»

L'attesa era insopportabile, quindi preparò un borsone con la roba per il nuoto. Un paio d'ore alla piscina di Bislet Bad l'avrebbero aiutata a far passare il tempo.

E anche a respingere la tentazione di fare una partita a poker.

O quindici.

L'osservatore

Lui la vide quando era ancora dietro le porte a vetri e stava per uscire. C'era qualcosa di speciale nel suo modo di camminare. Deciso, quasi mascolino, eppure aggraziato. Aveva notato la sua falcata mentre, accompagnandola per Grünerløkka, l'aveva convinta che non era lei l'obiettivo dell'attentato. Il movimento improvviso di Linda Bruseth nell'istante in cui era partito il colpo aveva quasi rovinato tutto. Un tiratore piú scarso di lui avrebbe sbagliato. Il problema era che il dubbio su chi fosse il bersaglio avrebbe pregiudicato il messaggio.

Avrebbe distrutto la sua sete di vendetta. Invece era riuscito a instradare sia Selma Falck sia Fredrik Smedstuen. Era bastato un piccolo colpetto per spingerli nella giusta direzione di pensiero e *voilà*.

Eccola uscire. Sembrava avesse fretta, invece si fermò dopo una ventina di metri, cambiò idea e si avviò dalla parte opposta. Con altrettanta velocità.

Rimase fermo a guardarla fino a quando scomparve dietro l'angolo di un edificio. Attese altri cinque minuti, poi s'incamminò verso il condominio dove lei abitava. Proprio in tempo per raggiungere alle spalle e in maniera del tutto naturale una donna incinta che stava rovistando nella borsa alla ricerca del mazzo di chiavi. Quando lei aprí, lui le tenne gentilmente la porta. In cambio ricevette un gemito come ringraziamento prima che lei si avviasse ondeggiando verso l'ascensore e lui facesse finta di osservare qualcosa all'altezza delle cassette della posta.

Poco dopo, rimasto solo nell'ingresso, prese le scale.

L'effrazione

– Non puoi rimanere, – gli disse Selma Falck.

Si rendeva conto di risultare eccessivamente brusca, ma era troppo stanca per essere gentile. Dopo aver nuotato per un'ora e mezza, era passata da Vanja e Kristina. Non perché sentisse il bisogno di vederle, ma per evitare di tornarsene a casa. Le amiche le avevano mostrato a chiare lettere la loro irritazione perché per tutto il tempo aveva continuato a controllare il cellulare. Selma si era congedata dopo un paio d'ore e aveva fatto un salto da Einar. Lui aveva voluto giocare a carte, indifferente al fatto che Selma non fosse concentrata e perdesse sempre. Anzi, era estasiato ogni volta che vinceva.

Alla fine le era arrivato un sms, di Lars.

Le ricordava l'appuntamento, sarebbe passato da lei verso le nove per ritirare chiavetta e cartellina. Quando le era giunto il messaggio, erano soltanto le sei e mezzo e Selma gli aveva chiesto di presentarsi già mezz'ora dopo.

Tanto valeva chiudere la faccenda al piú presto. Al pensiero di quanto Lars avrebbe insistito, Selma aveva preparato una frottola da propinargli in modo da costringerlo ad andarsene non appena avesse riavuto le sue cose.

Lars la stava aspettando davanti alla palazzina quando Selma rincasò.

Il linguaggio corporeo del giornalista emanava inquietudine e una certa aggressività: le mani infilate nelle tasche dei pantaloni, le braccia rigide e le spalle contratte gli davano l'aria di un adolescente ribelle.

– Non puoi rimanere, – gli ripeté Selma quando lui non reagí.

– Perché no? – le chiese Lars, scontroso.

– Ho altri piani, – gli rispose lei aprendo il portone. Stranamente non aveva voglia di ricorrere alla storiella che si era preparata.

– Va bene, – commentò lui acido. – Ma voglio le mie cose. Sei riuscita a far aprire la chiavetta?

– No. A dire il vero, non è che sia un mio problema, Lars.

Salirono le scale in silenzio. Quando stava per infilare la chiave nella toppa, Selma si irrigidí.

– Che c'è? – le domandò Lars.

Lei si mise ad armeggiare con la serratura. La chiave non voleva entrare. La girò mentre la spingeva con piú forza all'interno. Dopo aver provato un po' di volte, finalmente riuscí a ruotarla. C'era qualcosa che non andava con il chiavistello. Per quanto funzionasse, non scorreva con la solida fluidità. Estrasse la chiave e si chinò.

– Che c'è? – ripeté Lars impaziente.

– Merda, – sussurrò Selma. – Lo stalker è stato di nuovo qui. Questa volta ha scassinato la serratura.

– Cosa?

Lars si piegò per controllare.

– Non vedo niente.

– Non sei stato mica tu ad aprire la porta, – replicò Selma stizzita. – Ho sentito subito che c'era qualcosa che non andava. E guarda qui…

Sempre china in avanti e con lo sguardo sullo spioncino, gli indicò un punto.

– Funziona soltanto una serratura, io invece avevo chiuso entrambe. Le ha scassinate tutte e due, e si è preso la briga di cercare di rimetterne in sesto una sola.

Impugnò la maniglia.

– Non entrare! – esclamò Lars. – Pensa se è ancora dentro!

– Allora non avrebbe chiuso a chiave, – commentò lei aprendo.

– Devi chiamare la polizia, – disse Lars.

– No.

Il sacchetto. Selma lo vide subito, appena entrò in casa. Il sacchetto di plastica con il logo del supermercato Rema 1000 contenente la cartellina e la chiavetta di Lars. L'aveva appoggiato sul comò la mattina del giorno prima, ed era là quando era uscita per andare a nuotare. Se lo ricordava bene, perché per un attimo aveva preso in considerazione l'ipotesi di nasconderlo insieme al resto nell'armadio in camera da letto. Però non l'aveva fatto: quella specie di pacchetto non le interessava piú. Eppure, l'aveva distratta a tal punto che si era dimenticata di inserire l'allarme. Alzò gli occhi verso il soffitto, dove sapeva che Turcopoker aveva montato uno dei suoi aggeggi. Adesso non c'era piú.

– Allora lo faccio io, – sibilò Lars, che era ancora sulla soglia.

– *No, tu non lo fai!*

Il giornalista sussultò e si infilò il cellulare in tasca. Quando Selma proseguí all'interno dell'appartamento, lui la seguí circospetto.

– C'è qualcuno? – le chiese remissivo.

– No. Tranne noi due non c'è nessun altro.

Selma entrò in soggiorno. Si guardò intorno. Non era stato toccato nulla, o almeno cosí pareva. Con ansia crescente si diresse verso la camera da letto. Aprí l'armadio e guardò in basso, dove c'era la scatola con le scarpe del costume nazionale.

Erano ancora lí, ma il computer, la cartellina di plastica gialla con il documento e la chiavetta di Allan Strømme erano scomparsi.

Selma non ci capiva piú niente e scoppiò a piangere.

Slagentangen

– Deve pur esserci qualcosa che puoi fare, – disse Birger Jarl Nilsen. – Questo non è un caso per i Vigili del fuoco?

Era seduto al tavolo della cucina di una piccola abitazione a Slagentangen nel Vestfold, dopo aver percorso la E18 a una velocità eccessiva. Davanti a lui c'era una tazza di tè intatta. Karstein Braaten, che stringeva la sua tra le mani, scosse la testa.

– Con i Vigili del fuoco spegniamo gli incendi, – rispose a bassa voce, – non li appicchiamo. Impediamo che scoppino scandali, non li creiamo. Lo sapevi già quando hai rifiutato la nostra offerta di farne parte, Birger Jarl. Non siamo mai stati, e non saremo mai, qualcosa di simile a quei gruppi antidemocratici che sono stati smascherati l'anno scorso. Noi siamo... guide. Spianiamo il terreno, con discrezione. Potremmo anche definirci degli aggiustatori, ma i nostri mezzi sono limitati. Fare in modo che la gente... scompaia non è uno di questi.

– Che le autorità abbiano falsificato sistematicamente dei documenti allo scopo di abbellire il cadavere prima che la Corte di Strasburgo ne esegua l'autopsia è uno scandalo di proporzioni enormi. Nocivo, Karstein. Molto nocivo per la reputazione della Norvegia. E cosa ancora piú importante: per la fiducia della popolazione. Non è questa fiducia che dovete salvaguardare?

Karstein annuí.

– Sí, su questo punto hai ragione. Ma a giudicare da quanto sappiamo, ora la situazione è sotto controllo. Che Allan Strømme abbia sottratto quella chiavetta e l'abbia consegnata a Selma Falck è deplorevole, però, da quanto ho capito, ci hai già pensato tu a mettere tutto a posto. Cosa di cui ti sono molto grato.

Con un cenno del capo indicò l'estremità del tavolo, dove c'era il portatile di Selma con una chiavetta fissata sopra con del nastro adesivo.

– Tutto quello che possiamo fare adesso, – riprese, – è sperare che non ci siano altre copie.

– Ma lei sa, Karstein! Ha ascoltato queste registrazioni!

– Sapere qualcosa è molto diverso dal poterlo provare, – rispose quest'ultimo con calma. – Non oserà mai uscirsene pubblicamente con affermazioni del genere senza lo straccio di una prova.

– E il giornalista? Lars Winther?

– Non abbiamo idea di che cosa sappia. Ma anche se sapesse tutto, lavora all'«Aftenavisen». Un giornale serio che non mette in piazza dichiarazioni prive di un'adeguata documentazione. No...

Dopo aver sbadigliato dietro la mano stretta a pugno, scosse appena la testa e disse: – Grazie, Birger Jarl. Te lo ripeto: mi hai fatto un favore, ma da qui in poi possiamo soltanto incrociare le dita.

– Per cosa?

– Perché vada tutto bene, ovvio. E il barometro della fiducia risalga. E la Norvegia non debba affrontare prove particolari per alcuni anni a venire. A essere sincero, non sono sicuro che saremmo pronti ad affrontarne altre.

Birger Jarl lasciò che le parole di Karstein rimanessero sospese nell'aria. Guardò fuori dalla finestra, stava cominciando a scendere il crepuscolo. Il vento soffiava da sud, persino i pini piú alti ondeggiavano vistosamente. In lontananza, oltre l'oscurità e davanti al promontorio che si protendeva nel fiordo di Oslo, c'era il mare.

Forse avrebbe dovuto andarsene.

Scappare.

Era ora di riprendere il cammino. Di dare inizio all'ultimo capitolo della sua vita, senza Grethe né Endre. Aveva fatto tutto. Aveva ottemperato ai suoi doveri. Poteva ancora trovare una sorta di appagamento nella nuova esistenza che era cominciata la sera prima, quando aveva lasciato la tomba di Grethe con l'intenzione di non ritornarci mai piú.

Si era sentito cosí sollevato ma, mentre tornava a casa, il pensiero di Selma Falck lo aveva tormentato come un sassolino nella scarpa.

Il documento contenuto nella cartellina di plastica gialla era ancora in macchina. Karstein non l'aveva visto. Nessuno l'avrebbe fatto. Avrebbe dovuto bruciarlo, cosí come avrebbe dovuto portarsi via il computer e distruggerlo, non appena avesse finito di bere il tè e si fosse congedato dal suo vecchio amico.

Selma Falck sapeva. Aveva colto il messaggio che si celava dietro la sparatoria, l'impiccagione e l'avvelenamento. L'obiettivo era quello. Che tutti lo cogliessero. I tre omicidi rappresentavano un annuncio e in quanto tali andavano capiti.

Purtroppo lei sapeva anche che dietro c'era Birger Jarl. Era un pensiero con cui era impossibile convivere. Una pianificazione accurata e la massima cautela avrebbero impedito alla polizia di scovarlo. Ma se sapevano invece chi stavano cercando, allora era diverso.

Molto diverso, purtroppo.

Per fortuna il documento di Selma Falck conteneva anche una parte di considerazioni che la riguardavano. Tra le righe si leggeva che non si era ancora confidata con nessuno. Era l'unica a sapere.

La sua vita era nelle mani di Selma Falck.

E lei avrebbe potuto rovinargliela in qualsiasi momento.

Birger Jarl Nilsen prese una decisione che non rientrava nei suoi piani. Era un uomo abituato a calcolare tutto, invece non aveva tenuto conto di Selma Falck. Errore suo. Sbaglio suo. E adesso toccava a lui risolvere la faccenda.

Appoggiò la tazza sul tavolo e si alzò.

– In bocca al lupo, – disse piano, e prese il computer.

– Questo lo tengo io, – rispose Karstein alzando gli occhi.

– No. Puoi tenere questa.

Birger Jarl lasciò sul tavolo la chiavetta con i file audio registrati al ministero dell'Infanzia e della famiglia e si infilò il portatile sotto il braccio.

– Questo lo prendo io.

– Lo distruggerai?

– Sí, – rispose Birger Jarl prima di lasciare la cucina zoppicando e senza aver ricavato nulla da quella visita.

Neppure i Vigili del fuoco potevano aiutarlo.

Ecco perché aveva molta fretta di ritornare a Oslo.

Il salvataggio

L'agente immobiliare si trovava al centro del soggiorno dell'appartamento di Torstein Heimdal e Anna Lisa Knoph.

Si era fatto molto tardi ed era tutto in ordine perfetto. Era tutto a posto. Una volta rimossi scatoloni e casse di ogni genere, a suo avviso era un bell'alloggio. Aveva chiesto a degli architetti d'interni di arredarlo ad hoc: venderli vuoti era sempre una fatica.

La giovane coppia non aveva neanche avuto il tempo di finire il trasloco quando, di colpo, aveva deciso di metterlo in vendita. E dire che lo avevano comprato già sapendo che avrebbero trascorso qualche anno negli Stati Uniti. Nel frattempo, tre settimane prima, era morta la nonna di Torstein Heimdal, e dato che lui era il suo unico nipote, la madre e lo zio gli avevano permesso di acquistare a poco prezzo l'appartamento che l'anziana possedeva nell'elegante quartiere di Frogner. Era grande il doppio di quello e con un indirizzo decisamente migliore.

La possibilità di visionarlo era fissata per il fine settimana, però era un bene che fosse già tutto pronto. Aveva altri tre appartamenti, piú una vecchia casa a Mølla, da preparare entro venerdí.

La società Primehouse AS, di cui l'agente immobiliare era comproprietario, aveva un logo molto appariscente: un piatto da portata con dentro tre manghi. Un anno prima una mente geniale era arrivata alla conclusione che, quando si portavano in visita dei potenziali acquirenti, in un punto centrale dell'abitazione ci doveva sempre essere un vero piatto da portata con tre manghi autentici. In un certo senso, una specie di firma d'autore che rimarcava la peculiarità dell'agenzia. Era quello il motivo per cui lui stava per appoggiare un piatto di grès porcellanato arancione con tre manghi maturi e colorati.

Da martedí a venerdí, pensò guardando il piatto.

I manghi maturavano in fretta.

Troppo in fretta, gli venne in mente. Avrebbero cominciato a emanare un cattivo odore già giovedí. Era fuori discussione presentare un appartamento in cui si avvertiva un sentore dolciastro di marcio.

Si guardò di nuovo intorno.

Era sicuro che avrebbe concluso la vendita nel piú breve tempo consentito, il che voleva dire lunedí dopo mezzogiorno. Lí gli appartamenti andavano a ruba. Proprio come quello che aveva venduto il giorno prima.

E come quello che Selma aveva comprato con il suo aiuto. Erano passati quasi due anni e lei non lo aveva neppure riconosciuto. Gentile e affabile, piacevole e corretto.

Eppure, non lo aveva riconosciuto.

La odiava.

Odio era una parola forte. Forse troppo forte. Non ne era del tutto sicuro, ma la rabbia che gli era scoppiata dentro quando si era presentata nel gennaio 2018 per comprare l'unico appartamento dotato di balcone dell'intero condominio, poteva scaturire soltanto dall'odio.

Che lei non lo avesse neppure riconosciuto era la cosa peggiore in assoluto.

Alle medie erano compagni di classe. E a quattordici anni, Selma gli aveva tolto la vita.

Non letteralmente parlando, ma il dolore che lei gli aveva causato gli aveva distrutto l'esistenza, proprio come può succedere facilmente a quattordici anni.

L'agente immobiliare Nils Kristoffersen si era innamorato di Selma quando entrambi ne avevano dodici. Lei non era la ragazza piú bella della classe. E non era neanche tra i piú bravi. In effetti lui non aveva mai capito il motivo per cui a scuola fosse considerata una regina. Forse per via dello sguardo, dentro cui si leggeva una sorta di sfida. Un che di forte e di risoluto che si manifestava nell'estrema energia con cui faceva qualsiasi cosa. A dire il vero, un che di pauroso, ma lui era caduto ai suoi piedi.

La base del potere di Selma era lo sport, aveva pensato in seguito. Era la campionessa della scuola in quasi tutte le discipline. Faceva parte della rappresentativa di pallamano prima ancora di avere l'età giusta per poterlo fare. Gli insegnanti l'adoravano, con loro era gentile e carina, ma in realtà sapevano ben poco di quello che combinava. Selma Falck aveva assunto il ruolo di monarca già in prima. Con il passare degli anni aveva ampliato il suo territorio ed era attorniata da una corte di ragazzi e ragazze che cresceva sempre piú.

Nils Kristoffersen non ne faceva parte.

Si limitava a guardarla da lontano.

Sempre piú innamorato, sempre piú solo. Sapeva tutto quello che la riguardava. Cosa le piaceva. Quello che diceva. Una volta aveva usato la paghetta di quindici giorni per comprare le Kip, le gomme da masticare preferite di Selma. Per settimane aveva cercato l'occasione giusta per darle quel regalo.

Non era mai arrivata. Qualche tempo prima, mentre stava ripulendo la cantina della sua casa d'infanzia, aveva ritrovato il sacchetto con i pacchetti avvolti nel cellophane.

Da adolescente Nils scriveva un diario. Era roba da

femmine ma, dal momento che si stava distruggendo per via di sentimenti che non sapeva come gestire, aveva cominciato a riversarli sulla carta. Sognava storie che erano soltanto sue e dove c'era sempre Selma. Se per caso un giorno lei guardava nella sua direzione, Nils era capace di scriverci sopra per tutta la notte.

Nel 1980, l'anno in cui avevano compiuto quattordici anni, era avvenuto un miracolo. Il padre di Nils, che lavorava in una grande catena di elettronica, era tornato a casa con un cabinato arcade nel bagagliaio. Nel trasporto dagli Stati Uniti era rimasto danneggiato, ma solo all'esterno. Suo padre l'aveva rimesso a nuovo con l'aiuto di colla e compensato.

Il cabinato conteneva il videogioco piú nuovo di tutti.

Pac-Man.

Per la prima volta Nils aveva gustato il sapore della popolarità. Poter giocare a Pac-Man senza pagare era paragonabile a un vasetto di miele. Anche per tutti quelli che ronzavano intorno a Selma.

E per la stessa Selma.

L'agente immobiliare Nils Kristoffersen non ci voleva neanche pensare. Sentí un improvviso calore, voleva uscire. Raddrizzò la pila di prospetti che aveva disposto sul ripiano della cucina e chiuse gli occhi.

Una volta Selma era andata a casa sua da sola per giocare.

Nils Kristoffersen non aveva mai voluto riflettere per davvero su quanto era successo. Ne aveva solo ricordi brevi e frammentari. Riguardavano il diario che Selma aveva trovato mentre lui andava in bagno per allentare la tensione. Riguardavano quello che lei aveva letto senza permesso. Il modo in cui era scoppiata a ridere, quella sua risata terribile, e quanto aveva raccontato agli altri a scuola il giorno dopo.

Riguardavano la persona che era diventato in seguito.

Tre mesi dopo la famiglia Kristoffersen si era trasferita.

Secondo lo psicologo, Nils aveva bisogno di cambiare ambiente.

Selma Falck era malvagia, lui lo sapeva. Per il resto della vita lei era passata da un successo all'altro, da una vittoria all'altra, conquistandosi popolarità e rispetto.

Ed era tutto immeritato.

Raccolse le sue cose prima di lasciare l'appartamento pronto per accogliere i clienti. Quando prese il mazzo di chiavi per infilarlo nel suo elegante zainetto, gli occhi gli caddero su quella che apriva la vecchia serratura di Selma. L'aveva conservato dopo la consegna dell'appartamento, proprio come si era annotato il codice dell'allarme quando la Verisure era venuta a installarlo su richiesta di Selma.

Lui era presente, ma Selma non ci aveva fatto quasi caso.

Di nuovo avvertí lo stesso calore intenso e sgradevole. Respirò piú volte a fondo e chiuse gli occhi.

Adesso era finita. Avrebbe dovuto desistere quando Torstein Heimdal e Anna Lisa Knoph fossero riusciti a vendere.

Da quando Selma aveva cambiato le serrature, aveva perso l'accesso all'appartamento. Non poteva piú tormentarla con tante piccole tracce che, scelte con cura, servivano a minare la sua sicurezza. Lei gli aveva reso la scuola un inferno, e lui si sentiva in diritto di agire in quel modo. Di tormentarla. Di privarla di ciò che lui pubblicizzava ogni volta che vendeva un alloggio.

Il caldo nido della propria casa.

Aveva funzionato, lo sapeva. Selma era agitata. Se lei lasciava la porta aperta, ogni tanto Nils ne coglieva i rumori dalla finestra sopra il balcone. Sapeva benissimo com'era fatta la figlia di Selma. Sapeva che si inalberava con la madre e che, forse, era l'unica persona al mondo di cui Selma Falck avesse paura.

Mentre ripuliva la cantina, aveva trovato anche il suo pallone da pallamano. Avevano tredici anni. La madre di Selma lo aveva buttato nella spazzatura proprio nell'attimo in cui stava passando Nils, che lo aveva preso e portato a casa. Era successo quando era ancora innamorato cotto e Selma non aveva ancora rovinato tutto.

Lo aveva fatto cadere dalla finestra sul suo balcone, e quel gesto l'aveva terrorizzata.

Per lui era stato un momento di gioia.

Si infilò lo zainetto su entrambe le spalle per poter trasportare meglio il pesante piatto da portata. Non voleva mettere nello zainetto i manghi, erano troppo grossi. Con una certa fatica riuscí a chiudere la serratura senza appoggiare il piatto per terra. Andò verso l'ascensore e lo chiamò.

Non successe nulla.

– Merda, – borbottò premendo di nuovo il pulsante.

Niente.

L'ascensore era bloccato. Doveva avvisare l'amministratore che lo facesse aggiustare, al piú tardi entro venerdí mattina. Mostrare un appartamento al quarto piano senza un ascensore funzionante era improponibile.

Dovette ricorrere alle scale.

A ogni piano le rampe erano separate dal pianerottolo che portava ai rispettivi appartamenti da una parete di vetro, al cui centro c'era una porta. Al terzo piano dell'interno A, dove si trovava in quel momento, c'erano due appartamenti. Uno era quello di Selma Falck.

Camminava con prudenza, per non far cadere il piatto.

Abbassò lo sguardo, non voleva pensare a lei. Non voleva piú curarsi di Selma Falck. Nell'attimo in cui aveva quasi superato la parete di vetro e stava per scendere il primo gradino della rampa successiva, alzò gli occhi.

Davanti alla porta di Selma c'era un uomo.

Aveva qualcosa di particolare.

Nils Kristoffersen si fermò. Si appiattí contro la parete in muratura e sbirciò.

L'uomo stava scassinando la serratura.

Con perizia. Con una serie di movimenti che a Nils ricordarono certi film americani, l'uomo abbassò silenziosamente la maniglia. Si guardò intorno e lui fece appena in tempo a ritirare la testa. Il cuore gli martellava in petto e aveva un nodo in gola. Si costrinse a guardare di nuovo.

Lo sconosciuto stava entrando nell'appartamento.

Senza far rumore.

Sulla schiena aveva un'arma infilata nella cintura dei pantaloni.

I manghi si spiaccicarono uno dopo l'altro sul pavimento di cemento armato. Nils riuscí a malapena a salvare il piatto, che adesso teneva con una mano sola.

Voleva scappare.

Invece aprí la porta di vetro con la massima cautela possibile.

Voleva mettersi a correre.

Invece si avvicinò alla porta, che era socchiusa.

Voleva andarsene da quel palazzo e chiamare la polizia.

Invece appoggiò la mano sulla porta e la spinse con circospezione.

Sentí delle voci. Una voce. Parlava piano e Nils si diresse verso il soggiorno. Dentro c'era un uomo, con una pistola sollevata. Sulla canna aveva una prolunga. Un silenziatore, ebbe il tempo di pensare prima di irrompere nella stanza e sollevare ad arco il pesante piatto da portata nonché logo dell'agenzia immobiliare Primehouse con l'intenzione di colpire un altro essere umano.

In futuro gli sarebbe stato difficile riferire che cosa fosse successo da quell'istante in poi.

L'uomo in abiti grigi aveva percepito il suo arrivo, ma non riuscí a girarsi completamente verso Nils, che gli si avventò contro a gran velocità dopo aver attraversato di volata i quattro metri del soggiorno. Partí un colpo, ma Nils Kristoffersen non lo sentí neppure. L'unico rumore di cui avrebbe recuperato il ricordo sarebbe stato quello del tonfo sordo e disgustoso di un pesante piatto di grès porcellanato che si abbatteva su un cranio umano.

E quello della prima domanda di Selma Falck, pronunciata in parte urlando, in parte piangendo: – Chi sei?

Non l'aveva riconosciuto neanche in quel momento.

Giovedí 19 settembre

A casa

– Secondo te era pazzo?

Selma Falck era seduta sul suo divano. Nel suo appartamento. Con un nuovo set di serrature, questa volta montate da uno dei fabbri di fiducia della polizia. Le avevano offerto di rimanere per un po' in albergo. Vanja e Kristina avevano cercato di portarla a casa loro in Pilestredet. Persino Lars Winther le aveva proposto un alloggio alternativo per un certo periodo di tempo: Selma avrebbe potuto prendere in prestito la villetta dei suoi genitori a Disen. Erano partiti per una vacanza che prima avevano rimandato per via dell'incidente occorso al piccolo Leon. Selma poteva optare a proprio piacimento per la soluzione a lei piú idonea. Aveva scelto di tornarsene a casa.

Era lí che voleva stare.

Erano passate ventiquattr'ore precise da quando la polizia aveva finito di esaminare il luogo del crimine, e ogni traccia lasciata dal defunto Birger Jarl era finalmente scomparsa.

Ci sarebbe voluto del tempo, ma tutto sarebbe tornato come prima.

Se fosse stato possibile.

Doveva esserlo.

– Pazzo...

Fredrik Smedstuen assaporò la parola.

– In realtà è il concetto piú difficile del mondo. Pazzo. Malato di mente.

Sollevò il bicchiere, pieno a metà del vino rosso di una bottiglia che apparteneva a uno chef stellato. Osservò il liquido e lo agitò leggermente.

– Per i miei standard, lo era. Voglio dire, portare a termine una... azione del genere. A sangue freddo. Dopo aver pianificato ogni minimo dettaglio. Per come la penso io, una cosa da folli, ma d'altro lato la sua capacità di realizzare il progetto che aveva in mente indica la presenza di una componente razionale. Quindi, se era pazzo... – assaggiò il vino e lo trattenne per un attimo in bocca prima di deglutire, – lo era da un punto di vista medico? Forse. O... non lo so. Giuridico? Non lo sapremo mai. ABB non era stato ritenuto pazzo e ciò di cui si era macchiato era molto peggio.

– Ti riferisci all'innominabile, – commentò Selma con un sorriso stanco.

Fredrik le sorrise a sua volta.

– Perché Birger Jarl aveva cosí paura di me? – gli domandò lei stropicciandosi gli occhi. – Intendo dire, in linea di principio? D'accordo, è entrato in casa mia e ha rubato il documento in cui provavo che era lui l'artefice di tutto, quindi sono diventata pericolosa. Ma a priori?

– Deve averti seguita. Forse ti ha vista insieme a Ewa Connert, per quanto ne so. Era importante che proprio lei non entrasse in contatto né con te né con la polizia. Ewa Connert era il tallone d'Achille di Birger Jarl. Lei conosceva il caso di Endre Cappelen nei minimi dettagli ed era proprio quello il caso che andava vendicato.

Selma non era quasi piú capace di pensare.

Adesso regnava il silenzio piú totale. I vicini si erano trasferiti durante tutto quel trambusto. Johanna del piano di sopra era stata ricoverata nel reparto di maternità quello stesso giorno.

Era come se tutto il palazzo si fosse addormentato per lo sfinimento.

Negli ultimi due giorni Selma non aveva quasi tirato il fiato. Aveva dovuto sostenere due lunghi interrogatori e prepararsi ad affrontarne altri. Con la speranza che non la convocassero nell'immediato. L'auto di Birger Jarl Nilsen era stata ritrovata in un parcheggio nel parco di Torshovdalen. Il MacBook di Selma era sotto il sedile del passeggero. La polizia le aveva gentilmente chiesto il permesso di tenerlo. Consapevole com'era che glielo avrebbero requisito comunque, aveva detto di sí.

Sapeva anche che sul laptop non c'erano i file audio riguardanti il ministero dell'Infanzia e della famiglia.

Li aveva ascoltati servendosi della chiavetta. Che adesso era scomparsa. Come quella di Lars. E la cartellina. Invece il documento redatto da Selma e che a chiare lettere indicava in Birger Jarl Nilsen il responsabile degli omicidi di Linda Bruseth, Kajsa Breien e Børre Rosenhoff era intatto.

Per la gioia della polizia.

Per quanto esausta, Selma non aveva fatto parola con nessuno dei documenti falsificati dal ministero. Come prima cosa, perché non poteva piú provare nulla. Come seconda, perché doveva a Lars la possibilità di trovare materiale nuovo. Gliel'aveva promesso la sera in cui erano arrivati insieme a casa di Selma e avevano scoperto che era stato rubato tutto. Che fossero successe molte cose da quando gli aveva fatto quella promessa non le impediva di mantenerla. Lars Winther era un bravo papà che in quel momento doveva prendersi cura del figlio, ma era innanzitutto un giornalista. Un segugio, nel suo campo. Forse esisteva la possibilità che lui trovasse nuove prove.

– Un brindisi alla salute perché hai finito con questo caso! – disse Selma alzando il bicchiere di Coca-Cola.

– Finito?
Fredrik rise di gusto.
– È adesso che comincia! Ci vorranno mesi per dipanare tutta la matassa. Non sappiamo ancora con esattezza come abbia fatto Birger Jarl a prendere la giudice Breien e dove l'abbia uccisa. Abbiamo alcune teorie al riguardo, direi buone, e anche sul modo in cui Børre Rosenhoff, potrebbe aver assunto la ricina. Però non ne siamo certi al cento per cento.
Si schiarí la voce e si passò la mano sulla testa, che doveva essersi rasato quel giorno stesso.
– Ma grazie a te, questo sarà un lavoro di ben altra natura. Conosciamo il nome dell'assassino e ovviamente questo rende molto piú semplice scoprire con esattezza cos'è successo. A proposito, abbiamo già trovato della ricina a casa di Birger Jarl. Un grammo! Che razza di sostanza. Meno male che esiste del personale specializzato in grado di perquisire posti del genere.
Bevve un altro sorso, poi sospirò.
– È strano che credesse fino a tal punto al figlio. La lettera che abbiamo trovato a casa di Birger Jarl, che adesso chiamiamo «lettera Mandela»...
Selma accennò un sorriso prima di sbadigliare.
– ... offre un'interpretazione del tutto distorta della realtà. Bugie e sciocchezze. Però, bisogna dire, una storia molto bella. Se solo fosse vera. Secondo me il ragazzo mentiva di proposito.
– Non esserne cosí sicuro. Dopo aver abusato per anni di sostanze stupefacenti e aver subito un destino cosí tragico, certe persone cominciano a crearsi realtà alternative.
– Ma che ci *credesse* Birger Jarl! Tanto da pianificare un triplice omicidio per vendetta!
Selma si toccò il braccio. Era quasi a posto. La cicatrice

sarebbe stata un po' antiestetica, e in alcuni movimenti le tirava la pelle dove l'avevano ricucita.

– Ci *voleva* credere. Forse doveva. Come padre aveva commesso degli errori giganteschi. Buttar fuori di casa un adolescente impossibile tre anni dopo che era scomparsa la colonna portante della famiglia…

Selma scosse la testa.

E non disse piú niente.

Il caso di Endre era reale, pensò. E autentico. Nessuna falsificazione dei documenti che lo riguardavano, nessun inganno. Endre Cappelen era stato il boia di sé stesso: nelle sue condizioni gli sarebbe stato impossibile occuparsi di un bambino anche solo per tre quarti d'ora.

Il silenzio era piacevole.

Selma chiuse gli occhi.

– Aveva ripudiato suo figlio, – commentò Fredrik indignato. – Quando gliel'ho chiesto, due anni fa, e noi…

– Di sicuro non lo aveva aiutato a sentirsi meglio. Birger Jarl era un uomo distrutto dal dolore e dai sensi di colpa.

Selma finí il resto della Coca-Cola in un sorso.

– Devo andare a dormire, – disse sbadigliando di nuovo.

– L'uomo che è intervenuto, – riprese Fredrik adagio, senza accennare minimamente ad andarsene. – Quello che ha ucciso Birger Jarl e ti ha salvato la vita… non sembra ammirarti molto, mi hanno riferito i colleghi che lo hanno interrogato.

– Ah, no? E come mai?

– No. È solo l'impressione che hanno avuto. È successo qualcosa quando ti ha venduto questo appartamento?

– Non che io sappia, – rispose Selma alzandosi. – Adesso devo proprio dormire.

Con movimenti pesanti e indolenziti, Fredrik si alzò a sua volta.

– Ci vediamo, – la salutò mentre si avviava verso l'ingresso.

– Certo, – gli disse lei senza seguirlo.

Quando sentí la porta richiudersi, Selma andò in bagno. Si spogliò e rimase nuda davanti allo specchio a guardarsi.

Nils Kristoffersen le aveva salvato la vita.

Un tempo Selma aveva rovinato la sua.

Era quello che sosteneva lui. Mentre aspettavano la polizia, le aveva raccontato chi era. Selma era come paralizzata per via della situazione, sul pavimento del soggiorno c'era un uomo con il cranio sfondato e che si era fatto la pipí addosso dalla paura quando aveva capito che stava per morire. Ciononostante, Nils Kristoffersen non si era lasciato inibire dalle circostanze. La sua voce era monotona e insistente. Aveva continuato a parlare, mentre la polizia non arrivava mai. Le aveva detto che cosa gli aveva fatto. Com'era diventata la sua vita. Che in autunno l'aveva tormentata nella maniera piú infame possibile, ma nonostante questo non sarebbero mai stati pari.

La sua storia era terribile. Selma non se la ricordava. Non ricordava Nils. Neppure il suo nome. Né il suo volto. In un punto lontano della memoria c'era un cabinato per giocare a Pac-Man, ma lo associava a qualcosa di bello e divertente.

La storia che le aveva raccontato lui non poteva essere vera.

Selma non si sarebbe mai comportata in quel modo con un altro essere umano.

Di colpo si staccò dalla propria immagine riflessa nello specchio e nuda andò nel ripostiglio in ingresso. Accese il lampadario, la cui forte luce illuminò una mensola, appena sotto il soffitto, dove teneva una cartellina con i vari diplomi, attestati e le foto di classe. Alla fine, trovò quella della terza media.

Selma era seduta al centro, in prima fila. Stava ridendo, forse per qualcosa che le aveva detto Vanja, seduta accanto a lei.

Con il dito passò in rassegna gli altri compagni di classe.

– Tina, – sussurrò. – Berit. Ann-Elisabeth. Terje. Guttorm.

Se li ricordava tutti. Tranne uno: quello in piedi in fondo a sinistra. L'insegnante era alla sua destra, piú vicino agli altri studenti, come se anche l'unica persona adulta presente in quella foto pensasse che il ragazzo non apparteneva al gruppo.

I capelli neri e una frangia che gli ricopriva in buona parte gli occhi. Un viso molto serio. Con il passare degli anni i capelli erano diventati grigi, come sapeva ora, ma il mento era lo stesso. Aguzzo, quasi fragile, con una bocca troppo piccola sotto il grande naso aquilino.

Era Nils Kristoffersen.

Selma non riusciva proprio a ricordarselo.

Domenica 22 settembre

La promessa

– Perché dobbiamo incontrarlo proprio qui?

Lars Winther si trovava nel Giardino botanico, sotto un albero che sembrava mostrare la sua profonda afflizione per gli avvenimenti delle ultime settimane: spoglio, con i rami che pendevano curvi verso il terreno. Gli era rimasta aggrappata soltanto qualche rara foglia gialla che lottava contro la brezza che soffiava da nord.

– Non lo so, – rispose Selma tremando di freddo. – Viene da fuori. Forse non conosce molti altri posti qui a Oslo.

– Ha detto di cosa si trattava?

– Piú o meno. C'entra con la falsificazione di documenti. Mi chiedo come faccia a saperlo. Sei l'unica persona con cui ne ho parlato. Sono rimasta un po' scioccata quando mi ha telefonato, cosí ho accettato di vederlo.

Lars aveva un'espressione dura dipinta sul volto, e non dipendeva dal fatto che c'erano soltanto sei gradi e neppure che il cielo minacciava pioggia.

– Non te lo perdonerò mai di non avermi raccontato dei file audio senza password che ti aveva dato Allan Strømme. E di averli ascoltati. E persi.

– Non lamentarti. Avrei potuto scegliere di non dirti nulla. E poi ti ho spiegato che cosa contenevano.

– Adesso lo so, sí! Ma a che serve saperlo se tanto non posso scriverci sopra nemmeno una parola! Non ho prove e non ho idea di dove trovarne.

– Probabilmente non esistono.
– Perché dici cosí?
– Un mio presentimento. E comunque, l'«Aftenavisen» è stato il solo giornale a coprire come si deve tutti questi casi di omicidio. Sei stato tu l'unico a intervistarmi e questo soltanto perché mi sono rifiutata di parlare con qualsiasi altro tuo collega della redazione. Dovresti essermi grato.
Per due giorni quello che i media avevano deciso di chiamare *il triplice omicidio dei servizi sociali* aveva imperversato ovunque. Fredrik Smedstuen stava per diventare una celebrità e l'agente immobiliare che aveva salvato Selma fracassando la testa dell'assassino con un piatto da portata arancione era stato ospite di un famoso talk show, *Lidmo*. Selma si era rifiutata di partecipare nonostante gli sforzi della redazione per convincerla.
– A dire il vero non si tratta di un triplice omicidio, giusto? – commentò Selma di punto in bianco. – Non sono stati commessi in contemporanea. Non si dovrebbe parlare invece di omicidi seriali?
– Chi se ne frega, – rispose acido Lars.
Sul sentiero un uomo veniva verso di loro. Era alto, la schiena dritta, gli abiti grigi. Aveva una gran massa di capelli dello stesso colore degli indumenti. Quando li vide, sorrise e accelerò il passo.
– Karstein Braaten, – esordí porgendo a turno la mano.
Il parco era quasi deserto. L'uomo aveva una certa età, secondo Selma circa sessant'anni, e parlava con voce profonda e tranquilla. Dopo una piccola premessa, spiegò di avere una commissione molto breve da sbrigare. Voleva pregarli con insistenza di non rivelare ciò che credevano di sapere sulla falsificazione di documenti a livello ministeriale.
– Che crediamo di sapere? – esclamò Lars irato. – Qui

non stiamo parlando di cosa crediamo noi, ma di quello di cui avevamo le prove fino a pochi giorni fa!

– E voi quelle prove non le avete piú, – commentò l'uomo pacatamente. – Non ho nessuna autorità per costringervi. Il mio compito è solo...

Rabbrividí per via del vento che si stava levando. Le ultime foglie gialle si staccarono dalla pianta e sparirono mulinando.

– È solo mettere le cose a posto, – completò. – Creare serenità.

– Non se ne parla proprio, – replicò Lars. – So che cosa è successo e mi procurerò prove nuove.

– Certo, puoi provarci. Ti garantisco che non ne troverai.

– Come fai a esserne cosí sicuro?

L'uomo sorrise, ma gli occhi rimasero seri.

– Fa parte del mio lavoro assicurarmene. Proprio come lo è evitare che sorgano clamori inutili.

– Ma da dove vieni? – gli domandò Selma con aria scettica. – Al telefono non sono riuscita a capirlo.

– Dal Direttorato per la protezione civile e le politiche di pronto intervento, – rispose Braaten senza esitazione. – La nostra sede è a Tønsberg.

– Che cosa c'entra il Direttorato con...

Selma era confusa.

– Non è necessario affrontare adesso la questione, – la interruppe l'uomo con tono gentile. – Mi occupo di questioni connesse alla Difesa civile. L'attività di falsificazione da parte dello Stato è una minaccia per la sicurezza pubblica. Ecco perché entro in gioco io. Per dirla in parole povere, voi potete fare quello che vi chiedo oppure no.

Si infilò le mani nelle tasche del cappotto di lana.

– Volevo solo risparmiarvi del lavoro inutile. Qualsiasi dichiarazione sostenga che quanto è successo è successo per davvero verrà confutata in maniera netta ed esplicita. Ovviamente la situazione sarà alquanto sgradevole per chi fa affermazioni non documentabili.

Fissava Lars. Selma si accorse che il giornalista pareva piú insicuro.

– Sono già stati compiuti numerosi interventi, – proseguí Karstein Braaten. – Per esempio, quando tutto questo... – si strinse nelle spalle, – trambusto si sarà acquietato, il direttore generale Horatio Bull-Pedersen accetterà un accordo di prepensionamento. Anche Alvhilde Leonardsen, che lavora nella stessa sezione, è stata... incitata a ritirarsi prima del tempo. Bisogna sistemare le cose. Da notare, quando non è troppo tardi. Ovviamente alcune sono irreparabili, ma questo non significa che per rimetterle a posto si debbano sollevare ulteriori polveroni. O buttare via tempo prezioso che si potrebbe utilizzare occupandosi di questioni piú sensate.

Non distoglieva lo sguardo da Lars.

– A questo punto, vi ringrazio per esservi preso il disturbo di incontrarmi, – concluse Karstein Braaten in tono amichevole. – Come vi ho già detto, si tratta soltanto di una richiesta. La mia autorità non si spinge oltre.

Selma avrebbe giurato che le avesse fatto l'occhiolino. Un gesto rapidissimo. Forse aveva visto male, ma quell'uomo emanava qualcosa di gelido e di sinistro che le ricordava le rivelazioni dell'anno precedente, quando era stata scoperta l'esistenza di cellule illegali con licenza di uccidere.

Quando Karstein Braaten si girò per andarsene, Selma arretrò automaticamente di un passo.

– Aspetta, – disse Lars costringendolo a fermarsi.

Il giornalista si frugò nelle tasche e ne estrasse un bigliettino, che aprí.

– Cercherò comunque di andare a fondo di questo caso, – continuò porgendo il foglietto a Karstein Braaten. – Però...

L'uomo lo prese e, dopo averlo letto, alzò gli occhi.

– A prescindere dal fatto che ci riesca o meno, sembra che tu sia in grado di... di far succedere le cose.

– Aisha Mohammad, – lesse Braaten ad alta voce. – Tante Ulrikkes vei 4, Oslo.

– Sí. È una delle persone che sono state vittime di quello che ora come ora non posso dimostrare. Lavora da noi all'«Aftenposten» e le è stata portata via la figlia senza che le venisse mai concessa una sola opportunità. Di provare che è capace di fare la mamma, intendo. Adesso è troppo tardi per farle riavere la figlia. Ma potresti...

Lars pareva piú incerto di quanto Selma l'avesse mai visto. Il giornalista diede un paio di calci nell'erba e abbassò lo sguardo, gli era difficile parlare.

– Potresti fare almeno in modo che la incontri? – chiese alla fine. – Che riceva le dovute rassicurazioni che la bambina sta bene? E magari riesca a vederla un paio di volte all'anno?

Karstein Braaten ripiegò il foglietto. Tirò fuori il portafoglio dalla tasca interna del cappotto, lo aprí e ce lo infilò con movimenti tranquilli.

– Penso di sí, – rispose annuendo. – Rientra nel genere di cose che posso fare.

Si girò di nuovo e si incamminò.

Il cellulare di Selma emise un suono. Lo prese e lesse il messaggio.

«Selma. Mamma mia che settimana. Hai tempo e voglia di cenare con me stasera? Scegli tu il posto. Fredrik».

Ci pensò sopra mentre seguiva Lars. Andarono nella direzione opposta dell'uomo del Direttorato per la protezione civile, verso il museo di Munch, dove c'erano sia la bicicletta di Lars sia la Volvo di Selma. Lei si fermò di colpo e mandò la risposta.

«Fredrik, grazie per l'invito, ma oggi ho intenzione di litigare per riuscire a vedere un uomo molto giovane. Che ne dici di domani sera? Un abbraccio Selma».

Fu solo in quel momento che si decise.

Fu solo in quel momento che trovò in sé le forze per tentare. Si infilò il telefono in tasca e accelerò il passo per raggiungere il suo dinoccolato amico dalle gambe lunghe.

Skjalg

Selma era stanca di aspettare una grazia che non arrivava mai.

Nell'attimo in cui girò l'angolo e percorse il breve tratto di strada a Tåsen, dove abitava la figlia Anine con il piccolo Skjalg di cinque mesi, decise che per questa volta si sarebbe attenuta alla verità.

Era meglio cosí. Anine riusciva sempre a leggerle dentro, e del resto i media erano cosí pieni delle ultime rivelazioni che sarebbe stato impossibile mentirle al riguardo. Perfino per Selma Falck.

La ghiaia le scricchiolò sotto i piedi quando varcò il cancello di ferro battuto. Per un attimo vide Anine alla finestra del primo piano. Teneva in braccio Skjalg. Selma avvertí un guizzo di calore e felicità al pensiero che adesso era tutto finito e che la vita era di nuovo sicura. Aveva deciso di dimenticare Nils Kristoffersen e la sua storia cosí opprimente, e c'era già quasi riuscita.

Meglio cosí.

Almeno per lei.

Anine l'aveva vista e la porta si aprí prima ancora che Selma fosse arrivata in cima alla scala di pietra.

– Ciao, – esordí lei fermandosi sul gradino centrale.

– Ciao, – rispose sua figlia senza sorridere.

Skjalg fissò serio la nonna. Pensando che i battiti del proprio cuore si potessero sentire, Selma si portò le mani al petto e disse: – È tutto finito, Anine. Sono rimasta coinvolta per puro caso. Ma dovevo anche trovare una via per uscirne. Una volta, se vorrai, ti racconterò tutto. Ma adesso...

Skjalg si aprí in un sorriso e la guardò. Al momento gli erano spuntati solo i due dentini centrali superiori. Somigliava ancora tantissimo a sua nonna, anche se era cresciuto nelle settimane in cui Selma non lo aveva visto. In un certo senso aveva l'aria piú da maschietto.

Ed era ancora piú bello.

– Adesso ho davvero bisogno di stare con Skjalg.

– I tuoi bisogni, – replicò Anine. – I bisogni di Selma Falck. Che ovviamente noi dobbiamo assecondare. Come sempre.

Selma si portò di nuovo le mani sul cuore.

– Per favore, – sussurrò.

Anine scosse piano la testa. A lungo. Era impossibile dire se volesse opporre un rifiuto alla preghiera di Selma o se fosse semplicemente sconsolata. Spostò Skjalg da un braccio all'altro. Il bambino si piegò in avanti e, quando si allungò verso Selma, sua madre fu costretta a stringerlo all'altezza della pancia per evitare che cadesse.

– Mi riconosce, – disse Selma.

– Sono passate tre settimane dall'ultima volta che lo hai visto, mamma. I bambini della sua età non ricordano cosí a lungo. Ma...

Un leggero movimento portò con sé il profumo del bimbo. Era cosí particolare, cosí diverso dall'odore che avevano i suoi figli da piccoli. Skjalg la guardava, con un'espressione talmente seria da convincerla che almeno lui capiva quanto fosse importante la nonna. Che gli sarebbe stata sempre vicina, a prescindere dagli impedimenti e le punizioni che Anine avrebbe utilizzato negli anni a venire.

Esitante, Selma tese la mano verso di lui, che gliel'afferrò.

Di nuovo quel sorriso: era come vedere l'immagine di sé stessa da bebè.

– Va bene, – mormorò Selma al contatto. – Allora sarà meglio che vada.

Alzò lo sguardo. Anine la stava fissando. Era impossibile leggere l'espressione del suo viso. Skjalg tirò la mano di Selma e si mise a gorgogliare soddisfatto.

– Okay, – disse Anine alla fine, porgendole il figlio. – Entra. A condizione che non succeda mai, mai, mai piú. Non ti farai sparare. Non cercheranno di farlo. Non ti avvicinerai a qualcuno con un'arma da fuoco.

– Prometto, – borbottò Selma con la bocca appoggiata su quella testolina morbida come la seta. – Grazie, grazie.

Entrarono. Anine per prima su per la scala, seguita da Selma con il piccolo stretto al corpo. Una folata di vento autunnale richiuse la porta alle loro spalle. Era tutto perfetto.

L'effetto Mandela

Caro papà,

è stata mia nel momento in cui l'ho vista. E io suo, anche se sarebbero passate molte ore prima che lei mi vedesse e se ne rendesse conto.

Era una di quelle notti di primavera quando tutto è bello.

Bellissimo, papà.

Eccola lí, Victoria, un po' timida, aveva bevuto un drink di troppo e i suoi amici erano scomparsi. Ho trascorso tutta la sera a osservarla a distanza. Ti ricordi com'ero allora, papà? Una delusione. Per me, per te e sicuramente anche per la mamma, se fosse stata ancora viva. Ci avevo messo sette anni per rovinarmi. Per sette anni avevo sentito la mancanza della mamma ed ero scappato via da te, credendo che non sarei mai diventato adulto. Quella sera è cambiato tutto. Se soltanto tu avessi potuto vedermi. Vederci. Se soltanto la mamma ci fosse stata ancora.

Si somigliavano. La mamma e Victoria. Gli stessi capelli biondo-rossicci, lo sguardo chiaro: Victoria aveva i tacchi alti, stava aspettando che arrivasse un taxi ed era triste. L'avevo già notata quella sera, quando si era messa a raccogliere dei lillà a Frogner e se ne era infilato un rametto dietro l'orecchio. Quell'anno erano fioriti prestissimo. Facevano a gara per profumare tutta la città mentre camminavamo: lei davanti, io un isolato o due dietro.

L'avevo seguita, l'avevo vista incontrare gli altri, le ragazze che l'avrebbero abbandonata a sé stessa e l'uomo che l'avrebbe piantata in asso.

Victoria era la primavera che stavo cercando.

Aveva bevuto un drink di troppo. Soltanto quello. Piangeva nella notte e voleva tornare a casa. Quando da un cespuglio a Spikersuppa è sbucato un ratto che l'ha spaventata a morte, ho dovuto farmi vedere. Mi è quasi caduta tra le braccia, papà, in tutti i sensi. Mi ha afferrato per un polso e si è stretta a me, aveva paura, era un po' ubriaca e possedeva una dolcezza che non avevo mai riscontrato in una ragazza. Non ero piú il gay. Ero l'uomo di Victoria. Il mio cuore è come esploso e i suoi frammenti sono schizzati in cielo trasformandosi qua e là in tante stelle, ero innamorato e dentro di me sapevo che quella sensazione sarebbe durata per sempre. Lei era qualcosa di troppo bello per me, aveva cosí tanto della mamma e rappresentava tutto ciò da cui fuggivo da quando avevo quattordici anni. Ma era mia. Te lo giuro, papà, io e Victoria ci appartenevamo a vicenda.

Siamo andati a piedi fino a Manglerud.

Mi ha dato in dono tutta la sua vita. Mentre camminavamo, le è passata la sbornia e abbiamo parlato senza inibizioni delle nostre esistenze. Anche se prima mi ero fumato una canna da solo, a mano a mano che spariva l'effetto, intorno a me la vita e l'aria sono diventate sempre piú nitide. L'amavo già. Abbiamo attraversato la città e le sue vie, percorso le strade tortuose in salita verso Ekebergåsen.

David è stato concepito quella notte, papà.

Tutti i nostri sogni sono nati un fine settimana di maggio.

Il suo appartamento era abbastanza grande per entrambi. Per tutti e tre, quando sarebbe arrivato il momento. Ci siamo rimasti per due giorni interi, alzandoci soltanto per andare a prendere dell'acqua e ritirare il cibo che Victoria ordinava a domicilio. Avevamo dei progetti. Avevamo una vita. Ma soprattutto, il nostro sogno era David.

Il secondo giorno Victoria si è ammalata.

Prima aveva soltanto vomitato e ne avevamo riso pensando che fossero i postumi della sbornia. Non toccavamo alcol da venerdí sera. Nel tardo pomeriggio di domenica ci siamo addormentati, come ci capitava anche se in realtà non volevamo sciupare il tempo in quel modo. Quando mi sono svegliato, era in bagno. Anche in quello stato, nuda e in ginocchio davanti alla tazza del water, era meravigliosa. Mi sono accovacciato per aiutarla, e le mie mani si sono adattate perfettamente al leggero incavo che aveva sopra il sedere. Le ho tenuto i capelli all'indietro mentre le accarezzavo la schiena: ha continuato a vomitare fino a quando nel suo stomaco non è rimasto piú nulla. Era pallida e le girava la testa, ma mi ha sorriso quando l'ho aiutata con cautela ad alzarsi e l'ho riaccompagnata a letto.

Siamo rimasti lí sdraiati uno vicino all'altra, stretti il piú possibile.

Stava davvero male. È arrivata un'ambulanza. È arrivata una madre. Una stronza. L'appartamento non era mio, quindi me ne sono dovuto andare. Victoria era davvero malata, qualcosa di pericoloso che era stato dimenticato quella notte di primavera mentre camminavamo per tutta Oslo e io mi ero innamorato.

David è nato nove mesi dopo.

Te l'ho già raccontato, papà. Adesso che non sono piú con te, voglio che non lo dimentichi mai. Era cosí importante per me che tu capissi. Che tu sapessi che Victoria era la sola, l'unica, e che tutti gli errori che ho commesso, sia prima sia da allora, non possono togliermi la consapevolezza di aver vissuto una vita vera. Soltanto per due giorni, è tutto quello che mi è stato concesso dopo la morte della mamma, ma per me è stato sufficiente. Abbiamo messo al mondo David, lui è mio e di Victoria, e da quando è morta Victoria, era nostro. Mio e tuo, papà. Eravamo noi che avremmo dovuto averlo, e io ho lottato tantissimo per realizzare tutti i sogni e le speranze che erano nate quel fine settimana a casa di Victoria. Hanno mentito su di me. Hanno ingigantito piccoli errori e si sono inventati cose che non ho mai fatto. Anche il mio avvocato era contro di me. Comunque, la cosa peggiore è stata che si sono presi la mia vita. I nostri giorni, quelli miei e di Victoria. Hanno creato una narrazione mostruosa costellata di casualità e malvagità, come se David fosse stato procreato in maniera diversa da come è successo: nell'amore.

Queste menzogne mi hanno ucciso. Indipendentemente da quanto io possa combattere, non servirà a nulla. Quando mi troverai, ho scelto la via piú sicura, non c'è nessuno in grado di sopravvivere a questo veleno con questa dose.

Grazie, papà, per queste tre settimane. E per aver creduto alla mia storia. Sei l'unico.

Tuo figlio Endre

Nota dell'autrice.

Questo è un romanzo, quindi la storia che racconto non è vera. Per esempio, non ho nessun motivo per affermare che l'amministrazione pubblica norvegese falsifichi i documenti. E neppure che il Direttorato per la difesa civile e le politiche di pronto intervento agisca come ho narrato nel libro. Non ho idea se la panetteria Godt Brød a Grünerløkka abbia una porta sul retro o se a Oslo sia permesso costruire un edificio nuovo che abbia un unico balcone su un'intera parete per il resto liscia e grigia.

Sono tante le libertà che mi sono presa, proprio come può e deve fare chi scrive romanzi. Tra le altre cose ho posticipato di un mese le rivelazioni sullo scandalo che ha travolto il Nav (una catastrofe che si è abbattuta per davvero sul sistema di previdenza sociale norvegese) perché si adattava meglio alla storia. Ho anche distorto in parte il fatto che la Corte di Strasburgo ha condannato la Norvegia, e ancora continua a farlo mentre scrivo queste parole, per il modo in cui ha agito in una serie di casi riguardanti la tutela dei minori (anche questo è verissimo). Le battaglie di natura giuridica tratte dalla realtà sollevano una serie di questioni difficili e io ho scritto questo libro spinta da uno stupore di carattere politico, giuridico e umano.

Lo sparo è stato portato a termine durante uno stato di emergenza che ci ha colpiti tutti. La pandemia è arrivata in Norvegia nel momento in cui stavo per innescare l'ultima marcia e il libro avrebbe assunto la sua forma finale. Assurdo ma vero, uno degli eventi di questo romanzo coinvolge un personaggio, Karstein Braaten, il cui compito è proprio quello di preparare la gente a un'eventualità simile. I danni causati dal virus mi hanno spaventata e mi spaventano. Se non fosse per la comprensione e l'aiuto del mio editor, Espen Dahl, e del suo capo, Kari Marstein, questo romanzo non sarebbe mai stato ultimato.

Tuttavia, come sempre, la mia piú grande riconoscenza va a colei con cui condivido la mia vita da ventidue anni. Come tanti altri, ha dovuto lottare per salvare l'attività, i posti di lavoro, la cultura e il settore editoriale. Cionondimeno ha avuto la forza, il tempo e l'amore di essere quella roccia di calma stoica senza cui non saprei vivere. Per non parlare della capacità di farmi ragionare e redarguirmi quando era il caso.

Grazie, Tine, sempre.

Larvik, 4 luglio 2020.

ANNE HOLT

Indice

Questo libro è stampato su carta contenente fibre certificate FSC®
e con fibre provenienti da altre fonti controllate.

FSC
www.fsc.org
MISTO
Carta da fonti gestite
in maniera responsabile
FSC® C115118

Stampato per conto della Casa editrice Einaudi
presso ELCOGRAF S.p.A. - Stabilimento di Cles (Tn)
nel mese di luglio 2022

C.L. 25201

Edizione						Anno			
1	2	3	4	5	6	2022	2023	2024	2025